Lost Souls Ltd.

Red Rage

**Exklusiv für dich:
der Song zum Buch und
spannende Infos zu Autorin und Band!**

Den QR-Code scannen und schon öffnet sich im Display die verlinkte Seite, oder unter www.thienemann-esslinger.de/thienemann/exklusives/lost-souls/ abrufen.

ALICE GABATHULER

LOST SOULS LTD

Red Rage

THRILLER

(Aydens Buch)

Thienemann

Alice Gabathuler wurde 1961 in der Schweiz geboren. Sie arbeitete als Radiomoderatorin, Werbetexterin und Englischlehrerin. Heute ist sie freiberufliche Autorin. Sie lebt mit ihrer Familie in Werdenberg, einem kleinen Ort in der Ostschweiz. Für »no_way_out« wurde sie mit dem Hansjörg-Martin-Preis 2014 für den besten Kinder- und Jugendkrimi des Jahres ausgezeichnet.
www.alicegabathuler.ch

Weitere Titel von Alice Gabathuler:
Das Projekt
Free Running
dead.end.com
Matchbox Boy
Blackout
#no_way_out
Lost Souls Ltd. – Blue Blue Eyes
Lost Souls Ltd. – Black Rain
Lost Souls Ltd. – White Sky

Mehr über unsere Bücher, Autoren und Illustratoren auf:
www.thienemann.de

Gabathuler, Alice:
Lost Souls Ltd. 4 – Red Rage
ISBN 978 3 522 20207 7

Einbandgestaltung: bürosüd° GmbH, München
Innentypografie: Kadja Gericke
Reproduktion: HKS-Artmedia GmbH, Leinfelden-Echterdingen
Druck und Bindung: CPI Books GmbH, Leck

FSC www.fsc.org
MIX
Papier aus verantwortungsvollen Quellen
FSC® C083411

Für Urs. Danke.

Thanks to Dennis Mungo and Robert Frick
for the song »Feel the Fire«.

Cause it's burning in our hearts.
Feel the Fire

1.

Kata hatte sich jede einzelne Kurve und jede einzelne Zahl auf dem Monitor erklären lassen. Sie wusste, dass Joseph stabil war und überleben würde. Bis die Ärzte ihn aus dem künstlichen Koma holten, in das sie ihn versetzt hatten, sprachen jedoch allein die Kurven und Zahlen auf den Monitoren für ihn. Und denen traute Kata nicht. Zu tief saß die Erinnerung an die schrecklichen Augenblicke im Operationssaal der *Mountain Clinic Valgronda*. Zwischen ihren stundenlangen Besuchen bei Joseph verkroch sie sich im Appartement, das Nathan gemietet hatte, eine in die Jahre gekommene, seelenlose Wohnung in einem mehrstöckigen Gebäude in der Nähe der Klinik. Sie schlief in einem Zimmer, das nicht viel größer war als ein Besenschrank, Nathan und DeeDee teilten sich das andere. Längst roch die Luft abgestanden, stapelten sich leere Kartons von Fertigessen zwischen Flaschen, Tassen und leeren Milchtüten. An den Wänden hingen Notizzettel, Fotos und Ausdrucke von Zeitungsartikeln. Es war die emotionslose Zusammenfassung dessen, was seit dem Brand und Aydens Verschwinden geschehen war. Zahlen und Fakten, wie auf dem Monitor in der Klinik. Was sie in den Herzen und Köpfen auslösten, lag unsichtbar im Raum, zeichnete sich auf den Gesichtern ab und spiegelte sich in den Augen, die stets aufs Neue versuchten, einen Sinn darin zu finden. Allein die Bilder von Aydens altem Honda nahmen eine ganze Wand für sich ein.

Verlassen stand der Wagen auf der Klippe, über die Rose in den Tod gerissen worden war, aufgenommen aus verschiedenen Perspektiven. Ein einsamer Fremdkörper in einer grauen Landschaft, hinter der sich ein graues Meer bis an den Horizont erstreckte. Einige der Fotos waren körnige Vergrößerungen mit herangezoomten Details, was ihre unheimliche Wirkung noch verstärkte. Aydens Jacke auf dem Rücksitz, achtlos hingeworfen, Geld und Ausweise in den Taschen. Eine leere Whiskyflasche auf dem fleckigen Beifahrersitz. Im CD-Fach das dritte Album von *Black Rain*, der Lautstärkeregler voll aufgedreht. Das dazugehörige Booklet eingeklemmt unter dem Scheibenwischer, aufgeschlagen beim Text von *Suicide Embrace*. Wie ein Abschiedsbrief. Obwohl die lokale Polizei keine Leiche gefunden hatte, ging sie davon aus, dass Ayden sich das Leben genommen hatte. Kata glaubte keine Sekunde lang an diese Theorie.

Zwei Rosen hatte John ihr geschickt. Zwei Rosen ohne Köpfe. Eine für Ayden, eine für sie. Den Gedanken, John könnte Ayden über die Klippe gestoßen haben, drängte Kata zurück. Aber in der Nacht, da kroch er heraus aus seiner Verbannung und quälte sie mit unsäglichen Bildern. Kata wusste, dass John genau das wollte. Er ließ sie büßen, indem er Angst und Zweifel säte. Ayden war sein Pfand, die Zeit seine Waffe und die Ungewissheit seine Strategie, mit der er Kata zermürbte.

Sam traf einen Tag nach Kata in Plymouth ein und fing sie nach ihrem Besuch bei Joseph ab. »Ayden hat sich nicht umgebracht«, kam er direkt auf den Punkt. »Was läuft hier, Kata? Wo ist er?«

Es war Zeit, Sam die ganze Wahrheit anzuvertrauen. »Ich möchte Nathan dabeihaben, wenn ich dir das erzähle«, sagte sie.

Sams Antwort bestand aus einem tiefen Seufzer, als ahnte er, was auf ihn zukommen würde.

Sie trafen sich in einem Pub, der seine besten Tage längst hinter sich hatte. Kata berichtete Sam von den Rosen. Und sie gestand ihm, was sie in der Nacht von John Owens Verschwinden getan hatte. Er hörte zu, ohne sie zu unterbrechen, doch sie sah ihm an, wie sehr er sich zusammennehmen musste, sie nicht mit Vorwürfen zu überhäufen.

»Ich fasse dann mal zusammen«, sagte er gefährlich leise, nachdem sie fertig geredet hatte. »Du hast Owen mit dir in den Abgrund gerissen und ihn dann in die Tiefe getreten. Du musstest also von der ersten Rose an damit rechnen, dass er leben und sich an dir rächen könnte. Trotzdem hast du Burton nicht benachrichtigt.«

»Mein Leben, meine Entscheidung«, erwiderte Kata.

»Jetzt ist es auch Aydens Leben.«

Jedes einzelne Wort war ein Pfeil mitten in ihr Schuldgefühl. Am meisten weh jedoch tat das, was Sam nicht aussprach, das ihm aber deutlich ins Gesicht geschrieben stand. *Warum hast du mir nichts gesagt?*

Kata zog sich in ihre innere Kälte zurück, den einzigen Ort, an dem sie ihren Gefühlen entkam. »Du wolltest wissen, was läuft, Sam.«

Er brauchte eine Weile, bis er sich gesammelt hatte. Seine Antwort war so unerbittlich wie ihre. »Ich erwarte, dass ihr Burton einschaltet. Ihr habt einen Tag Zeit.«

»Nein«, widersprach Nathan, der schweigend zugehört hatte.

Sams Augen wurden dunkel vor Zorn. Noch nie hatte Kata ihn so wütend gesehen.

»Was wollt ihr, Nate? Owen im Alleingang erledigen? Du weißt genau, was dabei herauskommt. Oder muss ich dich an Jenkinson erinnern?«

Nathan öffnete den Mund, aber Sam gab ihm keine Gelegenheit zu antworten. »Es geht um Ayden. Und damit habt ihr mich am Hals. Mich und die Polizei!«

»Darf ich jetzt auch was sagen?«, fragte Nathan.

»Wenn es sein muss.«

»Kein Alleingang, kein Privatkrieg, Sam.« Nathan stützte seine Arme auf den Tisch und beugte sich vor. »Wir wissen nicht, was Owen plant. Für Ayden könnte es gefährlich werden, wenn wir uns an die Polizei wenden. Mach du es. Gib Burton die Informationen weiter, die wir dir anvertraut haben. Alles, bis auf das, was Kata getan hat. Und jetzt hau mir eine runter, denn da drüben beim Fenster sitzt seit fünf Minuten ein Typ, der nicht hierher gehört.« Ohne Vorwarnung fegte er Sams Glas vom Tisch, begleitet von einem lauten, gehässigen »Misch dich nicht in unsere privaten Angelegenheiten!«.

Sam starrte ihn fassungslos an. Dann holte er genauso unvermittelt aus wie vorher Nathan und schlug ihm die flache Hand ins Gesicht. Das klatschende Geräusch war im ganzen Pub zu hören. In der darauffolgenden Stille verließ Sam wortlos das Lokal.

Nathan rieb sich die Wange. »Sei froh, dass Sam keine Frauen schlägt!«

Sam hatte sie nicht geschlagen. Das hätte Kata ausgehalten. Den Blick, den er ihr beim Hinausgehen zugeworfen hatte, nicht.

Zwei Tage nach dem Treffen mit Sam fuhr Burton mit einer kleinen Einheit in Plymouth ein. »Wir unterstützen die lokale Polizei in ihren Ermittlungen, weil Ayden Morgans Name immer wieder im Zusammenhang mit verschiedenen Verbrechen aufgetaucht ist und wir deshalb eine lückenlose Aufklärung darüber brauchen, was vor und nach dem Brand passiert ist«, erklärte er in einer kurzfristig einberufenen Pressekonferenz.

Seine Worte fielen bei sämtlichen Medien auf fruchtbaren Boden. Hatten sie anfangs den Grund für Aydens Selbstmord in den schier unerträglichen Schicksalsschlägen gesucht, die ihm widerfahren waren, verlagerten sie nun ihre Spekulationen zu einem möglichen Verschulden des Brandes, bei dem

Joseph beinahe umgekommen war. Die Mutmaßungen arteten in wilde Theorien aus.

Immer noch keine Leiche gefunden! Ist Ayden Morgan alias Tyler Carlton überhaupt tot?, titelte die *Daily*, um in derselben Ausgabe weiteres Öl ins Feuer zu gießen. *Rockstar kassiert Prügel von Privatermittler. Besteht ein Zusammenhang mit dem Verschwinden von Tyler Carlton?*

Der Mann im Pub war keiner von John Owens Leuten gewesen, sondern ein Journalist der *Daily*, der Nathan erkannt hatte. In einem gut recherchierten Artikel leuchtete er die gemeinsame Vergangenheit von Nathan, Ayden und Kata aus und brachte damit eine Lawine ins Rollen. Die Medienmeute heftete sich mit der ihr eigenen Hartnäckigkeit an Kata und Nathan und überbot sich gegenseitig auf der Suche nach der verkaufsträchtigsten Schlagzeile. Mitten in dieser aufgeheizten Stimmung orderte Burton die beiden zu sich.

»Sam hat mich informiert. Es hat einige Überzeugungsarbeit gebraucht, meinen Vorgesetzten das Einverständnis abzuringen, wegen eines einfachen Brandes mit anschließendem Suizid eine Spezialeinheit hierher zu schicken.« Er holte tief Luft, die er langsam wieder ausatmete, bevor er weitersprach. »Die Sache läuft gerade gewaltig aus dem Ruder. Ihnen zu befehlen, sich herauszuhalten, wäre absolut sinnlos. Aber wehe, Sie kommen mir in die Quere oder sabotieren meine Arbeit! Und wagen Sie es nicht, mir noch einmal etwas zu verheimlichen! Klar?«

Er legte eine kurze Pause ein, in der Kata und Nathan Gelegenheit gehabt hätten, etwas zu erwidern. Keiner von ihnen ging auf das unausgesprochene Angebot ein. Dass sie kurz nach ihrer Ankunft in Plymouth auf der Suche nach Informationen bei Henry eingebrochen waren, brauchte Burton nicht zu wissen. Es hätte auch nicht geholfen, denn Henrys Büro war völlig leergeräumt gewesen.

»Gut«, fuhr der Ermittler gereizt fort. »Dann kläre ich Sie jetzt über die Konsequenzen auf, die Ihnen drohen, falls Sie sich nicht an die Regeln halten. Wenn Sie oder irgendein anderes Mitglied Ihrer Organisation mit irgendwelchen Aktionen auch nur einen Millimeter gegen die Gesetze verstoßen, verhafte ich Sie. Dasselbe gilt für jegliche Behinderungen meiner Arbeit. Sollte ich Sie dabei erwischen, wie Sie mir etwas vorenthalten, kann ich Sie zwar dafür nicht einsperren, aber ich kann Ihnen die Hölle heißmachen. Verstanden?«

»Gilt das auch umgekehrt?«, fragte Nathan. »Ich meine, das mit dem Informationsaustausch?«

»Strapazieren Sie nicht meine Geduld, MacArran«, blaffte ihn Burton an. »Das ist mein Fall. Wenn Ayden Morgan noch lebt, finde ich ihn. Wenn er umgebracht wurde, finde ich seinen Mörder. Sollten sich John Owen oder Ayden Morgan bei Ihnen melden, kontaktieren Sie mich über eines dieser Mobiltelefone.« Er öffnete seine Schublade und zog zwei Handys heraus. »Die Geräte mögen altmodisch aussehen, aber sie haben Funktionen, die Ihnen Ihren Hintern retten könnten. Sie rufen damit nur mich an. Sonst niemanden. Und ausschließlich von Orten aus, die abhörsicher sind. Ist Ihre Wohnung das?«

»Ja«, antwortete Nathan.

»Ich nehme an, Mr Dalvin Doodrick ist dafür zuständig.«

»Ist er.«

Burton wandte sich an Kata. »Ich habe keine Ahnung, weshalb Sie mir nichts von den Rosen erzählt haben, aber es ist noch nicht zu spät für Personenschutz.«

»Genau deshalb habe ich die Rosen nicht erwähnt«, entgegnete sie kalt. »Weil ich keinen Personenschutz will. Mein Leben gehört mir.«

»Das ist eine seltsame Einstellung, wenn man Todesdrohungen erhält.«

»Was würden Sie denn tun? Mich wegsperren, bis Sie John gefunden haben? Und wenn nie? Was dann?«

Burton wich Katas Blick aus. »Mit dem Verschwinden von Ayden Morgen hat sich die Lage geändert.«

»Das hat sie.«

»Sie werden sich trotzdem …«

»… aus Ihren Ermittlungen heraushalten«, beendete Kata seinen angefangen Satz.

»MacArran?«

»Sie haben Kata gehört. Was sie sagt, gilt auch für mich.«

»Bleibt Sam«, meinte Burton.

Kata wusste, worauf er anspielte. Sam und Burton belieferten sich gegenseitig mit Informationen und waren privat längst zu Freunden geworden. Gleichzeitig verband Sam auch eine tiefe Freundschaft mit Ayden, die er im Laufe der letzten Monate auf Kata und Nathan ausgeweitet hatte.

»Er wird sich entscheiden müssen, auf welche Seite er sich öffentlich stellt«, sagte Nathan.

»Ja.« Über Burtons Gesicht schob sich ein grimmiger Zug. »Was die Öffentlichkeit betrifft: Offiziell sind Sie heute vorgeladen, um über Ayden Morgan und Ihre Beziehung zu ihm Auskunft zu geben. So werden wir das der Presse gegenüber kommunizieren.«

»Arrogantes Arschloch, dieser Typ!«, zischte Nathan Kata auf dem Weg aus dem Gebäude hörbar zu.

Zwei Polizeibeamte drehten sich nach ihnen um.

Rockstar legt sich auch mit der Polizei an, stand am nächsten Tag in der *Daily*.

»Wir sollten untertauchen«, schlug Nathan vor.

Kata weigerte sich. Ayden wäre nicht von Josephs Seite gewichen. Also blieb sie an seiner Stelle. Um etwas mehr Ruhe zu haben, sorgte Nathan dafür, dass Joseph in eine private Klinik am

Rand der Stadt verlegt wurde. Wie es ihm gelang, Kata zu einer Verwandten von Joseph zu machen und ihr damit weitgehende Informationsrechte und freie Besuchszeiten zu verschaffen, blieb sein Geheimnis. DeeDee checkte das Zimmer jeden Tag auf versteckte Kameras und Mikrofone, vor der Tür wachte einer von Burtons Beamten. Klinikeigene Sicherheitsangestellte hielten die Presse draußen. Gegen die Medienleute vor dem Gebäude, die sich an jeden hängten, der etwas mit dem Fall zu tun hatte, konnten weder sie noch die Polizei etwas unternehmen.

Schweigend und äußerlich emotionslos kämpfte sich Kata durch Menschen, die ihr Fragen zuriefen oder sie fotografierten. Sie zwang den Stahl in ihre Augen, die Härte in ihr Gesicht, die Stärke in ihren Körper. Selbst Nathan und DeeDee gegenüber verbarg sie ihre Gefühle. Nur wenn sie alleine war, presste sie ihre Hände gegen die Brust, in der der Schmerz so unvorstellbar stark wütete, dass sie glaubte, er zerreiße sie, wenn sie ihn nicht mit aller Kraft zurückdrängte. Es war derselbe Schmerz, den sie beim Anblick von Raix' leblosem Körper empfunden hatte, nur löste sich dieser Schmerz nicht auf.

Nach acht Tagen ohne jeden Hinweis und ohne jede Spur auf Aydens Verbleib hielt Kata die Ungewissheit nicht mehr aus. Sie fuhr mit dem Lift ins oberste Stockwerk des Wohnblocks, stieg von dort über die Feuerleiter auf das Dach und stellte sich vor, wie es wäre, sich einfach ins Leere fallen zu lassen. »Damit tötest du nicht nur dich«, hörte sie Nathans raue Stimme hinter sich. »Damit tötest du auch Ayden.«

Kata drehte sich zu ihm um. »Wenn er noch lebt. Es sind jetzt acht Tage vergangen ohne eine Nachricht oder einen Hinweis darauf, wo er sein könnte.«

»Er lebt. Er ist stark.«

»Auch starke Menschen können brechen.«

»Nur wenn sie nichts mehr haben, wofür es sich zu leben lohnt. Ayden hat dich. Er wird kämpfen.«

»Und wenn er das nicht mehr kann?« Kata presste ihre Hand auf den Mund.

»Ayden ist nicht tot.« Nathan trat einen Schritt auf sie zu. »Daran darfst du keine Sekunde glauben! Hörst du? Keine Sekunde!«

»Was macht dich so sicher?«

»Als ich im Eis eingebrochen bin, war ich bereit zu sterben«, antwortete er leise. »Ich wäre unten geblieben, aber Zoe hat mich hochgeschickt. Sie muss gewusst haben, dass ich hier oben noch nicht fertig bin.« Er räusperte sich. »Darum bin ich so sicher.«

Kata war machtlos gegen das Schluchzen, das sie schüttelte. Nathan zog sie an sich und hielt sie fest. Er zitterte genauso heftig wie sie.

Am zehnten Tag nach Aydens Verschwinden klopfte es an die Tür von Josephs Krankenzimmer. Äußerlich ruhig und gefasst betrat Sam den Raum, doch Kata konnte er nicht täuschen. Unter seinen Augen lagen dunkle Ringe, seine Haut wirkte grau und eingefallen. In Kata stieg eine furchtbare Ahnung auf.

»Was ist, Sam«, fragte sie tonlos.

Er griff nach dem zweiten Besucherstuhl und setzte sich. »Die Polizei hat einen Toten gefunden.«

Kata wurde schwindlig. Während Sams Gesicht sich vor ihr auflöste, versuchte sie sich zu erinnern, wie man atmet.

»Es ist nicht Ayden, Kata. Hörst du? Es ist nicht Ayden.«

Kata nickte. Nicht Ayden. Sie rang nach Luft. Nicht Ayden.

Das Wasser sammelte sich in den kleinen Zwischenräumen der steinernen Mauern und rann von dort auf den Boden. Erst nur in dünnen Rinnsalen, doch als das Grollen des Donners näher kam und das Gewitter heftiger wurde, strömte es in das Verlies, weichte den Boden auf, füllte erst die Unebenheiten zu Pfützen auf und verwandelte dann die ganze Zelle in eine stinkende Kloake. Ayden rettete die letzten verbliebenen Essensreste in seine Hosentaschen. Eine halbe Packung Chips. Ein zu zwei Dritteln aufgegessener Schokoriegel. Nach der langen Gefangenschaft kostete ihn die Aktion seine ganze Kraft. Zittrig wie ein alter Mann stützte er sich mit den Händen gegen die Mauer und wartete auf das Nachlassen des Schwindels, der ihn mittlerweile bei jeder Bewegung erfasste. An die zwei angegammelten Brotscheiben erinnerte er sich erst, als es zu spät war. Bestimmt schwammen sie längst aufgeweicht in der Brühe zwischen seinen Füßen. Sehen konnte er sie nicht, nur fühlen und riechen.

Das Verlies hatte keine Fenster. Wände und Decke waren aus Stein, die verriegelte Tür über den zwei Stufen aus hartem, metallbeschlagenem Holz, der Boden aus Lehm. Ayden hatte jeden Quadratzentimeter abgetastet. Es gab keine Pritsche, auf die er sich legen konnte, keine Decke gegen die feuchte Kälte, keinen Eimer, wenn er mal musste. Nur ein paar wenige Nahrungsmittel. Fünf Flaschen mit Wasser. Und Zeit. Sehr viel Zeit.

Anfangs war Ayden hin und her gegangen. Klaubte scharfkantige Steine aus der Mauer und versuchte, das Loch zu vergrößern. Warf sich gegen die Tür. Tastete mit blutig gekratzten Fingern nach Ritzen zwischen Holz und Stein. Er teilte sich das Essen in Kleinstportionen ein, trank das Wasser, das schon nach kurzer Zeit abgestanden schmeckte, nur schluckweise. Um so wenig Kraft und Energie wie möglich zu verbrauchen, hätte er sich hinsetzen sollen, doch er fror. Also ging er wieder bis zur Erschöpfung hin und her. Schlief im Sitzen. Der Boden war hart, eine dünne oberste Schicht aufgeweicht und glitschig. Feuchte Luft drang durch die Hohlräume der Steine. Irgendwann kam der Husten, dann das Fieber. Der Husten schüttelte Ayden durch, das Fieber ließ ihn abwechselnd schwitzen und frieren. Wenn er für eine Weile wegdämmerte, quälten ihn Albträume. Joseph starb in einem flammenden Feuer. Kata stand neben John Owen auf der Klippe. Und ein kleiner Junge verhungerte und verdurstete langsam in einer Zelle.

Fünf kleine Tüten Chips, fünf Schokoriegel, fünf Scheiben Brot und fünf Flaschen Wasser waren alles, was sie hatten, er und der kleine Junge. Zehn Tage lang hatte der Junge ausgehalten. Zehn Tage. Jeder davon eine Ewigkeit, jeder ohne Anfang und Ende, denn im Finsteren gab es keinen Tag und keine Nacht.

Die Bartstoppeln wuchsen, die Jeans wurde lose, die Träume hörten auf. Wenn Ayden jetzt wegdriftete, dann nicht in den Schlaf, sondern in die Bewusstlosigkeit. War er wach, kämpfte er gegen das fiebrige Durcheinander im Kopf. Es gab Menschen, die nach ihm suchten. Zehn Tage hatten sie Zeit, danach würde etwas passieren.

Das Donnergrollen verzog sich. Nicht jedoch das Wasser in der Zelle. Aydens Ellbogen knickten ein, seine Hände, mit denen er sich an die Wand stützte, glitten ab. Die Beine, völlig gefühllos von der Kälte, die von seinen Füßen ausging, trugen ihn nicht länger. Adyen sank in die Knie. Er sammelte alle verbliebenen Kräfte und versuchte aufzustehen. Es gelang ihm nicht. Mit tauben Fingern zog er die Tüte aus der Hosentasche. Essen. Er musste etwas essen. Auch wenn er fast nichts mehr hatte. Die weichen Chips schmeckten nach der schmutzigen Brühe, in der er kniete. Trotzdem würgte Ayden sie hinunter. Nach den ersten paar Bissen wurde ihm schlecht. Sein Magen zog sich zusammen. Die Tüte glitt aus seiner Hand. Er tastete nach der Flasche mit dem Wasser. Der letzten. Er fand sie nicht. Mit der Zunge fing er das Nass auf, das aus den Steinen rann. Das Dunkel um ihn herum begann sich zu drehen. Auf allen vieren kroch er zu den Stufen bei der Tür. Erneut krampfte sich sein Magen zusammen. Bittere Gallenflüssigkeit schoss durch die Speiseröhre nach oben. Ayden spuckte sie aus. Sein Kopf sackte nach vorn. »Fick dich, John«, keuchte er.

Weit hinten, am Ende eines langen Tunnels, hörte er Stimmen. Sie kamen näher. Ihn holen. Panik ergriff Ayden. Sie gab ihm die Kraft, aufzustehen und sich in eine Ecke zu flüchten. Eine sinnlose Aktion. Es gab kein Entkommen. Metallenes Klicken hallte durch Aydens Kopf. Ihm folgte wie ein langes Echo ein unerträgliches Quietschen. Licht fiel in den Raum. Nach einer Ewigkeit im Dunkeln schmerzten Aydens Augen fast so sehr wie der Kopf. Er blinzelte. Unter der offenen Tür stand ein riesiger schwarzer Schatten.

»Scheiße, was für ein Gestank!« Die Stimme gellte in Aydens Ohren. »Steh auf!«

Der Mann hätte Ayden genauso gut befehlen können, die Flügel auszubreiten und zu fliegen. Es war unmöglich.

»Holt ihn raus!«

Der kalte, gefühllose Befehl schnitt sich tief in Aydens Erinnerung. Zurück an den Tag in der Lagerhalle, als zwei Schläger ihn krankenhausreif geprügelt hatten, während ein Mann mit der Ausstrahlung und den Augen eines Wolfs ihm sagte, was er von ihm erwartete. Dieser Mann war hier! Noch konnte Ayden ihn nicht sehen, sondern nur hören, doch der Wolf war da, draußen vor der Tür.

Unter leisem Fluchen betraten zwei Männer das Verlies. Sie zerrten Ayden hoch. Kraftlos hing er zwischen ihnen, Hose und Schuhe durchweicht und mit einer schmierigen Lehmschicht überzogen, auf dem Pullover sein Erbrochenes, die Haare verfilzt, zwischen den Bartstoppeln eine juckende, entzündete Schürfwunde. Die Männer schleppten ihn in den steinernen Flur eines Kellergewölbes und von dort eine Treppe hoch in einen leeren Stall, in dem es nach Heu und Schafen roch. Durch ein Tor schien helles Licht, noch viel heller als vorhin im Verlies. Zuerst sah Ayden nur gleißende Leere. Dann einen stahlblauen Himmel. Und unter dem Himmel eine karge Landschaft, fast so karg wie in Schottland, nur dass auf diesem steinernen Boden bis hin zu dem markanten Felsenhügel am Horizont Olivenbäume wuchsen.

Vor der Scheune wartete der Wolf auf sie. Er musterte Ayden mit einem ausdruckslosen Blick, der nicht verriet, was er dachte.

»Bringt ihn zum Boss.«

»Aber der Typ ist völlig verdreckt.«

Ein belustigtes Grinsen legte sich auf das Gesicht des Wolfs. »Der Boss wartet nicht im Haus, sondern drüben in der Kapelle. Vor Gott sind alle gleich, egal wie sie aussehen und riechen.«

Er winkte die Männer weiter. Die Geste wirkte locker, beinahe beiläufig, und dennoch war sie ein unmissverständlicher Befehl, dem die beiden wortlos nachkamen. Sie führten Ayden über einen Pfad auf die andere Seite des Stalls. Während sich seine Augen an das Licht gewöhnten, schaute er gebannt auf das, was sich vor ihm auftat. Auf einer Anhöhe stand eine kleine weiße Kapelle mit einem grauen Steindach. Sie war beinahe ein Ebenbild der Kapelle, die er auf unzähligen Fotos gesehen hatte. Nur die Landschaft dahinter war die falsche. Von der Anhöhe bis zum Meer erstreckte sich ein wildes, unberührtes Tal. An der schönsten Stelle lag ein steinerner Bau mit riesigen Fensterfronten, der sich in Form und Farbe nahtlos in die Landschaft einfügte. John Owen hatte noch immer Geschmack. Denn dass er es war, der in der Kapelle auf ihn wartete, daran hatte Ayden nicht den geringsten Zweifel.

Bis er ihm gegenüberstand.

Der dunkelhaarige Mann mit dem sonnengebräunten Gesicht neben dem Altar konnte unmöglich John Owen sein. Das lag nicht nur an der Haarfarbe. Er hatte weder Owens Nase noch seinen Mund. In den hellen Jeans und dem weißen Hemd mit dem offenen Kragen sah der Fremde aus wie einer dieser verwegenen Aussteiger, die sich nach einer brillanten Karriere mit ihrem Geld ein eigenes Weingut leisteten.

»Lasst ihn los!«, befahl er.

Nicht einmal die Stimme war die von John Owen.

Ayden taumelte und musste sich an einer der wenigen Kirchenbänke festhalten. Fünf Reihen. In jeder Reihe Platz für ungefähr fünf Leute. Mehr nicht. Kein kleiner Junge, der leblos und mit gebrochenen Augen auf einer Bank lag.

Ayden starrte auf die rechte Hand des Mannes. Sie steckte in einem schwarzen Lederhandschuh. Der Mann musste seinen Blick bemerkt haben. Langsam streifte er den Handschuh ab.

»Kata hat ganze Arbeit geleistet.« Er hielt seine Hand in die Höhe. Sie war steif und vernarbt, an zwei Fingern fehlten die Kuppen. »Sämtliche Brüche, sogar die im Rückenbereich, sind verheilt. Ein plastischer Chirurg konnte mein Gesicht verändern, ein Chip sorgt für eine andere Stimme, aber die Hand ist verloren.« Owen zog den Handschuh wieder über. »Willkommen in meiner Welt, Tyler Carlton. Ich hoffe, du hattest genügend Zeit, dir zu überlegen, warum du noch lebst.«

Erneut hob er die Hand. Diesmal, um jemanden in den Raum zu winken. Ayden klammerte sich an die Bank. Mit angehaltenem Atem drehte er sich um, doch die beiden Gestalten, die die Kapelle betraten, waren nicht die, die er erwartet hatte. Obwohl er sich festhielt, geriet er ins Wanken.

John lachte. »Für Laura und Patrick ist es noch zu früh, Tyler.«

Aydens Hände glitten ab. Bevor er umkippen konnte, fingen ihn die zwei Männer auf und brachten ihn unter Johns Gelächter aus der Kapelle.

Geht's?«, fragte Sam besorgt.

»Ja.« Kata räusperte sich die ausgestandene Angst aus der Kehle. »Ein Toter? Wo?«

»In einer Garage in einem sehr üblen Viertel. Der Mann, ein stadtbekannter Hehler, wurde erschossen. Wahrscheinlich am Tag, an dem Ayden verschwand. In einer Mülltonne in der Nähe der Garage lag die Waffe, aus der die Kugel abgefeuert wurde. Der Täter hat versucht, die Fingerabdrücke wegzuwischen, jedoch nicht gründlich genug. Die Polizei konnte sie Ayden zuordnen.«

Die Worte sanken in Kata ein, ohne einen Boden zu finden. Sie verstand sie und verstand sie doch nicht. »Ayden hat den Mann nicht umgebracht.«

»Ich weiß. Aber jemand lässt es so aussehen. Ayden wurde schon einmal verdächtigt, sich mit Hehlern zusammengetan zu haben. Die Garage war voller Diebesgut. Darunter Kameras aus Josephs Besitz. Und derselbe Brandbeschleuniger, der Josephs Haus in Kürze zum Raub der Flammen machte. Alles deutet darauf hin, dass Ayden hinter den Taten steckt und danach seinen Selbstmord inszeniert hat, um untertauchen zu können.«

»Ayden war es nicht«, wiederholte Kata. »Es war John.«

Müde rieb sich Sam über die Bartstoppeln am Kinn. »Da ist noch etwas. Ayden hat zwei Nachrichten hinterlassen.«

»Du meinst, John hat zwei Nachrichten hinterlassen«, korrigierte sie ihn.

»Wer auch immer.«

»*Suicide Embrace*. Was noch?«, fragte Kata, ohne auf Sams Bemerkung einzugehen. »Was war die zweite Nachricht?«

»Im Booklet sind zwei Wörter markiert. *Red* und *Rage*. *Red Rage*. Heißer, unkontrollierter Zorn. Damit liefert Ayden ein Motiv für den Brand und den Mord.«

»John«, korrigierte Kata Sam erneut. »John liefert der Polizei ein Motiv, das er Ayden unterschiebt. Ayden ist kein zorniger Mensch.«

»Das Booklet war nur der Anfang, Kata. Der Täter hat in der Garage einen Schriftzug auf der Mauer hinterlassen. Dieselbe Botschaft. *Red Rage*.«

»*Red Rage* ist nicht Aydens Zorn, Sam! Es ist ein Hinweis, auf das, was passieren wird. Wie die Rosen mit den abgeschnittenen Köpfen.«

»Für die Polizei ist es eine Botschaft von Ayden. Sie geht davon aus, dass er lebt und weitere Taten begehen könnte. Es läuft eine Fahndung nach ihm.«

Schon wieder Worte, die keinen Boden fanden, weil sie keinen Sinn ergaben. Warum sollte John das wollen? Wenn er Ayden in seiner Gewalt hatte, lenkte er damit die Aufmerksamkeit auf sich. Eine nervöse Unruhe erfasste Kata.

»Du sagst, der Mann ist seit zehn Tagen tot. Wieso hat es so lange gedauert, bis man ihn gefunden hat?«

»Es gab einen anonymen Anruf. Heute Morgen.«

Die Unruhe in Kata breitete sich aus. »Weiß Nathan es schon?«, fragte sie.

»Noch nicht.«

»Was glaubt Burton?«

»Er arbeitet daran.« Sam erhob sich ungewohnt schwerfällig. »Ich habe noch einen Termin.« Unter der Tür blieb er stehen. »Du solltest dich ausruhen und etwas essen. Es …«

»Ich warte auf Nathan«, unterbrach sie ihn. »Er hat versprochen, mich abzulösen.«

Kata brauchte keine Belehrungen über ihr Gewicht. Sie wusste, dass sie zu wenig aß und zu wenig trank. Manchmal wurde ihr schwarz vor den Augen, wenn sie zu schnell aufstand. Jeden Tag nahm sie sich vor, besser auf sich aufzupassen, doch dann fehlten der Hunger und der Durst. Sie vergaß schlicht und einfach, ihrem Körper das zu geben, was er brauchte, und er verlangte nicht danach. »Ich hol mir auf dem Weg zur Wohnung was«, log sie.

»Bestimmt?«

»Hau ab, Sam!«, herrschte sie ihn an. »Du verschweigst uns zehn Tage lang einen wichtigen Hinweis und hältst mir dafür Vorträge übers Essen!«

Betreten hob er die Hände zu einer entschuldigenden Geste. Kurz danach war Kata allein mit Joseph.

»Er ist nicht tot«, versicherte sie dem Mann, der Ayden den Vater ersetzte. »Und er hat niemanden umgebracht.«

Nichts deutete darauf hin, dass Joseph sie verstand. Das leblose Gesicht unter dem Kopfverband war fahl, die Augen lagen tief in den Höhlen, der eingefallene Mund und der faltige Hals erinnerten Kata an eine Schildkröte. Joseph wirkte so furchtbar alt und zerbrechlich. Sie lehnte sich vor und berührte sachte seine Fingerkuppen, die als einziger Teil seiner Arme und Hände nicht in Verbänden steckten.

Nachbarn hatten der Polizei geschildert, wie er versucht hatte, die wertvollsten Gegenstände seiner Sammlung zu retten, auch dann noch, als der Laden längst in Flammen stand. Ein herunterstürzender Balken hatte ihm den Schädel gebrochen. Bis man ihn aus dem Gebäude ziehen konnte, hatte er sich nebst der schweren Kopfverletzung starke Verbrennungen und eine Rauchvergiftung zugezogen.

Als sich hinter Kata die Tür öffnete, glaubte sie zunächst, Nathan sei hier, doch es war eine Krankenschwester, die das Zimmer betrat. »Der Polizist vor der Tür möchte Sie kurz sprechen.« Sie warf Kata einen neugierigen Blick zu. »Er lässt ausrichten, es gehe um einen Fund von heute Morgen. Haben Sie etwas verloren?«

»Ja«, antwortete Kata. Ayden. Sie hatte Ayden verloren. Fahrig und unsicher stand sie auf.

»Ich hoffe, es wird schnell gefunden.« Die Schwester lächelte aufmunternd. »Machen Sie sich keine Sorgen, ich passe auf Joseph auf.«

Der uniformierte Beamte saß auf einem der beiden Stühle vor dem Krankenzimmer. An seiner Hemdtasche klemmte ein in Plastik eingeschweißter Ausweis. Kata setzte sich auf den Stuhl neben ihn. »Sie haben nach mir gefragt?« Ihre Stimme zitterte.

»Wie geht es Mr Cole?«

»Er ist stabil«, wiederholte sie die Worte, an die sie sich klammerte, seit sie sie zum ersten Mal gehört hatte.

»Ist Ihnen nicht gut, Miss?« Der Beamte stand auf und kauerte vor sie hin. »Sie sehen blass aus.«

Ihr war schwindlig. Vielleicht hatte der Mann Angst, sie würde zusammenbrechen, denn er kam ihr viel zu nahe.

»Ich bin in Ordnung. Könnten Sie …«

Erstaunt nahm Kata den Stich in ihren Oberschenkel wahr. Sah, wie der Mann seine Hand zurückzog und blitzschnell etwas in seine Hosentasche gleiten ließ, bemerkte die Zufriedenheit, die sich auf seinem Gesicht ausbreitete, bevor sich vor ihr alles aufzulösen begann. Sie kippte nach vorn. Direkt in die Arme des Mannes. »Mr Owen lässt grüßen.« Er drückte sie zurück auf den Stuhl und flüsterte ihr etwas ins Ohr. Katas Herz flimmerte. Ein dunkler Tunnel verschlang sie. Das Licht entfernte sich. Es wurde schwarz und still.

Die Männer brachten Ayden zu einem schwarzen Pick-up, der vorher noch nicht vor der Kapelle gestanden hatte.

»Wenn du dich aus dem Wagen fallen lässt und abzuhauen versuchst, stirbt deine Freundin. Verstanden?«

Ayden konnte nicht einmal allein stehen. Wie hätte er da abhauen sollen?

»Verstanden?«, wiederholte der Mann laut.

»Ja.«

Die beiden hievten ihn auf die Ladefläche wie ein Tier, das sie auf der Jagd erlegt hatten. Türen knallten. Der Motor röhrte auf und das Gefährt schoss mit einem Ruck los. Ayden wurde durchgerüttelt, in den Kurven drückten ihn die Fliehkräfte gegen die Seitenwände. Kalter Wind drang durch die Kleider. Als die Fahrt genauso abrupt endete, wie sie begonnen hatte, prallte er ein letztes Mal gegen eine Wand.

Über sein Gesicht rann Blut. Metall quietschte. Hände zerrten an seinen Füßen. Er kippte ins Leere und landete hart auf dem Boden. Unscharf sah er Beine auf sich zukommen. Schwarze Strümpfe, darüber die Säume von dunkelbraunen Röcken. Einer der beiden Männer redete in einer Sprache, die Ayden nicht verstand. Es klang nicht wie Spanisch. Vielleicht Portugiesisch. Oder Griechisch. Ein Tritt traf ihn in die Seite. »Immer schön brav bleiben, Kleiner«, sagte der Mann, der schon vorher mit ihm gesprochen hatte. »Die beiden Marias werden sich um dich kümmern. Wir sehen uns später.«

Während die Männer sich entfernten, blieb es gespenstisch ruhig. Ayden stemmte sich auf die Knie. Dann waren plötzlich die Hände da. Sanft, beinahe zögernd griffen sie nach ihm. Leise Stimmen redeten ihm zu, voller Mitgefühl, aber auch Angst. Die Frauen halfen ihm hoch und führten ihn in ein Gebäude aus Holz, Stein und Glas, das zu einem vom Hauptbau getrennten Komplex mit Stallungen und kleinen Werkstätten gehörte. Dort brachten sie ihn in ein karg eingerichtetes Bad mit vergitterten Fenstern. Die ältere der Frauen bedeutete ihm, sich auszuziehen. Ayden geriet schon beim Versuch, den Pullover über den Kopf zu zerren, ins Taumeln. Die Frau schickte ihre jüngere Kollegin weg und half ihm aus seinen Sachen. Irgendwann flüsterte sie kaum hörbar: »Policia?«

Er schüttelte den Kopf.

Sie drehte das Wasser für ihn auf, als hätte es die Frage nie gegeben. Dann hob sie beide Hände in die Höhe. Zehn Finger. Zehn Minuten. Einheiten, die Ayden nichts bedeuteten, da er jedes Gefühl für Zeit verloren hatte.

»Gracias«, bedankte er sich. Für ihren Mut, ihm Hilfe anzubieten, für die Art, wie sie mit ihm umging.

Er klammerte sich an den Armaturen fest. Unter ihm floss braunes Wasser ab. Nach einer Weile hörte sein Körper auf zu schlottern, das Wasser wurde klarer. Ayden fand ein Duschmittel. Weil ihm die Kraft zum Stehen fehlte, setzte er sich hin. So gut es ging, wusch er sich die Haare und seifte seinen Körper ein. Danach blieb er in der behaglichen Wärme sitzen und sammelte seine Kräfte.

Als die Zeit um war, öffnete die Frau die Tür. Sie hielt ihm ein Badetuch hin. Dankbar wickelte er sich darin ein und folgte der Frau in ein Zimmer. Wie im Bad waren die Fenster vergittert. Auf dem Bett lagen ein T-Shirt und Boxershorts. Auch ohne die Gesten der Frau hätte Ayden verstanden, was von ihm erwartet wurde. »Danke, ich schaffe es alleine.«

Sie schien ihn nicht verstanden zu haben, denn sie griff nach dem T-Shirt.

Ayden schüttelte den Kopf. Sie legte das T-Shirt zurück auf das Bett und ging zur Tür.

»Gracias«, wiederholte er seinen Dank von vorhin.

»Obrigado«, korrigierte sie ihn. »Portugues.«

»Obrigado.«

Er schaute zu, wie sie die Tür hinter sich schloss. Egal wie nett die Frau war, er musste auf der Hut sein. Sie arbeitete für John. Ayden zog die bereitgelegten Sachen an und kroch unter die Decke. Die Wärme, die sich unter der Dusche eingestellt hatte, verzog sich. Ihm war eiskalt. Sein Magen spielte verrückt. Bei jedem Husten glaubte Ayden, erbrechen zu müssen, dabei gab es längst nichts mehr, das hochkommen konnte.

2.

Kata öffnete die Augen. Blassblaue Farbtupfer in einem kreideweißen Gesicht. Sie irrten herum und blieben an Nathan hängen, der die ganze Nacht an ihrem Bett gewacht hatte.

»Wo sind wir?«

»In der Klinik. Du hattest einen Schwächeanfall.« Es fiel Nathan schwer, die Sorge aus seiner Stimme zu halten. »Bist im Flur zusammengebrochen.«

»Kein Schwächeanfall.« Kata fuhr mit der Zunge über ihre spröden Lippen. »Wie lange bin ich schon hier?«

»Seit gestern Nachmittag.«

Ohne ein einziges Mal zu erwachen. Die Ärzte hatten von einem besorgniserregenden Erschöpfungszustand gesprochen. Gebrochene Herzen zu diagnostizieren, war nicht ihre Aufgabe. Nathan kannte den Befund auch so.

»Ich will zu Joseph!« Kata richtete sich auf. »Lebt er noch? Oder …«

Ihr Blick ging ins Leere. Sie blinzelte und sank zur Seite. Nathan schlang seine Arme um sie.

»Er lebt. DeeDee ist bei ihm.«

Behutsam hob er ihren Kopf an und führte ein Glas Wasser an ihren Mund. Sie trank gierig ein paar Schlucke.

»Der Polizeibeamte hatte eine Spritze.«

»Eine Spritze?«, fragte er verwirrt.

»Er hat mich betäubt.«

»Sie haben dir eine Infusion gegeben.« Nathan deutete auf den durchsichtigen Beutel über ihr. »Wahrscheinlich ist das der Stich, den du gespürt hast. Die Schwester, die nach Joseph gesehen hat, hat dich im Flur gefunden. Du warst allein und nicht ansprechbar.«

Kata zerrte am Pflaster über ihrem Handrücken. »Nein. Da war ein Polizist. Er hat mich betäubt.«

Nathan streckte seine Hand nach ihren Fingern aus, die nun über die Nadel unter dem Pflaster glitten. »Warum sollte er das tun? Ohne danach zu Joseph vorzudringen oder dich zu verschleppen?«

In einer hastigen Bewegung entzog sich Kata seiner Berührung. »Ich weiß es nicht.«

»Du kannst keinen Polizisten gesehen haben. Burtons Mann war nicht auf seinem Posten, als es passiert ist«, erklärte ihr Nathan. »Kata, du sitzt seit zehn Tagen an Josephs Bett. Wenn nicht, suchst du im Internet oder an den Fotos auf der Wand nach Hinweisen. Du schläfst fast nicht. Du isst viel zu wenig. Da kann man schon …«

»Ich bin nicht zusammengebrochen!«, schrie Kata. »Red nicht mit mir wie mit einem Kind!«

Sie schlug die Decke zurück. Ihr verrutschtes Krankenhaushemd gab frei, was ihre weiten Kleider vor Nathan verborgen hatten. Entsetzt starrte er auf den viel zu dünnen Körper mit den viel zu dünnen Beinen.

»Hier.« Kata legte ihren Zeigefinger auf eine Stelle an ihrem Oberschenkel.

Wenn man wusste, wonach man suchen musste, war der blaue Fleck nicht einfach ein blauer Fleck. In seiner Mitte befand sich kaum sichtbar die Stelle, an der die Nadel der Spritze durch die Haut gedrungen war. Wahrscheinlich hatte sich zu dem Zeitpunkt, an dem die Ärzte Kata untersucht hatten, der Bluterguss noch nicht gebildet gehabt. Sie hatten den Stich übersehen, weil es keinen Grund gegeben hatte, nach einer anderen Ursache für den Zusammenbruch zu suchen. Katas Zustand war zu offensichtlich.

»Es tut mir leid«, entschuldigte sich Nathan. »Ich hätte dir glauben sollen.«

»Ja«, antwortete sie bitter. »Ich möchte hier weg.«

»Du brauchst Hilfe.«

»Ich habe dich.«

Kata drückte die Klingel. Dem Pfleger, der herbeigeeilt kam, erklärte sie, dass sie einen Arzt sprechen wolle. Sofort. »Oder ich ziehe mir die Nadel heraus und entlasse mich selber.«

Knappe drei nervenaufreibende Stunden später zupfte Kata kleine Stücke von dem Brötchen, das Nathan unterwegs gekauft hatte, und kaute jeden Bissen endlos lange, bevor sie ihn schluckte. Das Brötchen war ein Kompromiss. Kata hatte nichts essen wollen, Nathan hatte darauf beharrt und sie an das Versprechen erinnert, das sie dem Arzt im Krankenhaus gegeben hatte. Zwischen den Bissen erzählte sie ihm von den Botschaften und dem Toten in der Garage.

Nathan suchte online nach der Meldung. Die wenigen Informationen, die er fand, stimmten mit denen von Sam überein, der Rest war Spekulation. Wesentlich aussagekräftiger fand Nathan die Bilder. Er drehte den Bildschirm in Katas Richtung. »Man sieht nicht viel, aber genug, um zu wissen, dass kein Mensch je auch nur einen Blick in diese Garage geworfen hätte.«

»Die Leiche wäre also noch lange nicht entdeckt worden?«, stellte sie fest.

»Wenn niemand den Fund gemeldet hätte, nein.«

Nachdenklich trank Kata einen Schluck ihres Tees. »Dann muss einer von Johns Männern angerufen haben.«

»Ich denke, ja.«

»Aber warum?«, fragte sie. »John weiß, was er damit auslöst. Wenn er Ayden bei sich versteckt, riskiert er, von der Polizei gefunden zu werden. Das kann er doch nicht wollen. Es sei denn, Ayden ist tot und liegt irgendwo …«

Katas Hand begann zu zittern. Heißer Tee schwappte über

den Rand ihrer Tasse und rann über ihre Finger. Sie schien es nicht einmal zu bemerken. Nathan nahm ihr die Tasse aus der Hand und tupfte ihr mit dem Ärmel seines Pullovers die Flüssigkeit von der Haut.

»Ayden ist nicht tot. Owen legt eine Spur. Kata, was hat der falsche Polizist zu dir gesagt?«

»Er hat mir Grüße von John ausgerichtet.« Ungeduldig streckte Kata ihre Hand nach dem Laptop aus.

»Grüße von Owen?«

»Ja. Eine Warnung, denke ich.«

Das glaubte Nathan auch. »Sonst noch etwas?«

Ohne auf seine Frage einzugehen, zog Kata das Gerät dicht an sich heran. Ihre Nase klebte beinahe am Bildschirm, ihre Finger hämmerten Buchstaben in die Maschine. Zwischendurch wurde es ein paar Sekunden still, in denen ihr Blick über die Wörter irrte. Wenn sie nicht fand, was sie suchte, hämmerten die Finger ungeduldig weiter.

»Wonach suchst du?«, fragte Nathan.

»Nach einer Spur. Der Junge, den Aydens Eltern entführt haben. Der war eingesperrt.« Ihre Antwort war ein ähnliches Stakkato wie ihr ununterbrochenes Tippen. »Im Keller eines verlassenen Gebäudes. Wo war das? Erinnerst du dich?«

»An der Nordostküste von England.« Nathan fiel der Name des Ortes nicht ein. »In der Nähe eines kleinen Dorfs. Der Junge war dort …«

»Zehn Tage lang«, brachte Kata seinen Satz zu Ende. »Dann war er tot. Ausgehungert und verdurstet, weil Aydens Eltern nie nach ihm gesehen hatten. Das ist ein Hinweis, Nathan. Das ist die Spur.« Jetzt erst unterbrach sie ihre hektische Tätigkeit. »Zehn Tage. Die waren gestern um.«

Ohne zu zögern, griff Nathan nach dem Handy, das Burton ihm gegeben hatte, und stellte die abhörsichere Verbindung zur einzigen gespeicherten Nummer her. »Das Haus, in dem der entführte Junge damals gefangen gehalten wurde. Dort könnte Ayden sein.«

»Darauf sind wir auch gekommen«, erwiderte Burton. »Meine Leute sind unterwegs. Wir geben Bescheid, sobald wir dort sind.«

Kata stand auf. Ihre Hände klammerten sich an der Tischplatte fest. Ein paar Sekunden stand sie reglos da. Dann sackte sie ohne einen Laut zusammen. Nathan schnellte hoch und fing sie auf, bevor sie auf dem Boden aufschlagen konnte.

Nachdem Nathan Kata in ihr Bett gelegt hatte, sammelte er Kartons ein, faltete sie zusammen und steckte sie in eine Tüte. Die leeren Flaschen und Getränkedosen brachte er in die Küche, das herumstehende Geschirr stapelte er in die Spüle. Als es nichts mehr zu tun gab, lehnte er sich gegen die Küchenkombination und starrte auf die Flaschen vor ihm. Lauter alkoholfreie Getränke. Sogar DeeDee hatte sich daran gehalten wie an ein ungeschriebenes Gesetz, über das niemand sprach. Nathans Mund wurde trocken, seine Finger trommelten nervös auf die Arbeitsfläche. Das Verlangen nach einem Schluck Whisky wurde übermächtig.

Das schrille Geräusch der Türklingel holte ihn aus seinem inneren Ringen gegen die überwunden geglaubte Sucht. Er schluckte leer und schüttelte den Kopf, um wieder klar denken zu können. DeeDee hatte einen Schlüssel. Wahrscheinlich war es einer der Pressefritzen, der den Knopf nun schon zum zweiten Mal drückte. Nathan rannte in den Flur.

»Verpiss dich!«, zischte er in die Gegensprechanlage.

»Ich bin's«, antwortete eine vertraute Stimme. »Lass mich rein!«

»Sonst?«

»Keine Spiele, Nate!«

Nathan wischte sich den Schweiß von der Stirn und betätigte den Türöffner. Weniger als eine Minute später stand Sam vor ihm.

»Wo ist sie?«

Mit ausgestreckten Armen hielt Nathan Sam davon ab, die Wohnung zu betreten. »Wenn du jetzt hierbleibst, stehst du für Owen auf unserer Seite«, sagte er leise.

»Schau mich an! Ich sehe grimmig genug aus, um jeden glauben zu lassen, dass ich dir in diesem Moment Feuer unter dem Arsch mache. Böser Ex-Bulle, verstehst du? Burtons Mann fürs Grobe.«

Er schlug Nathans Arme beiseite und versetzte ihm einen kräftigen Stoß. Nathan taumelte rückwärts in die Wohnung, gefolgt von Sam, der die Tür mit einem lauten Knall hinter sich zuschlug. »Grob genug?«, fragte er.

»Was …«

»Wie konntest du sie in ihrem Zustand aus der Klinik holen?«

»Jemand muss sich um sie kümmern. Du hast sie ja einfach allein gelassen.«

Sam stand da, als hätte Nathan einen Kübel voll kaltem Wasser über ihm ausgeleert. »Das war ein Fehler«, gestand er.

»Vor allem, wenn man bedenkt, dass der Feind vor der Tür saß und deinen Besuch mitbekam.«

»Der Feind? Da war kein Feind. Die Klinik ist bewacht, das Zimmer abhörsicher. Dafür sorgt nicht nur dein Freund, sondern auch die Polizei.«

»Nicht gut genug.«

»Wovon redest du?«, fragte Sam entgeistert.

In ein paar knappen Sätzen erzählte Nathan, was geschehen war. Während er redete, rang Sam sichtbar um Fassung.

»Habt ihr Burton informiert?«

Nathan schüttelte den Kopf. »Dein Job. Owens Warnung war ziemlich klar. Du solltest jetzt gehen.«

»Lass mich zu ihr!«

»Kata hat mich«, wiederholte Nathan, was Kata ihm in der Klinik gesagt hatte.

»Hast du in letzter Zeit mal in den Spiegel geschaut?« Sam packte Nathan an den Schultern. »Jeder Penner kommt gepflegter daher als du. Du kannst nicht einmal für dich selber sorgen! Wie willst du da auf Kata aufpassen? Schläfst du überhaupt noch? Wann hast du das letzte Mal geduscht?«

Nathan lag eine wütende Antwort auf der Zunge. Sie blieb unausgesprochen, denn Sams Worte hatten einen Damm durchbrochen. Die aufgestaute Müdigkeit der letzten Tage überrollte ihn. Er schlief tatsächlich kaum und wenn, dann meistens in seinen Kleidern. Er konnte sich nicht erinnern, wann er sie das letzte Mal gewechselt hatte.

»Was willst du, Sam? Mir Vorwürfe machen?«

»Nein. Die Vorwürfe mache ich mir selber. Ich bin hier, weil mich Burton in die Aktion eingeweiht hat, die gerade läuft. Ich will bei euch sein, wenn er anruft und Bescheid gibt.«

Sam trug frische Sachen. Er war rasiert und bestimmt hatte er am Morgen geduscht. Nichts an ihm erinnerte an einen Penner, doch Nathan war sicher, dass er die gleiche Angst und denselben Schmerz verspürte wie er. Ihre Welt brach zusammen. Nicht aufgrund eines Schicksals, das sich gegen sie gewendet hatte, sondern weil Owen diese Welt Stück um Stück einriss und zerstörte.

»Sie ist einfach umgekippt, Sam. Als wolle ihr Körper sie vor dem Fühlen schützen.«

»Und du?«

Der Druck von Sams Händen gab nach. Sie lagen nun beinahe tröstend auf Nathans Schultern.

»Hab sie ins Schlafzimmer getragen.«

»Das meine ich nicht.«

»Ich weiß«, antwortete Nathan heiser. »Erste Tür rechts.«

Der Augenblick, in dem die Angst gewann und die Hoffnung starb, prägte sich tief in Katas Denken und Fühlen ein. Sie hörte, wie Nathan Burton anrief, um ihn auf das Versteck aufmerksam zu machen, aber nicht, was er zu ihm sagte. Wie ein schweres Tuch umschlang sie eine überwältigende, unumstößliche Ahnung, dass Ayden tot war, schnürte sie ein, presste die Luft aus ihr. Tiefes Schwarz löschte alles aus und schenkte ihr für eine Weile die Gnade der Bewusstlosigkeit.

Als sie erwachte, saß Sam an ihrem Bett. Ein paar schreckliche Sekunden lang fürchtete Kata, er bringe ihr schlechte Nachrichten.

»Wir haben noch nichts von Burton gehört«, sagte er.

Tief beschämt darüber, Ayden aufgegeben zu haben, ehe sie überhaupt wusste, was Burtons Leute in dem alten Haus finden würden, schwor sich Kata, dass ihr das nie wieder passieren würde. Nie wieder!

»Erzähl mir von Ayden«, bat sie, bevor Sam ihr Fragen stellen konnte oder, noch schlimmer, sie zu trösten versuchte.

»Was?«

Das *Was* war nicht so wichtig. Wichtig war nur, dass Sams Stimme Ayden in ihr Leben zurückbrachte.

»Wie hast du ihn kennengelernt?«

»Du möchtest das jetzt wissen?«

»Ja.«

Sam verschränkte die Arme und streckte seine Beine. »Er lebte auf der Straße und war verprügelt worden. Zwei Kollegen griffen ihn auf. Sie brachten ihn erst zum Arzt und dann auf die Wache.«

Kata hatte im Internet über diese Zeit in Aydens Leben gelesen. Es war jene Phase, in der er öfter mit der Polizei zu tun hatte.

»Wie war er?«

»Verschlossen. Schweigsam. Misstrauisch.«

»Du hast ihn bei dir aufgenommen. Warum?«

»Ich wollte nicht, dass er zugrunde geht oder irgendwann im Gefängnis landet. Glaub mir, er war auf bestem Weg dorthin.«

Kata kannte die nackten Fakten. Ausgerissen aus drei Kliniken und zwei Jugendheimen. Hinter diesen Fakten stand ein Mensch, der durch ein Verbrechen aus dem Gleichgewicht gebracht worden war und in die Kriminalität abzudriften drohte. Sam hatte Ayden davor bewahrt. Kata fühlte eine tiefe Dankbarkeit für diesen Mann, der Ayden für eine Weile ein Zuhause gegeben hatte.

»Er mag dich sehr.«

»Ich weiß.« Es klang traurig.

Aus dem Wohnzimmer drang das Klingeln eines Handys. Kata setzte sich auf.

»Bleib hier!«, befahl Sam ruhig und gefasst, doch seine Augen verrieten ihn. Er hatte Angst.

»Ayden ist nicht dort, Sam.«

Kata wusste nicht, woher sie diese Gewissheit nahm, oder ob es nur die Hoffnung war, die sie das sagen ließ. Aber sie wusste, dass sie dabei sein wollte, wenn Burton Nathan über den Ausgang der Durchsuchung informierte. Sie hielt Sam die Hand hin. Er zögerte kurz, bevor er danach griff und ihr beim Aufstehen half.

Nathan sah furchtbar aus, aber nicht wie jemand, der gerade eine Todesnachricht erhalten hatte. Als er Kata und Sam bemerkte, schüttelte er den Kopf und drückte die Lautsprechertaste.

»... nicht nur das Haus durchsucht, sondern auch die Kapelle, in die der entführte Junge damals gebracht worden ist.« Burtons Stimme war frei von Emotionen. »Das sind leider nicht unbedingt gute Nachrichten, Mr MacArran, denn es gibt jede

Menge Spuren, die darauf hindeuten, dass sich Ayden Morgan dort aufgehalten hat. Freiwillig. Nicht als Gefangener. Wir haben persönliche Gegenstände von ihm gefunden und eine weitere Botschaft.«

»Welche Botschaft?«

»Dieselbe wie bei den ersten beiden Malen. *Red Rage.* Es sieht immer mehr nach einem geplanten Rachefeldzug aus.«

»Ist es auch«, antwortete Nathan. »Aber nicht Aydens, sondern Owens.«

»Das ist eine Vermutung.« Die Art, wie Burton es aussprach, war es eine Vermutung, der er zustimmte.

Nathan wollte den Anruf beenden. Mit einem »Warten Sie«, hielt Burton ihn davon ab.

»Ja?«

»Wir haben uns die Aufnahmen der Überwachungskameras aus dem Klinikflur zum Zeitpunkt von Miss Steels Zusammenbruch angesehen. Die entscheidenden fünf Minuten fehlen.«

»So ein Zufall aber auch«, bemerkte Nathan sarkastisch.

»Nein, ein Riesenärgernis. Unser Mann wurde von seinem Posten weggelockt. Ich denke, Sie wissen warum, MacArran.«

Nathan schaute Kata fragend an.

Sie nickte.

»Ein falscher Beamter hat Kata Grüße von Owen ausgerichtet und sie mit einer Spritze betäubt.«

Die Information schien Burton die Sprache zu verschlagen. Es blieb eine ganze Weile still. »Sind Sie sicher?«

»Ich bin sicher«, sagte Kata.

»Miss Steel?«, fragte Burton. »Wie geht es Ihnen?«

»Gut.«

»Nach Aussagen des behandelnden Arztes sind Sie aus Erschöpfung zusammengebrochen.«

»Bin ich nicht. Es gibt eine Einstichstelle an meinem Oberschenkel.«

Burton seufzte. »Ich nehme an, der Arzt hat sie nicht gefunden, weil sie ihm die Spritze verschwiegen haben.«

»Ich wollte aus der Klinik raus«, wich Kata einer Antwort aus.

»Und Sie, MacArran, haben das nicht verhindert.«

Von der Wärme, die sich während Burtons Gespräch mit Kata in seine Stimme geschlichen hatte, war nichts übrig geblieben.

»War's das?«, fragte Nathan.

»Nein! Zwei Dinge würden mich brennend interessieren. Was wollte der falsche Beamte von Miss Steel, außer ihr Grüße von dem Mann zu überbringen, der sie töten will? Und wann hätten Sie denn die Güte gehabt, mir mitzuteilen, dass die Klinik kein sicherer Ort ist? Verdammt noch mal! Ich dachte, wir hätten eine Abmachung.«

»Ich habe keine Ahnung, was er wollte«, log Kata. »Und es tut mir leid, dass ich Ihnen den Vorfall nicht gleich gemeldet habe.«

Mit einem weiteren tiefen Seufzer brach Burton die Verbindung ab.

Nathan grinste Kata schief an. »Ich glaube, er mag dich.«

»Ein Rachefeldzug, bei dem offensichtlich Aydens Vergangenheit eine wichtige Rolle spielt«, meinte Sam nachdenklich. »Warum? Was hat das mit Kata zu tun?«

Nathan zog seine Blechdose aus der Tasche und legte sie vor sich auf den Tisch. »Owen ist nicht auf schnelle Vergeltung aus. Er hätte Ayden und Kata längst töten können, aber das ist ihm zu wenig. Sie müssen büßen und leiden für das, was sie getan haben. Bis jetzt ist ihm das ziemlich gut gelungen, zumindest, was Kata betrifft.« Er öffnete die Dose und schloss sie wieder, ohne nach einer Zigarette zu greifen. »Ich denke, Owen zwingt Ayden und Kata, alles zu zerstören, was ihnen wichtig ist.«

»Das kann er nicht«, entgegnete Kata heftig.

»Ich fürchte, doch.«

»Nein!«

Nathan suchte ihren Blick. »Was würdest du tun, damit Ayden am Leben bleibt?«

»Alles.« Sie hielt dem Blick stand. »Was soll das?«

»Und wenn du dafür mich umbringen müsstest?«

»Das ist eine kranke Frage!«, fuhr sie ihn an und wusste, dass John genau dazu fähig wäre: Sie vor die Wahl zwischen Ayden und Nathan zu stellen.

»Willst du damit andeuten, Ayden habe Josephs Laden angezündet?«, fragte Sam.

»Ich hoffe, nicht.«

»Aber denkbar wäre es.«

Nathan schob die Blechdose in einer heftigen Bewegung von sich. »Wenn ihn Owen vor eine unmögliche Wahl gestellt hat? Ja, verdammt!«

»Nein!«, schrie Kata. »Er hat den Laden nicht angezündet, er hat keine Nachrichten hinterlassen, er war nicht im Haus, in dem der entführte Junge gefangen gehalten wurde, er plant keinen Rachefeldzug. John will, dass wir das glauben.«

»Nicht wir«, erwiderte Nathan. »Die anderen. Es macht Owen unendlich Spaß, uns wissen zu lassen, dass er dahintersteckt. Deshalb die Grüße.«

»Seltsame Auffassung von Spaß«, brummte Sam. »Doch die Logik dabei passt zu Owen. Von seiner Warte aus hat Kata ihn verraten und Aydens Organisation seine Existenz vernichtet. Jetzt dreht er den Spieß um, indem er Ayden öffentlich zu einem wahnsinnig gewordenen Amokläufer macht und damit alles in den Schmutz zieht, für das *Lost Souls Ltd.* steht. Was wäre dazu besser geeignet als Aydens Vergangenheit? Dort liegen jede Menge Motive und Gefühle wie Tretminen herum, die jederzeit hochgehen können.«

Kata wollte gegen diese unbarmherzige Logik ankämpfen. Es ging nicht, denn Sam hatte recht. In der kalten Welt eines John Owen fügte sich alles perfekt zusammen. Seine Rache galt ihr, doch sie traf zuerst den Menschen, den sie liebte. John quälte sie, indem er sie hilflos zusehen ließ, wie er Aydens Leben genüsslich Zug um Zug zerstörte. Was er danach tun würde, weigerte sich Kata auch nur zu denken. So weit durfte es nicht kommen. Sie mussten John finden und stoppen.

»Du warst Polizist«, sagte Nathan zu Sam. »Du kennst Details aus Aydens Leben, die den Weg in die Öffentlichkeit nie gefunden haben. Irgendwo in diesen Details steckt vielleicht ein Hinweis darauf, was John als Nächstes vorhat.«

»Ich hatte nichts mit dem Carlton-Fall zu tun«, antwortete Sam.

»Aber du hattest Einblick in die Akten«, drängte Kata. »Du musst mit Kollegen gesprochen haben, bevor du Ayden bei dir aufgenommen hast.«

»Denkt ihr, ich hätte die letzten Tage nicht darüber nachgedacht?«, fragte Sam. »Ich bin auf nichts gestoßen, das mir weitergeholfen hätte.«

»Vielleicht finden wir etwas.«

»Was möchtet ihr denn hören?«

»Die ganze Geschichte. Aus deiner Sicht.«

Sam begann mit Aydens Eltern.

»Nach der Entführung des Jungen gingen Patrick und Laura Carlton zehn Tage lang ihrer Arbeit nach, als wäre nichts geschehen. Patrick in der Bank und Laura in der Boutique einer Freundin, wo sie stundenweise aushalf. Später, bei den Befragungen, gaben Arbeitskollegen, Freunde und Bekannte an, nichts gemerkt zu haben. Die kriminelle Energie, die die beiden entwickelt hatten, um ihre hohen Lebenskosten decken zu können, wussten sie geschickt zu verbergen. Ihr Opfer hatten sie bewusst ausgewählt. Jamie Hamilton. Kein reicher, abgeschirmter Junge aus der Oberschicht, sondern ein Kind aus einer normalen Mittelschichtfamilie, das nach der Schule zusammen mit seinen Freunden auf dem Pausenhof herumtollte und dann zu Fuß nach Hause lief. Eine leichte Beute für zwei Menschen, die vertrauenerweckend aussahen. Auf der letzten Wegstrecke, wo ihn keiner seiner Spielkameraden mehr begleitete, lockten Patrick und Laura den kleinen Jamie in ihren Wagen. Wie sie es angestellt hatten, verrieten sie weder während der Einvernahmen, noch im Prozess. Sie versteckten den Jungen mit etwas zu essen und zu trinken in einem verlassenen Keller eines abgelegenen Hauses, das Patrick aus seiner Kindheit kannte.«

Das Haus, in dem Burtons Spezialeinheit nach Ayden gesucht hatte! Kata verdrängte den Gedanken und konzentrierte sich auf Sams Worte.

»Die beiden gaben die Lösegeldforderung durch und befahlen der Familie, keine Polizei einzuschalten.«

Kata erinnerte sich an die Summe. Sie war nicht sehr hoch gewesen. Auf jeden Fall viel zu niedrig, um dafür eine langjährige Gefängnisstrafe zu riskieren. »Stimmt es, dass sie nur 25.000 Pfund verlangten?«

»Ja. Es war ein Betrag, den eine Mittelstandsfamilie aufbringen konnte, so zumindest dachten Patrick und Laura. Doch die Hamiltons konnten nicht zahlen. Sie schalteten die Polizei ein. Etwas an ihrem Verhalten muss Patrick und Laura gewarnt haben. Oder sie hatten einfach Angst bekommen. Sie tauchten weder am vereinbarten Treffpunkt auf, noch meldeten sie sich bei der Familie. Ein Psychologe, der später ein Gutachten über die beiden erstellte, sprach von kindlicher Verdrängungstaktik. Sie ließen den Jungen allein im Keller. Schließlich packte Laura doch noch das schlechte Gewissen. Sie schlug Patrick vor, den Jungen aus dem Keller zu holen und in eine Kapelle in der Nähe des Verstecks zu bringen. Dort würde man ihn finden und sich um ihn kümmern. Sie kamen zu spät, Jamie Hamilton war tot. Eine Frau, die beten wollte, fand ihn. Später stellte sich heraus, dass der Junge wenige Stunden zuvor gestorben war.«

»Ich habe mit Ayden darüber gesprochen«, sagte Nathan. »Er kann nicht verstehen, warum er von all dem nichts mitbekommen hat.«

»Das ist gar nicht so außergewöhnlich«, antwortete Sam. »Ayden war ein normaler knapp sechzehnjähriger Jugendlicher. In dem Alter löst man sich von seinen Eltern. Bei ihm lief dieser Prozess ziemlich heftig ab, weil er Patrick und Laura für ihre Jagd nach Geld und Statussymbolen verachtete. Er stritt sich entweder mit ihnen oder ging ihnen aus dem Weg.«

»Er hat sich Vorwürfe gemacht. Wenn er aufmerksamer gewesen wäre, könnte der Junge noch leben.«

Sam schüttelte den Kopf. »Eine Menge Leute hat später in Therapien versucht, ihm zu erklären, dass es nicht seine Schuld war. Patrick und Laura waren für den Tod des Jungen verantwortlich. Hat er auch über die Verhaftung geredet?«

»Ja.« Um Nathans Mund legte sich ein bitterer Zug. »Wie zum Teufel konnte er in einem Haus voller Beamter an ein Messer kommen? Wenn hier jemand schuld hat, dann die Polizei.«

Kata sah, wie persönlich Sam Nathans Worte nahm, obwohl er nicht dabei gewesen war. Er rang sichtbar nach einer Erklärung. Dann holte er weit aus, wie jemand, der zuerst Anlauf nehmen muss, um ein Hindernis zu überwinden.

»Einer der Beamten rastete aus. Patrick und Laura Carlton hatten ein Kind sterben lassen und ihr einziges Mitleid bei der Festnahme galt sich selber. Der Beamte schrie sie an, was für ein Mensch man sein müsse, um ein Kind in einem Keller buchstäblich verrecken zu lassen. Seine Kollegen versuchten, ihn zu beruhigen, und verloren dabei Ayden für einen Moment aus den Augen. Als sie ihn endlich bemerkten, hatte er ein Küchenmesser in der Hand und wollte sich damit auf seinen Vater stürzen. Sie konnten ihn überwältigen, bevor er eine Chance hatte, ihn zu verletzen. Er wurde in eine Klinik gebracht. Einen ganzen Monat sprach er kein Wort.« Sam fuhr sich über die Augen. »Nichts. Keinen Ton. Er ist an der Geschichte beinahe zerbrochen. Und jetzt holt Owen all das wieder hervor. Er weiß genau, wie man Menschen quält.«

Das wusste er wirklich! Kata stand auf und ging in die Küche. Ihr war kalt. Eine Tasse Tee würde nicht viel daran ändern, aber man konnte sich daran festhalten und wenigstens die Hände wärmen.

Sam befahl Nathan mit einer Kopfbewegung in den Flur. »Ich werde gleich einen ziemlichen Radau machen. Danach gehe ich auf Distanz zu euch, aber ich bin jederzeit für euch da, wenn ihr mich braucht. Unternehmt nichts im Alleingang. Versprich es mir.«

»Tu mir das nicht an, Sam«, bat Nathan. »Ich kann dir nichts versprechen.«

»Ich muss dich nicht an Jenkinson erinnern, oder?«

Nathan lehnte sich gegen die Wand und schloss die Augen. »Hau schon ab!«

»Und du geh duschen. Schlaf bis morgen durch. Wechsle die Wäsche. Ich versuche, Burton zu überreden, dir die wichtigsten Akten über den Carlton-Fall zukommen zu lassen.«

Nathan hörte, wie Sam die Tür öffnete. Wenig später brach vor dem Haus ein kleiner Tumult aus. Mit zorniger Stimme machte Sam gegenüber der Presse seiner Frustration über Nathans und Katas unkooperatives Verhalten Luft. Nathan verstand höchstens die Hälfte, doch alleine der Tonfall erinnerte ihn an eine Kampfansage. Er zog sich seine Mütze über und verließ die Wohnung. Dusche und Ausruhen mussten warten.

Auf dem Dach des Wohnblocks klaubte er eine von Ronans selbst gedrehten Zigaretten aus der Blechdose. Ein kalter Wind löschte drei Streichhölzer aus, bevor Nathan mit dem vierten die Kippe doch noch zum Brennen brachte. In tiefen Zügen sog er den Rauch ein und blies ihn langsam wieder aus. Es roch nach Ronan, dem schweigsamen Mann, der Nathan in kurzer Zeit zum Freund geworden war. Nach dem letzten Zug rief Nathan ihn an, so, wie er ihn jeden Tag anrief. Ronan hatte ihn darum gebeten. Als Katas Patenonkel. Als Freund. Und als der Mann, der ihm jeden Knochen brechen würde, wenn er es nicht täte. Nathan erfüllte Ronan die Bitte. Nicht wegen der Drohung, sondern weil der Mann die Wahrheit besser ertrug als Katas Lügen. Es gab jedoch Dinge, die Nathan ihm verschwieg. Katas Gefühlsausbruch auf dem Dach. Den Anschlag auf sie in der Klinik. Den Kollaps von vorhin. Ronan wäre auf der Stelle in seinen Jeep gestiegen und nach Plymouth gekommen, um Kata nach Hause zu holen. Deshalb hielt sich Nathan an die Fakten, die Ayden betrafen. Auch sie reichten, um Ronan zu erschüttern. »Wenn ich irgendwas tun kann, lass es mich wissen.«

Dasselbe Angebot wie jeden Tag. Dieselbe Antwort wie jeden Tag. »Ja.«

»Wann hast du das letzte Mal geschlafen?«, fragte Ronan. Ohne die Antwort abzuwarten, befahl er Nathan, sich hinzulegen. Wenigstens sagte er nichts von Duschen!

In der Wohnung roch es nach Pizza.

»DeeDee?«

Es blieb still. Nur im Bad rauschte das Wasser. Nathan ging in die Küche, um sich einen Kaffee zu holen. Der Geruch von krustigem Teig und geschmolzenem Käse brachte seinen Magen ins Schlingern. Vor seinen Augen tanzten rote Punkte. Wahrscheinlich die Wärme der Wohnung, dachte er, obwohl er es besser wusste. Er stellte eine Tasse unter die Maschine und entschied sich für einen doppelten Espresso. Das Knirschen der mahlenden Bohnen übertönte alle anderen Geräusche. Nathan hörte Kata nicht kommen.

»Ist das Essen fertig?«

Ihre Stimme erschreckte ihn. Sein Arm schoss gegen die Tasse. Er sah sie kippen. Eine Hand fing sie auf. Nicht seine. Kaffee rann über die Arbeitsplatte der Küchenkombination, tropfte auf den Boden.

»Tut mir leid«, entschuldigte sich Kata.

Nasse Haarsträhnen fielen ihr in die Stirn, in ihren stahlblauen Augen stand Entschlossenheit.

»Du hast ihm hoffentlich nichts gesagt.«

»Wem?«

»Ronan.«

»Ronan?«

»Tu nicht so. Du rufst ihn jeden Tag an.«

Er stritt es nicht ab. Es wäre sinnlos gewesen.

Sie öffnete die Ofentür. »Willst du auch was?«

Nathan drückte den Brechreiz nach unten. »Keinen Hunger.«

»Du siehst nicht gut aus.«

»Danke für das Kompliment«, murmelte er und verschwand ohne Kaffee ins Bad. Als er geduscht und in frischen Sachen ins Wohnzimmer zurückkam, stand eine Tasse Kaffee auf dem Tisch. Kata war weg.

Wenn die Frau geklopft hatte, hatte Ayden es nicht gehört. Sie stand plötzlich neben ihm, als hätte sich in der Zeit etwas verschoben. In ihrer Hand hielt sie eine riesige Tasse, die einen köstlichen Duft verströmte. Sie zog den Stuhl zu sich heran, der zu einem Tisch an der Wand gehörte. Vorsichtig stellte sie die Tasse auf das kleine Möbel neben Aydens

Bett, hob seinen Oberkörper an, schüttelte sein Kissen auf und setzte sich hin.

»Sopa«, sagte sie. »Lentamente.« Sie machte ein Zeichen wie Verkehrsregler, wenn sie Autos zum Bremsen bringen wollen.

Ayden verstand. Suppe. Langsam essen. Die Frau tauchte den Löffel in die Tasse und begann, ihn zu füttern.

Die ersten paar Schlucke kamen ihm beinahe wieder hoch. Danach ging es immer besser. Während die Frau ihm Löffel um Löffel in den Mund schob, redete sie mit ihm. Er musste sie nicht verstehen. Alleine der Klang ihrer Stimme beruhigte ihn. Als die Tasse leer war, griff er nach der Hand der Frau.

»Obrigado.«

Sie zeigte mit dem Finger auf sich. »Maria.«

»Obrigado, Maria.«

Seinen Namen verriet er ihr nicht, so wenig, wie er sie um Hilfe bat. Es wäre sinnlos gewesen, und er hätte sie damit möglicherweise in Gefahr gebracht.

Nachdem Maria das Zimmer verlassen hatte, füllte es sich mit Einsamkeit. Die roten, lodernden Flammen, die Ayden bis in seine Träume verfolgten, brannten in ihm. Es war nicht nur das Fieber, das ihn zum Glühen brachte. Es war die beinahe nicht auszuhaltende Angst um Joseph und Kata. Hatte er sie verloren? Waren sie tot? Quälte ihn John durch endlose Tage und Nächte, obwohl es längst keine Hoffnung mehr gab? Ayden atmete aus und nicht wieder ein. Bis die Lunge schmerzte und der Drang nach Luft übermächtig wurde. Er sog sie ein und mit ihr den Willen zur Hoffnung. »Sie leben«, krächzte er. »Sie leben.«

Genau wie er. Owen hatte einen Plan für ihn. *Für Laura und Patrick ist es noch zu früh, Tyler.*

Zu früh. Das bedeutete, dass es ein Später geben würde. Eins, in dem seine Eltern eine Rolle spielten, sonst hätte ihn

Owen nicht unter denselben Bedingungen eingesperrt wie seine Eltern den entführten Jungen. Und er hätte ihn nicht mit dem Namen angesprochen, den sie ihm gegeben hatten. Tyler. Nur, warum war er in Portugal? Warum ging es um seine Vergangenheit? Nichts ergab einen Sinn.

John Owen hatte Kata Rosen geschickt. Er wollte sie. Ihr galten seine Rachegedanken. War sie auch hier? Irgendwo auf dem Grundstück? Eingesperrt wie er? Der Gedanke packte Ayden und biss sich in ihm fest, bis er real wurde. Er musste raus! Kata suchen!

Die Tür war verriegelt. Zweimal hatte Maria den Schlüssel gedreht. Die Fenster waren vergittert. Vor ihnen lag ein Kiesplatz, auf dem der Pick-up stand, mit dem er zu seinem Gefängnis gebracht worden war. Dahinter erstreckte sich steiniges, buschiges Grasland, durchzogen von ein paar Waldstücken, Bachbetten und kleinen Schluchten weiter oben in den Hügeln. Vielleicht gab es dort noch mehr Stallgebäude mit Verliesen. Genauso dunkel, feucht und kalt wie seines es gewesen war. In einem von ihnen konnte Kata sein. Ayden wollte ihren Namen schreien, aber sein Hals war zu. »Kata«, flüsterte er. Seine Stimme verlor sich im Raum. Nicht jedoch in seinem Herzen. Das schlug ihren Namen. Bis er erschöpft einschlief.

3.

Die Tür des abenteuerlich baufälligen Lifts schloss sich mit einem Rumpeln. Kata drückte den Knopf für das Erdgeschoss, zog den Reißverschluss ihrer Jacke hoch und setzte die Kopfhörer auf. Sie konnte sich nicht erinnern, wann sie zuletzt Musik gehört hatte. Wahrscheinlich in Quentin Bay, in dieser viel zu kurzen Zeit voller Gefühle und intensiv gelebtem Leben. Sie hatte gewusst, dass es jederzeit enden konnte, und dennoch hatten sie die zwei Rosen mit den abgeschnittenen Köpfen unvermittelt und brutal zurück in eine Welt gerissen, in der das Dunkle herrschte und der Tod nicht eine entfernte Möglichkeit war, sondern eine Wahrscheinlichkeit.

Kata hatte gedacht, damit umgehen zu können, doch das war ein Irrtum gewesen, denn es ging nicht um sie. Es ging um den Menschen, den sie liebte. Das hatte ihr den Boden unter den Füßen weggezogen, mit jedem Tag ein Stück mehr, bis nichts mehr übrig geblieben war und sie Ayden aufgegeben hatte.

»Nie wieder«, erneuerte sie das Versprechen, das sie sich nach dem Erwachen aus der Bewusstlosigkeit gegeben hatte. Sie würde bis zum letzten Atemzug kämpfen, eiskalt und berechnend. John war nicht der Einzige, der diese Kunst beherrschte. Er mochte darin besser sein als sie, aber Kata war bereit, es mit ihm aufzunehmen.

Sie fand den Song, nach dem sie gesucht hatte, wählte den Wiederholmodus und drehte den Sound auf. Die peitschenden Gitarren elektrisierten sie genauso wie an jenem Tag, an dem sie zum ersten Mal durch das Haus in Quentin Bay gehallt hatten. Sie war von einem ihrer Morgenspaziergänge rund um die Bucht zurückgekommen. Anstelle der beruhigenden Stille, die sonst von dem grauen Steingebäude ausging, hämmerte ihr lauter Rock entgegen. Neugierig folgte sie dem Lärm und fand Nathan im Takt der Musik auf den Tisch schlagend im Wohnzimmer.

Feel the Fire!, dröhnte es aus den Lautsprechern.

»Wechselst du jetzt die Stilrichtung und wirst Hardrocker?«, fragte sie, nachdem sie das Gekessel gemeinsam zu Ende gehört hatten.

»Möglich. Wenn Luke mich in seiner Band mitspielen lässt.«

»Das ist Luke?«

Er nickte. »Das ist Luke. Verdammt gut, nicht wahr?«

»Ronan würde es Krach nennen. Aber großartigen Krach.«

»Und du?«

Ihr gefiel es. Es war rau und wild. Obwohl Luke die Höllenqualen kannte, von denen andere Bands so gerne sangen, war der Text geradezu herrlich unbedarft und voller Rock'n'Roll-Klischees, von den Neonlichtern von Los Angeles bis zu der Welt der Sünder.

»Am Text könnte er noch arbeiten«, meinte sie.

»Wieso?«, fragte Nathan. »Hast du AC/DC je etwas Tiefgründiges singen hören?«

»Auch wieder wahr!«, stimmte sie ihm zu.

»Ich hab's Grace geschickt«, sagte Nathan.

»Weiß Luke das?«

»Nein.«

»Weiß er, dass du die Aufnahme hast?«

»Nein.«

Nathan mochte Luke sehr, vermied jedoch jeglichen Kontakt mit ihm, da er ihn nicht in einen Gewissenskonflikt stürzen wollte. Gemma brauchte ihren Bruder. Da war kein Platz für Nathan. Das wusste und respektierte er, auch wenn es sehr schmerzhaft für ihn sein musste.

»Woher hast du die Aufnahme?«

»Von einem der Jungs aus seiner Band.«

»Was meint Grace dazu?«

»Keine Ahnung.«

»Wieso nicht?«

»Weil ich den Song erst gerade zur Post gebracht habe, und weil mein Absender nicht auf dem Umschlag steht.«

»Aber ihr sprecht schon noch miteinander?«

»Nicht wirklich.«

Das lag an Nathan, nicht an Grace. Er schien jegliches Interesse an *Black Rain* verloren zu haben. Kata war froh, dass er wenigstens Musik machte. Stille Lieder mit Texten, denen der Verstand keinen Sinn abringen konnte, das Herz jedoch schon. Bis zu dem Tag, an dem *Feel the Fire* kam. Mit einer Urkraft, die Nathan mitriss. Er begann zu experimentieren, schloss die Gitarre an einen Verstärker, spielte raue Riffs, schnelle, gehetzte Solos und brüllte sich die Lunge aus dem Leib. Es war, als kotze er sich aus, und als alles draußen war, fuhr er nach London und vertraute Burton an, was Raix herausgefunden hatte. Gc_1411 war ein Datum.

»Willst du nicht selber herausfinden, wer Zoe umgebracht hat?«, fragte Kata.

»Nein.«

»Was machst du, wenn die Polizei den Mörder fasst?«

»Ich werde ihn mir anschauen. Durch eine Glasscheibe, ohne dass er mich sieht. Er gehört Burton, dem Richter und den Geschworenen.«

Kata wusste, was das bedeutete. Nathan wollte nicht mehr töten. Sie überlegte, mit Gemma zu sprechen und sie zu bitten, ihm noch einmal eine Chance zu geben.

Das Feuer in Josephs Laden nahm ihnen nicht nur Ayden, sondern auch die Hoffnung auf ein neues, anderes Leben. Nathan kam von London direkt nach Plymouth. Angst und zornige Verbissenheit im Gesicht. Ohne Musik. Er machte keine mehr und hörte keine mehr.

Die Lifttür öffnete sich. Wenn sie rumpelte, konnte Kata es nicht hören, denn in ihren Ohren heulten die Gitarren und Luke sang von brennenden Herzen und dem Feuer, das er fühlte. Den Sound voll aufgedreht, ging Kata durch die sich drängelnde Pressemeute vor dem Haus. Sie fragte sich, ob sich diese Leute nicht manchmal vorkamen wie würdelose Idioten, wenn sie in ganzen Trauben Menschen hetzten, um am Ende doch nur Belanglosigkeiten abzusondern. *Sie verließ das Haus kommentarlos*, allenfalls noch ein *Sie war wie immer schwarz gekleidet*, unterlegt mit Fotos, die die wenigen, nichtssagenden Sätze überflüssig machten.

Zum Krankenhaus fuhr Kata nicht mit dem Bus. Sie rannte die ganze Strecke. Wenn sie kämpfen wollte, musste sie fit sein. Lukes Musik hämmerte ihr die Kraft in die Beine, die Ausdauer in die Lungen und die Zuversicht ins Herz.

Diese neue Zuversicht wurde schon am Empfang der Klinik auf die Probe gestellt. Eine junge Angestellte teilte Kata mit, dass Doktor Lennard Sanders, der für Joseph verantwortliche leitende Arzt, mit ihr sprechen wolle. Zu ihrer Erleichterung empfing er sie kurze Zeit später mit einem Lächeln.

»Bitte setzen Sie sich.«

Kata folgte seiner Aufforderung und nahm Platz.

»Joseph macht Fortschritte«, informierte er sie. »Wir können ihn aus seinem künstlichen Koma holen.«

»Nicht ohne Ayden«, widersprach sie.

»Mr Morgan ist tot oder untergetaucht.« Er federte den Satz mit einer entschuldigenden Geste ab. »Wir können nicht warten, bis wir Gewissheit haben. Je länger wir ein solches Koma aufrechterhalten, desto größer ist die Gefahr von bleibenden Schäden.«

»Joseph wird nach ihm fragen.«

»Patienten, die aus dem künstlichen Koma geholt werden, durchlaufen in der Aufwachphase häufig ein sogenanntes Durchgangssyndrom. Sie sind verwirrt, leiden unter Halluzinationen und Bewusstseinsstörungen.«

Kata hatte darüber gelesen. Auch, wie wichtig die Anwesenheit von vertrauten Personen in diesen Momenten war. Sie hatte keinen von Josephs Angehörigen jemals zu Gesicht bekommen, keiner hatte ihn besucht. Er musste die Brücken zu ihnen vor langer Zeit abgebrochen haben. Ayden war seine Familie. Er brauchte ihn.

»Selbst wenn Joseph verwirrt ist, wird er merken, dass Ayden nicht da ist«, entgegnete sie dem Arzt. »Vor allem, wenn er mich erkennt. Er wird nicht verstehen, warum ich da bin und Ayden nicht. Das gefährdet seinen Heilungsprozess bestimmt mehr als ein paar weitere Tage im Koma.«

Doktor Sanders nickte zustimmend. »Genau das ist der Grund, weshalb ich Sie und Ihre beiden Freunde bitte, ihn ein paar Tage nicht zu besuchen. Wir werden Joseph erklären, dass in der Aufwachphase und den ersten Tagen danach jeder Besuch ein Risiko für ihn ist. Auch der von Mr Morgan und Ihnen.« Er sah sie mitfühlend an. »Ich weiß, wie hart das für Sie ist. Aber es ist zu Josephs Bestem.«

Kata wollte kein Mitleid, sie wollte Antworten.

»Wie lange dauert die Aufwachphase?«

»Das können wir nicht genau sagen.«

»Stunden? Tage? Wochen?«, fragte sie gereizt.

»In seinem Fall wahrscheinlich Tage.«

Es hatte keinen Sinn zu fragen, wie viele.

»Darf ich ihn vorher noch einmal sehen?«

»Selbstverständlich.«

Und so setzte sich Kata ein letztes Mal an Josephs Bett. »Ayden kommt dich bald besuchen.« Sie legte ihre Fingerspitzen sacht auf seine. In dieser tröstenden Berührung verharrte sie, bis eine Schwester kam, um sie nach Hause zu schicken.

In der Wohnung traf sie auf DeeDee. Er saß vor seinem Laptop, neben sich eine angebrochene Tüte Milch und eine halb leere Schachtel mit Donuts.

»Darf ich?«, fragte Kata.

Er warf ihr einen erstaunten Blick zu. »Klar.«

Kata entschied sich für einen Schokodonut. Während sie das klebrig-süße Gebäck verdrückte, stellte sie sich hinter DeeDee und schaute ihm über die Schulter auf den Bildschirm. Sie entdeckte die Namen von Aydens Eltern.

»Du arbeitest an der Entführung des Jungen?«

»Nates Idee. Seiner Meinung nach liegt der Schlüssel zu Owens Plan in Aydens Vergangenheit. Ich arbeite an einem zeitlichen Ablauf des Falls Patrick und Laura Carlton.«

Aufregung erfasste Kata. Die zehn Tage bezogen sich auf die Entführung von Jamie Hamilton. Was, wenn John die Aktion *Red Rage* auf das Verbrechen von damals abstimmte? »Und? Schon etwas gefunden?«, fragte sie gespannt.

»Jede Menge. Ich denke, das Wichtigste für uns ist das hier.« DeeDee rief einen Zeitungsartikel auf und zeigte auf ein Datum. »Die beiden wurden acht Tage nach dem Fund der Leiche verhaftet.«

An jenem Tag fiel Aydens Leben auseinander. Er brachte beinahe seinen Vater um und wurde in eine Klinik eingewiesen. Das konnte passen. Möglicherweise hatten sie soeben nicht nur das nächste Datum gefunden, sondern auch einen Hinweis auf den Ort, an dem etwas geschehen könnte.

»Wo ist Nathan?«

»Im Schlafzimmer. Er will da erst wieder raus, wenn es nicht mehr nach Pizza riecht. Sah ziemlich grün aus im Gesicht.«

»Ich hol ihn. Er muss sich das ansehen.«

Vorher jedoch wollte Kata ihm anvertrauen, was der falsche Polizist ihr im Krankenhaus ins Ohr geflüstert hatte. Auch seine Worte waren ein Schlüssel. Zu einer Tür, hinter der Antworten lagen.

Leise, um Nathan nicht zu wecken, falls er eingeschlafen war, betrat Kata das Zimmer, das er sich mit DeeDee teilte. Er saß angezogen auf dem Bett, den Rücken an die Wand gelehnt, die Augen geschlossen. Sein Kopf war nach vorne gesunken, der Laptop von den Beinen auf den Überwurf gerutscht. Neben ihm lagen inmitten von handgeschriebenen Notizen zwei Mobiltelefone, das von Burton und sein eigenes. Vorsichtig zog Kata den Laptop weg. Der Bildschirmschoner löste sich auf und gab eine Webseite mit Informationen über den entführten Jungen frei. Das Symbol für das Mailprogramm meldete ungelesene Nachrichten. Vielleicht etwas Wichtiges. Kata klickte es an. Bis auf die letzte Mail waren alle geöffnet worden. Aber das war nicht der Grund, weshalb Kata an ihr hängen blieb. Der Absender war gc_1411.

Von: gc_1411
Betreff: Zahltag
Es wird Zeit, deine Schuld einzulösen.
John

»Wach auf!«

Nathan schoss hoch. Stahlblaue Augen. Ein wütendes Gesicht. Beides galt ihm. Er hatte keine Ahnung, wieso.

Wortlos hielt Kata ihm den Laptop hin. Nathan sah den Absender, las den Betreff, die Nachricht, den Namen. John. Die Buchstaben auf dem Bildschirm verfielen in einen wilden Tanz. Sie wirkten dabei so betrunken, wie er es in diesem Augenblick gerne gewesen wäre.

»Was ist das?«, fragte Kata.

Nathan schwieg. Weil die betrunkenen Buchstaben sein Verlangen nach Alkohol mit jeder Sekunde steigerten, klappte er den Laptop zu. Es half nur bedingt.

»Erklär es mir!«

Katas Stimme kam von weit weg. Nathan schaut hoch, um zu prüfen, ob sie noch da war. Sie stand direkt vor ihm. Wie Eis, das jemand in Brand gesetzt hatte. Er wusste, dass das unmöglich war. Bei allen. Außer bei Kata.

»Gehen wir nach draußen?«, bat er. »Ich brauche frische Luft.«

Sie verließen das Gebäude durch den Hinterausgang und verschwanden in einer Seitengasse. Nathan fror. Der Tag war kalt gewesen, der Abend noch kälter, am kältesten jedoch war Kata, die mit zusammengekniffenen Lippen neben ihm herging.

»Kennst du die Geschichte mit der verkauften Seele?«, fragte er.

»Meinst du die, in der es um Jenkinson geht? *Dann wirst du für immer in meiner Schuld stehen*. Das hat er damals geschrieben, dein Informant.«

»Liest du alle meine Mails?« Der Scherz misslang ihm gründlich. Kata fand ihn nicht witzig.

»Nur die von gc_1411«, gab sie hart zurück. »Seit wann weißt du, dass es John ist?«

»Ich wusste es nicht. Er könnte den Account meines Informanten gehackt haben.«

Kata schüttelte den Kopf. »Oh, nein! John hat mit dir gespielt.«

Und jetzt legte er das Spiel offen. In Nathans Kopf fügte sich alles zusammen. Owen musste nach dem Sturz in die Tiefe schwer verletzt in einem Krankenbett gelegen haben, vermutlich wochenlang. Er hatte alle Zeit der Welt gehabt, Rachepläne für jene auszuhecken, die ihn zu Fall gebracht hatten. Jenkinson war seine Chance gewesen, es Nathan heimzuzahlen. Owen hatte ihn direkt in die Arme des Mannes getrieben. Er musste sich prächtig amüsiert haben.

»Du schuldest ihm nichts!«, holte Kata Nathan aus seinen Gedanken.

Er hatte trotzdem bezahlt. Mit seiner Seele. Mit Gemmas Liebe. In dem Augenblick, in dem er Jenkinson getötet hatte. Doch darum ging es nicht. »Diese Rechnung ist für jemand anderen.«

Es dauerte eine Weile, bis Kata begriff, was er ihr damit sagen wollte. Sie packte ihn am Arm. »Für Raix!« Ihre Finger krallten sich schmerzhaft in seine Haut. »Sieh mich an! Und gib mir eine Antwort!«

Er schaffte es nicht, ihr in die Augen zu schauen. »Ja.«

»Du hattest keine Seele mehr zu verkaufen, Nathan! Was hast du John geboten?«

Er konnte es ihr nicht sagen.

»Was, Nathan?«, drängte sie.

»Mein Leben«, antwortete er heiser.

Ihr Griff lockerte sich. »Warum?«, fragte sie fassungslos. »Du hattest uns. Ayden, mich, Igor, *Lost Souls Ltd.*! Wie konntest du so wahnsinnig sein, diesen Informanten erneut um Hilfe zu bitten?«

»Raix und ich wussten, wie aussichtslos die Sache war, und wollten keinen von euch mit hineinziehen. Also brauchten wir eine andere Quelle.«

»Eine andere Quelle. Okay. Akzeptiert«, sagte sie gefährlich ruhig. »Schon mal was von Geld als Zahlungsmittel gehört? Es soll auch bei Schulden funktionieren.«

»Leute wie gc_1411 gehen solche Deals wie den mit mir nicht wegen des Geldes ein.«

»Ach, sieh an! Immerhin das hast du gewusst. Und trotzdem hast du dich auf diesen *Deal* eingelassen. Ohne zu wissen, mit wem.«

»Es war mein Leben«, verteidigte er sich. »Mit Betonung auf *mein*. Es hat mir nichts mehr bedeutet. Absolut nichts. Für Raix hätte ich es gern gegeben.«

»Du hast es dem Teufel verkauft.« Kata ballte ihre freie Hand zur Faust und schlug sie gegen seine Brust.

Nathan fing ihren zweiten Schlag ab. »Raix lebt. Das ist es, was zählt.«

»Er hätte sterben können. Noch eine Rechnung von Owen, die beinahe aufgegangen ist.«

»Ist sie aber nicht.«

Sie standen einander gegenüber. Ihre Hand um sein Handgelenk, seine um ihres. Nathan hätte diesen Kampf, der nicht mit Fäusten, sondern mit Wörtern gefochten wurde, beenden können. Er hätte Kata nur um Verzeihung bitten müssen. Er tat es nicht. Er wollte geschlagen werden. Ayden hätte ihn durchschaut und die Sache beendet, indem er ihm eine Antwort verweigert hätte. Kata war zu wütend.

»Du lebst auch!«, fuhr sie ihn an. »Frag dich mal, wem du das verdankst. Bestimmt nicht John! Der hat dich in eine Falle gelockt. Erst mit den Informationen zu Jenkinson, dann mit jenen zu Kendelbach. Du und Raix, ihr wärt beide gestorben, wenn deine Freunde nicht alles für euch riskiert hätten. Zu diesen Freunden gehört auch Ayden.«

Mitten ins Herz. Genau das, was er verdient hatte! »Können wir jetzt weitergehen?«, fragte er kalt, eine indirekte Aufforderung für den nächsten Schlag. Er kam sofort und auch er traf.

»Wohin? Es gibt keinen Sonnenuntergang, in den du reiten kannst, du Superheld. Möchtest du wenigstens noch etwas richtig Cooles sagen? Weil dir ja immer etwas Cooles einfällt.« Katas Augen glänzten im Licht der Straßenlampen. »Was hast du John für Ayden angeboten?«

Jedes einzelne Wort fühlte sich an wie ein Tritt in den Magen. »Es gab keinen weiteren Deal.«

»Keinen Deal für Ayden?« In ihrer Stimme lag bitterer Spott. »War deine Kreditwürdigkeit im Eimer, nachdem du nicht ertrunken bist?«

»Lass Ayden aus dem Spiel!«

»Vergiss es!«, zischte sie. »Um ihn geht es. Über ihn reden wir hier.«

Zwei Männer in Anzügen drehten sich nach ihnen um.

»Belästigt er sie, Miss?«

»Verpisst euch!«, schrie Kata.

Die Männer gingen kopfschüttelnd weiter. Kata stand auf dem Gehsteig wie ein angezählter Boxer. Stehend k.o. Auf der anderen Straßenseite lockte der Schriftzug einer Bar. Nathan hatte seine Freunde verraten und verkauft. Es gab keinen Grund mehr, sich nicht volllaufen zu lassen. Er ließ Kata stehen und steuerte direkt auf das Lokal zu.

Einige der Gäste drehten sich neugierig zu ihm um, andere schielten verstohlen aus den Augenwinkeln in seine Richtung. Handys wurden gezückt. Nathan zog seine Mütze tiefer ins Gesicht. Auf dem Weg zur Theke griff er nach dem Drink einer attraktiven Blondine und leerte ihn.

»Whisky«, herrschte er den Barkeeper an.

»Sir …«

Nathan klaubte eine Note aus seiner Hosentasche. »Bringen Sie der Dame, was sie hatte, und geben Sie mir einen Whisky.«

Er kippte ihn hinunter und wollte noch einen bestellen. Kata hinderte ihn daran. Sie kam auf ihn zu, einen Schwall kalte Luft hinter sich herziehend, und stellte sich neben ihn. »Wenn du Ayden helfen willst, kommst du jetzt mit. Wir brauchen dich nüchtern.«

Kata führte Nathan in eine Seitengasse.

»Raus damit!«, befahl sie.

Er kehrte ihr den Rücken zu, steckte den Finger in den Rachen und übergab sich.

»Hast du einen Kaugummi?«

»Nein.« Sie suchte nach einem Taschentuch, mit dem er sich den Mund abwischen konnte.

»Ich hätte in diesem verdammten See ersaufen sollen!«, brach es aus ihm heraus. »Es tut mir leid.«

Kata bemerkte die leichte Bewegung seines Kopfes in Richtung Straße. Hörte die Autos. Alles im Bruchteil einer Sekunde. Sie warf sich mit ihrer ganzen Kraft gegen ihn. Er strauchelte rückwärts. Sie stieß mit den Händen nach. Nathan prallte heftig an eine Hauswand. Stöhnend sackte er in sich zusammen. Kata rief DeeDee an, erklärte ihm, wo sie waren, und kauerte sich dann neben Nathan. »Erinnerst du dich, was du mir auf dem Dach gesagt hast?«, fragte sie. »*Damit tötest du nicht nur dich.*«

»Hast du das geglaubt?« Er griff sich an den Kopf. »Dass ich mich umbringen will? Hast du mich deshalb gegen die Wand geknallt?«

»Ja.«

»Ich bring mich nicht um, Kata. Aber ich habe Angst. Owen weiß, dass ich nicht die geringste Absicht habe, diese Schuld zu bezahlen. Er wird einen Weg finden, mich dazu zu zwingen, und Dinge von mir verlangen, die …« Nathan vergrub das Gesicht in seinen Händen. Seine Schultern bebten, doch über seine Lippen kam kein Laut.

Ein Wagen fuhr vor. Es war nicht DeeDees. Niemand stieg aus, nur das Fenster wurde heruntergelassen. Lichter blitzten auf. Kata sprang hoch. Es blitzte weiter. Sie ging auf das Auto zu. Eine Männerstimme sagte etwas. Kata hörte nicht hin. Sie kniff die Augen zusammen, um im grellen Licht sehen zu können. Ihre ganze Aufmerksamkeit galt der Kamera. Unbemerkt holte sie Schwung und schlug von oben gegen das Objektiv. Es knirschte und krachte hässlich, als das Gehäuse gegen den unteren Fensterrahmen stieß.

»Spinnst du?«, brüllte der Mann.

Er öffnete die Tür, zog sie jedoch gleich wieder zu. »Fahr los!«, rief er.

Mit quietschenden Reifen schoss der Wagen davon.

»Bist ein echter Kerl«, sagte jemand neben Kata.

DeeDee. Mit einem beeindruckend wuchtigen Baseballschläger in der Hand.

»Und du hast schon besser ausgesehen«, meinte er zu Nathan, der auf sie zutorkelte.

Ohne eine Antwort abzuwarten, half er ihm in seinen Uralt-Toyota, den er mitten auf dem Gehsteig mit laufendem Motor stehen gelassen hatte, und fuhr sie zurück zur Wohnung.

»Ich glaub, ich lass euch besser mal allein«, flüsterte er Kata zu. »Sieht aus, als müsstet ihr was klären.«

Kata schlüpfte aus ihrer Jacke, Nathan behielt seine an.

»Willst du sie nicht ausziehen?«

Wortlos verschwand er in sein Schlafzimmer. Kata ging in die Küche und machte sich einen Tee. Er verbrühte ihr den Mund, rann heiß durch ihre Kehle, doch er wärmte sie nicht. Sie rief Gerry an.

»Nathan braucht dich.«

»Wahrscheinlich.«

»Dann komm bitte her und hilf ihm!«

»Man kann nur Menschen helfen, die sich helfen lassen wollen.« Gerry zögerte. »Ich weiß, was er getan hat, Kata.«

»Er hat es dir verraten?«

»Ja. Für Gemma.«

Kata schloss die Augen. Für Gemma. Für Raix. Für Ayden. Nathan lebte nicht mehr für sich, sondern für andere.

»Danke, Gerry.«

»Er kann mich jederzeit anrufen.«

Das würde er nicht. *Sie hat mich,* hatte Nathan in der Klinik zu Doktor Sanders gesagt. Er hatte sie, und er brauchte sie jetzt. So war das unter Freunden.

Kata fand ihn bäuchlings auf dem Bett, Jacke und Schuhe immer noch an. Neben ihm lag seine Mütze, in seiner Hand hielt er Burtons Mobiltelefon. Es war voller Blut. Genauso wie seine Hand und seine Haare. »Ich habe Burton angerufen«, murmelte er.

»Bleib liegen!«, befahl sie.

»Wollte sowieso nicht aufstehen.«

Kata holte einen Lappen und eine Schale mit heißem Wasser. Während sie Nathan vorsichtig die riesige, aufgeplatzte Beule am Hinterkopf reinigte, erzählte sie ihm vom falschen Polizisten im Krankenhaus.

»Er hat mir nicht nur eine Spritze verpasst und mich von John gegrüßt. Kurz bevor ich das Bewusstsein verlor, hat er mir etwas ins Ohr geflüstert.« Heisere Worte. Und trotzdem klar und deutlich. »*Es war Henry, der dich aus dem Wagen geholt hat.* Das war seine Nachricht für mich.«

Nicht einmal nachdem Kata erfahren hatte, wer sie war, hatte sie sich an jene Nacht erinnern können. Bis zu ihrem Erwachen im Krankenhaus.

Sie saß halb liegend in ihrem Kindersitz und spielte mit Bär. Schräg vor sich konnte sie Papa sehen. Seine großen Hände hielten das Lenkrad fest. Er konnte sogar im Dunkeln fahren. Weil das Auto vorne Lichter hatte. Wie riesige, leuchtende Augen.

»Er wird bestimmt Fußballer«, sagte Mama.

»Er?«

Papa ließ mit einer Hand das Steuer los und legte sie auf Mamas Bauch. »Vielleicht wird es eine Fußballerin.«

Es raschelte und dann schaute Mamas Kopf zwischen den Sitzen hin-

durch. Kata quietschte vor Vergnügen. Mama kitzelte ihre Fußsohlen. »Morgen gehen wir einen Ball kaufen.«

»Einen roten«, wünschte Kata.

Mama antwortete nicht. Weil Papa viel zu heftig gebremst hatte. Das mochte Mama nicht. Und Kata auch nicht. Sie fürchtete sich.

»Was tut denn Aleks hier?«, fragte Mama.

»Keine Ahnung. Vielleicht haben wir etwas vergessen?«

»Aber er hat uns gar nicht überholt.«

Papa kurbelte das Fenster hinunter. Ein Mann schaute zu ihnen hinein. Sein Gesicht war sehr böse. Kata begann zu weinen.

»Henry?«, fragte Nathan verwirrt. »*Der* Henry?«

»Ja, *der* Henry.«

Nathan stemmte sich auf die Ellbogen. Kata drückte ihn zurück aufs Bett. »Nicht bewegen, sonst blutet es wieder.«

»Owen könnte sich das ausgedacht haben, um einen Keil zwischen uns und Henry zu treiben.«

»Könnte er.«

»Aber?«

»Ich erinnere mich, Nathan. Ich sehe alles genau vor mir.«

»Weil du schon so lange nach einer Erklärung suchst, warum du nicht im Wagen warst. Dein Kopf hat endlich die Bilder, die dir gefehlt haben.«

Genau das war die Erklärung gewesen, die Kata als Erstes für sich gefunden hatte. Doch seither hatte sie Zeit gehabt, darüber nachzudenken. »Nein«, antwortete sie. »Mama hat Henry Aleks genannt. Derselbe Name wie im Zeitungsartikel aus seinen Dateien. Aleksander Nowak. Er kannte John. Und überleg dir mal, wie ihr auf mich gestoßen seid. Durch Henry. Er hat eure Aufmerksamkeit auf mich gelenkt, als ich in Gefahr war. Von ihm wusstet ihr von meiner Familie in Quentin Bay. Ihm verdanke ich es, dass ich noch lebe. Er hat seine Schuld auf seine Weise bezahlt.«

Es ergab alles Sinn und machte dennoch nichts gut.

»Henry weiß, dass das höchstens eine Anzahlung war«, sagte Nathan. »Und Owen hat dir das bestimmt nicht aus Nächstenliebe verraten.«

Auch darüber hatte Kata nachgedacht. »Nein. Er zeigt uns, dass er die Kontrolle über uns hat, in meinem Fall immer gehabt hat. Er bestimmt, was geschieht, egal, was wir tun.« Sie legte Nathan die Hand auf die Schulter. »Ich kann dir kein Pflaster in die Haare kleben. Du musst also noch eine Weile so liegen bleiben.«

»Und was mache ich mit meiner Schuld?«, fragte er.

»Du hast Burton angerufen. Das ist ein Anfang.« Kata griff nach seiner Mütze. »Die hier nehme ich mit und wasch sie aus. Die Jacke kannst du anbehalten, wenn du willst. Brauchst du noch was?«

»Eine Zeitmaschine.«

»Ich dachte eher an Tee oder etwas gegen die Schmerzen.«

»Nicht nötig.«

Es klang wie ein *Nun geh schon*. Aber da war etwas, das sie ihm noch sagen musste. »Ich will nicht, dass du für Ayden und mich stirbst. Ich will, dass du für uns lebst.«

»Unter einer Bedingung«, hielt er sie zurück, als sie bereits bei der Tür war. »Owen könnte euch zwingen, euch zu entscheiden. Mein Leben oder eures. Gebt ihm meins. Versprich mir das.«

»Das kann ich nicht.«

»Versprich es mir!«

»Idiot.«

»Versprich es!«

Er würde keine Ruhe geben. Kata verbarg ihre Hand hinter dem Rücken und kreuzte die Finger, etwas, das sie zum letzten Mal als kleines Mädchen getan hatte. »Versprochen.«

4.

Maria war da, wenn Ayden aufwachte. Mit Suppe, Tee und Hustensaft. Gegen das Fieber verpasste sie ihm Wickel, die nach Kräutern rochen. Sie begleitete ihn ins Bad, half ihm beim Duschen, rasierte ihm den Bart ab, strich eine Wundsalbe auf seinen entzündeten Kratzer im Gesicht, brachte frische Sachen, wenn seine durchgeschwitzt waren. Nach der Polizei fragte sie nicht mehr. Vielleicht hieß sie wirklich Maria, wahrscheinlich aber war das nicht ihr richtiger Name, denn auch ihre jüngere Kollegin nannte sich so. Manchmal half die jüngere Maria der älteren, jedoch nie beim Duschen oder anderen Tätigkeiten, bei denen sie etwas hätte sehen können, das nach Ansicht der älteren Maria für eine junge Frau unschicklich gewesen wäre. Da sie ungefähr in seinem Alter war, vermutete Ayden, dass sie in der Schule Englisch gelernt hatte.

»Sprichst du Englisch?«, versuchte er es.

Sie schüttelte den Kopf. »Bisschen Deutsch«, flüsterte sie.

Das half ihm nicht. Einmal, als sie ihm einen kühlen Lappen auf die Stirn legte, weil sein Fieber wieder angestiegen war, fühlte er ihren Mund dicht an seinem Ohr. »Sascha?« Er hatte keine Ahnung, ob das ein deutsches oder portugiesisches Wort war, vielleicht war es auch nur ein weicher, tröstender Laut.

Jetzt, wo er nach draußen sehen konnte, war die Zeit wieder fassbar. Nicht in Minuten, nicht in Stunden, aber wenigstens in Tagen und Nächten. Ayden zählte drei Tage und zwei Nächte, wobei er nicht sicher war, ob er in seinem Zustand alles mitbekommen hatte.

Am Ende der dritten Nacht weckte ihn die jüngere Maria.

»Gehen. Zehn Minuten.«

Sie legte einen Stapel Kleider auf den Stuhl neben dem Bett.

Es waren seine. Gewaschen und gebügelt. Seine Stiefel glänzten frisch poliert.

»Wohin?«

Sie antwortete nicht.

»Gibt es ein Problem?«

Die Stimme kam von der Tür. Ayden brauchte seinen Kopf nicht zu drehen, um zu wissen, mit wem er es zu tun hatte. Es gab nur einen, der so redete. Der Wolf.

Marias Körper versteifte sich, Angst stand in ihrem Gesicht.

»Nicht mit Maria«, nahm Ayden die junge Frau in Schutz.

»Dann ist ja gut.« Der Wolf verschränkte die Arme. »Zieh dich an. Mr Owen will dich sehen.«

Owen erwartete ihn in einem riesigen, geschmackvoll eingerichteten Wohnzimmer.

»Wie ich sehe, hat man sich gut um dich gekümmert.« In einer ausladenden Geste zeigte er auf die Sitzgruppe aus dunkelbraunem Leder. »Setz dich.«

Den Befehl zu ignorieren oder sich gar aufzulehnen, hätte Ärger mit dem Wolf eingebracht. Ayden gehorchte. Ihm entging nicht, wie Owen selbstgefällig lächelte.

»Keine Angst, du wirst meine Gesellschaft nicht lange ertragen müssen. Ich will nur ein paar Dinge klarstellen, bevor die nächste Phase beginnt.«

Der Wolf schaltete den riesigen Bildschirm an der steinernen Wand ein. Kurze Zeit später liefen verschwommene Bilder vor Ayden ab. Er erkannte Kata. Sie kam aus einer Tür, offensichtlich in einem Krankenhausflur, und setzte sich auf einen Stuhl. Trotz der schlechten Filmqualität sah Ayden, wie blass sie war. Nach einer Weile wandte sie der Kamera den Kopf zu und sagte etwas. Tonlos lief der Film ab. Dennoch wusste Ayden, wo sie war. Bei Joseph. Er hatte überlebt! Die Erleichterung saß als riesiger Kloß in Aydens Kehle. Aber nicht lange.

Die Aufnahme verwackelte, die Perspektive änderte sich. Kata verdrehte die Augen und sank der Kamera entgegen. Das Bild wurde unscharf, fokussierte eine Weile auf nichts, dann noch einmal kurz auf Katas Gesicht, aus dem jedes Leben gewichen war. Unfähig, sich zu bewegen, starrte Ayden auf den dunkel gewordenen Bildschirm.

»Keine Angst, sie war nur kurz bewusstlos«, beruhigte ihn Owen. »Sie könnte aber auch tot sein. Deine Leute haben keine Chance, sie zu beschützen, denn meine Leute sind überall. Es sind Verkäufer, Busfahrer, Polizeibeamte, kleine Jungen, die Blumen vor eine Tür legen. Was immer du dir denken und vorstellen kannst.«

Ayden zwang seinen Blick vom Bildschirm zum Fenster. Wo zum Teufel waren Nathan und Sam gewesen?

»Sam war etwa zehn Minuten vorher dort, Nathan höchstens zwei bis drei Minuten nachher«, beantwortete Owen die Frage, die er nicht gestellt hatte. »Ich sagte dir ja, sie können sie nicht schützen. Nur du kannst das.«

»Sie verraten mir bestimmt gleich, wie.«

»Indem du mir gehorchst. Und indem du am Leben bleibst. Zu dem Teil mit dem Überleben kommen wir später. Erst einmal musst du fit werden. Dafür sind Vigos Männer zuständig. Was immer sie von dir verlangen, tu es oder deiner Freundin stößt etwas zu.«

Owen legte ihm seine verkrüppelte Hand auf die Schulter und lachte, als er merkte, wie Ayden zurückzuckte.

»Eigentlich solltest du mir dankbar sein. Ich habe dich genommen, nicht sie. Noch nicht.«

Unter Owens Hand begann Aydens Haut zu brennen. Die Hitze breitete sich rasend schnell im ganzen Körper aus. *Nimm mich!* Was hatte er in den zehn Tagen im Verlies sonst noch alles verraten, ohne es zu wissen oder sich daran zu erinnern?

Der Mann, der Rose mit sich in die Tiefe gerissen hatte,

war verzweifelt gewesen, eine verlorene Seele, die keinen anderen Weg mehr gesehen hatte. Owen hingegen quälte mit sichtlichem Vergnügen. Ayden atmete tief aus und dachte sich aus der Berührung hinaus. Nichts, auch nicht die beinahe unerträgliche körperliche Nähe, durfte ihn aus der Ruhe bringen. Wenn Owen von ihm erwartete, dass er etwas erwiderte, konnte er lange warten. Es war alles gesagt.

»Ich sehe, wir verstehen uns.« Owen nahm seine Hand von Aydens Schulter und wandte sich an den Wolf. »Macht ihn bereit, Vigo.«

Einer von Wolfs Männern, ein durchtrainierter Kraftprotz mit kurz geschorenen schwarzen Haaren, brachte ihn zurück ins Zimmer. Wortlos zeigte er auf ein graues T-Shirt, schwarze Trainingshosen und ein Paar Laufschuhe, die jemand während Aydens Abwesenheit aufs Bett gelegt haben musste. Es waren die gleichen Kleider, die der Schwarzhaarige trug.

»Fünf Minuten!«

»Ich habe keine Uhr.«

»Halt die Klappe und beeil dich!«

Der Mann machte keine Anstalten, die Tür wieder hinter sich zuzuziehen. Mit verschränkten Armen und einem grimmigen Gesicht lehnte er sich gegen den Türrahmen und schaute Ayden zu, wie er sich umzog. Hose und T-Shirt hingen viel zu weit an seinem abgemagerten Körper. Nur die Schuhe passten perfekt. Im Vergleich zu seinem Bewacher musste er wie eine auf dem Feld vergessene Vogelscheuche wirken. Was der Mann über ihn und sein Aussehen dachte, wusste er gut zu verbergen. Er bedeutete Ayden mit einem Wink, ihm zu folgen.

Vor dem Gebäude warteten zwei weitere Männer, auch sie in Laufschuhen und Trainingshosen, beide wie ihr Kollege durchtrainiert, im Gegensatz zu ihm jedoch blond. Allen drei gemeinsam waren ihre undurchdringliche Miene, eine eisige

Kälte in den Augen und das Fehlen der sonst oft üblichen Tätowierungen bei Männern ihrer Art. Keine Symbole oder besonderen Merkmale, an denen man sie erkennen konnte. Mit ziemlicher Wahrscheinlichkeit waren diese Männer nicht nur topfit, sondern auch intelligent, verschwiegen und so loyal wie ihr Sold hoch war. Von ihnen konnte Ayden kein Mitleid erwarten.

Der größere der beiden Blonden übernahm das Kommando. »Wenn du ein Problem hast und uns ansprechen willst: Ich bin Coach 1.« Er zeigte auf seinen blonden Kollegen. »Das ist Coach 2 und er ist Coach 3. Ich rede von wirklichen Problemen, nicht von Kleinkram. Den machst du mit dir selber aus. Alles klar?«

Ayden nickte.

»Verstanden?«

»Ja, Coach.«

»Gut. Unser Auftrag ist es, dich in Form zu bringen, nicht dich fertigzumachen. Wir beginnen deshalb langsam. Zur Kapelle hoch und zurück.«

Es sah machbar aus, sogar in seiner Verfassung. Ayden nahm sich vor, die Strecke zu bewältigen, nicht für Owen, sondern für sich. Wenn er diesen Männern irgendwann entkommen wollte, musste er zu Kräften kommen. Als Coach 1 loslief, folgte ihm Ayden. Neben ihm rannte Coach 2, hinter ihm Coach 3, der Schwarzhaarige, der ihn geweckt hatte, der unterste in der Rangordnung dieser kleinen Einsatztruppe.

Coach 1 legte kein schnelles Tempo vor. Trotzdem hatte Ayden Mühe, ihm zu folgen. Schon nach wenigen Minuten befiel ihn starkes Seitenstechen, ihm war übel und in seinem Magen rumorte es. Keuchend fixierte er den breiten Rücken vor ihm, zählte die Schritte. Kurz bevor er bei Tausend anlangte, glitt er auf dem nassen Grund aus und geriet ins Straucheln. Coach 2 hätte ihn auffangen können, tat es jedoch nicht. Ayden bremste den Sturz mit seinen Händen. Völlig erschöpft kniete er am Boden.

»Aufstehen!«, befahl Coach 2.

Ayden rappelte sich hoch. Vor seinen Augen verschwamm der Pfad. Ein Stoß in seinen Rücken trieb ihn voran. Nach einer Weile gewöhnte er sich an die Tortur. Er lief Trockenmauern entlang, über kleine steinerne Brücken, unter denen Bäche flossen, die im Sommer wohl versiegten, den terrassierten Olivenhainen weiter hangaufwärts entgegen. Ayden hatte kein Auge für die Schönheit um ihn herum. Er konzentrierte sich darauf, das Tempo mitzuhalten. Die Schritte zählte er nicht mehr, sondern seinen Atem. Eins, zwei, drei – Einatmen. Eins, zwei, drei – Ausatmen. Als das Gelände steiler wurde, änderte sich der Rhythmus. Eins, zwei. Eins, zwei. Dann war gar kein Rhythmus mehr da. Nur noch ein Schnappen nach Luft. Lautes Pochen im Kopf und in den Ohren. Ayden blieb stehen. Der Stoß in seinen Rücken kam, bevor seine Lungen sich füllen konnten. Er taumelte weiter, bis es nicht mehr ging, nur, um erneut gestoßen zu werden.

Irgendwann klinkte etwas in ihm aus. Er rannte, fiel hin, stand auf. Kotzte sich neben der Kapelle die Seele aus dem Leib. Stürzte auf dem Rückweg einen Abhang hinunter, riss sich an dornigen Büschen und spitzen Steinen die Haut auf und landete in einem Bach. Er fühlte den Schmerz, die Nässe, die Kälte. Und fühlte doch nichts. Es war, als renne er neben einem Fremden her, dem all diese Dinge passierten. Wie in Trance kam er beim Kiesplatz vor dem Gebäude an, in dem er gefangen gehalten wurde. Er und der Fremde neben ihm verschmolzen zu einer Person. Der Schmerz setzte mit einer überwältigenden Heftigkeit ein, gefolgt von einer erlösenden Dunkelheit, die so schnell auf ihn zuraste, dass Ayden nicht einmal merkte, wie er auf dem Boden aufschlug.

Nathan hörte, wie eine Tür ins Schloss fiel. Wenig später trat Kata mit zerzausten Haaren und geröteten Wangen ins Zimmer. In der Hand trug sie eine Einkaufstasche. »Noch einen Kaffee, bevor wir gehen?«

»Wäre bestimmt besser als der bei Burton«, meinte Nathan. »Aber ich denke, wir sollten los.«

Der Ermittler erwartete sie zu einer offiziellen Befragung, der einzige Weg, länger mit ihnen zu reden, ohne dass Owen Verdacht schöpfte.

Der Kaffee, den Burton ihnen in einem Pappbecher hinstellte, war wirklich lausig. Nathan trank einen Schluck und schob die Tasse dann weit von sich. »Kein Wunder, dass Sie so ungesund aussehen«, sagte er.

»Ich sehe ungesund aus, weil mich Fälle wie dieser kaputt machen.« Burton legte eine Zeitung auf den Tisch. »Wenn wir gerade vom Aussehen sprechen: Ihres ist auch nicht besser.«

Nathan warf einen Blick auf das Foto, auf dem er in einer trostlosen Gasse auf dem Boden saß. »War besoffen. Es gibt coolere Bilder von mir in diesem Zustand.«

»Sie haben schon besser gelogen, MacArran.« Burton wandte sich an Kata. »Es ist eine Anzeige gegen Sie eingegangen. Wegen einer beschädigten Kamera.«

»Schade, dass es die Speicherkarte nicht erwischt hat«, antwortete sie.

»Ihnen ist klar, dass das ein Schuldeingeständnis ist?«

»Von mir aus.«

Burton seufzte. »Kommen wir zum Grund, weshalb Sie hier sind. Es geht also um diesen gc_1411. Sie behaupten, es sei Owen. Schießen Sie los.«

Nachdem Burton Nathan fast eine Viertelstunde schweigend zugehört hatte, war seine Kaffeetasse leer, sein Notizblock voll und sein Gesicht so zornig wie an jenem Abend am Kanal, bevor Nathan ihm mit einem Sprung ins Wasser entkommen war.

»Wissen Sie was, MacArran? Sie gehören in eine Klinik.«

»Da war ich ja.«

»Besonders viel geholfen scheint es nicht zu haben.«

»Wie man es nimmt. Ich bin hier, spreche mit Ihnen und erzähle Ihnen Dinge, die ich Ihnen noch vor wenigen Wochen niemals erzählt hätte.«

»Ein bisschen früher wäre nicht schlecht gewesen.« Burton blätterte durch seine Notizen. »Gehen wir einmal davon aus, Owen ist tatsächlich Ihr Informant. Schreiben Sie ihm und fragen Sie ihn, was er will. Sobald er antwortet, melden Sie sich bei mir. Verstanden?«

»Ja.«

»Was?«, fragte Burton erstaunt. »Kein Widerspruch, kein Einwand?«

»Nein. Dafür eine etwas wacklige Theorie. Mal sehen, was Sie davon halten.«

Burton schaute ihn neugierig an.

»Tag achtzehn.«

»Die Verhaftung von Ayden Morgans Eltern.« Burton nickte. »Wir ziehen diese Möglichkeit in Betracht und haben die nötigen Maßnahmen ergriffen. Ich brauche Ihnen nicht zu sagen ...«

»Brauchen Sie nicht«, fiel Nathan ihm ins Wort, bevor ihnen Burton ein weiteres Mal einen Vortrag hielt, was geschehen würde, wenn sie sich einmischten. Er stand auf.

»Setzen Sie sich wieder!«, befahl Burton. »Wir sind noch nicht fertig.« Er wandte sich an Kata. »Zu Ihnen, Miss Steel. Ich denke, eine kaputte Kamera ist unser kleinstes gemeinsames Problem. Sie haben mir zwar eine Menge über sich und John Owen verraten, aber nicht alles.«

Nathan wurde heiß. Er würde Sam umbringen, wenn er Katas Geheimnis preisgegeben hatte.

»Genau wie Ihr Freund Sam Miller. Er verschweigt mir etwas. Weil ich denke, dass dieses Detail, das Sie mir beide vorenthalten, entscheidend sein könnte, wende ich mich an Sie, denn Sam würde niemals etwas sagen oder gar tun, das Sie belastet. Sie hätten nicht vielleicht die Güte und Weisheit, mich in die ganze Wahrheit einzuweihen?«

Nathan entschuldigte sich in Gedanken bei Sam. Zu seiner Bestürzung bemerkte er, wie Kata zu einer Antwort ansetzte. Nicht, dachte er. Tu's nicht!

»Ich …«, begann Kata.

»Ich müsste mal dringend«, fiel ihr Nathan ins Wort.

»Dort ist die Tür.«

»Komm, wir gehen, Kata!«

»Du kannst allein aufs Klo.« Ihre Stimme klemmte ihm die Luft ab.

»Ich muss nicht aufs Klo. Ich …«

»Wir haben verstanden, was du willst. Aber es funktioniert nicht, Nathan. Nicht bei mir und nicht bei Mr Burton.«

Nathan gab auf. Erschlagen von Katas Offenheit und ihrem Willen, die Karten auf den Tisch zu legen, hing er in seinem Stuhl und wartete darauf, dass sie sich in richtig tiefe Schwierigkeiten redete.

»Ich habe John Owen umgebracht, Mr Burton. Wie ich das gemacht habe, werden Sie herausfinden, wenn Sie ihn verhaften.«

Ungläubig starrte Nathan sie an. Aus seiner Kehle stieg ein Lachen. Er lachte, bis ihm die Tränen kamen. Kata hatte gerade einen Mord gestanden, den es nie gegeben hatte.

»Ich dachte, du wolltest gehen«, erinnerte ihn Kata. »Oder gibt es noch etwas zu besprechen, Mr Burton?«

»Nein, Miss Steel.« In Burtons Mundwinkeln zuckte es. »Ich denke, so weit ist alles klar.« Er ergriff ihre Hand und verabschiedete sich von ihr.

Nathan stand auf und steckte seine Hände demonstrativ in die Hosentaschen.

»Die Aktion in dem verlassenen Haus und in der Kapelle verlief absolut geheim«, raunte ihm Burton zu. »Wir können nicht garantieren, dass Owens Leute sie nicht mitbekommen haben, aber wir haben unser Bestes gegeben. Und jetzt sagen Sie doch bitte etwas so herrlich schön Unflätiges wie beim letzten Mal, als Sie mein Büro verlassen haben.«

»Sie können mich mal, Sie elender Bulle!«, schrie ihn Nathan an, nachdem ihm Burton die Tür geöffnet hatte.

Diesmal drehte ihnen niemand den Kopf zu. Gehört hatten es alle. Die rüpelhafte Beleidigung würde ihren Weg in die Presse finden.

Beim Ausgang holte sie ein junger Beamter ein. »Da sind die Papiere, die Sie durchlesen und unterschreiben müssen.«

Kata nahm den Umschlag wortlos entgegen. Sie öffneten ihn erst in der Wohnung. Er enthielt Fotos von Aydens Wagen, der Garage, dem Versteck, in dem der Junge gefangen gehalten worden war, und ein Dossier über den Entführungsfall Jamie Hamilton. Auf dem obersten Foto klebte ein Notizzettel. *Rufen Sie mich an, wenn Sie fündig werden.*

»Der Kerl mag dich wirklich«, sagte Nathan.

Sie fanden nichts, was sie nicht schon wussten. Owen reagierte mit Schweigen auf Nathans Mail. Nichts ging voran, nichts geschah. Nathan fiel es immer schwerer, an den Pubs vorbeizugehen. Läden, die Alkohol führten, mied er. Trotzdem stand er irgendwann in einem, eine Flasche Whisky in der Hand. Er ließ sie stehen und ging zurück in die Wohnung. Nur um dort auf Kata zu treffen, die sich mit Lukes Musik im Ohr auf Plymouths Nebenstraßen die Lunge aus dem Leib gerannt hatte, ohne dabei Ruhe zu finden. Rastlos tigerte sie durch die Räume.

Nathan verzog sich auf das Dach und rief Raix an.

»Was macht mein Patenkind?«, fragte er.

»Schlägt Purzelbäume und vergrößert seine Wohnung.«

Allein Raix' Stimme zu hören, tat gut. »Grüß die Vermieterin von mir.«

»Mach ich. Sie übt schon mal das Binden von Springerstiefeln, ohne die Füße zu sehen.«

»Und du?«

»Ich sehe meine Füße noch.« Es knisterte und rauschte. Dann war Raix wieder da. »Chesil lässt dich auch grüßen«, beendete er das Geplänkel.

»Sorgt die Winkler gut für euch?«

»Ich wäre lieber bei euch.«

Unter anderen Umständen wäre Nathan das auch lieber gewesen, aber Raix hatte gerade erst ins Leben zurückgefunden und wurde Vater. Definitiv der falsche Zeitpunkt, um in einen tödlichen Endkampf mit Owen zu geraten. Nathan war froh, dass sein Freund unter Aufsicht von Patrizia Winkler als Hauptzeuge gegen Kendelbach an einem geheimen Ort auf den Prozess warten musste. In der kleinen Wohnung, in der er zusammen mit Chesil untergebracht war, stand ihm ein Computer mit Internet zur Verfügung, den er für Nachforschungen benutzte. »Das Mindeste, was ich tun kann«, hatte er erklärt.

»Hör mal«, sagte er nun. »Wir haben vielleicht eine Spur zu Ayden. Na ja, eher einen kleinen Hoffnungsschimmer.«

Von sämtlichen Menschen, die Nathan kannte, war Raix der einzige, der ein solches Wort überhaupt in seinem Wortschatz führte. Trotz allem, was er erlebt hatte, war er ein Romantiker, allerdings einer, der weder sich noch anderen etwas vormachte. Deshalb konnte Nathan davon ausgehen, dass er seine Bemerkung wörtlich meinte. Was er und Chesil herausgefunden hatten, war die Hoffnung auf Hoffnung und damit wenig mehr als nichts.

»Wir könnten tatsächlich eine Spur brauchen«, antwortete er. »Auch wenn sie nur ein Hoffnungsschimmer ist.«

»Ayden ist möglicherweise in Portugal.«

»Portugal?«

»Igor hat da so eine Quelle, einen Fälscher, der ihm einen Gefallen schuldet. Er hat was von Papieren für ein großes Tier gehört. Könnte ein Gerücht sein, denn der Fälscher ist ein ziemlicher Schwätzer, aber Chesil und ich sind der Sache mal nachgegangen.«

Nathan fühlte, wie sich die Haare in seinem Nacken aufstellten. »Und?«, fragte er.

»Chesil hat eine portugiesische Freundin. Marisa heißt sie. Mit der hat sie eine Weile in einer Hotelküche gearbeitet. Chesil hat sie gebeten, auf Facebook eine rührende Geschichte über einen vermissten Freund zu verbreiten, einen Ausreißer, der zu lange nichts mehr von sich hören lassen hat. Ein Österreicher, der sich Sascha nennt. Sein Aussehen könnte ungefähr auf Ayden zutreffen, genauso gut jedoch auch auf Tausende andere.«

Es war ein riskantes Vorgehen, doch Nathan wusste, wie vorsichtig sich Raix im Netz bewegte, und schluckte eine kritische Bemerkung hinunter.

»Keine Angst, die Nachricht kann nicht zu Chesil oder mir zurückverfolgt werden«, beruhigte ihn Raix. »Marisa arbeitet nicht mehr in der Schweiz, sondern in Österreich. Bis jetzt hat sie vier Meldungen erhalten. Zwei betrafen junge Männer aus Österreich, eine einen Jugendlichen aus Deutschland, und eine Sofia aus Portugal wollte in einer persönlichen Nachricht wissen, ob der Vermisste gut Englisch spricht.«

»Und?«

»Marisa hat ihr geschrieben, dass sich der Typ als Weltenbummler im Ausland wahrscheinlich in dieser Sprache verständigt. Danach ging eine neue Nachricht ein. Sofia erkundigte sich nach besonderen Narben.«

Ayden hatte viele Narben. Unfallnarben. Narben von Schlägereien. Doch die Frau interessierte sich für besondere Narben. Vielleicht solche, die von einer Kugel stammen konnten. Wie die über Aydens Brust, dort, wo ihn die Kugel von Jamie Hamiltons Vater getroffen hatte. »Was ist mit Tätowierungen oder Piercings?«, fragte Nathan.

»Davon schreibt sie nichts.«

Der Mann, den die Frau kannte, sprach Englisch, hatte eine oder mehrere Narben, zumindest eine davon auffällig, und wahrscheinlich keine Piercings und Tätowierungen. Eine Beschreibung, die auf Ayden zutraf. Nathan kämpfte gegen die Erregung, die ihn packte. Diese Beschreibung traf auch auf viele andere Männer zu.

»Was hat Marisa geantwortet?«

»Noch nichts. Wenn es Ayden ist, muss Sofia ihn als Gefangenen gesehen haben. Eine zu genaue Beschreibung der Narben könnte sie und ihn in Gefahr bringen. Wir werden allgemein bleiben und Unfallnarben erwähnen.«

»Gut. Du hast gesagt, sie hat eine persönliche Nachricht geschickt. Eine Mail?«

»Nein. Es war eine private Nachricht bei Facebook.«

»Kannst du dich in ihren Account hacken?«

»Könnte ich. Aber wenn ihn Owen auch gehackt hat, wird er es bemerken. Zu gefährlich. Wir müssen über die Profile ihrer Freundinnen an sie ran. Marisa hat uns die Zugangsdaten zu ihrem Konto gegeben. Unter ihren Freundinnen ist keine Sofia. Die Frau muss eine Freundin einer Freundin sein. Wir arbeiten daran.«

»Nehmt Igor dazu, wenn es zu langsam geht.«

»Haben wir bereits getan.«

»Ich liebe dich, Raix.«

»Lass das bloß nicht Chesil hören!«

»Die liebe ich auch.«

»So genau wollte ich das nicht wissen. Ich drück dich jetzt

weg, bevor du Dinge sagst, die du später bereust. Grüß Kata von uns.«

Nathan hatte die scherzhaft geplapperte Liebeserklärung ernst gemeint. Raix würde sich an sie erinnern, wenn die Erinnerung das Einzige war, was von Nathan geblieben war.

Bei seiner Rückkehr in die Wohnung wartete Kata schon ungeduldig auf ihn.

»Hast du nicht genug von dieser Stadt? Den Medien? Dieser Wohnung? Von allem?«

Das hatte er längst. Er war nur wegen Kata geblieben. »Was ist mit Joseph?«

»Den darf ich sowieso nicht sehen. Nicht die nächsten paar Tage.«

»Es hält dich hier also nichts?«

Sie schüttelte den Kopf.

»Dann lass uns das Zeug von der Wand nehmen und verschwinden.«

»Was ist mit Burton?«, fragte sie. »Sollten wir ihm nicht Bescheid sagen?«

Nathan grinste. »Wir nehmen einfach seine Handys mit.«

Weder er noch Kata zweifelten daran, dass Burton sie ihnen nicht zuletzt deshalb gegeben hatte, weil er sie damit orten konnte. Als ob er zu alledem auch ihre Gedanken lesen konnte, rief er sie in diesem Augenblick an.

»Schlechte Nachrichten«, kam er ohne Umschweife auf den Punkt. »Die Presse hat herausgefunden, dass wir das Versteck durchsucht haben, in dem Jamie Hamilton gefangen gehalten worden ist. Fragen Sie mich nicht wie, aber ein Teil von ihnen belagert gerade unser Gebäude. Der andere könnte bei Ihnen auftauchen.«

»Wir wollten sowieso verschwinden«, antwortete Nathan. »Wir fahren nach Quentin Bay.«

»Damit entkommen Sie mir nicht«, mahnte Burton. »Ich werde Sie im Auge behalten. Und noch was. Nehmen Sie den Hinterausgang, wenn Sie sich davonschleichen.«

Der Tipp half wenig. Kaum fuhren sie aus der Tiefgarage, stellten sich ihnen Fotografen in den Weg. Nathan hielt den Wagen an und stieg aus.

»Habt ihr Scheißkerle denn nie genug?«, rief er.

Seine Worte gingen trotz ihrer Lautstärke in einem regelrechten Fragenregen unter.

»Was sagen Sie zu den neusten Enthüllungen?«

»Wo ist Carlton jetzt?«

»Hast du gewusst, was euer Freund vorhatte?«

»Auf wen hat er es abgesehen?«

Die Zurufe wurden vom Klicken der Auslöser und Blitzlichtern begleitet.

»Ich weiß nur eins«, sagte Nathan.

Jetzt, wo er nicht mehr schrie, aber offensichtlich etwas mitteilen wollte, wurde es still.

»Die Polizei arbeitet absolut schlampig und unprofessionell. Sie kann keine Resultate vorweisen und sie hält uns nicht auf dem Laufenden. Stattdessen werden wir verhört wie Verbrecher. Ich habe keine Ahnung, was die neusten Enthüllungen sind, die ihr ansprecht.«

»Was ist mit Sam Miller, diesem Privatermittler?«

»Fragen Sie ihn selber. Ich rede nicht mehr mit ihm.« Nathan gelang es, wütend und enttäuscht zugleich zu klingen. »Könntet ihr uns jetzt einfach in Ruhe lassen?«

Natürlich taten sie das nicht.

»Oder?«, rief einer aus den hinteren Reihen. »Schlägst du uns dann die Kamera kaputt wie deine Freundin mit den Eisaugen?«

»Ich würde es nicht darauf ankommen lassen.«

Die Fotografen schienen das als Einladung zu verstehen, näher an ihn heranzurücken. Nathan wandte sich ab. Einer der

Männer drängte sich zu dicht an ihn heran. Nathan wirbelte herum und schlug zu. Er traf den Mann mitten ins Gesicht.

Der Angriff verzögerte die Rückkehr nach Quentin Bay um mehrere Stunden. Ein paar der Presseleute hielten Nathan fest, bis die Polizei eintraf. Er pöbelte auch die Beamten an. Sie nahmen ihn mit. Als er das Polizeigebäude verließ, hatte er ein Strafverfahren am Hals.

»Ich nehme an, das war Absicht«, stellte DeeDee fest, der mit Kata zusammen vor einem Hinterausgang auf ihn wartete.

Nathan grinste. »Ihr wisst noch nicht alles. Ich bin auf Burton los. Vor mindestens drei Zeugen. Das gibt ein paar nette Schlagzeilen. Ich hoffe, Owen fällt darauf rein.«

»Was ist mit Sam? Auf welcher Seite steht er?«

»Auf unserer.«

Sam suchte Ayden mit seinen eigenen Methoden. Er sah sich an den bisherigen Fundorten um. Sprach mit Zeugen, ehemaligen Berufskollegen und Experten. Nahm Informanten in die Mangel.

DeeDee nickte. »Ihr seid mir nicht böse, wenn ich hierbleibe? Die öde Wildnis ist nichts für mich. Ich behalte dafür Joseph im Auge.«

Nathan drückte ihm freundschaftlich die Faust gegen die Brust. »Genau das, was wir uns für dich vorgestellt hatten.«

DeeDee erwiderte Nathans Geste. »Wenn ihr mich braucht, ruft mich an.«

Er umarmte Kata wie ein großer Bruder, der sich von seiner Schwester verabschiedet. Nathan wurde warm. Irgendwie war er fast unbemerkt zu einer neuen Familie gekommen. Er wollte sie nicht verlieren.

»Ayden könnte in Portugal sein«, verriet er Kata auf der Fahrt nach Quentin Bay. »Falls er dort ist, müssen wir ihn schnell finden. Owen hat das Spiel aufgegleist und die Figuren positioniert. Beim nächsten Mal bleibt es nicht bei Hinweisen.«

»Ja.«

In dem einen Wort lag eine unumstößliche Gewissheit. Kata war zum selben Schluss gekommen wie er.

Einen großen Teil der Fahrt verbrachten sie damit, Antworten auf ihre offenen Fragen zu suchen. Konnte die Geschichte mit dem Fälscher stimmen? Was sprach für Portugal? Warum sollte Owen Ayden außer Landes bringen, wenn er gleichzeitig eine breite Spur in England legte? Wann und wie brachte er ihn zurück? Sie gingen die Informationen von Raix mehrere Male durch und schwankten dabei zwischen Hoffnung und Zuversicht. Am Ende blieb das Warten. Und eine Entscheidung. Sie würden Burton und Sam erst einweihen, wenn aus Raix' Hoffnungsschimmer eine konkrete Spur wurde.

»Unser Haus könnte verwanzt und mit versteckten Kameras ausgerüstet sein«, wechselte Kata das Thema. »Wir müssen aufpassen, was wir sagen und tun.«

Nathan beschloss, dass es an der Zeit für ein paar offene Worte war. »Du unterschätzt deinen Patenonkel. Ronan hat mit einem Freund zusammen das ganze Gebäude von Kopf bis Fuß auf den Kopf gestellt.«

»Hast du ihm dazu geraten?«

»Das war nicht nötig. Ronan ist weit mehr als ein Fischer und ein netter Kerl. Du solltest ihm ein wenig mehr zutrauen.«

Kata brauchte eine ziemliche Weile, bis sie etwas sagte. »Das sollte ich wohl.«

5.

»Rein mit dir!«

Ein Stoß in den Rücken fegte Ayden in sein Zimmer. Sein Atem rasselte, sein vom Lauftraining geschundener Körper zitterte. Vor seinen Augen flackerten rote Punkte, dazwischen erkannte er das Bett, in dem er die letzten Tage verbracht hatte. Es war ungemacht.

»Maria?«, flüsterte er. Noch während er ihren Namen aussprach, wusste er, dass sie nicht da war. Auf Beinen, die er kaum fühlte, wankte er zum Bett. Schweiß lief über seine Stirn und seinen Rücken. Bis er unter der Decke lag, war aus dem Zittern ein Beben geworden. Er schloss die Augen und fiel sofort in einen fiebrigen Schlaf.

Das Schlagen einer Tür weckte ihn. Coach 3 durchquerte das Zimmer mit einem Essgeschirr, das mehr an einen Napf denn an einen Teller erinnerte. Beim Tisch blieb er stehen, rückte ihn in die Ecke, die am weitesten vom Bett entfernt war, und stellte Aydens Mahlzeit so hin, dass sie über die Kante ragte. Das Geschirr neigte sich, kippte und schlug scheppernd auf den Fliesen auf. Kleine, runde Kartoffeln kullerten über den Boden.

»Ups«, sagte der Mann. »Wasser gibt's wie immer aus dem Hahn.« Er grinste Ayden an. »Morgen doppelte Distanz.«

Doppelte Distanz. So ausgehungert und erschöpft wie er war, würde er das nicht schaffen. Nachdem Coach 3 gegangen war, ließ sich Ayden aus dem Bett gleiten, kroch zur ersten Kartoffel und stopfte sie sich in den Mund. Dann die zweite. Bis auf drei aß er alle. Diese drei verbliebenen Kartoffeln sammelte er ein und legte sie in das Essgeschirr zurück. Für morgen früh. Falls es kein Frühstück geben sollte. Er zwang sich auf die Knie. Dann auf die Beine. Langsam und tattrig setzte er sich in Bewegung. Mit einer Hand an die Wand gestützt, bewegte er sich in die nächste Ecke. Von dort zur nächsten. Am Fenster blieb er stehen und schaute durch die Gitter nach draußen. Zwei Sicherheitskräfte schritten das Gelände ab. Beim Haupttor standen zwei weitere. Ayden nahm seine Runden wieder auf. Bei jeder zehnten machte er einen Abstecher ins Bad und trank etwas. Irgendwann kamen ein paar Liegestütze und Rumpfbeugen dazu. Verbissen kämpfte sich Ayden durch sein selbst auferlegtes Programm. Bei Einbruch der Dämmerung belohnte er sich mit einer warmen Dusche. Die aufgescheuerten Blasen an seinen Füßen und die Kratzer, die er sich beim Sturz in den Bach geholt hatte, brannten. Trotzdem blieb er lange unter dem warmen Strahl stehen, der ihm wie der pure Luxus vorkam.

Am nächsten Morgen war er vor allen anderen auf den Beinen. Er aß die drei kalten Kartoffeln und drehte seine Runden durch das Zimmer, um die über Nacht steif gewordenen Muskeln aufzulockern. Als Coach 3 den Raum betrat, war Ayden geduscht, angezogen und bereit.

Coach 1 und 2 warteten vor der Tür. Ohne eine Miene zu verziehen, nickte Coach 1 und rannte los. Bei der Kapelle ordnete er eine Trinkpause an. Danach ging es weiter bis ans Ende des Olivenhains.

»Den Felskopf nehmen wir morgen dazu«, erklärte Coach 1 zu Aydens Erleichterung. Das steile Steingebilde hätte er unmöglich geschafft.

Diesmal klappte Ayden nach der Rückkehr nicht zusammen. Keuchend lehnte er vornüber und wartete, bis der Schwindel und die Übelkeit nachließen.

»Und?«, hörte er die Stimme des Wolfs. »Wie macht er sich?«

»Er ist zäh. Wie du gesagt hast.«

Der Wolf lachte. Ein kurzes, freudloses Lachen. Danach befahl er den Männern, sich zu entfernen. »Ich will alleine mit ihm reden.«

Ayden richtete sich auf. Er sah dem Wolf in die Augen und wandte seinen Blick auch nicht ab, als der Mann ihm immer näher kam. Eine Schrittlänge vor Ayden blieb er stehen.

»Du hast mit der jüngeren Maria gesprochen.«

»Ich habe ihr nichts über mich verraten.«

»Nun, du nicht, aber deine Freunde haben sich eingemischt.«

Seine Freunde! Ein Stich fuhr durchs Aydens Herz. Er erinnerte sich, wie Maria ihn Sascha genannt hatte. Kein Kosewort. Ein Name. Deutsch. Die Sprache von Kata, Raix und Chesil. Sie hatten ihn aufgespürt! Zu spät realisierte Ayden, dass ihm die Gefühle, die ihn mit voller Wucht überrollten, ins Gesicht geschrieben sein mussten.

»Ich sehe, du weißt, wovon ich spreche.«

»Nein!«

»Nein?«

»Ich habe gelogen.« Ayden fiel auf die Knie. »Ich habe mit Maria gesprochen. Meine Schuld. Es tut mir leid. Bitte …«

»Netter Versuch«, unterbrach ihn der Wolf. Er beugte sich vor und brachte seinen Mund nahe an Aydens rechtes Ohr. »Leider kommt sie nicht wieder. Sie hatte einen Unfall.«

Die raue Stimme des Mannes verhallte hundertfach in Aydens Kopf, während er gleichzeitig einen braunen Rocksaum und polierte Schuhe vor sich sah, helfende Hände fühlte, leise gewisperte Worte hörte. *Sascha. Ein bisschen Deutsch.*

»Sie ist auf dem Weg nach Hause mit dem Fahrrad einen Abhang hinuntergestürzt. Sehr bedauerlich.«

Heißer Atem streifte Aydens Haut. Der Wolf trat einen Schritt zurück und musterte ihn. »Mr Owen möchte dich heute

Abend sehen. Wir haben dir Rasierzeug und angemessene Kleidung bereitgelegt.«

Eine junge Frau war wahrscheinlich tot und der Wolf sprach von Rasierzeug und angemessener Kleidung! Eine ungeheure Wut packte Ayden. Ohne auch nur eine Sekunde über die Konsequenzen seines Tuns nachzudenken, schnellte er hoch und warf sich nach vorn. In einer eleganten Bewegung wich ihm der Wolf aus. Ayden fiel ins Leere.

»Du bist so berechenbar«, hörte er den Wolf sagen. »Dir ist schon klar, dass dein Angriff Konsequenzen haben wird?«

»Nicht Kata«, flehte Ayden. »Macht mich fertig, aber nicht sie.«

Nach Quentin Bay zurückzukehren, war schwieriger, als Kata sich vorgestellt hatte. Ronan empfing sie mit einer nicht enden wollenden Umarmung. Statt sich geborgen zu fühlen, verlor sie sich in seiner Trauer und seiner Angst. Um ihm und seiner Fürsorge aus dem Weg zu gehen, brach sie am Morgen nach ihrer Ankunft in aller Frühe zu einem langen Spaziergang auf. In Plymouth hatte sie es sich zur Gewohnheit gemacht, mit der Musik von Lukes Band zu laufen, hier reichten ihr die Geräusche der Natur. Schon nach wenigen Meilen stellte sich die Ruhe ein. Zum ersten Mal seit Langem konnte Kata wieder tief durchatmen. Während sie über die wilde Landschaft schaute, spürte sie ihr Herz hart und schnell schlagen. Hier hatten sie und Ayden sich zum ersten Mal geküsst. Sie gab sich der Erinnerung hin. Ohne die Verzweiflung, die sie auf dem Dach des Wohnblocks gelähmt und beinahe verschlungen hatte. Sie liebte Ayden und er liebte sie. Solange es auch nur einen Funken Hoffnung gab, würde sie für diese Liebe kämpfen. Mit festen Schritten, den Blick nach vorne gerichtet, ging sie zum Haus zurück.

Dort war Ronan dabei, ihr gesammeltes Material an die Wand im Esszimmer zu hängen, das er und Kata nie nutzten, weil sie die Gemütlichkeit der Küche vorzogen. Was noch nicht hing, lag sorgfältig ausgebreitet auf dem Tisch und dem Boden. Nathan stand beim Fenster und sah Ronan bei seiner Arbeit zu. Keiner der beiden redete ein Wort.

An den Türrahmen des Esszimmers gelehnt, musterte Kata Ronans Werk und begriff, weshalb Nathan ihm nicht half. Vor ihr entstand ein neues Puzzle, zwar mit Teilen, die sie kannte, jedoch völlig anders zusammengesetzt. Stück um Stück wählte Ronan Bilder, Notizen, Zeitungsartikel und platzierte sie dort, wo sie seiner Meinung nach hingehörten. Er stellte keine Fragen und kommentierte nicht, was er tat. Ruhig und konzentriert arbeitete er sich voran, verharrte dabei immer wieder eine Weile, trat zurück, schaute sich etwas genauer an, verschob ein Bild oder einen Text, füllte Lücken und ließ andere offen.

Kata holte Papier und Schreibzeug und legte es Ronan auf den Tisch. Er fügte dem Puzzle Wörter, Fragezeichen und Pfeile hinzu. Stunden später trat er ein letztes Mal zurück. Er schaute sich an, was er geschaffen hatte, schrieb eine letzte Notiz und hängte sie an einen freien Platz in der Mitte.

CAT?

»Fertig.« Ronan atmete tief aus. »Ich denke, an Tag achtzehn wird etwas passieren. Wir müssen herausfinden, wo.«

Wir. Er sagte es ohne Vorwurf in der Stimme, ohne den Anflug einer Andeutung.

»Es tut mir leid«, entschuldigte sich Kata. »Ich hätte dir mehr anvertrauen sollen.«

»Vielleicht war es mein Fehler. Weil ich zu oft von der Zukunft gesprochen habe.« Ronan tastete sich stockend durch seine Worte. »Ich wollte verdrängen, dass es vielleicht keine gibt. Weißt du, das mit den Gefühlen …«

Ja, sie wusste es. Er war voll davon und konnte nicht darüber sprechen. So wenig wie sie. Aber sie konnte ihm mit offener Ehrlichkeit begegnen. Keine Ausflüchte mehr. Keine Lügen mehr. Kata deutete auf seine letzte Notiz.

»Du fragst dich, welche Rolle ich in Johns Plan spiele. Ich bin das Druckmittel, das er gegen Ayden einsetzt. An Tag achtzehn wird er Ayden zwingen, etwas Schreckliches zu tun.«

»Ayden begeht kein Verbrechen!«, widersprach ihr Ronan.

»Wenn er vor die Wahl gestellt wird zwischen einem Verbrechen und meinem Leben, schon.«

Ronan sah sie entgeistert an. Dann nickte er langsam. »Ja, so etwas traue ich John zu. Er spielt mit Menschen. Und jene, von denen er sich verraten fühlt, lässt er büßen.« Er strich sich durch die Haare. »Jetzt muss ich mir erst mal die Beine vertreten.«

»Nimmst du mich mit?«, fragte Kata.

Über Ronans Gesicht ging ein Leuchten. »Klar doch.«

Die Sonne stand schräg am Himmel, zu schwach, um wirklich zu wärmen, aber doch ein erstes Versprechen auf Frühling. In stillschweigender Vertrautheit spazierten Kata und Ronan durch die karge Landschaft, die sie beide so liebten.

»Was du vorhin gesagt hast, war noch nicht alles«, sagte Ronan. »Wenn Owen mit Ayden fertig ist, bist du dran.«

»Deshalb hast du meinen Namen an die Wand gehängt.«

»Ja. Ich will herausfinden, was er mit dir vorhat, damit ich es diesmal verhindern kann.«

»Du hast mich gesucht, Ronan.«

»Nicht genug.«

Sie hatten vierzehn Jahre verloren, aber daran war nicht Ronan schuld, sondern John.

»Ich bin hier. Keiner sorgt so gut für mich wie du. Vergib dir endlich!«

Ronan blieb stehen. Seine Augen füllten sich mit Verzweiflung. Kata wurde bewusst, dass sie ihm nichts gegeben hatte, woran er sich festhalten konnte. Nur Worte. Leere, unnütze Worte. *Vergib dir endlich.* Es gab Dinge, die man sich nie verzieh. So, wie sie es sich nicht verzeihen würde, wenn sie Ayden nicht fanden.

»Ich liebe dich.« Sie schlang ihre Arme um seinen Hals, wie damals, als sie klein gewesen war, und drückte sich an ihn. »Ich liebe dich für das, was du bist und was du für mich getan hast.«

Ein Beben ging durch ihn. Er erwiderte ihre Umarmung, und da war nichts anderes als tiefe Geborgenheit.

Ayden büßte seinen Angriff auf den Wolf mit einer weiteren Trainingsrunde. Sie war noch länger als die letzte und endete in einer kleinen Schlucht ungefähr eine halbe Meile oberhalb des Anwesens. Dort hatten Owens Leute eine Art Hindernisparcours eingerichtet. Robben unter Stacheldraht, eine Felswand hinaufklettern, mehrere Meter über dem Abgrund über einen Baumstamm balancieren, senkrecht abseilen: Was immer Coach 1 befahl, Ayden gehorchte ohne Widerrede. Längst war er jenseits aller Kräfte angelangt, doch er schindete sich weiter, hinein in eine Taubheit, in der einzig und allein der nächste Schritt zählte. Sein Blickfeld wurde enger, bis er nur noch das wahrnahm, was dicht vor ihm lag. Alles andere verschwamm und rückte weit weg. Auch die Stimmen, die ihm Befehle zuriefen, verloren erst die Härte und lösten sich dann allmählich auf. Ayden war nicht einmal mehr sicher, ob die Männer noch da waren, aber er machte weiter. Wenn er hinfiel, stand er wieder auf. Bis es nicht mehr ging. Er wartete darauf, dass er hochgezerrt und zum Weitermachen gezwungen wurde, doch stattdessen kauerte sich eine Gestalt neben ihn und drückte ihm eine Flasche an die Lippen. Wasser rann in seinen Mund, über sein Kinn, seine Kehle hinunter. Er verschluckte sich. Hustete und spuckte.

»Langsam!«, sagte eine ruhige Stimme.

Aydens Kopf sackte nach hinten. Über ihm war ein grauer Himmel. Ein Gesicht schob sich davor, eine Hand legte sich in seinen Nacken.

»Trink!«

Er sah hoch, in Augen von derselben Farbe wie die des Himmels. Lauwarmes Nass bahnte sich einen Weg über seinen Hals.

»Trink!«, wiederholte der Mann seinen Befehl. Es war Coach 1.

Ayden tat, was er sagte. Er konnte seinen Herzschlag fühlen und hören. Nebst seinen Schluckgeräuschen das einzige Geräusch. Irgendetwas musste passiert sein, dass es so still war.

Nachdem er den letzten Tropfen getrunken hatte, griff Coach 1 ihm unter die Arme und schleifte ihn zu einem Felsblock, wo er ihn hinsetzte wie eine kaputte Puppe. Aydens Beine steckten in verschmutzten, zerrissenen Trainingshosen, an seinen Armen und Händen klebte trockenes Blut, unter seinem verschwitzten T-Shirt bebte sein Oberkörper. Er nahm all das wahr, doch irgendetwas in ihm blockte die Schmerzen. Oder vielleicht waren sie da und er hatte sich an sie gewöhnt. Ayden hätte es nicht sagen können.

»Verrückter Kerl!«

Weil die Worte nicht aus dem Mund von Coach 1 kamen, schaute Ayden sich um. Er entdeckte die beiden anderen Männer entspannt an einer Felswand sitzend.

Mit dem verrückten Kerl musste er gemeint sein, denn drei Augenpaare richteten sich auf ihn. Ayden wartete auf den Befehl zum Aufstehen, aber er blieb aus.

»Geben wir ihm noch eine Viertelstunde«, meinte Coach 1.

In dieser Viertelstunde kamen mit Aydens verloren gegangenem Gefühl für seinen Körper auch die Schmerzen zurück. Er presste seine aufgesprungenen Lippen zusammen und konnte trotzdem nicht verhindern, dass ihm die Tränen über die Wangen liefen. Als die Zeit um war, mussten ihn die Männer in ihre Mitte nehmen. Sie taten es vorsichtig und respektvoll. Über den Grund verloren sie kein Wort.

Coach 3 brachte Ayden in sein Zimmer. Das Bett war immer noch ungemacht, ein Zeichen dafür, dass keine der beiden Marias da gewesen war. Auf dem Tisch lagen Socken und Unterwäsche, in einer tönernen Schale befand sich alles, was er für eine Rasur benötigte, fast wie in einem Hotel. An der Stuhllehne hing ein Kleiderbügel mit einer Anzugshose und einem weißen Hemd.

»Wo ist Maria?«, fragte Ayden.

»Welche Maria? Hier heißen alle Frauen Maria.«

Natürlich. »Die ältere Maria.«

Coach 3 schwieg.

»Und was ist mit der jüngeren Maria? Ist sie tot?«

»Ich hole dich in einer Stunde ab.«

»Ist sie tot?«

»In einer Stunde.«

Ohne sichtbare Regung drehte sich Coach 3 um und verließ den Raum. Ayden fuhr sich über die Bartstoppeln. Seine Finger zitterten. Er war zu erschöpft, um sich zu rasieren. Eine Dusche musste reichen.

Als Coach 3 zurückkam, saß Ayden in Anzugshose und mit geöffnetem Hemd auf dem Bett. Er trug die Schuhe, die er neben dem Tisch gefunden hatte, allerdings ohne Socken. Coach 3 grinste.

»Steh auf!«

Ayden schaffte es im ersten Anlauf. Leicht wankend stand

er vor Coach 3. Zu seiner Überraschung streckte der Mann seine Hände aus und knöpfte ihm das Hemd zu. »In die Hose stopfen kannst du es selber.« Mehr sagte er nicht. Schweigend wartete er, bis Ayden bereit war, und genauso schweigend führte er ihn hinüber zum Hauptgebäude, wo John Owen im Esszimmer auf ihn wartete. Dort positionierte sich Coach 3 wie ein Schatten bei der Tür.

Der lange hölzerne Tisch war für zwei gedeckt, nicht an den Kopfenden, sondern in der Mitte. Owen bedeutete Ayden, sich zu setzen und nahm ihm gegenüber Platz.

Der Geruch von frischem Brot löste in Ayden eine Kettenreaktion aus. Sein von der Erschöpfung gedämpfter Hunger erwachte, sein Magen krampfte sich zusammen und in seinem Mund bildete sich Speichel.

Owen hielt ihm einen Korb mit köstlich duftenden Brötchen hin. Ayden nahm sich eins und biss hinein. Scham überkam ihn. Die jüngere Maria hatte wegen ihm einen *Unfall* gehabt. Wie konnte er da an einem reich gedeckten Tisch sitzen und essen? Er legte das Brot auf den kleinen, dafür vorgesehenen Teller.

Eine Frau, die Ayden zum ersten Mal sah, servierte Suppe. Der Überlebenswille drängte die Moral beiseite. Ayden löffelte die Suppe bis auf den letzten Tropfen aus. Er aß auch den ganzen Hauptgang, obwohl sein Magen solche Portionen noch nicht wieder gewohnt war.

»Bevor wir zum Nachtisch kommen, sollten wir beide uns unterhalten«, meinte Owen.

Bis jetzt hatte nur Owen geredet, und wenn es nach Ayden ging, würde das auch so bleiben.

»Vigos Männer sind zufrieden mit deinen Fortschritten.« Owen lachte. »Weißt du eigentlich, was du heute getan hast?«

Ayden schwieg.

»Du hast drei volle Stunden Runden auf dem Hindernisparcours gezogen. Zielstrebig, verbissen, weit über alles Menschliche hinaus.«

Drei Stunden? Das war unmöglich. Ayden konnte sich nicht daran erinnern. Aber dann fiel ihm der Stimmungswechsel ein. Die Wasserflasche an seinem Mund, die Hand in seinem Nacken, eine Stimme, aus der die Härte gewichen war. Die Hände von Coach 3, wie sie sein Hemd zuknöpften. Ayden begriff, dass er den Respekt der Männer gewonnen hatte. Ihm war jedoch auch bewusst, dass sie ihn trotzdem bedenkenlos töten würden, wenn er nicht tat, was ihm aufgetragen wurde.

»Deine Truppe der verlorenen Seelen stochert wieder einmal in meinen Angelegenheiten herum. Nun, das ist zwar ärgerlich, aber nicht weiter tragisch.«

Diesmal hatte Ayden seine Gefühle unter Kontrolle. Äußerlich teilnahmslos ignorierte er Owens Bemerkung.

Owen lächelte. »Dein Aufenthalt in Portugal neigt sich dem Ende entgegen, Tyler Carlton. Ich habe einen Auftrag für dich. Hör gut zu, denn ich werde keines meiner Worte wiederholen.«

Genüsslich trank er einen Schluck aus seinem Weinglas. Dann erklärte er Ayden, unter welchen Umständen er aus England verschwunden war, und was seine letzte Mission sein würde.

»Nun zu den Spielregeln. Es ist deine Aufgabe, dich nicht erwischen zu lassen. Führst du den Auftrag nicht aus oder versuchst, mich auszutricksen, stirbt Kata. Wirst du verhaftet oder getötet, stirbt Kata. Solltest du auf die Idee kommen, dich vor Erfüllung des Auftrags umzubringen, stirbt Kata.«

Ayden starrte Owen an. Hätte er es nicht besser gewusst, hätte er gesagt, der Mann habe den Verstand verloren.

»Willst du dir die Aufnahme aus dem Krankenhaus noch einmal ansehen, damit du verstehst, wovon ich spreche?«

»Nein.«

»Gut. Lust auf einen Nachtisch?«

»Fahr zur Hölle!«

John griff nach der kleinen Glocke auf dem Tisch. »Nachtisch nur für mich, Maria«, sagte er zu der Frau, die sie bedient hatte. »Unser Gast fühlt sich noch nicht fit genug und hat um eine weitere Trainingsrunde gebeten.« Er winkte Coach 3 zu sich heran. »Geben Sie ihm, was er braucht.«

Seine letzten Worte galten Ayden. »Wir sehen uns in England.«

6.

Der Anruf, auf den sie gewartet hatten, erreichte sie am späten Abend. Nathan schaltete den Lautsprecher ein, damit Kata und Ronan mithören konnten.

»Wir haben eine Antwort«, kam Raix ohne Vorgeplänkel auf den Punkt. »Kein Engländer, kein Österreicher, sondern Schwede. Ein Musiker, der vor dem Winter geflohen ist.«

»Nichts von einer Narbe?«, fragte Nathan.

»Nichts«, erwiderte Raix. »Was auch kein Wunder ist, denn diese Nachricht ist nicht von Sofia. Wer immer sie geschrieben hat, hat ihre typischen Rechtschreibfehler in den Text eingebaut, aber auch solche, die Sofia nicht machen würde. Wir sind zwar an ihr Profil gekommen, doch da ist nicht mehr viel drin. Nur noch ihr Vorname, ihre Lieblingsbücher und ihre Lieblingsmusik.«

Die Erregung, die Nathan beim letzten Gespräch mit Raix gepackt hatte, war wieder da. Das Hacken von Sofias Konto war kein Zufall. Jemand verwischte ihre Spuren. Ein Zeichen dafür, dass sie möglicherweise einen Volltreffer gelandet hatten.

»Seid ihr mit den Profilen ihrer Freundinnen weitergekommen?«, wollte er wissen.

»Die waren weniger geizig mit ihren Informationen«, kam die Antwort wie aus der Pistole geschossen. »Igor hat ein Raster erstellt. Damit kann man die Gegend ziemlich genau eingrenzen. Es ist ein Tal an der Nordwestküste von Portugal.«

Das war weit mehr, als sich Nathan erhofft hatte. »Gib die Informationen Patrizia Winkler«, bat er. »Sag ihr, sie soll Sam kontaktieren.«

»Mach ich.« Raix zögerte. »Ich hoffe, Sofia ist nichts passiert.«

»Denk nicht gleich an das Schlimmste.«

»Tu ich aber.«

»Es ist nicht deine Schuld.«

»Bist ein netter Kerl, Nate.«

Jeder weitere Aufmunterungsversuch wäre einer zu viel gewesen.

»Ich rufe Burton an«, wechselte Nathan das Thema.

»Du arbeitest wirklich mit dem Typen zusammen?«

»Er ist gut.«

»Und das aus deinem Mund!«

»Ich bin nicht mehr derselbe, der ich mal war, Raix.«

Nathan wartete vergeblich auf einen flapsigen Spruch. Er verabschiedete sich von Raix und griff nach Burtons Handy.

»Portugal«, fasste der Ermittler Nathans neuste Erkenntnisse zusammen. »Irgendwelche gesicherten Fakten?«

»Nein. Nur sehr starke Anzeichen.«

Burton atmete hörbar durch. »Nichts spricht dafür, dass sich Ihr Freund im Ausland aufhält. Dafür sehr vieles auf einen angekündigten Amoklauf hier bei uns. Wir bereiten uns darauf vor.«

»Es wird keinen Amoklauf geben, wenn Sie Ayden finden, bevor er wieder nach England gebracht wird. Und als Bonus bekommen Sie Owen dazu.«

»Selbst wenn ich wollte: Ich weiß nicht, ob ich einen solchen Einsatz durchkriege.«

»Dann fahre ich hin.«

»Das ist keine Drohung, sondern Ihr Ernst, nicht wahr?«

»Genau!«

»Bloß nicht!«, warnte ihn Burton. »Was bei Ihren Alleingängen herauskommt, wissen wir zur Genüge. Halten Sie Ihre Füße still, MacArran. Ich melde mich bei Ihnen.«

»Ich gebe Ihnen bis morgen Mittag. Wenn ich bis dahin nichts höre, sind meine Füße schneller als Ihr ganzer Polizeiapparat. Uns bleiben höchstens ein paar Tage, um eine Katastrophe zu verhindern.«

»Miss Steel?«, fragte Burton. »Haben Sie das mitbekommen?«

»Ja.«

»Halten Sie ihn davon ab.«

»Morgen Mittag«, wiederholte Kata Nathans Forderung.

Am nächsten Tag fuhr Ronan in aller Frühe zum Hafen hinunter. Kata hielt die innere Unruhe nicht aus und brach trotz nasskaltem Wetter zu einem Spaziergang auf. Nathan vergrub sich in die Ermittlungsakten, die Burton ihnen zugesteckt hatte, doch er fand nichts. Vielleicht brauchte er diese Informationen auch gar nicht mehr, weil sie Owen vorher stoppen konnten. Er rief Burton an.

»Mittag, haben Sie gesagt«, erinnerte ihn Burton gereizt. »Ich weiß nicht einmal, mit welchem Recht Sie glauben, mich unter Druck setzen zu können!«

Nathans Ungeduld wuchs mit jeder Minute. Als er sich dabei ertappte, wie er nervös und unkonzentriert vor der Wand mit den Notizen hin und her tigerte, entschied er, es wie Kata mit etwas frischer Luft zu versuchen. Er schlüpfte in seine Jacke, setzte die Mütze auf und ging ins Freie.

Kaum hatte er die Tür hinter sich zugezogen, vibrierte sein Handy. Das Display zeigte eine Nummer, die er nicht kannte. Er nahm die Verbindung an, ohne sich zu melden. Eine Weile blieb es still. Alles, was Nathan hören konnte, war ein unregelmäßiges Atmen.

»Nathan?«

Hätte jemand ein Messer in sein Herz gerammt, hätte es nicht mehr wehtun können. Seine Finger umklammerten das Telefon. Er presste es an sein Ohr, ohne in der Lage zu sein, einen Ton von sich zu geben.

»Nathan?«

Er sollte sie wegdrücken. Jetzt. Sofort. Er schaffte es nicht. Er schaffte es nicht einmal, das Telefon von seinem Ohr zu nehmen.

»Vielleicht hörst du mich ja. Luke hat einen Anruf bekommen. Von deiner Managerin. Sie findet, seine Musik habe Potenzial und möchte ihn unter Vertrag nehmen. Ich weiß, dass du dahintersteckst und … und ich wollte mich dafür bei dir bedanken. Du solltest ihn sehen. Er … Er ist so glücklich und ich wünschte … «

Gemma sprach nicht weiter. Eine Welle von verdrängten Gefühlen überwältige Nathan. Unfähig, die Verbindung zu kappen, lauschte er in die Stille hinein.

»Du weißt, dass ich nicht wegen Luke anrufe, nicht wahr? Das mit Ayden tut mir so leid. Ich wollte dich schon vorher anrufen … Nathan? Bist du da?«

Er legte den Kopf in den Nacken und kniff die Augen zusammen. Keine Tränen!

»Ich habe Angst. Nicht vor dir. Aber vor dem, was du sein kannst. Kata sagt, du bist nicht mehr derselbe … Ich … Vielleicht … Es … Danke, dass du Gerry die Wahrheit gesagt hast. Ich hätte dich nicht anrufen sollen.«

»Doch!«, wollte er rufen. Es ging nicht. Sein Hals war zu.

Und dann war Gemma weg. Ihre Stimme blieb. In Nathans Kopf, in seinem Herzen, in seinem Körper. Alles tat weh. Seine Hand drückte immer noch das Telefon gegen sein Ohr. Er senkte den Arm, gab den Fingern den Befehl, sich zu lösen, steckte das Handy in die Jackentasche und zog die Jacke aus. Die Mütze auch. Dann lief er hinaus in den Regen, der Kälte entgegen. Er wollte frieren, bis er nichts mehr fühlte. Erst viel später, als er längst völlig durchgefroren war und trotzdem noch zu viel fühlte, fiel ihm ein, dass er Burtons Handy auf dem Esszimmertisch liegen lassen hatte und seines in der Jackentasche steckte.

Nathans Jacke und Mütze lagen vor dem Haus. Kata nahm sie mit hinein und rief nach ihm. Als er nicht antwortete, wählte sie seine Nummer. Sie hörte aus dem Flur ein vertrautes leises Summen und fand Nathans Handy in seiner Jackentasche. Unruhe befiel sie. Den ersten Gedanken, jemand könnte Nathan verschleppt haben, verwarf sie gleich wieder. Es gab keine Kampfspuren und jemand, der schnell zuschlagen und nicht gesehen werden wollte, zog seinem Opfer nicht Jacke und Mütze aus, bevor er es in einen Wagen verfrachtete. Kata rief die Liste der eingegangenen Anrufe auf. Ihre Nummer war die oberste. Gleich darunter war eine, die sie kannte.

Sie wählte sie an.

»Nathan?«, hörte sie Gemma fragen.

»Nein. Kata. Hast du ihn angerufen?«

Nach einer Weile totaler Stille kam zögernd eine Antwort. »Ja. Warum?«

»Was hat er gesagt?«

»Nichts.« Gemmas Stimme war voller Angst. »Ist etwas passiert?«

»Ich weiß es nicht. Bleib ruhig, Gemma. Ich muss wissen, worüber ihr gesprochen habt.«

»Da waren Geräusche. Regen, glaube ich. Ein Rauschen. Das kann der Wind gewesen sein. Ich hatte das Gefühl, dass Nathan mir zuhörte, auch wenn er nicht antwortete. Was ist los, Kata?«

»Du hast also geredet und er nicht.«

»Ja«, gestand Gemma verlegen.

Kata schaute in den Regen hinaus. Sie ahnte, warum Nathan ohne Jacke und Mütze da draußen herumlief.

»Es ist alles in Ordnung«, beruhigte sie Gemma. Im schlimmsten Fall hatte Nathan das Versteck gefunden, in dem Ronan den Alkohol vor ihm wegsperrte. Dann lag er betrunken irgendwo in der Landschaft. Nichts, was ihn umbringen würde.

»Es tut mir leid. Das war keine gute Idee von mir.«

»Doch«, erwiderte Kata. »Das war es. Gib ihm Zeit.«

Sie beendete den Anruf, nicht sicher, ob sie Gemma das Richtige gesagt hatte.

Nathan bei diesem Wetter suchen zu gehen, war zwecklos. Kata hängte seine Jacke zurück an den Haken und steckte die Mütze in eine der Taschen. Sobald er genug gefroren hatte, würde er nach Hause kommen. Sie setzte sich an den Esstisch und vertiefte sich in die Unterlagen, die Nathan geöffnet liegen lassen hatte.

Das Klingeln von Burtons Handy riss sie aus ihrer Lektüre.

»Sie können Ihre Füße lassen, wo sie sind, MacArran.«

Erst jetzt bemerkte Kata, dass sie das falsche Handy erwischt hatte. »Sie sprechen nicht mit Nathan, Mr Burton, sondern mit mir.«

»Miss Steel? Sagen Sie mir bloß nicht, MacArran sei schon unterwegs nach Portugal.«

»Nein.«

»Wo ist er?«

»Spazieren«, antwortete sie ungeduldig.

»Spazieren? Nachdem er kaum auf meine Antwort warten konnte. Ist alles in Ordnung bei Ihnen?«

»Ja.«

»Wenn Sie so knapp werden, ist nichts in Ordnung, Miss Steel. So gut kenne ich Sie mittlerweile.«

»Kein Alleingang«, versicherte Kata Burton. »Er ist wirklich nur schnell an die frische Luft gegangen.«

»Gut. Der Einsatz wird durchgeführt. Fragen Sie nicht, wie ich das hinbekommen habe.«

»Weiß Sam es schon?«, fragte Kata.

»Zwischen Ihnen und mir: Wir haben uns kurzgeschaltet. Er leitet die Operation.«

Kata verstand, was der Ermittler ihr damit sagen wollte. Es war kein offizieller Einsatz. Burton riskierte eine ganze Menge.

»Das bleibt zwischen Ihnen und uns. Danke, Mr Burton.«

»Danken Sie mir nicht zu früh, Miss Steel. Ich glaube nicht, dass Mr Morgan in Portugal ist.«

Nachdem sie sich verabschiedet hatten, presste Kata ihre Hände gegen die Schläfen und zwang sich zur Ruhe. Portugal war eine Spur, die sich im Nichts verlaufen konnte. Sie konzentrierte sich wieder auf die Informationen vor ihr, notierte Stichworte und hängte sie an die Wand. Dabei hatte sie das Gefühl, den Zusammenhang direkt vor sich zu haben und ihn nicht zu sehen.

Nathan kam Stunden später zurück. Völlig durchnässt stand er unter der Tür. Seine Zähne schlugen aufeinander, seine Augen glänzten fiebrig.

»Hat Burton angerufen?«

»Ein Team ist unterwegs nach Portugal. Zieh dich um. Ich mache uns einen Tee.«

»Ich bin nicht krank.«

»Du könntest krank werden, wenn du noch lange so dastehst.«

Ohne Widerrede setzte sich Nathan auf die Bank im Flur. Kata sah die Erschöpfung in seinem Gesicht, die Anstrengung, die es ihn kostete, nach dem Abstreifen der Stiefel nicht einfach sitzen zu bleiben. Er lehnte sich gegen die Wand und schloss die Augen.

»Nathan«, mahnte sie ihn.

Schwerfällig verschwand er nach oben. Kurz danach hörte Kata das Rauschen der Dusche. Sie setzte Wasser auf und legte im Kamin im Wohnzimmer Holz nach. In der Küche pfiff der Teekessel. Kata entschied, auch ein paar Brote zu streichen.

»Warum hast du Gemma angerufen?«

Sie fuhr herum. Nathan lehnte sich gegen den Türrahmen, sein Mobiltelefon in der Hand, und starrte sie feinselig an. »Habt ihr über mich geredet?«

»Selbst wenn. Hat Ayden nie mit dir über mich gesprochen? Oder du mit ihm über Gemma?«

Er wich ihrem Blick aus. »War es deine Idee?«

»Nein. Ich habe Gemma zurückgerufen, weil ich mir Sorgen um dich machte.«

»Ich liebe sie«, flüsterte er.

»Ich weiß.«

»Sie hat Angst vor dem, was ich sein kann.«

»Das bist du nicht mehr.«

»Und wenn doch?«

Es war dieselbe Frage, die sich Kata manchmal in ihren schlaflosen Nächten stellte.

»Du kannst nicht ändern, was du getan hast«, sagte sie. »Du kannst nur versuchen, ein anderer zu sein. Ich geh ins Wohnzimmer. Dort ist es wärmer. Kommst du mit?«

Nathan antwortete nicht, aber er folgte ihr und verkroch sich tief in den Sessel beim Feuer. Kata brachte ihn dazu, wenigstens eines der Brote zu essen, während sie ihm erzählte, dass Burton den Einsatz hinter dem Rücken seiner Vorgesetzten mit Sam plante.

»Hab's mir gedacht. Geschickter Schachzug.« Nathan rieb sich stöhnend den Nacken. »Wenn Sam erwischt wird, kann er geltend machen, im Alleingang gehandelt zu haben.«

»Ich fahre hin«, sprach Kata aus, was sie sich seit Raix' Anruf überlegte.

»Wohin?«

»Portugal«, entgegnete sie gereizt.

»Damit Owen weiß, dass er aufgeflogen ist?«

Nathan klang müde. Als hätten die letzten paar Stunden ihm alle Kraft geraubt.

»Warum hast du Burton dann gedroht hinzufliegen?«

»Um Druck zu machen.« Er strich sich in einer fahrigen Bewegung durch die Haare. »Ich habe nie geplant, nach Portugal zu gehen. Owen beobachtet uns. Wir würden die Aktion gefährden. Wir müssen Sam vertrauen.«

Das Sprechen fiel ihm sichtbar schwer. Seine Augen fielen zu. Innerhalb weniger Minuten dämmerte er in einen unruhigen Schlaf und ließ Kata mit ihren Ängsten allein.

Kurz nach fünf hörte Kata den Jeep vorfahren. Sie fing Ronan an der Tür ab. Er roch nach Meer, Fisch und Bier.

»Was …«, begann er.

Kata legte den Zeigefinger auf den Mund und zeigte in Richtung Wohnzimmer.

»Er sieht krank aus«, flüsterte Ronan.

»Das ist er auch. Er ist stundenlang im Regen herumgeirrt.«

»Verrückter Schotte! Ich will gar nicht wissen, warum.«

Ronan gab Kata ein Zeichen, ihm in die Küche zu folgen. Nachdem er die Tür hinter sich zugezogen hatte, griff er in seine Hosentasche und klaubte einen Zettel heraus. »Das da hat mir einer der Gäste im Pub gegeben. Für dich.«

»Hast du ihn gelesen?«

»Klar.«

»Was steht drin?«

»Ort und Zeit.«

»Kein Name?«

»Deiner und meiner.«

»Von wem?«

»Nur ein Initial. H.«

Katas Herz begann schneller zu schlagen. H. Für Henry oder Henriette.

»Wann?«

»Morgen. Acht Uhr. Auf meinem Boot.«

»Du und ich?«, vergewisserte sie sich.

»Das sind die Namen, die auf dem Zettel stehen.«

»Was ist mit Nathan?«

»Sein Name ist nicht dabei.«

Während Kata die schnörkellose Botschaft las, die Ronan ihr in die Hand drückte, ging er ins Wohnzimmer, um nach Nathan zu sehen.

»Seine Stirn glüht!«, rief er. »Bring einen Lappen und kaltes Wasser. Schnell!«

Ronan legte Nathan aufs Sofa und deckte ihn zu. Sie schafften es, sein Fieber zu senken. Gegen seine Träume konnten sie nichts tun. Er wimmerte, stöhnte und schrie, ohne aufzuwachen.

»Jetzt verstehe ich, weshalb er trinkt«, sagte Ronan erschüttert. »So etwas hält man nüchtern nicht aus.«

Aber Nathan tat es. Tag für Tag. Nacht für Nacht. Kata sah ihn vor sich, wie er sich nicht gegen das Einbrechen ins Eis gewehrt hatte. Einfach im Nichts zu versinken, musste eine Erlösung für ihn gewesen sein. Er hatte ein Lied geschrieben. *Sterben scheint einfach, wenn das Leben so hart ist.* Der Gedanke an die Songzeile trieb Kata die Tränen in die Augen.

Turbulenzen schüttelten die kleine Maschine durch. Niemand sprach, nur ab und zu fluchte einer. Sie waren zu viert. Der Pilot, Coach 1, Coach 3 und Ayden. Er kannte ihre Namen immer noch nicht, würde sie wahrscheinlich auch nie kennen. Sie nannten ihn Tyler. Wenn sie ihn überhaupt beim Namen nannten. Ihr Auftrag war so klar wie seiner. Er führte seine Mission aus, sie passten auf, dass er es tat.

Seine Hände steckten in Handschellen, die wiederum am Gürtel seiner Hose befestigt waren, eine unnötige und sinnlose Vorsichtsmaßnahme, da sein geschundener Körper jenseits der Erschöpfung angekommen war. Aber in seinem Kopf arbeitete es unermüdlich. Ein verzweifelter Gedanke jagte den anderen, keiner hielt einer Prüfung stand, keiner brachte eine Lösung. Am

Ende stand unweigerlich der Tod. Beinahe wünschte sich Ayden, die Maschine möge dem nächsten Luftloch nicht standhalten. Wenn sie abstürzte, musste selbst Owen vor der höheren Macht kapitulieren, der einzigen, die er bei seinen Bedingungen nicht berücksichtigt hatte. Es sei denn, er buchte einen Absturz unter Punkt 1 ein: *Führst du den Auftrag nicht aus, stirbt Kata.*

Heftige Erschütterungen brachten Aydens Magen ins Trudeln. Coach 3, der neben ihm saß, schien es nicht besser zu gehen. Sein Gesicht hatte die Farbe von Käse.

»Kannst du mir die Handschellen abnehmen?«, bat Ayden. »Für den Fall, dass wir abstürzen?«

»Wir stürzen nicht ab.«

Es fühlte sich anders an. Wie ein Ritt direkt in die Hölle. Ayden schloss die Augen und dachte an Kata. Er durfte nicht sterben. Solange er lebte, lebte auch sie. Irgendwo auf dieser unmöglichen Mission, die ihm Owen aufgetragen hatte, musste er einen Weg finden, den Irrsinn zu stoppen. Vorerst war er in einer fliegenden Blechbüchse gefangen, die jeden Augenblick vom Himmel fallen konnte wie ein Stein.

Ayden war längst eiskalt und speiübel vor Angst, als die Maschine ohne Vorankündigung des Piloten in einen steilen Sinkflug ging, kurz über dem Boden die Wolkendecke durchbrach und auf einem Rollfeld mitten im Nichts landete.

»Umsteigen«, brummte Coach 3.

Er zwang Ayden hoch und stieß ihn vor sich her aus der Maschine. Am Rand der Piste stand ein schwarzer Geländewagen. Ein Mann in verblichenen Jeans und einer abgewetzten Lederjacke lehnte lässig dagegen. In seiner Hand hielt er eine Zigarette, deren Rauch vom Wind verweht wurde. Er schaute kurz zu Ayden, bevor er Coach 1 mit einem kräftigen Handschlag begrüßte. Die beiden vertieften sich in ein Gespräch, bei dem es um Ayden gehen musste, denn Coach 1 deutete zweimal auf ihn.

Coach 3 schleppte Ayden zu Überresten von sanitären Anlagen. Er machte ihn los, damit er zur Toilette gehen konnte, behielt ihn jedoch die ganze Zeit im Auge. Während er ihm vor einer zerfallenden Mauer die Fesseln wieder anlegte, beendeten die beiden Männer beim Jeep ihre Unterhaltung mit einem weiteren Handschlag.

»Wir können!«, meinte Coach 3.

Er brachte Ayden zum Wagen. Jetzt, wo er direkt vor dem Mann in der Lederjacke stand, fiel ihm der harte Zug um den Mund auf, der sämtliche Lässigkeit Lügen strafte.

»Der Typ steigt hinten ein«, ordnete der Mann an. »Einer von euch passt auf ihn auf. Ich will keinen Ärger.«

Knappe fünf Minuten später saß Ayden auf dem Rücksitz, die Hände auf die gleiche Art gefesselt wie im Flugzeug. Wieder rüttelte es ihn durch. Diesmal war eine endlose Zahl von Schlaglöchern die Ursache. Ab und zu passierten sie auf ihrer Fahrt über schlechte, wenig genutzte Landstraßen kleine Ortschaften. Die Namen auf den Straßenschildern sahen französisch aus.

Bei Einbruch der Dämmerung bogen sie in eine Nebenstraße ab und von dort auf einen Waldweg zu einem von Bäumen umgebenen Jagdhaus. Hinter den Fenstern brannte Licht. Kaum war der Wagen zum Stillstand gekommen, öffnete ein kleiner, gedrungener Mann die Tür und kam mit ausgebreiteten Armen auf den Fahrer zu. Dasselbe Handschlagprozedere wie auf dem Rollfeld begann. Erneut wurde auf Ayden gezeigt. Der kleine Mann nickte und Coach 3 zerrte Ayden ins Haus.

Das Innere bestand aus einem einzigen Raum. Seine Einrichtung umfasste Schlafkojen für sechs Leute, eine uralte Küchenzeile, ein paar Regale mit Vorräten und einen geschlossenen Schrank, wahrscheinlich für Gewehre, alles an den Wänden entlangplatziert. In der Mitte stand ein Tisch. Coach 3 nahm

Ayden die rechte Handfessel ab und kettete ihn mit der linken an einen eisernen Ring, der aus der Wand ragte. Ayden vermutete, dass er nicht der Erste war, der hier wie ein Tier festgebunden wurde.

Auf dem Herd stand ein Topf mit Suppe. Die Männer bedienten sich und setzten sich mit ihren Tellern an den Tisch, Ayden wurde sein Teller auf den Boden gestellt. Er aß langsam und versuchte zu verstehen, was geredet wurde, doch die Männer unterhielten sich in einer Sprache, die er nicht kannte. Nachdem sie fertig waren, stand Coach 1 auf und öffnete den Schrank. Ayden hatte sich geirrt. Es befanden sich keine Gewehre darin, sondern kleine weiße Behälter mit roten Kreuzen. Der Coach öffnete einen von ihnen, entnahm ihm eine Spritze und drehte sich nach Ayden um.

»Zeit, eine Runde zu schlafen«, sagte er.

Die Männer lachten. Ayden stellte fest, dass er jeden einzelnen von ihnen beschreiben konnte. Seine Überlebenschance lag damit genau bei null Prozent, aber diese Spritze würde ihn nicht umbringen. John Owens Spiel war noch längst nicht zu Ende.

7.

Kata und Ronan trafen zehn Minuten vor der vereinbarten Zeit im Hafen ein. Ronan machte wie immer seinen Kontrollgang auf dem Boot. Kata behielt die Anlegestege im Auge. Fünf vor acht fuhr ein weißer Van vor. Zwei Männer und eine Frau stiegen aus. Die Frau verschwand in Richtung Hafenplatz, die Männer zündeten sich Zigaretten an. Eine Minute vor acht kam die Frau mit einem dampfenden Kaffeebecher zurück. Genau um acht knisterte Ronans Funkgerät. Die verzerrte Stimme einer Frau ratterte ein paar Zahlen herunter. Ronan griff nach einem Stift. Kata schaute ihm schweigend zu, wie er sich notierte, was die Stimme sagte.

»Koordinaten«, sagte er leise zu Kata und wiederholte die Daten für die Frau.

Fünf nach acht tuckerten sie aus dem Hafen. Der Bug des Bootes pflügte sich durch unruhiges, aber nicht wildes Wasser. Weder Ronan noch Kata sprachen ein Wort. Als sie ihrem Ziel näher kamen, begannen sie Ausschau nach einem anderen Boot zu halten, Ronan mit bloßem Auge, Kata mit einem Feldstecher. Sie entdeckte es zuerst. Ein kleines Motorboot, das auf den Wellen auf und ab schaukelte und kaum vom Fleck zu kommen schien.

»Nicht wirklich das, was sich ein cooler Gangster aussuchen würde«, meinte Ronan.

»Aber eine coole Gangsterin«, entgegnete Kata.

Sie hatte die Frau erkannt, die das Boot steuerte, obwohl sie in einer dicken Jacke steckte und eine Mütze trug.

Henriette legte längsseits an. Ronan, der die Frau noch nie gesehen hatte, reagierte wie alle, die sie zum ersten Mal zu Gesicht bekamen. Er starrte sie an und vergaß darüber, ihr an Bord zu helfen. Das übernahm Kata. Zu ihrem Erstaunen schaute Henriette Ronan genauso an wie er sie. Es musste an der Narbe liegen. Oder an den Augen, deren Blau so intensiv leuchtete wie der Himmel an einem Sommertag.

»Die Verwandtschaft ist nicht zu übersehen. Ich bin Henriette.« Sie hielt Ronan die Hand hin.

Er ergriff sie. »Hab von Ihnen gehört.«

»Gutes?«

»Ziemlich.«

Die sonst so souveräne Henriette taumelte und hielt sich an der Reling fest. »Wasser ist nicht mein Element«, gab sie unumwunden zu. »Könnten wir vielleicht nach drinnen gehen?«

»Muss sowieso das Steuer im Auge behalten«, murmelte Ronan. Er reichte ihr seinen Arm und führte sie sicher in die einfach eingerichtete Steuerkabine des alten Fischerbootes.

Kata folgte ihnen. Sie hatte eine Unmenge Fragen an diese Frau.

»Wer sind Sie?«, begann sie mit der ersten, nachdem sich Henriette auf der kleinen Holzbank an der Längsseite der Kabine platziert und die Mütze ausgezogen hatte.

»Eine Freundin deiner Mutter.«

Kata hatte viele Antworten erwartet, aber nicht diese. Privatermittlerin, Partnerin von Henry, Spezialbeamtin bei Scotland Yard, Mitglied eines Geheimdienstes, Gegenspielerin von John Owen. Eine oder mehrere dieser Funktionen übte Henriette bestimmt auch aus, doch sie stellte sich als Freundin ihrer Mutter vor. Warum?

»Eine Freundin von Eileen?« Ronans Stimme klang belegt. »Dann müsste ich Sie kennen.«

»Nicht unbedingt«, widersprach Henriette. »Ihre Schwester hatte ein geheimes Leben, in das sie niemanden aus der Familie einweihte.«

Um Ronans Mund legte sich ein bitterer Zug. »Dieses geheime Leben hat sie umgebracht. Sie können keine Freundin sein.«

»Doch«, sagte Kata, deren Bilder im Kopf sich zusammengefügt und das Warum gefunden hatten.

»Wie willst du das wissen?«, fragte Ronan.

»Es ist die Art, wie sie dich angeschaut hat.«

Der Grund war nicht die Narbe gewesen, sondern die Augen, die allen Steels eigen waren, und Ronan war nicht der Erste, den Henriette auf diese Weise angesehen hatte, nur hatte Kata den Ausdruck in Henriettes Gesicht, als sie die Treppe der Klinik herunterkam und Kata entdeckte, dem Geschehen in der *Mountain Clinic Valgronda* zugeschrieben und nicht sich. »Sie haben sie geliebt.«

»Ja.«

In diesem nüchtern vorgebrachten, kurzen Wort lag die Erklärung für vieles, das in den letzten Wochen und Monaten geschehen war, jedoch nicht alles.

»Eileen war nicht …«, begann Ronan.

»Ihre Schwester hatte eine starke Ausstrahlung auf die Menschen, Ronan. Männer und Frauen.«

»Sie war verheiratet.«

»Nicht immer.« Henriette lächelte. »Aber sie hat immer Männer geliebt. Deshalb habe ich mich von ihr zurückgezogen.« Sie wandte sich Kata zu. »Ich wusste nichts von dir. Bis es beinahe zu spät war.«

»Wie spät?«, fragte Kata. »Zu spät, um Stefan und Brigitta zu retten?«

In Henriettes Augen schlich sich Kälte. »Sie verdienten es nicht. Mir ging es um dich.«

»Ach, tatsächlich?« Ronans Bitterkeit schlug in offene Feindseligkeit um. »Wo waren Sie denn, als John Owen Kata nach England brachte und in seinen Krieg hineinzog?«

»Beruflich unterwegs«, antwortete Henriette. »Ich wusste

Kata bei den Lost Souls in guten Händen. Und ich fütterte einen gewissen Igor mit den Informationen, die ich hatte.«

»Gute Hände?«, fuhr Ronan sie an. »Wir sprechen von traumatisierten jungen Menschen!«

»Ich spreche von einer Organisation, die mindestens fünfzehn Jugendliche davor bewahrt hat, Opfer eines Verbrechens zu werden«, sagte Henriette ruhig. »Ich spreche von jungen Menschen, die eingreifen, bevor es so weit kommt, und die bereit sind, alles zu geben. Es ist ungerecht, dass sie so viel über das Töten, das Sterben und das Kämpfen wissen, aber unsere Welt war noch nie gerecht. Das wissen Sie aus eigener Erfahrung nur zu gut.«

Ronan setzte zu einer Antwort an.

»Ich habe Ayden Morgan auf meine Art getestet, und ich habe ihn und seine Leute gründlich durchleuchtet«, kam ihm Henriette zuvor. »Leider war ich am anderen Ende der Welt, als die Dinge begannen, schiefzugehen.«

Ronan fuhr sich über die Narbe auf seiner Wange. Kata ahnte, was er dachte. Er war nicht am anderen Ende der Welt, sondern direkt neben ihr gewesen, und hatte trotzdem nichts gegen ihre Entführung tun können. Henriette hatte die Größe, ihm das nicht vorzuwerfen, obwohl er sie hart angegangen war.

»Sie waren gleichzeitig mit mir in Zürich«, sagte Kata.

»Ein Auftrag führte mich dorthin. Als ich herausfand, dass du auch dort warst, habe ich dich eine Weile beobachtet.« In Henriettes Augen kehrte die Wärme zurück. »Du hast dich den Lost Souls angeschlossen und damit die Welt deiner Mutter gewählt. Die dunkle Seite.«

»Hat sie nicht!«, wies Ronan sie harsch zurecht.

»Mit Verlaub, Ronan. Sie haben Kata nie im Einsatz gesehen.«

Kata wich Ronans gequältem Blick aus.

Er gab sich nicht geschlagen. »Eileen hat sich für ein normales Leben entschieden!«

»Das kann Kata auch. Wenn sie will. Aber erst, wenn John Owen tot ist.«

»Sie wissen, dass er lebt?«, fragte Kata.

»Ich hatte es vermutet. Diese *Red-Rage*-Geschichte ist nie und nimmer Aydens Art. Sie trägt eindeutig Owens Handschrift. Er muss gestoppt werden. Jetzt und für immer.«

Henriette hatte ihnen in der Schweiz geholfen und sie hörte sich an, als stünde sie auf Aydens Seite, doch ihr Name erinnerte an jenen des Mannes, der Katas Eltern umgebracht hatte. Kata war nicht mehr sicher, ob sie ihr trauen konnte. Sie brauchte Gewissheit.

»Sind Sie im Auftrag von Henry hier?«

»Wie kommst du darauf?«

»Nun, als Henry untertauchte, tauchten Sie auf. Ihr Name ist eine Anlehnung an seinen. Das ist ein bisschen viel Zufall.«

»Der Zweck heiligt die Mittel, wie man so schön sagt«, erklärte Henriette mit einem Schmunzeln. »Es gab in der Klinik kaum Möglichkeiten zur Kommunikation. Ich habe den Namen gewählt, weil ihr Henry kennt, und wisst, was er für euch getan hat. Ihr habt die richtigen Schlüsse gezogen und mich als eure Verbündete erkannt.«

»Sie kennen ihn.«

»Ja.«

Kata wartete vergeblich auf eine Erklärung. »Wenn Sie nicht in seinem Auftrag in der Klinik waren, warum dann?«, fragte sie.

»Es war ein Auftrag, allerdings keiner von Henry. Auch keiner, den ich annehmen wollte. Ich hatte keine Lust, mich in eine Klinik sperren zu lassen, und den Kunden deshalb mehrfach vertröstet. Als ich herausfand, dass Nathan MacArran dort war, weckte das meine Neugier und ich änderte meine Meinung. Mein Kunde war dann allerdings über mein Handeln massiv verärgert. Verständlich, denn er wird seine Operation nie bekommen. Ich habe mir einen schlechten Ruf eingefangen und eine Menge Geld verloren.«

»Aber Sie kennen Henry«, hakte Kata nach.

»Was willst du über ihn wissen, dass du ihn immer wieder erwähnst?«

Jetzt und für immer, hatte Henriette vorher gesagt. Das galt auch für Kata. Wenn sie jetzt fragte, würde sie für immer mit der Antwort leben müssen, die ihr Henriette gab.

»Hat er mich meinen Eltern weggenommen und sie dazu gebracht, über die Klippen in den Tod zu rasen?«

»Du hast es herausgefunden?«

Kata schluckte leer. Sie war nicht sicher, ob ihr ihre Stimme gehorchen würde. »Es stimmt also?«

»Ja«, bestätigte Henriette. Ganz sanft, als wolle sie Kata nicht noch mehr verletzen. »Wer hat es dir verraten?«

»John Owen. Auf seine Art.«

»Das tut mir leid.« Im sanften Tonfall schwang nun unterdrückte Wut mit. »Owen weiß wirklich, wie man Menschen verunsichert und ihnen wehtut. Deshalb dein Misstrauen. Du warst dir nicht mehr sicher, auf welcher Seite ich stehe. Glaub mir: Henry und ich wollen euch helfen.«

»Wussten Sie es die ganze Zeit?«

»Nicht die ganze«, sagte Henriette. »Henry hat es mir vor ein paar Monaten anvertraut. Vierzehn Jahre zu spät. Deine Eltern mussten wählen. Gemeinsam mit dir in den Tod oder im Wissen sterben, dass du als Patenkind von ihm aufwächst.«

Kata erinnerte sich an verzweifeltes, flehendes Schluchzen. Es war nicht ihres gewesen, sondern das ihrer Mutter. Sie konnte die unbarmherzigen Hände fühlen, die sie umfassten und aus dem Wagen zogen. Eine harte Männerstimme. Damals hatte sie sie nicht verstanden, aber nun war ihr klar, was Henry zu ihren Eltern gesagt hatte. »Wenn ihr nicht tut, was Owen von euch verlangt, töte ich eure Tochter.«

Einen Augenblick wünschte sie sich, ihre Eltern hätten sich entschieden, mit ihr zusammen zu sterben.

Ronan schien ihre Gedanken lesen zu können. »Deine Eltern wollten, dass du lebst. Sie haben gehofft, dass du irgendwann deine Familie findest. Das hast du.«

Ja, das hatte sie. Mithilfe des Mannes, der ihre Eltern damals in den Tod getrieben hatte.

»Glaubt Henry wirklich, seine Schuld sei gesühnt?«, fragte Kata voller Zorn. »Er streut ein paar Hinweise und lässt andere tun, was er hätte tun sollen. Sitzt in seinem Zimmer und rührt keinen Finger. Verschwindet einfach und stellt sich tot.« Sie stockte. Dieser Gedanke war ihr noch nicht gekommen. »Ist er tot?«

»Er ist nicht tot«, antwortete Henriette. »Und er weiß nur allzu gut, dass seine Schuld nicht getilgt ist. Doch das soll er dir selber sagen. Später. Können wir jetzt wieder auf Owen und Ayden zurückkommen?«

»Nein!«, schrie Kata. »Wie können Sie meine Mutter geliebt haben und trotzdem mit diesem Mann zusammenarbeiten?«

»Ich will verhindern, dass du stirbst. Dafür tue ich alles. Auch mit diesem Mann zusammenarbeiten.«

Kata fühlte Tränen aufsteigen. Sie presste die Lippen zusammen und schaute Ronan an. Er musste für sie das Sprechen übernehmen.

»Dürfen wir fragen, wer Ihr Auftraggeber ist?«

»Sie dürfen. Es gibt keinen Auftraggeber.«

»Sie tun das einfach so?« Ronan konnte sein ungläubiges Erstaunen nicht verbergen. »Ohne Bezahlung?«

»Nein, nicht einfach so.« Henriette wandte sich an Kata. »Weißt du, dass Ayden mir das Bild geschenkt hat, das er mir nicht verkaufen wollte?«

Kata schüttelte den Kopf.

»Er ist in Henrys Haus eingebrochen und hat das Bild dort für mich zurückgelassen. Damit wird es persönlich. Nicht, dass es das nicht vorher schon war. Ich tue es für ihn, für dich, für euren verlorenen schottischen Freund, für den wunderbaren Kerl mit dem kaputten Kopf, für euren Helfer mit dem verrückten Namen, für eure Organisation. Owen wird alles daran setzen, euch auf so grausame Art wie möglich zu vernichten. Ihr braucht jede Unterstützung, die ihr bekommen könnt.«

Henriettes Worte hatten Kata tief getroffen. »Vielleicht kommt es nicht dazu«, sagte sie mit brüchiger Stimme. »Ayden ist wahrscheinlich in Portugal. Eine Spezialeinheit arbeitet daran. Mit etwas Glück wird John morgen oder übermorgen verhaftet und Ayden ist frei.«

»Das wünsche ich euch von ganzem Herzen, aber wenn ich mich nicht täusche, wird noch heute Abend etwas geschehen. Hier in England.«

Heute? Das war zu früh! Henriette musste sich irren. Nichts wies auf etwas Entscheidendes hin, das an Tag sechzehn nach der Entführung des Jungen geschehen war.

»Wann und wo?«, fragte Ronan.

»Es ist besser, wenn ihr das nicht wisst. Sollte die Sache schiefgehen, darf keiner von euch in der Nähe sein. Ich kümmere mich darum.«

Henriette setzte ihre Mütze auf. »Ronan, wären Sie so freundlich, mir in mein Boot zu helfen?«

»Was soll das?«, brach es aus Kata heraus. »Sie haben all die Strapazen für dieses Treffen auf sich genommen, nur um uns mehr oder weniger nichts zu sagen? Das glaube ich Ihnen nicht!«

»Owen wähnt mich am anderen Ende der Welt«, erklärte Henriette. »Mit dieser Begegnung gehe ich ein hohes Risiko ein. Ich muss absolut sicher sein, nicht entdeckt zu werden. Das geht nur hier, auf dem Wasser, wo sich mögliche Beobachter nicht vor uns verstecken können.« Sie strich Kata in einer liebevollen Geste über den Arm. »Seid sehr vorsichtig. Ich habe Leute, doch wir können nicht überall sein. So wenig wie Dean Burton und Sam Miller. Aber ich tue alles, um euch zu helfen. Das verspreche ich dir. Deshalb bin ich hier. Um dir das zu sagen.«

Nathans Stirn glühte, sein Kreislauf spielte verrückt. Kaffee war nicht unbedingt das Mittel, das dagegen half. Die Erinnerung an Gemma noch viel weniger. Nathan hatte ihre Stimme im Kopf, hätte jedes einzelne ihrer Worte wiederholen können, doch zwischen den Bildern und den Fakten an der Wand, die er seit einer Ewigkeit anstarrte, fand sein Hirn keinen Zusammenhang.

Ich hätte dich nicht anrufen sollen.

Aber sie hatte. Nichts, auch nicht Stunden in eisiger Kälte, konnten das ungeschehen machen. Die Wunde in Nathans Herz hatte sich wieder weit geöffnet. Der Schmerz absorbierte seine dringend benötigten Sinne, das nervige Klingeln von Burtons Handy gab ihm den Rest. Er wirbelte herum und bereute es sofort. Vor seinen Augen verschwamm alles. Bis Nathan das Telefon endlich gefunden hatte, hatte er eine Menge Papier vom Tisch gefegt und in seinen Schläfen hämmerte der Puls.

»Ja?«

»Geht es Ihnen gut, MacArran?«

»Als ob Sie das interessieren würde. Was ist?«

»Hat Owen Sie kontaktiert?«

»Nein. Haben Sie Ayden gefunden?«

»Sam hat ein Team zusammengestellt. Getarnt als Location Scouts für einen Actionfilm.«

»Wie passend.« Nathan presste die Hand gegen seine heiße Stirn. »Noch dieses Jahr?«

»Das Anwesen liegt an einem der wildesten und einsamsten Orte an der nordwestlichen Küste von Portugal«, entgegnete Burton leicht genervt. »So schnell geht das nicht. Ein reicher Südamerikaner hat es für zwei Monate gemietet.«

»Owen.«

Aus den Augenwinkeln beobachtete Nathan, wie sich ein weißer Van die Straße hochkämpfte. Er stand auf und ging zum Fenster. »Oder auch nicht« hörte er Burton sagen. »Auf jeden Fall brauchen wir eine gute Tarnung, wenn wir Ayden nicht gefährden wollen, sollte er sich tatsächlich dort aufhalten. Wir haben uns für einen Ort einige Meilen von Sofias Dorf entschieden.«

»Können Sie Owen überhaupt verhaften?«

»In Sams Team sind zwei portugiesische Kollegen mit sämtlichen Vollmachten. Wir können.«

Es klang nach einer durchdachten Operation. Dennoch ging es Nathan viel zu langsam.

»Haben Sie Ihre Leute auf mich angesetzt?«, fragte er.

»Wieso?«

»Haben Sie?«

»Natürlich. Was denken Sie denn? Was ist los, MacArran?«

Nathan wechselte in die Küche, von wo er die Auffahrt zum Haus überblicken konnte. Der Van fuhr an ihr vorbei, weiter hinauf zu der Ebene über Quentin Bay.

»Nichts, vergessen Sie es.«

»Da ist noch etwas, das Sie wissen sollten«, hielt ihn Burton davon ab, das Gespräch zu beenden. »Ich habe meinen Vorgesetzten um Verstärkung für mein Team gebeten.«

»Warum erzählen Sie mir das?«

»Weil Lloyd Ingham die Verstärkung ist.«

»Ingham? Der Typ, der sich so lebhaft für mein Paarungsverhalten interessiert?«

»Sie mögen ihn nicht und er mag Sie nicht. Die beste Voraussetzung, Owen zu täuschen. Ingham ist ein ausgezeichneter Ermittler.«

»Wenn Sie es sagen.«

Nathan unterbrach die Verbindung. Ingham. Ausgerechnet. Es war mehr als gegenseitige Abneigung. Nathan traute Ingham so wenig, wie Ingham ihm. Er steckte das Handy in die Hosentasche. Sein Schädel dröhnte. Es gab nichts, was er tun konnte, doch zum Hinlegen war er zu rastlos.

Unter Aufbietung seiner Kraftreserven zerrte er einen der beiden Armsessel ins Esszimmer und schob den Tisch beiseite. Nachdem er den Computer hochgefahren hatte, stellte er die Lautstärke auf die höchste Stufe, wählte Lukes Song, drückte die Repeattaste und setzte sich unter dem Getöse der E-Gitarren hin. Sie übertönten Gemmas Stimme in seinem Kopf, neutralisierten seinen Schmerz, fegten die Betäubung aus ihm und feuerten seinen Instinkt an. Wie in einem Blitzlichtgewitter erhellten sich Bilder, einzelne Wörter, ganze Sätze. Es war alles da. Und Nathan konnte es sehen. »Sechzehn Tage«, murmelte er. Nicht achtzehn! Burtons inoffizielle Truppe musste sofort eingreifen, oder sie kam zu spät. Nathan tastete nach dem Handy in seiner Hosentasche. In dem Moment, in dem er danach griff, riss die Musik ab.

»Halt mal schön deine Hände über den Kopf!«, befahl eine kalte Stimme in die plötzliche Stille hinein.

»Könnten Sie bitte die Musik wieder anmachen?«, fragte Nathan, ohne sich nach dem Mann umzudrehen, der sich irgendwo hinter ihm befand. Seine Finger bewegten sich vorsichtig über die kühle Fläche des Mobiltelefons. »Wenn Sie ein Bulle sind, würde ich gerne Ihre Dienstmarke sehen.« Er fand die Taste, mit der er die Verbindung zu Burton herstellen konnte, und drückte sie. Dann hob er langsam die Arme. »Keine Dienstmarke.« Er hoffte, dass Burton mitbekam, was lief, bevor er zu einer seiner unwirschen Begrüßungen ansetzte. »Haben

Sie geklingelt? Ich habe nichts gehört, aber vielleicht ist die Klingel ja kaputt. Oder Sie sind kein Bulle.«

Kleider raschelten. Ein Dielenbrett ächzte leise. Nathan drehte sich immer noch nicht um. Eine Hand krallte sich in seine Haare.

»Der Boss hat mich vor deiner großen Klappe gewarnt.«

Nathans Kopf wurde nach hinten gerissen. Über ihm schauten ihn zwischen den Schlitzen einer schwarzen Mütze zwei stechende, graue Augen an. Owen hatte keine Mail geschickt, sondern Schuldeneintreiber!

»Du darfst mich nicht umbringen«, keuchte Nathan. »Hat dein Boss dir sicher gesagt.«

»Hat er. Aber ich darf dir wehtun, wenn du nicht gehorchst.«

»Dann werde ich wohl besser tun, was du von mir verlangst.«

»Was wir von dir verlangen«, korrigierte ihn der Maskierte und lockerte seinen Griff.

Wir? Nathan drehte seinen Kopf. Während er in graue Augen gestarrt hatte, hatte ein zweiter Mann den Raum betreten. Er lehnte am Türrahmen, genauso schwarz gekleidet wie sein Komplize, das Gesicht ebenfalls unter einer Mütze verborgen. Der einzige Unterschied war die Augenfarbe. Sie war braun.

»Bist du sein Klon, oder was?«, fragte Nathan.

»Gib mir das Handy!« Der Braunäugige schritt auf ihn zu.

»Welches Handy?«

»Das in deiner Hosentasche.«

Es abzustreiten war sinnlos. Nathan klaubte das Mobiltelefon heraus und presste dabei seine Handfläche gegen die Tasten, in der Hoffnung, die Verbindung zu Burton zu unterbrechen.

»Grässliches Teil«, sagte der Mann verächtlich. »Von einem Rockstar würde ich etwas anderes erwarten.«

»Wenn er auf Superheld macht, benutzt er diese Dinger,

nicht wahr?«, spottete der Grauäugige. »Prepaid, kein Internet, keine gespeicherten Nummern, nach jedem Anruf sämtliche Daten gelöscht.«

»Dann war er aber nachlässig«, meinte der Braunäugige. »Er hat die letzte vergessen.«

Die beiden redeten über Nathan hinweg, als sei er nicht da. Der Braunäugige drückte die Wahlwiederholtaste.

Nathan hielt die Luft an.

»Pizza Giovannis Best, ich bin Sandra, hallo.«

Sogar über den eingeschalteten Lautsprecher klang die Stimme verführerisch.

»Hallo?«, rief die Frau irritiert. »Möchtest du bestellen oder was?«

»Falsch verbunden.«

Der Braunäugige ließ das Telefon auf den Boden fallen. Begleitet von einem leise gezischten »Depp« einer Stimme, in der nichts Verführerisches mehr lag, schlug es auf dem Boden auf. Um sicherzugehen, dass es kaputt war, zertrat es der Mann, so, wie man eine Zigarette austritt.

»Wir müssen uns beeilen«, meinte er zu seinem Komplizen. »Hier könnte schon bald ein Pizzabote auftauchen.« Mit einem dreckigen Lachen wandte er sich wieder Nathan zu. »Wirst aber wahrscheinlich keinen Hunger mehr haben, wenn wir mit dir fertig sind.«

Nathan wollte nicht herausfinden, ob der Mann recht hatte. Er schnellte nach vorn und rammte ihm den Kopf in den Magen. Während der Angegriffene nicht einmal wankte, sackte Nathan vor ihm in die Knie. Zeit!, fuhr es ihm durch den Kopf. Er musste Zeit schinden! *Giovannis Best* war unten im Ort. Wenn Burton dort Leute stationiert hatte, konnten sie in zehn, vielleicht fünfzehn Minuten hier sein.

Für einen Kampf fehlte ihm die Kraft. Er tat das Einzige, das ihm einfiel. Er biss den Mann in den Oberschenkel. Ein wütender Schmerzensschrei hallte durch das Zimmer. Gleichzeitig traf Nathan ein heftiger Tritt in die Seite. Er prallte stöhnend auf dem Boden auf und gab vor, das Bewusstsein zu verlieren.

Kalter Kaffee ergoss sich über sein Gesicht. Eine starke Hand zog ihn am Kragen seines Pullovers hoch wie eine junge Katze.

»Hand auf den Tisch!«

Benommen beugte sich Nathan nach vorne und würgte.

»Wird's bald?«

»Was?«

»Die Hand!«

Nathan hob den rechten Arm.

»Nicht die rechte Hand. Die linke. Das ist doch die, die du fürs Gitarre spielen dringender brauchst.«

Nathan ballte sie zur Faust.

»Ich will die Finger flach auf dem Tisch. Oder sollen wir deinen Freund auf dem offenen Meer über Bord werfen?«

Der Braunäugige hielt Nathan ein Smartphone hin. Das Display zeigte Ayden. Er lag gefesselt zwischen Kanistern und aufgerollten Seilen in einem Schiffsrumpf, die Augen geschlossen, wahrscheinlich besinnungslos. Nathan gab seinen Widerstand auf und legte seine linke Hand auf den Tisch.

»Hübsche Ringe«, spottete der Grauäugige. »Aber ist das nicht was für Mädchen?«

Nathan versuchte, sich nicht vorzustellen, wie seine Finger über den Hals der Gitarre glitten, Griffe drückten, Soli spielten. Es waren nur Finger, nur eine Hand, nicht das Leben. Der Grauäugige holte ein Klappmesser aus seiner Jackentasche.

»Findet euer Boss das nicht etwas unfair? Er bestraft mich, bevor er mir eine Chance gibt, meine Schuld zu bezahlen.«

»Keine Ahnung, wovon du redest. Ich weiß nur, dass du unartig warst.«

»Das bin ich immer.«

»Solange es nicht um unseren Boss geht, ist ihm das egal.«

»Was habe ich ihm denn getan?«

»Du und deine Leute haben ihm hinterhergeschnüffelt.«

Portugal. Der Facebook-Account. Nathan schloss die Augen.

»Ihr solltet wissen, dass alles, was ihr tut, Konsequenzen hat. Euer Freund wird bei seiner Rückkehr nach England nicht an Land gebracht, sondern vor der Küste ins Meer geworfen. Je weniger du kooperierst, desto weiter draußen. Du weißt, wie kalt das Wasser um diese Jahreszeit ist.«

Nicht ganz so kalt wie in einem eisigen See in den Schweizer Bergen, aber kalt genug, um einen Körper in kurzer Zeit total auszukühlen und ihn bewegungsunfähig zu machen.

»Jeder Finger hundert Meter näher am Ufer«, sagte der Grauäugige.

»Hör auf zu labern und fang schon an.«

In einer blitzschnellen Bewegung klappte der Grauäugige sein Messer auf. Er drückte den kalten Stahl gegen Nathans Lippen.

»Ich nicht. Du.«

»Du borgst mir echt dein Messer?« Die Wörter schmirgelten durch Nathans Kehle.

»Ist für einen guten Zweck.«

»Gib her!«

In die angespannte Stille drangen Motorengeräusche.

Nathan holte aus. Sein Blick fixierte seinen kleinen Finger, in ihm tobte die nackte Angst. Eine starke Hand bremste ihn.

»Du hattest deine Chance. Tja! Vertan. Dein Pech. Fünfhundert Meter sind eine ziemliche Distanz. Ich glaube nicht, dass dein Freund das schafft.«

Autotüren schlugen.

»Wartet!«, flehte Nathan. »Ich kann ihn wegschicken.«

»Zu spät. Hättest mich nicht beißen sollen.«

Die beiden Männer verschwanden im Flur. Es klingelte.

Nathans Knie gaben nach. Er hielt sich am Tisch fest.

Die Tür quietschte leise. »Hallo? Jemand zu Hause? Giovannis Best! Ich bringe die bestellte Pizza.«

Nathan hörte Schritte im Flur, dann tauchte ein schlacksiger junger Mann unter der Tür auf, auf dem Kopf eine rote Schirmmütze mit der Aufschrift des Ladens, in der Hand zwei Kartons. Ein Namensschild wies in als Bert Johnson aus. Nathan zeigte wortlos auf den Tisch.

»Ich bekomm dann zweiundzwanzig Pfund.«

»Ja.« Mehr brachte Nathan nicht heraus. Er hatte keine Ahnung, ob sich die beiden Eindringlinge noch im Haus befanden, oder ob sie durch die Hintertür verschwunden waren. Auf wackligen Beinen taumelte er in die Küche, wo Kata und Ronan in einer Keksdose einen kleinen Geldvorrat versteckt hatten. Durch das Fenster sah er den Lieferwagen von Giovannis Best. Er ging zurück ins Esszimmer und streckte dem Pizzalieferanten ein paar Scheine und Münzen hin. »Mach fünfundzwanzig.«

»Danke. Lass es dir schmecken, Kumpel.«

Der junge Mann verschwand durch die Tür. Kurz danach heulte ein Motor auf und der Lieferwagen holperte die Auffahrt hinunter.

Fünfhundert Meter. Das war bei diesem Wetter und dieser Wassertemperatur nicht zu schaffen. Nathan schleppte sich zum Computer und tippte mit zitternden Fingern eine Mail an gc_1411.

»Ich tu's«, schrieb er. »Ich schneid sie ab. Und schick dir Bilder davon.«

Die Antwort kam innerhalb von Sekunden.

»Kein Interesse. Überleg es dir beim nächsten Mal früher, MacArran.«

Ayden wusste nicht, was zuerst da war. Wahrscheinlich der Geruch. Oder das Geräusch eines Motors. Vielleicht beides gleichzeitig. Dann die Bewegungen. Ein heftiges, unangenehmes Schaukeln. Anders als die Turbulenzen im Flugzeug. Auch anders als die Schlaglöcher auf der Straße. Eher schlingernd. Durch ein kleines Bullauge drang ein wenig Licht. Aydens Augen gewöhnten sich an das Halbdunkel. Er nahm die Kanister wahr, die Seilrollen, Bojen. Sie passten zum vertrauten Geruch, den er von der *Flogging Molly* kannte. Sein Körper schien, abgesehen von den steifen Muskeln, in Ordnung zu sein, seine Hände steckten in Handschellen, diesmal hinter dem Rücken.

Mühsam setzte sich Ayden auf und lehnte sich gegen den Schiffsrumpf. Er probierte aus, ob seine Stimme funktionierte. »Kata.« Das Wort kam tonlos über seine Lippen. »Kata«, wiederholte er. Bis er sich hören konnte. Dann schrie er laut nach Coach 3. Immer wieder, bis sich über ihm eine Luke öffnete.

»Was?«

»Ich muss mal.«

Der Coach grinste. »Fünf Minuten.«

Er kletterte zu Ayden herunter, nahm ihm die Handschellen ab und sah ihm zu, wie er sich das Gefühl zurück in die Hände und Finger rieb.

»Dort ist die Bordtoilette.« Coach 3 deutete auf einen der Kanister.

»Hast du was zu trinken und zu essen?«, fragte Ayden.

Der Coach zog eine Flasche aus seiner Jackentasche. »Essen musst du dir denken.«

Mit zitternden Fingern öffnete Ayden den Verschluss. Lauwarmes Wasser rann durch seine ausgetrocknete Kehle, hinein in den aufbegehrenden Magen. Er trank langsam Schluck für Schluck.

Nach den fünf Minuten legte ihm Coach 3 die Handschellen

wieder an. »Noch ungefähr acht Stunden«, sagte er. »Wenn ich du wäre, würde ich versuchen zu schlafen.«

Ayden hätte lieber etwas gegessen. Schweigend schaute er zu, wie der Coach mit den Schultern zuckte und durch die Luke verschwand. Acht Stunden.

Er fragte sich, ob die Männer in der Hütte ihm einen Chip unter die Haut gejagt hatten, mit dem sie ihn jederzeit lokalisieren konnten. Spüren konnte er nichts, was überhaupt nichts zu bedeuten hatte. Die Dinger wurden immer kleiner und leistungsfähiger. Vielleicht maß in diesem Augenblick irgendein hochtechnisches Kleinstgerät seinen Puls und seine Temperatur und sendete seinen genauen Standpunkt an eine Zentrale, von der aus er rund um die Uhr überwacht wurde. Wenigstens die Gedanken gehörten mit Sicherheit noch ihm. Sie gingen zu Sam, dem er schon bald schreckliche Dinge zumuten musste.

»Wer hat dich so zugerichtet?«

Ayden schwieg.

Der Chefbulle, zu dem ihn die zwei Uniformierten geschleppt hatten, musterte ihn von oben bis unten. Von den filzigen Haaren über das Gesicht mit den aufgeplatzten Lippen zu den blutbesudelten Kleidern.

»Ich bin Sam Miller.«

Ayden fixierte einen Punkt an der Wand hinter dem Mann.

»Du bist Tyler Carlton.«

So schnell hatte ihn bis jetzt noch keiner erkannt.

»Man sagt, dass du nicht sprichst.«

Das sagte man nicht nur, das war so. Ayden wartete darauf, dass Miller zum Telefon griff und im Bunker anrief. Natürlich war das nicht der offizielle Name der Anstalt, aus der er geflohen war, aber für Ayden, der die meiste Zeit mit Einzelarrest in einem fensterlosen Raum im Untergeschoss belegt wurde, war es eine passende Bezeichnung.

Miller griff nicht zum Telefon. Irgendwann wurde ihm das Warten auf Aydens Antwort zu langweilig. Er nahm seine Arbeit wieder auf. Las sich durch Akten, erledigte Anrufe, tippte Dinge in seinen Computer. Ab und zu sah er Ayden an, eine unausgesprochene Einladung, den Mund aufzumachen.

Dort, wo die Fäuste und Fußtritte der zwei Männer ihn getroffen hatten, breitete sich der Schmerz aus, Hunger und Durst krochen in Aydens Körper. Er wurde sich bewusst, wie stark er roch, registrierte die schmutzigen Ränder unter seinen Fingernägeln, fühlte das Brennen von zu wenig Schlaf in den Augen. Es ging vorbei. Weil man sich daran gewöhnte und es zur Normalität wurde. So, wie es zur Normalität wurde, aus Kliniken und Heimen auszureißen und früher oder später von der Polizei aufgelesen und zurückgebracht zu werden. Manchmal in die Institution, aus der man abgehauen war, manchmal in eine neue. Auch Miller würde das tun. Mit ihm zu reden, brachte nichts. Ayden irrte sich. Dieser Polizist war anders als andere. Er tat nicht, was die anderen getan hatten.

Später fand Ayden heraus, dass Sam selten das tat, was die anderen taten. Darauf setzte er seine ganze Hoffnung.

8.

So wortlos, wie Kata und Ronan in den Hafen eingefahren waren, so wortlos legten sie an. Zu vieles staute sich in Katas Kopf und Herz. Es freizulassen, wäre der Sprengung eines Damms gleichgekommen. Ronan schien es ähnlich zu gehen. Schweigend gingen sie von Bord. Erst auf dem Weg zum Wagen zerriss das Klingeln von Burtons Handy die Stille, die sich zwischen sie gelegt hatte.

»Miss Steel? Alles in Ordnung bei Ihnen?«

Burtons Tonfall ließ Katas Puls in die Höhe schnellen. »Ja? Warum?«

»Jemand war in Ihrem Haus.«

»Was ist mit Nathan?«

»Es geht ihm gut«, beruhigte Burton sie. »Aber ich kann Sie da draußen in Cornwall zu wenig schützen. Ich brauche Sie näher bei mir und meinen Leuten.«

»Ich spreche mit Nathan darüber.«

»Tun Sie das. In Bezug auf Mr Morgan gibt es leider auch schlechte Nachrichten, Miss Steel.«

Kata hielt sich an Ronan fest und blieb stehen. »Schlechte Nachrichten?«

»Die Presse sitzt uns im Nacken. Wir versuchen, die Sache mit dem Versteck des Jungen unter dem Deckel zu halten, bis wir mehr über Portugal wissen, aber wenn wir Ihren Freund dort nicht finden, wird es hässlich.«

Die Presse! Kata atmete die Angst aus sich hinaus. Die Medien waren das kleinste Problem. Sollte Henriette recht behalten, würde es schon bald noch hässlicher, als Burton sich das vorstellen konnte.

»Miss Steel?«, drang Burtons besorgte Stimme zu ihr durch.

»Ich melde mich.« Ohne sich zu verabschieden, brach Kata die Verbindung ab. Sie schaute in Ronans angespanntes Gesicht. »Wir müssen nach Hause.«

Kaum waren sie aus dem Wagen gestiegen, riss Nathan die Haustür auf und kam auf sie zu, leichenblass und mit Augen, in die das Fieber zurückgekehrt war.

»Bist du verletzt?«, fragte Kata. »Burton hat angerufen und uns informiert.«

Nathan schüttelte den Kopf. »Er hat mich rausgehauen. Einer seiner Männer hat sich als Pizzabote ausgegeben und die Angreifer vertrieben. Kommt rein. Ich muss euch etwas zeigen.« Ohne weitere Erklärung eilte er ins Esszimmer. »Diese Boxen hier.« Er zeigte auf eine unscharfe Vergrößerung eines Fotos aus der Garage. »Griffin & Martin. Eine Werft in Derlish.«

Der Name kam Kata bekannt vor, aber sie konnte ihn auf die Schnelle nicht einordnen. »Was ist damit?«

»Eine solche Box war auch im Keller, in dem Jamie Hamilton gefangen gehalten wurde. Ich wusste, dass ich den Namen irgendwo schon einmal gelesen hatte.« Nathan hustete. »In Burtons Akten wird erwähnt, dass Patrick Carlton Geld eines Kunden für sich abgezweigt haben soll. Dieser Kunde war Kenneth Griffin von Griffin & Martin. Zwei Tage vor Carltons Verhaftung hat Griffin sich bei Carltons Chef gemeldet. Der Chef kam nicht mehr dazu, Carlton darauf anzusprechen.« Er holte keuchend Luft. »Hätte Griffin schneller reagiert, wäre die Polizei früher eingeschaltet worden und Jamie Hamilton könnte vielleicht noch leben.«

»Zwei Tage vor der Verhaftung«, sagte Kata. »Das ist Tag sechzehn. Heute. Wir müssen Burton informieren und sofort nach Derlish.«

»Nein!«, widersprach ihr Nathan. Seine heftige Antwort zog einen Hustenanfall nach sich.

»Nein zu was?«, fragte Kata unwirsch. »Zu Burton oder zum Hinfahren? Derlish ist nicht Portugal. Es liegt wenige Autostunden von hier entfernt.«

»Nein zu Burton«, antwortete Nathan heiser.

Kata verstand nicht, was in ihn gefahren war. »Wir arbeiten mit ihm zusammen. Er riskiert seinen Job für uns, indem er eigenmächtig aktiv wird und Ayden in Portugal suchen lässt. Und jetzt auf einmal willst du nicht mehr. Warum? Kannst du mir das erklären?«

»Hätte Burton Owen in Portugal geschnappt und Ayden dort gefunden, wäre Ayden entlastet gewesen. Erwischt er ihn in England, muss er ihn verhaften, ob er will oder nicht!« Nathan deutete auf die Wand mit den Bildern. »Es gibt jede Menge Beweise gegen Ayden. Ich lasse nicht zu, dass mein Freund im Gefängnis landet. Stell dir vor, Owen wird nie aufgespürt und irgendwann für tot erklärt. Dann sitzt Ayden lebenslang in einer Zelle. Ohne mich, Leute.« Er hob abwehrend die Hände. »Ohne mich.«

»Vielleicht findet Sam Zeugen, die Ayden gesehen haben«, wandte Kata ein.

»Vielleicht«, stimmte er ihr zu. »Nur reicht mir in diesem Fall ein Vielleicht nicht. Owen kann Menschen erpressen und Zeugenaussagen kaufen.«

Die Vorstellung, dass Ayden über Jahre im Gefängnis saß, nahm Kata die Luft zum Atmen. Sie musste raus aus diesem Raum, weg von dieser Wand.

»Das ist nicht alles«, hielt Nathan sie zurück. In seiner Stimme lag ein Unterton, der ihr Angst machte. »Ayden wird nicht an Land gebracht. Owens Leute werfen ihn vor der Küste von Bord. Fünfhundert Meter vom Ufer entfernt.«

»Fünfhundert Meter?«, wiederholte Kata entsetzt. »In kalter, rauer See? Das schafft er nicht.« Eine furchtbare Ahnung regte sich in ihr. »Warum weißt du das? Ist das der Grund, weshalb du nach dem Besuch von Owens Handlangern noch lebst? Hast du einen Deal gemacht?«

Nathan antwortete nicht. Sein Gesicht sprach Bände.

Kata wich zurück. »Sein Leben gegen deins?«

Er sah sie an, als hätte sie ihn geschlagen. »Glaub mir, ich wäre für ihn gestorben.«

»Du lebst aber noch. Was hast du getan? Was? Sag es mir!«

Statt sofort zu antworten, hielt er ihr seine linke Hand hin, mit der Fläche nach oben, wie eine unausgesprochene Bitte um Verzeihung.

»Hundert Meter für jeden Finger. Das war der Deal. Sie nannten ihn mir erst, nachdem ich Burton bereits alarmiert hatte. Sonst …« Er ballte die Hand zur Faust und ließ sie sinken. »Wenn Ayden stirbt, bin ich schuld.«

»Bist du nicht!«, stellte Ronan klar, der bis jetzt schweigend zugehört hatte. Die Farbe seiner Augen erinnerte an den Himmel, bevor ein Sturm aufzieht. »Für das, was passiert, ist einzig und allein Owen verantwortlich.«

»Hört auf, so zu reden!«, schrie Kata. »Ayden stirbt nicht! Burton kann ihm helfen! Er hat Leute, Ausrüstung, Informationen.«

»Burton könnte Ayden rausholen«, stimmte Ronan Kata zu. »Zum Beispiel mit Tauchern, die Ayden aus dem Wasser fischen und in Sicherheit bringen.«

»In welche Sicherheit?«, fragte Nathan. »Burton muss sich ans Gesetz halten. Er hat einen Toten in einer Garage, der mit einer Waffe umgebracht wurde, auf der Aydens Fingerabdrücke sind. In derselben Garage wurde der Brandbeschleuniger gefunden, mit dem Josephs Laden abgebrannt wurde. Bei der Beweislage kann er gar nicht anders, als Ayden zu verhaften. Darf ich …« Er hustete und rang nach Atem. »Darf ich etwas vorschlagen? Wir finden Ayden und sprechen mit ihm. Danach soll er entscheiden, wie es weitergehen soll.«

Kata schaute ihn entgeistert an. »Finden? An der englischen Küste? Ohne Hilfe?«

»Wir haben Hilfe! Das ganze Netzwerk von *Lost Souls Ltd.* Unterschätz das nicht, Kata! Auch Burton müsste ihn suchen. Mit einem Großaufgebot. Zum Teil über offizielle Kanäle, die von Owen unterwandert sein könnten. Im schlimmsten Fall würden Aydens Bewacher ihn loswerden, um nicht in die Hände der Polizei zu geraten. Willst du das?«

Kata wollte nichts von alledem! Nur fiel ihr nichts Besseres ein. »Was schlägst du vor?«

Jetzt, wo sie sich für seine Ideen öffnete, wurde Nathan ruhiger. »Ich habe mir Derlish angeschaut. Es gibt dort zwei kleine und eine etwas größere Bucht. Wenn wir wissen, in welcher der drei Buchten das Schiff Ayden absetzt, können wir ihn aus dem Wasser holen. Wir brauchen dazu nur jemanden, der für uns herausfindet, welche Boote Kurs auf Derlish nehmen. Und Taucher. Will und Lea können tauchen.«

»Ich auch«, fügte Ronan an.

»Das ist verrückt!«, hielt Kata dagegen.

»Ist es«, stimmte ihr Nathan zu. »Aber es ist unsere einzige Chance, Kata! Ayden kennt Owens Pläne, weil er sie ausführen muss. Er kann sie uns verraten. Damit sind wir Owen einen Schritt voraus! So können wir ihn kriegen, mithilfe der Lost Souls und mithilfe von Burton und Sam. Alle zusammen. Wir drehen den Spieß um und tricksen Owen mit seinem eigenen Spiel aus!«

»Wir spielen mit Ayden«, korrigierte ihn Kata. »Mit seinem Leben. Es ist nicht einmal sicher, ob Derlish der Ort ist, an den diese Leute Ayden bringen. Wir lesen Zeichen, die vielleicht keine sind, wir denken, wir wissen Bescheid und liegen vielleicht total falsch! Ayden könnte in Portugal sein oder irgendwo an Land gebracht werden. Irgendwann. Wir wissen nichts!«

In Nathans Augen lag ein Flehen. »Bitte, Kata. Derlish ist das, was wir haben. Egal was wir tun, es ist ein enormes Risiko.«

»Ich bin dafür«, mischte sich Ronan in ihre Auseinandersetzung. »Ja, es ist ein Risiko, aber machbar. Nathans Vorschlag gefällt mir. Wir überlassen Ayden die Entscheidung, ob er sich Burton stellen will.«

Oder sie konnten gemeinsam fliehen! Kata verwarf den Gedanken so schnell, wie er gekommen war. Vor Owen wegzurennen, war unmöglich. Es wäre ein Leben ohne Zukunft. Sie überlegte sich, was Ayden tun würde. Mitten in all der Schwere wurde ihr leichter, weil diese Frage einfach zu beantworten war.

»Wir machen es«, sagte sie.

Niemand warf einen Menschen bei Tageslicht über Bord. Darin waren sie sich einig. Die Gefahr, von Zeugen beobachtet zu werden, war zu groß. Bis zur Dämmerung blieben ihnen knappe sechs Stunden. Das war nicht viel Zeit, sich einen Plan zurechtzulegen, Leute und Material zu organisieren und nach Derlish zu gelangen.

Nathan rief Peter an, doch der Helikopterpilot, der ihnen schon ein paarmal geholfen hatte, war in Nordschottland unterwegs, zu weit weg, um rechtzeitig bei ihnen zu sein. Er empfahl ihnen Kermit.

»Kermit?«, fragte Kata. »Der Frosch aus der Muppet-Show?«

»Ein Pilot, der viel mehr kann als fliegen«, erklärte ihr Nathan. »Er hat uns damals bei der Suche nach dir unterstützt.«

Was Nathan damit meinte, wurde Kata sehr schnell klar. Kermit kannte ein Netzwerk von Menschen, die den Schiffsverkehr zwischen Frankreich und England beobachteten und sie über Boote informieren konnten, die Kurs auf Derlish nahmen.

»Richtige Freaks«, meinte er.

Schmuggler, dachte Kata.

Nathan gab ihm eine Liste mit Dingen durch, die er brauchte. Auch das schien für Kermit kein Problem zu sein. Sie organisierten einen Treffpunkt, an dem er sie abholen würde, und informierten DeeDee, Will und Lea. Keiner von ihnen brauchte auch nur eine Sekunde Bedenkzeit.

»Wir können in knapp drei Stunden dort sein«, sagte Will. »Samt der perfekten Tarnung.«

Die perfekte Tarnung. Eine solche brauchten sie auch. Der letzte Anruf ging deshalb an Verbündete in St. Ives und einen Freund von DeeDee, der als freier Fotograf arbeitete.

Kurz danach führte Kata einen unübersehbar angetrunkenen Nathan zum Jeep. Sie half ihm auf den Rücksitz, Ronan setzte sich ans Steuer, knallte unter einem lauten Fluch die Tür zu und brauste los. Bei der Einfahrt in die Hauptstraße bogen sie nicht in Richtung Quentin Bay ab, sondern fuhren über die Hochebene davon.

Zwei Stunden später verschwand ein sichtbar aufgebrachter Ronan in St. Ives in einem Geschäft für Bootszubehör. Nathan und Kata stritten sich im Wagen, bis Nathan die Tür öffnete und davonwankte. Kata rannte ihm hinterher. Sie führten ihre lautstarke Auseinandersetzung in der Fußgängerzone fort. Beim ersten Pub, an dem sie vorbeikamen, steuerte Nathan den Eingang an. Kata zerrte an seinem Pullover. Nathan wirbelte herum und schrie sie an.

»Ich kann machen, was ich will, und wenn ich mich besaufen will, dann tu ich das!«

»Schon vergessen, weshalb wir hier sind?«

»Wie könnte ich das? Wo es doch etwas mit Vergessen zu tun hat.« Nathan stieß sie zurück. »Lass mich in Ruhe!«

Kata taumelte gegen eine Wand.

Es blitzte. Einmal, zweimal, dreimal.

Ronan tauchte auf und schnappte sich den Fotografen. Es folgten ein wildes Handgemenge und eine chaotische Flucht vor Gaffern in ein billiges Hotel. Ein vor Zorn bebender Ronan checkte sie in zwei Zimmer ein und brummte etwas von »Ruhe haben« und »den Kerl am besten einsperren, bis er nüchtern ist.« Nach einer Viertelstunde kaum auszuhaltender Wartezeit drückten sie ihren Verbündeten im Innenhof des Hotels die Schlüssel für die Zimmer in die Hände und stiegen zu DeeDee in den Wagen.

»Alles gut gegangen?«, fragte er.

»Bestens«, antwortete Kata.

»So sieht Nate aber nicht aus.«

»Hab mich erkältet.« Nathan zog ein Fläschchen mit Hustensaft aus der Hosentasche und setzte es an.

DeeDee grinste. »Euch ist klar, dass mein Kumpel mit diesen Fotos ein kleines Vermögen verdienen wird.«

»Es sei ihm gegönnt.« Nathan steckte den Hustensaft zurück in die Tasche. »Und jetzt gib Gas!«

Kermit wartete auf einem Industrieareal außerhalb der Stadt auf sie.

»Die Kamikazetruppe.« Er lachte. »Wieder einmal auf einer unmöglichen Mission?«

Nathan grinste. »Darauf kannst du wetten.«

Ronan starrte den Mann mit der Punkfrisur und dem Gesicht eines naseweisen Jungen fassungslos an. »Du bist Pilot?«

»Und was für einer!« Kermit hielt ihm die Hand zur Begrüßung hin. »Du musst der tauchende Fischer sein. Schon mal geflogen?«

Ronan schlug ein. Die beiden schüttelten die Hände, als wären sie in einem Wettkampf. »Was denkst du denn?«, murmelte Ronan.

»Wir mussten noch was erledigen«, unterbrach Nathan das Geplänkel. »Schaffst du es, vor Einbruch der Dunkelheit dort zu sein?«

»Willst du mich beleidigen?«

Während DeeDee und Nathan Ronans Ausrüstung verstauten, nahm Ronan Kata beiseite. »Der scheint mir ziemlich grün hinter den Ohren. Denkst du wirklich, der taugt was?«

»Du hast Angst«, stellte Kata erstaunt fest.

»Ich bin noch nie mit so einer Kiste geflogen.« Ronan strich sich verlegen durch die Haare. »Ehrlich gesagt, bin ich überhaupt noch nie geflogen. Aber sag das niemandem.«

»Ist nicht schlimmer, als mit einem Boot im Sturm unterwegs zu sein.«

»Sehr beruhigend.«

»Wollt ihr Wurzeln schlagen?«, rief Nathan.

»Du wirst es mögen«, versicherte Kata Ronan.

So war es. Bereits nach kurzer Zeit kehrte die Farbe in Ronans Gesicht zurück. Überwältigt schaute er nach unten, wo Wellen an Strände und gegen Klippen rollten. Er redete kein Wort, aber er griff nach Katas Hand und drückte sie fest. Sie konnte in seinen Augen sehen, wie er innerlich brannte. John hatte ihm einen Teil seiner Familie genommen. Jetzt, nach all den Jahren, war die Zeit gekommen, es ihm heimzuzahlen.

Kermit setzte den Helikopter ein paar Kilometer landeinwärts von Derlish bei einem Golfplatz auf. »Bin öfters dort«, hatte er Nathan erklärt. »Fällt also nicht auf.«

»Traust du dem Besitzer?«

»Hat mit mir die Schulbank gedrückt, verdankt mir seine guten Schulnoten und jede Menge zahlungskräftige Kunden. Reicht dir das?«

»Ja.«

Kermit drückte Nathan eine Tasche in die Hand. »Ist alles drin, was du wolltest.«

»Auch was Stärkeres gegen meinen Husten?«

»Das Stärkste.« Kermit klopfte ihm auf die Schulter. »Das Boot ist reserviert. Kannst deinen Mann hinschicken.«

Nathan bedankte sich.

»Schon gut«, antwortete Kermit. »Jederzeit wieder.«

In einem gemieteten Wagen, der neben dem Landeplatz für sie bereitgestellt worden war, fuhren sie zu einem abgelegenen Parkplatz, wo DeeDee direkt neben einem schreiend bunt besprayten Wohnmobil anhielt. Bilder und Text deuteten auf eine Behausung von Surfern hin, die das freie Leben zelebrierten und den Wellen folgten.

»Überhaupt nicht auffällig«, meinte Ronan.

»Das ist der Trick«, klärte Nathan ihn auf. »Wenn das Ding am Strand steht, kommt kein Mensch auf den Gedanken, dass sich da drin jemand versteckt. Die perfekte Tarnung. Wie Will gesagt hat.«

Nathan, Kata und Ronan stiegen aus, DeeDee fuhr weiter zum Hafen. Die Tür des Wohnmobils öffnete sich. Heraus trat das Klischee eines Abenteuersurfers.

»Da seid ihr ja«, empfing Will sie. »Kommt herein.«

Nathan begrüßte ihn mit einem kräftigen Handschlag und schloss Lea in seine Arme.

»Schön, euch zu sehen.« Sie zog ihn an sich. »Du siehst krank aus. Geht es dir gut?«

»Ja«, log er. »Bin etwas erkältet. Wie geht es dir und Will?«

»Wir sind zusammen.«

Sie löste sich von ihm. Ernst und etwas unsicher wandte sie sich Kata und Ronan zu. Einen Augenblick lang lag die Erinnerung an den Abend in der Luft, an dem Kata aus Quentin Bay entführt und Ronan verletzt worden war. Lea und Will hatten beides nicht verhindern können.

»Ich bin froh, dass ihr uns helft«, brach Kata das verlegene Schweigen.

Nathan atmete auf. Er zog sich aufs Klo zurück und kippte

Kermits Mittel in sich hinein. Danach quetschte er sich zu den anderen an den kleinen Tisch im Wohnmobil. Schnell war eine tiefe Vertrautheit zwischen ihnen da, wie sie nur Menschen kennen, die das Schicksal und eine gemeinsame Aufgabe verbindet, in denen jeder sein Leben in die Hand des anderen legt. Sogar Ronan schien es zu fühlen. Bei einer kurzen Fachsimpelei über das Tauchen mit Lea und Will verschwand auch das letzte Misstrauen aus seinen Augen.

»Wisst ihr, wann und wo das Boot reinkommt?«, fragte Will.

»Nein«, gestand Nathan. »Aber Kermit hat Kontakte. Die halten die Augen nach Schiffen offen, die über den Kanal Kurs auf Derlish nehmen. So viele können das nicht sein. Sobald sie sich einer der Buchten nähern, gibt Kermit Bescheid. DeeDee ist auf dem Weg zum Hafen, wo er das Boot flottmacht, das wir gemietet haben. Eure Aufgabe ist es, euch so nah wie möglich in Stellung zu bringen, ohne aufzufallen.«

Das Gespräch verstummte. Nathan zog die linke Hand vom Tisch. Jeder Finger weniger wäre hundert Meter näher am Ufer gewesen. Eine kühle Hand schob sich in seine. Er zuckte zusammen. Nicht daran denken, sagte Katas Blick. Ihre Finger umschlossen seine.

»Wir können nicht verhindern, dass Ayden eine Weile ohne Hilfe im Wasser sein wird«, gab Lea zu bedenken. »Es ist sehr kalt. Er könnte krampfen und untergehen, bevor wir bei ihm sind.«

Nathan kannte die Risiken. Es waren nicht die einzigen. Der Küstenabschnitt mit den drei Buchten war lang, die See mit ihren Strömungen unberechenbar. Dazu kam die Dunkelheit.

»Owens Leute wollen nicht auffallen, das ist unser Vorteil«, sagte er. »Sie werden ihn nicht mit Suchscheinwerfern beleuchten, doch sie könnten Nachtsichtgeräte haben. Ihr müsst also aufpassen, wenn ihr den Kopf über Wasser streckt.«

»Wir verhalten uns wie U-Boote«, übernahm Ronan das

Wort. »Selbst wenn Ayden das Bewusstsein verliert, muss es von Weitem aussehen, als ob er selber schwimmt.«

»Klingt machbar«, meinte Will. »Aber wäre es nicht einfacher, Ayden aus dem Wasser zu fischen und aufs Boot zu bringen?«

»Wir haben uns entschieden, ihm die Wahl zu lassen«, antwortete Kata für Nathan. »Wenn er an Bord will, täuscht ihr sein Ertrinken vor und bringt ihn zum Boot.«

»Wie ...«

»Zwei Flaschen mit Sauerstoff.« Katas Hand umklammerte Nathans. Er fühlte ihre Angst, doch ihre Stimme war fest. »Aber es wird nicht nötig sein.«

»Was macht dich so sicher?«, fragte Will.

»Wahrscheinlich setzt Owen ihn unter Druck. Wenn er nicht tut, was von ihm verlangt wird, stirbt jemand.«

Lea gab nicht auf. »Und wenn wir ihm diese Entscheidung abnehmen?«

»Das dürfen wir nicht.« Ronan knetete seine Hände, ein Ausdruck dafür, wie nahe ihm die Sache ging. »Ich werde derjenige sein, der ihn fragt, ob er an Bord möchte.«

Lea stand auf und ging nach draußen. Will folgte ihr. Als sie zurückkamen, waren Leas Augen gerötet.

»Der schwierigste Teil ist jener, in dem er an Land geht«, nahm Ronan das Gespräch dort auf, wo es abgebrochen war. »Wir können nicht ganz ans Ufer ran, falls Ayden beobachtet wird. Er muss die letzten paar Meter allein zurücklegen. Wenn er das nicht schafft, bringen wir ihn zu einer felsigen Stelle, hieven ihn in die Höhe und tauchen weg.«

»Er wird total unterkühlt sein.« Lea sah Kata feindselig an. »Wir dürfen ihn nicht einfach liegen lassen.«

»Nathan und ich versuchen, mit ihm Kontakt aufzunehmen«, erklärte ihr Kata. »Aber nur, wenn wir sicher sind, dass er allein ist. Alles andere wäre zu gefährlich.«

»Ich dachte, du liebst ihn«, flüsterte Lea. »Wie kannst du nur? Ist es, weil du diejenige bist, die sterben muss, wenn Ayden aufgibt?«

Nathan brachte sie mit einem Blick zum Schweigen.

Katas Hand drückte seine so heftig, dass er beinahe aufgestöhnt hätte. Über ihre Lippen kam kein Laut.

Kermits Mittel wirkte. Es linderte den Hustenreiz und half gleichzeitig gegen die Müdigkeit. Der Pilot meldete zweimal verdächtige Boote, gab jedoch beide Male Entwarnung. Beim dritten Mal war er sicher.

»Kurs?«, fragte Nathan.

»Sieht nach der Bucht ganz im Osten aus. Wenn sich was ändert, melde ich mich.«

Sie gaben Kermits Informationen an DeeDee weiter. Danach verließen sie den Parkplatz und fuhren mit laut aufgedrehter Musik zu einem Supermarkt am Rande des Ortes, wo Ronan, Will und Lea abgeschirmt von Lastwagen zu DeeDee in den Wagen stiegen. Nathan lenkte das Wohnmobil in der einbrechenden Dämmerung zu einem verlassenen Grundstück, genügend weit entfernt von den Parkplätzen der östlichen Bucht, weil dort Owens Leute auftauchen konnten.

Im letzten Licht des Tages glitt am Horizont ein Tankschiff vorbei, eine Fähre stach in See, der Lärm eines Motors zerriss die Stille. Eine schicke kleine Motorjacht kurvte schwungvoll an den Klippen entlang, drehte in Strandnähe eine Runde, um dann schaukelnd etwas weiter draußen zu ankern.

»Haben Stellung bezogen«, meldete DeeDee. »Direkt vor eurer Nase. Heiliger Himmel, ihr solltet sehen, wie schick es an Bord ist.«

Nathan grinste. Er hatte auch eine ganze Menge dafür bezahlt. Kata presste den Mund zu einem Strich zusammen. Ihr Körper erinnerte Nathan an den einer Sprinterin kurz vor dem

Startschuss. Angespannt bis zum Äußersten. Sie schaute über das Wasser hinaus, wo auf der Motorjacht die Lichter angingen und sich wie ein Schatten ein Schiff der Küste näherte.

Nachdem das Boot mehrere Stunden vor Anker gelegen hatte, fuhr es in gleichbleibender Geschwindigkeit seinem Ziel entgegen. Das Schlingern nahm einen einschläfernden Rhythmus an. Aydens Kopf sank nach vorn, doch der Durst hielt ihn wach.

»Ich habe Durst.« Es waren die ersten Worte seit Tagen. Aydens Stimme kratzte.

Miller verschwand. Ayden saß allein im Büro, die Tür zum Flur stand offen. Er beugte sich vor. Niemand zu sehen und niemand zu hören. Er stand auf und ging zum Fenster. Es führte in einen tristen Hof, auf dem direkt hinter den Abfalleimern zwei Wagen parkten. Unauffällig tastete er nach dem Griff.

»Brauchst du frische Luft?«

Er fuhr zusammen.

Miller war zurückgekommen. Mit Tee und Broten. Er stellte beides auf den Tisch und öffnete das Fenster. Weit oben am Himmel kreischten ein paar Möwen.

»Setz dich!«

Ayden musste sich zusammennehmen, um nicht über das Essen herzufallen. Der Typ sollte nicht glauben, er sei ihm für irgendwas dankbar! Trotzdem war er viel zu schnell fertig. Und der Hunger noch größer als vorher. Miller schob ihm auch das Sandwich hin, das er für sich geholt hatte. Ayden rührte es nicht an. Er trank den Tee, der angenehm warm seine völlig trockene Kehle hinunterrann.

»Ich habe ein Problem«, sagte Miller.

Nur eines? Der Mann musste ein glücklicher Mensch sein.

»Ich habe deine Akte gelesen. Von den 64 Tagen, die du in Sanborn Heights warst, hast du 48 in einer Einzelzelle im Untergeschoss verbracht.«

Nicht dein Problem, dachte Ayden.

»Du hast in diesen 48 Tagen kein Wort gesprochen. Du hast auch kein einziges aufgeschrieben, obwohl man dir ein Notizbuch gegeben hat.«

Was geht dich das an? Und warum erzählst du mir, was ich sowieso weiß?

»Du bist intelligent. Du gehörst in ein Klassenzimmer.«

Alles, was die in Sanborn Heights unterrichten, kann ich längst.

»Bevor du in die erste Klinik kamst, bist du nicht straffällig gewesen.«

Ayden zerdrückte den leeren Pappbecher in der Hand. Eine Moralpredigt! Darauf lief es also hinaus. Davon hatte er genug gehört. Er schaute zum Fenster hinüber. Eine der Möwen war auf der Abfalltonne vor dem Fenster gelandet. Sie linste ihn aus ihren Knopfaugen an. Ihr Krächzen, als sie mit den Flügeln schlug, schien ihn zu verhöhnen. Sie war frei.

»Du gehörst dort nicht hin«, sagte Miller. »Nicht in eins ihrer normalen Zimmer und schon gar nicht in eins im Untergeschoss. Das ist mein Problem. Ich kann nicht in Sanborn Heights anrufen und sagen, dass ich dich zurückbringen lasse.«

Ayden schreckte hoch. Ich habe auch ein Problem, dachte er. Ich will dir nicht antun, was ich dir antun muss, Sam Miller.

Das Geräusch des Motors änderte den Klang. Kurz danach wurde das Boot langsamer. Coach 3 öffnete die Luke, diesmal nicht, um zu Ayden herunterzusteigen, sondern um ihn nach oben zu winken. Mit den Händen auf dem Rücken war das gar nicht so einfach. Der Coach verhinderte Aydens Sturz, indem er ihn am Pullover festhielt. Ayden taumelte an Deck eines alten Frachtkahns. Einem solchen Schiff schenkte niemand einen zweiten Blick. Es war perfekt für Owens Zwecke.

Sie näherten sich einer Bucht östlich einer kleinen Hafenstadt, deren Lichter in der Ferne leuchteten. Ayden kannte den Namen des Ortes und den Auftrag, den er hier erledigen musste. Bis Mitternacht hatte er Zeit. Ihn fröstelte. Das lag nicht nur am Wind, der ihm die Kleider an den Leib drücke und die Kälte unter die Haut blies.

Der Coach packte ihn an den Armen. »Dein Freund MacArran hat es vermasselt. Deine Mission beginnt hier.«

Ayden verstand nicht, wovon der Mann redete. Bis zum Ufer war es bestimmt eine halbe Meile.

»Muss ich dich zwingen oder springst du selber?«

Es klang nicht nach einem Witz.

»Ich dachte, das hier sollte der Anfang meines Amoklaufs sein«, sagte Ayden heiser. »Nicht das Ende.«

»Verfluch MacArran, wenn du absäufst. Er hat damit nicht nur dich, sondern auch deine Freundin auf dem Gewissen.«

Ayden würde genau einen Menschen verfluchen. John Owen. »Nimmst du mir wenigstens die Handschellen ab?«

»Sobald du dich entschieden hast.«

»Ich springe.«

Er hörte ein Klicken. Seine Arme waren frei. Sein Herz raste. Unter ihm schlug das Wasser gegen den Rumpf des Schiffs. Schwarz und feindselig. Ayden kletterte auf die Reling. Er holte Luft und sprang, ohne vorher nach unten zu sehen, weil ihn dann vielleicht der Mut verlassen hätte.

Es war nicht das erste Mal, dass Ayden in kaltem Wasser landete. Er wusste, was ihn erwartete. Zuerst kam der Schock, mit ihm ein ganzes Programm an Reflexen. Strampeln, mit den Armen rudern, zurück an die Oberfläche, den Mund aufreißen, nach Luft schnappen, um sich schlagen. Wasser klatschte ihm ins Gesicht, füllte seinen Mund. Er spuckte und hustete. Streifte Schuhe und Pullover ab, deren Gewicht ihn nach unten zog. Ohne sich nach dem Frachter umzudrehen, begann er zu schwimmen, so schnell er konnte, um das Blut zum Pulsieren zu bringen. Dass er damit zu viel Kraft und Energie verbrauchte, war ihm klar, aber nur so konnte er gegen die

Taubheit ankämpfen, die ihn schon jetzt ergriff, und ihn früher oder später lähmen würde. Er pflügte sich durchs Wasser wie einer, der ein Kurzdistanzrennen gewinnen will.

»Du kannst das!«, sagte Sam.

Den Namen ändern. Neu anfangen. Dich bei uns einleben.

»Du kannst das«, sagte Sarah.

Vertrauen lernen. Die Vergangenheit aushalten. Die Zukunft nicht fürchten.

Du kannst das!, feuerte sich Ayden an. Durch die Kälte schwimmen. Dich auf den nächsten Zug konzentrieren. Und danach den nächsten. Du kannst das, weil du das nicht nur für dich tust, sondern auch für Kata. Für euch beide.

Er konnte es. Bis ihn ein Krampf im rechten Bein erfasste. Innerhalb von Sekunden schwoll der Schmerz an, raubte ihm die Fähigkeit, sich zu bewegen. Hilflos schlug er um sich. Sank ab. Hinein in eine bodenlose dunkle Schwärze, die ihn zusammendrückte.

Plötzlich waren Hände da. Aus dem Nichts. Sie hoben ihn zurück an die Wasseroberfläche, hielten ihn oben, während ein weiteres Paar Hände sein krampfendes Bein bearbeitete. Er musste halluzinieren! Davon träumen, dem Tod zu entkommen, während er starb!

Neben ihm tauchte ein Kopf auf. Mit Taucherbrille und Mundstück. Eine Hand griff danach und zog es heraus. »Schwimm!«, befahl eine Stimme, die ihm bekannt vorkam.

Es ergab keinen Sinn. Ronan konnte nicht wissen, dass er hier war. Niemand konnte das wissen! Der Schmerz im Bein ließ nach, doch es fühlte sich zu taub an, um es bewegen zu können.

»Ronan?« Ayden stöhnte. »Bist du echt?«

»So echt, wie du dir denken kannst. Beweg deine verdammten Arme und Beine und hör mir genau zu.«

Ayden versuchte es. »So schwimmen nur Hunde«, hatte seine Schwimmlehrerin geschimpft. Aber es funktionierte.

»Wir können dich auf einem Boot in Sicherheit bringen, Ayden. Willst du das?«

Er hörte die Worte von weit her. Hinter einer Wand aus Irrsinn und Kälte. Vielleicht waren sie real, vielleicht träumte er sie.

»Nein!« Seine Zähne schlugen hart aufeinander. Es gab keine Sicherheit, bevor Owen tot war. »Nein! Weiter…machen.«

Ronan verschwand. Die Hände und Körper waren unter Ayden. Das Wasser hörte auf, auf der Haut zu brennen. Die Kälte tötete jegliches Gefühl. Es war einzig und allein der Wille, der Aydens Körper steuerte. Getrieben vom Gedanken an Kata zwang er sich durch das schwarze Nass.

Ronan tauchte noch einmal auf. »Halt Ausschau nach Kata und Nate.«

Kata und Nate. Dort, wo das Meer zu Ende war. Seine Freunde bauten eine Brücke zum Ufer. Er konnte es schaffen, weil sie da waren.

Das Geräusch des Wassers änderte sich. Ayden hörte das Rollen der Wellen, ihr Aufschlagen, das Knirschen der Steine. Und dann hob er ab. Als hätte er Flügel. Der Flug war kurz, die Landung hart. Sein Körper prallte auf rohen, schroffen Fels. Es hätte wehtun müssen, doch das tat es nicht. Weil Ayden bis weit unter die Haut taub war.

Ein Licht blendete ihn.

»Dein Schwimmstil ist erbärmlich.«

Die Stimme von Coach 1. Hatte er am Ufer gewartet? Die Taucher bemerkt? Kata und Nathan entdeckt? Heiße Angst fuhr mitten durch Aydens Kälte.

»Von Hunden gelernt«, keuchte er.

Der Coach lachte. »Nicht nur das Schwimmen. Auch die Zähheit.« Er kauerte sich zu Ayden herunter. »Ich habe auf dich gewettet. Einer, der drei Stunden wie besessen in einer Schlucht herumrennt, packt problemlos lausige fünfhundert Meter im Wasser. Hast mir gerade fünfhundert Pfund eingebracht.«

Der Lichtstrahl änderte die Richtung.

»Nicht übermütig werden«, hallte wie ein Echo die Stimme von Coach 1 in Ayden nach. »Wir behalten dich im Auge.«

Die Wellen brachen am Strand, schäumten weiß über Sand und Steine, zogen sich zurück und holten neu Anlauf. Ayden versuchte, seine Glieder zu bewegen. Es ging nicht. Völlig erschöpft schloss er die Augen. Als er sie wieder öffnete, hatte sich das Meer ein paar Meter zurückgezogen. Er musste die Besinnung verloren haben.

Wir behalten dich im Auge. Ayden bemerkte zwei Schatten, die näher kamen. Er verlagerte sein Gewicht und rollte vom Fels. Unter Aufbietung all seiner Kräfte schaffte er es, seine Finger in den Sand zu bohren. Eine Faust zu machen. Aber er kam nicht dazu, eine Wurftechnik für seine gefühllosen Arme zu entwickeln. Die Stimme, die seinen Namen nannte, brachte sein Herz zum Glühen. Dieses Mal nicht aus Angst. Kata fiel neben ihm auf die Knie, zog ihn an sich und presste seinen Körper an ihren. Er roch sie, fühlte das Pochen in ihrer Brust, spürte ihren Atem auf seinem Gesicht, ihre Haut auf seiner und gab sich der Wärme hin, die ihn einhüllte.

»Hey, Ayden«, sagte eine tiefe, sanfte Stimme. »Wo, verdammt noch mal, sind deine Schuhe?«

9.

Nathan und Kata nahmen Ayden in ihre Mitte. Schlaff hing er zwischen ihnen. Seine Füße streiften über Sand und schlugen gegen Steine. Er konnte kaum etwas sehen, doch die beiden schienen zu wissen, wo sie hingingen. Die Geräusche um Ayden änderten sich. Das Rauschen der Wellen wurde leiser. Ein Lichtkegel geisterte über schwarzen Fels und blieb stehen, als Nathan seine Lampe auf einen kleinen Vorsprung legte. »Was Besseres haben wir auf die Schnelle nicht gefunden«, entschuldigte er sich.

Von sanften Händen vorsichtig gehalten, glitt Ayden zu Boden. Blasse Gesichter unter dunklen Kapuzen beugten sich über ihn.

»Was ist mit Joseph?«, fragte er.

»Ist auf dem Weg der Besserung«, beruhigte ihn Nathan. »Und den Laden können wir neu bauen, sobald Joseph wieder auf den Beinen ist.«

Auf dem Weg der Besserung. Auf den Beinen. Die Erleichterung hielt nicht lange an. Joseph lebte, aber er hatte alles verloren. Aydens Augen brannten. Tränen rannen über sein Gesicht.

»Kata war jeden Tag bei ihm«, sagte Nathan. »Sie …«

»Halt den Mund und hilf mir«, unterbrach ihn Kata.

Sie zog Ayden sein T-Shirt über den Kopf, Nathan öffnete ihm die Hose.

»Sie hat dich doch schon ohne gesehen, oder?«

»Idiot«, zischte Kata.

Nathan lachte. »Sie mag mich«, erklärte er. »Und dich liebt sie«, flüsterte er Ayden ins Ohr, während Kata den schwarzen Rucksack öffnete, den sie mitgebracht hatten.

Wenn Kata Nathan gehört hatte, dann ließ sie es sich nicht

anmerken. Sie half Ayden in ein Sweatshirt und einen dicken, warmen Pullover.

»Ich habe dich im Krankenhaus gesehen«, sagte er. »Du bist aus einem Zimmer gekommen. Da war ein Mann von Owen. Ein falscher Polizist.«

»Es ist nichts passiert. Eine Warnung von John, mehr nicht.«

Eine Warnung, die Kata und Nathan ignoriert hatten. Sie waren hier. Das schmerzhafte Prickeln und Stechen, das mit der Rückkehr der Wärme in Aydens Körper einherging, steigerte sich ins Unerträgliche. Panik wütete in seinen Eingeweiden. Wie hatten sie ihn gefunden? Und wie konnte Nathan etwas vermasseln, von dem er keine Ahnung hatte?

»Woher wisst ihr, wo ich bin?«

»Ich habe mich schon gefragt, ob du irgendwann darauf kommst, dass das nicht selbstverständlich ist.« Nathan hielt ihm eine Hose hin. »Willst du oder soll ich?«

Ayden starrte Nathan an. »Das ist eine Falle. Wir sitzen in einer Falle.«

»Nein, das ist ein Spiel.« Nathan drückte Ayden die Hose in die Hände. »Eins mit doppeltem Boden. Oder eins auf dem Hochseil ohne Netz. Kannst es dir aussuchen. Aber erst würde ich mir was anziehen, wenn ich du wäre.«

An Kata gelehnt, in trockenen Sachen und der Geborgenheit ihrer warmen Umarmung, erfuhr Ayden, was die letzten zwei Wochen passiert war. Es war erschreckend, wie alles zu dem passte, was er erlebt hatte. Beinahe wörtlich wiederholte er für Kata und Nathan, was Owen ihm an einem reich gedeckten Tisch auf einem Landgut in Portugal aufgetragen hatte.

»Wie kontrolliert Owen dich?«, fragte Nathan. »Woher weiß er, wo du bist?«

»Die haben mir eine Spritze verpasst. Ich habe stundenlang nichts mitbekommen. Wahrscheinlich habe ich einen Chip unter der Haut, mit dem sie mich orten können.«

»Aber sicher bist du dir nicht?«

»Nein.« Ayden traute Owen zu, sich alleine auf seine Drohung zu verlassen.

»Hat Ronan dich gefragt, ob er dich aufs Boot bringen soll?«

Beschämt dachte Ayden daran, wie er sich ein paar schmerzhafte Atemzüge lang gewünscht hatte, mit allem abzuschließen. »Es gibt keine Sicherheit, solange Owen lebt«, wich er einer Antwort aus. »Ich werde tun, was er verlangt und versuche dabei, ihn zu täuschen. Mit eurer Hilfe ist das einfacher. Ihr müsst Sam warnen.«

»Werden wir«, versprach Kata.

»Was, wenn die euch beobachten?«

»Tun sie nicht.« Nathan hielt ihm etwas vor die Nase, das an einen Feldstecher erinnerte. »Nachtsichtgerät.« Er sah aus wie ein kleiner Junge im Spielwarenladen. »Coole Sache. Und äußerst praktisch.«

»Ihr müsst jetzt gehen«, drängte Ayden. »Das Ding heute Abend ziehe ich alleine durch.«

Kata setzte zu einer Erwiderung an.

»Owens Leute sind an mir dran«, kam Ayden ihr zuvor. »Ich muss ihm beweisen, wie ernst es mir ist. Dazu dürfen meine Bewacher nicht den geringsten Verdacht schöpfen, dass ich den Auftrag nicht allein ausführe.«

Kata wollte bei Ayden bleiben. Gegen alle Vernunft und gegen jede Chance. Bei ihm verlor die Angst ihre Schatten. Das machte sie nicht kleiner, aber erträglicher. Gemeinsam konnten sie ihr entgegentreten, und wenn der Augenblick kommen sollte, an dem alles vorbei war, dann war keiner von ihnen allein. Sie hatte gehört, was Nathan Ayden ins Ohr geflüstert hatte. Ja, sie liebte Ayden. Auch wenn sie ihm das nie sagte, weil ihr die Worte fehlten für das, was sie für ihn empfand. Es zerriss sie beinahe, ihn in der Höhle am Strand zurückzulassen, ohne das Handy, das sie für ihn mitgenommen hatten, ohne die wärmende Kleidung, die er wieder ausgezogen hatte, nachdem sich sein Körper von der Kälte erholt hatte, ohne Lampe, Feuerzeug oder sonst etwas, das ihm geholfen hätte.

Ayden lehnte alles ab. »Ich darf nichts dabeihaben, was mich verraten könnte, wenn Owens Leute mich kontrollieren.«

Er nahm sie in die Arme. Sein Herz hämmerte hart gegen ihres. Sie küssten sich, als wäre es das erste und das letzte Mal zugleich.

Nathan, der sie für diesen Abschied alleine gelassen hatte, räusperte sich. »Wir müssen los«, mahnte er leise.

Mit jedem Schritt, den Kata sich von Ayden entfernte, schlichen sich die Schatten wieder an. Ayden war allein da draußen. Noch war er nur im Visier von Johns Leuten. Schon morgen würde ihn ein ganzes Land jagen.

Nathan ging mit rasselndem Atem neben ihr her. Er hustete nicht, doch es war unübersehbar, dass er die Krankheit nur mithilfe von starken Medikamenten unterdrückte. Obwohl er sich Mühe gab, sich nichts anmerken zu lassen, war er total erschöpft, als sie beim Wohnwagen ankamen, wo Will und Lea dabei waren, ihre Taucherausrüstung zu versorgen.

»Warum seid ihr schon hier?«, fragte Kata etwas zu harsch.

»Wir sind bei uns in der Bucht an Land geschwommen«, erklärte Will. »Habt ihr Ayden gefunden? Wie geht es ihm?«

Kata mochte nicht darüber reden. Nicht über graue Haut, nicht über blaue Lippen, nicht über Augen, die nicht verbergen konnten, was John Ayden angetan hatte. Nicht über das, was geschehen war, und nicht über das, was ihnen bevorstand. Sie schloss all das tief in sich ein.

Nachdem Lea und Will sie am Rand der Stadt abgesetzt hatten, holte Nathan seine Blechdose hervor. Er öffnete sie und hielt sie Kata hin. Sie griff wahllos nach einer der Zigaretten. Nathan entschied sich für eine mit einem etwas dunkleren Mundstück als die anderen, steckte die Dose zurück und hangelte nach dem Feuerzeug in seiner Hosentasche.

»Das ist meine erste Zigarette«, gestand Kata.

»Du musst sie nicht rauchen.« In Nathans Stimme lag weder Spott noch Hohn.

»Und du solltest bei deinem Husten nicht.«

»Welcher Husten?«

Es klickte. Eine Flamme tanzte zwischen ihnen. Kata steckte die Kippe zwischen die Lippen.

»Ziehen«, wies Nathan sie an. »Vorsichtig. Nicht zu heftig.«

Es dauerte ein paar Züge, bis sich Kata an den Rauch gewöhnt hatte, der überall zu sein schien. Im Mund, in der Lunge, in der Nase.

»Von wem ist deine?«, fragte sie.

»Burton.«

»Geklaut?«

»Ja.« Nathan hielt sie zwischen den Fingern, ohne sie anzuzünden.

»Die Zigaretten, die du rauchst, haben immer etwas mit dem zu tun, was dich beschäftigt«, sagte Kata.

»Ich rauch sie ja nicht.«

»Burton beschäftigt dich trotzdem.«

»Er ist auf unserer Seite, aber nach heute Abend wird er als Aydens Jäger im Scheinwerferlicht stehen. Wir müssen ihn davon überzeugen, ein doppeltes Spiel zu spielen, genau wie Ayden.«

Kata schaute in die Nacht, in der das einzig Warme das rötliche Glimmen ihrer Zigarette war. »Das könnte schwierig werden. Wir haben uns gerade über sämtliche seiner Anweisungen hinweggesetzt. Und wir decken eine Straftat.«

Nathan steckte die Zigarette in den Mund. Diesmal zündete

er sie an. Nach wenigen Zügen, zwischen denen er eine Menge gehustet hatte, trat er sie aus. »Es geht nicht anders. Die Zeit, Burton alles zu erklären, ist zu kurz. Greift die Polizei heute Abend mit einem Großeinsatz ein, bevor Ayden seinen Auftrag ausführt, weiß Owen, dass er ihn verraten hat.«

»Morgen, also«, sagte Kata.

Der schlechteste aller Zeitpunkte. Mitten in eine aufgeladene Stimmung hinein, in der jeder einzelne Mensch im Land sofortige, entschiedene Taten der Polizei verlangen würde.

»Morgen«, bestätigte Nathan. »Ich fürchte nur, dann hilft es auch nicht mehr, dass Burton dich mag. Und Ingham macht die Sache auch nicht einfacher.«

»Ingham?«, fragte Kata.

Nathan schaute sie irritiert an. »Habe ich dir das noch nicht gesagt?«

»Was?«

»Burton hat Ingham nach Plymouth geholt.«

Kata hatte das Gefühl, der Boden unter ihren Füßen gerate ins Wanken. Ihre Erinnerung katapultierte sie in eine gespenstische Kirche auf Nathans Insel. Neben ihr konnte sich Nathan kaum mehr aufrecht halten. Jeder wusste, dass er kurz vor dem Zusammenbruch stand. Dennoch gab Ingham seinen Leuten unerbittlich den Befehl, ihn zu überwältigen. Sie zerrten Kata von ihm weg und warfen sich auf ihn. Natürlich hatte Nathan diese Reaktion provoziert, so, wie er Ingham während der gesamten Ermittlungen provoziert hatte. Nur: Ingham war erfahren genug, das zu wissen. Kata verabscheute ihn dafür, was er Nathan in jener Nacht angetan hatte.

»Wieso gerade Ingham? Er kann dich nicht leiden.«

»Genau deshalb. Außerdem traut er ihm.«

»Und du?«

»Ich bin der Falsche für eine objektive Beurteilung. Es ist ein Risiko, das wir eingehen müssen.«

»Wir sollten zuerst mit Sam reden«, meinte Kata.

»Das sollten wir. Sobald die Sache heute Abend gelaufen ist.«

Das Glimmen von Katas Zigarette erlosch. Sie warf den Stummel an den Straßenrand. »Das ist nichts für mich«, sagte sie zu Nathan.

Er nickte. »Du bevorzugst Morgenspaziergänge am Meer.«

Kata fragte sich, ob sie je wieder dazu kommen würde.

Kata und Nathan waren weg. Mit ihnen die Wärme. Ayden trug wieder seine Kleider. Hose und T-Shirt lagen klamm auf der Haut, die Socken schenkte er sich. Ohne Schuhe nützten sie ihm nicht viel. In der Dunkelheit stolperte er über Steine und angeschwemmtes Holz. Später, als er den Strand hinter sich gelassen hatte, stach und kratzte er sich die Füße an Gestrüpp wund. Erst mit dem Erreichen der Straße wurde es besser.

Hier draußen gab es zwar Lampen, doch sie waren aus. Wahrscheinlich lohnte es sich um diese Jahreszeit nicht, eine einsame Wegstrecke zu beleuchten. Zu wenig breit für weiße Markierungen, lag die Straße wie eine schwarze Schlange auf einer dunklen Fläche vor ihm. Er folgte ihr im Bewusstsein, für den Rest der Welt unsichtbar zu sein. Nach ein paar Kurven tauchten die ersten Lichter vor ihm auf.

Kleine Häuser, wie man sie längst nicht mehr baute, reihten sich geduckt am Asphalt entlang. Am Ende des kleinen Vororts flackerte das defekte Licht eines Neonschilds. Ein Hund bellte, aus einem der Gebäude drang durch geschlossene Fenster laute Rockmusik. Hier musste ein Seelenverwandter von Luke wohnen! Ein paar Sekunden lang überlegte Ayden, kleine Steine gegen die Scheibe zu werfen, ließ es dann jedoch bleiben. Nicht jeder Mensch, der laute Musik hörte, hatte dasselbe gutmütige Herz wie Luke.

Das Neonschild, das er von Weitem gesehen hatte, prangte über einer Tanksäule. Der dazugehörige Laden war geschlossen. *Alles, was Sie für den Strand brauchen,* stand auf einem verblichenen Schild. Im Schaufenster lagen neben dem üblichen Souvenirnepp ein paar wollene Mützen, wahrscheinlich der Versuch, die Leute auch in den Wintermonaten ins Geschäft zu locken. Ayden wollte weitergehen. Schuhe, schoss es ihm durch den Kopf. Vielleicht sogar T-Shirts und Pullover. Und wenn nicht, blieb ihm immer noch eine der wollenen Mützen, die ihm die Ohren wärmte.

Er ging um das Gebäude herum. Schon die Vorderseite hatte bessere Zeiten gesehen. Die Rückseite war von jener trostlosen Schäbigkeit, die Gebäuden eigen ist, die man nicht mehr pflegt. Leise tastete sich Ayden an dem bröckelnden Verputz entlang zu einer Tür. Sie war verschlossen. Gleich neben ihr befand sich ein kleines Fenster. Ayden zog sich das T-Shirt über den Kopf, drückte es gegen die Scheibe und schlug zu. Das Klirren brach die Stille des Abends. Der Hund bellte wieder. Reglos und mit angehaltenem Atem verharrte Ayden dicht an die Wand gedrückt im Dunkeln. Die Zeit verstrich, ohne dass sich etwas rührte. Vorsichtig öffnete er das Fenster, schob Scherben beiseite und stieg ins Innere des Gebäudes.

Das Neonschild warf genügend Licht in den Laden, um Umrisse zu erkennen. Ayden fand einen Pullover, den er sich gleich überstreifte. Schuhe gab es keine. Nur viel zu kleine Gummistiefel und Strandlatschen. Er nahm die Latschen. Sie waren besser als nichts. Im hinteren, fensterlosen Teil des Ladens wagte er es, das Feuerzeug anzumachen, das in einer Kartonbox bei der Kasse gelegen hatte. Abgesehen von den fehlenden Schuhen war das Geschäft eine Fundgrube. Ayden hätte Angelzeug, Flugdrachen, Küchenuhren, Besen oder Fußabstreifer mitgehen lassen können. Ihn interessierte etwas anderes. Auf einem der Regale standen Dosen mit buntem Lack.

Er steckte ein grelles Rot ein. Ein Regal weiter fand er Messer. Er entschied sich für eins zum Zuklappen, das er in seine Hosentasche stecken konnte. Nach einem Abstecher zu den Taschenlampen ging er am Ende bei den Mützen vorbei. Bei so viel Diebesgut spielte ein Gegenstand mehr oder weniger nicht wirklich eine entscheidende Rolle.

Aydens Ziel lag etwas außerhalb von Derlish. Die Werft hatte ihre besten Tage längst hinter sich. Im Gegensatz zu den Hampton Brüdern in Plymouth schien *Griffin & Martin* die Entwicklung verschlafen zu haben. Wie der Laden, in den Ayden eingebrochen war, verströmte auch dieser Gebäudekomplex Trostlosigkeit. Ayden wusste nicht, ob das Gelände von Kameras überwacht wurde, ob Sicherheitsleute Kontrollrunden zogen, ob es ein Alarmsystem gab. Er betrat es in einem Winterpullover und mit Strandlatschen an den Füßen. Wenn er erwischt wurde, würden sie ihn nicht auf die Wache bringen, sondern in eine psychiatrische Klinik!

Ein einfacher Schlagbaum war das einzige Hindernis. Hinter ihm lag eine asphaltierte Fläche mit Parkplätzen. Bis auf das Gebäude mit den Büroräumen waren alle anderen aus Holz. Ayden griff nach der Spraydose. Nachdem er sie kurz geschüttelt hatte, sprühte er, ohne viel zu sehen, seine Nachricht an die Wand.

Red Rage! Griffin, du hättest Patrick früher anzeigen sollen.

Ayden hatte Kenneth Griffins Namen zum ersten Mal aus dem Mund von John Owen gehört. Wäre Griffin der Geschichte mit den abgezweigten Kundengeldern gleich nachgegangen, hätte die Polizei Patrick möglicherweise lange vor seiner schrecklichen Tat verhaften und Jamie damit retten können. Trotzdem mochte Ayden dem Mann keine Schuld geben. Für den Tod des Jungen waren einzig und allein Patrick und Laura verantwortlich. Seine Eltern. Das kümmerte Owen wenig. Lächelnd hatte er Ayden erklärt, dass Griffins Werft ein passender Auftakt für einen Amoklauf war. Schließlich galt es, die Dramatik nach und nach zu steigern.

Am Ende des Gebäudekomplexes stand eine Lagerhalle. Ayden benötigte nur ein Feuerzeug. Den Brandbeschleuniger hatten Owens Leute für ihn deponiert. »Derselbe wie in Josephs Laden.« Owen hatte selbstgefällig nach dem Weinglas gegriffen und Ayden zugeprostet. »Es soll doch alles seine Logik haben, nicht wahr?«

Owens kalte, kranke Logik! In Ayden stieg heiße Wut auf. Genau das, was der Mann gewollt hatte. Und dennoch kam Ayden nicht gegen seine Gefühle an. Der Zorn pulsierte durch seine Adern. Er richtete sich nicht nur gegen Owen, sondern auch gegen Patrick und Laura. Und am Ende gegen sich. Weil er tat, was er tat, und nicht wusste, wie er das auf eine andere Weise beenden konnte, ohne Katas Leben zu gefährden.

Zum zweiten Mal an diesem Abend drang er durch ein zerschlagenes Fenster in ein Gebäude ein. Nicht, um zu stehlen. Er war hier, um zu zerstören.

Ein vertrauter Geruch stieg in seine Nase. Erinnerungen an Josephs Lagerhalle blitzten durch seinen Kopf, die Schläge von Wolfs Männern, sein Kopf auf dem Boden, Füße, die gegen seinen Körper traten. Die *Flogging Molly*, frisch und generalüberholt bei den Hamptons, in seinem Nacken die Stimme eines Mannes, der nach Henry fragte, kurz bevor sich Ayden mit einem Stick in der Hosentasche über Bord fallen ließ. All das endete hier, in der Lagerhalle eines Mannes, der es verpasst hatte, rechtzeitig das Richtige zu tun.

Ayden stülpte seine Mütze über die Taschenlampe, um das Licht zu dämmen. Im schwachen Schein suchte er nach den lose an die Wand gelehnten Brettern, hinter denen der Kanister mit dem Brandbeschleuniger versteckt war. Unter seinen Füßen knarrten die Dielen. Eine Schraube rollte über den Boden. Das Geräusch dröhnte in Aydens Ohren. Er blieb stehen, erwartete Stimmen zu hören, den Klang von schweren Schuhen auf Asphalt. Fast wünschte er es sich, aber es blieb still.

Er sah die Bretter, von denen Owen gesprochen hatte. Ging darauf zu. Fand den Brandbeschleuniger. Hob den schweren Kanister hoch. Schleppte ihn zur Werkbank. Kippte den Inhalt eines Abfalleimers auf die alten Holzdielen. Öffnete den Kanister. Leerte die Flüssigkeit über den Müll. Ihm wurde schwindlig. Vom Gestank. Von seinem schlechten Gewissen. Von seiner Angst. Er wankte ein paar Schritte zurück.

Nein!

Kenneth Griffin trug an nichts die Schuld! Die Werft war zwar alt und nicht im besten Zustand, doch die Halle war aufgeräumt, die Bretter, hinter denen Ayden den Behälter mit dem Brandbeschleuniger gefunden hatte, neu und für ein Projekt bestimmt. Er konnte diese Halle nicht anzünden! Aber wenn er es nicht tat, starb Kata. Das hatte ihm Owen unmissverständlich klargemacht. Mit zitternden Fingern klaubte Ayden das Feuerzeug aus seiner Hosentasche. Er brauchte mehrere Anläufe, bis der flackernde Schein einer Flamme aufleuchtete. »Verzeih mir«, flüsterte er.

Das Feuer breitete sich rasend schnell aus. Als Ayden durch das Fenster ins Freie glitt, brannte es in der Halle lichterloh. Er drehte sich um und rannte los. Vor ihm tauchte eine Gestalt auf. Ein Hund kläffte. In der Ferne heulten Sirenen. Er versuchte, der Gestalt auszuweichen, doch der Hund verbiss sich in seiner Hose. Er war ein Winzling von einem Tier. Dennoch bremste er Ayden. Die Gestalt kam auf ihn zu, schwang etwas durch die Luft und befahl ihm gleichzeitig, stehen zu bleiben. Ein heftiger Schlag gegen seine Schulter stoppte ihn.

»Wirf mich um!«

Die Stimme war dicht an seinem Ohr. Ayden erkannte sie und erstarrte.

»Mach schon!«

Er stürzte sich nach vorn und traf auf keinen Widerstand. Körper an Körper ging er unter dem kläffenden Gebell des Hundes mit Henriette zu Boden.

»Aus!«, befahl sie.

Der Hund winselte noch einmal kurz und verstummte dann.

»Mein Auto steht ein paar Meter hinter dem Schlagbaum«, sagte Henriette leise. »Der Schlüssel ist in der Handtasche. Wirf sie weg, sobald du ihn gefunden hast. Du darfst nichts mitnehmen.«

»Was …?«

»Wenn du Erklärungen willst, schalte morgen das Radio an. Jetzt verschwinde! Polizei und Feuerwehr sind gleich hier.«

Ayden rappelte sich auf die Beine, schnappte sich Henriettes Handtasche und lief los. Hinter dem Schlagbaum stand einsam ein blauer Kleinwagen, der vorher noch nicht dort gewesen war. Es dauerte ewig, bis Ayden den Schlüssel fand. Er öffnete die Tür und stieg ein. Ganz in der Nähe heulten Sirenen. Blinkende Lichter erhellten das Dunkel wie Blitze. Kurz bevor die Einsatztruppen die Einfahrt zur Werft erreichten, warf Ayden die Tasche aus dem Fenster und bog mit dem unbeleuchteten Wagen von Henriette auf die Straße ein. Während es hinter ihm gleißend hell wurde, verschwand er in den Schatten der Nacht.

10.

Auf der Rückfahrt nach St. Ives verschlechterte sich Nathans Zustand. In seinen Atem schlich sich ein Röcheln. Kata beobachtete, wie er ab und zu mit der Hand gegen die Brust drückte, ein Zeichen dafür, dass er Schmerzen hatte. Er nippte an seiner Hustensaftflasche und legte sie irgendwann beiseite, weil sie leer war.

Um Mitternacht war der Brand in Derlish zum ersten Mal ein Thema in den Nachrichten, doch allzu viele Informationen hatten die Redaktionen noch nicht.

»Wir sollten jetzt Sam anrufen«, sagte Nathan heiser.

»Ich mache das«, entschied Kata.

»Nimm mein Handy.« DeeDee streckte ihr zwischen den Sitzen hindurch ein beinahe museumsreifes Gerät hin. »Das ist sicher.«

Dass es für vertrauliche Gespräche fast nichts Besseres als uralte Mobiltelefone gab, war etwas, das Kata bei den Lost Souls gelernt hatte. Das Merken von Telefonnummern ebenfalls. Kata griff nach dem Gerät und tippte Sams Nummer ein. Er meldete sich aus einem Hotelzimmer in Lissabon, wo er die Weiterfahrt in den Norden plante. Es wurde ein sehr langes, schwieriges Gespräch.

Sam bat um Bedenkzeit und rief Kata kurz vor der Ankunft in St. Ives zurück. »Ich rede mit Burton und fliege morgen nach England.«

»Was ist mit deinem Team?«

»Das schicke ich trotzdem hoch. Owen ist sehr wahrscheinlich nicht mehr dort, aber vielleicht finden wir irgendwelche brauchbaren Spuren. Ich mache all das nur unter einer Bedingung. Ihr haltet euch raus. Ayden und euch zuliebe.«

Es war alles gesagt. Und dennoch beendete minutenlang keiner der beiden die Verbindung. Erst als DeeDee fragte, ob er sein Handy wiederhaben könne, drückte Kata die Taste. Es fühlte sich an wie das Durchtrennen einer Lebenslinie.

»Ich fahre direkt nach London«, verabschiedete sich DeeDee am Ende der Fahrt von ihnen. »Dort sorge ich dafür, dass ich in Pubs gesehen werde. Ruft mich an, wenn ihr mich braucht.«

Sie stiegen zwei Querstraßen vom Hotel entfernt aus und betraten das Gebäude über den Innenhof. Ronan half Kata, Nathan aufs Zimmer zu bringen. Sie wechselten ein paar Worte mit den zwei jungen Männern und der Frau, die während ihrer Abwesenheit für Bewegung und Licht in den Räumen gesorgt hatten.

»Vor dem Hotel steht ein Wagen«, informierte sie die Frau. »Ich glaube, wir werden beobachtet.«

»Nun, dann lassen wir die Wachhunde noch ein wenig in der Kälte ausharren.« Ronan grinste und hielt ihr zwei Schlüssel hin. »Eure Zimmer gehen nach hinten raus. Passt auf euch auf und verlasst das Hotel erst, wenn wir weg sind.«

Kata war so erschöpft, dass sie beinahe sofort einschlief. Als sie erwachte, drang Tageslicht durch die Vorhänge. Im Bett neben ihr lag Nathan, die Laken über den Kopf gezogen. Sie stand auf und wankte ins Bad. In ihrem Kopf pochte es, ihre Augen brannten, jede Pore ihrer Haut war ausgetrocknet. Sie wusch sich den Schlaf aus dem Gesicht und trank ein paar Schlucke. Ohne einen Blick in den Spiegel zu werfen, ging sie zurück ins Zimmer.

Nathan hatte sich nicht gerührt. Alles, was Kata von ihm sah, waren ein paar blonde Haare. Sie suchte die Fernbedienung für den uralten Fernseher und setzte sich damit aufs Bett. Die Informationslage hatte sich über Nacht gründlich geändert. Der Anschlag auf *Griffin&Martin* war das Hauptthema des Morgens. In der linken oberen Ecke des Bildschirms war ein Foto von Ayden eingeblendet. Während über den Balken am unteren Ende die neusten Nachrichten liefen, steckten die zwei Moderatoren der Frühstückshow mitten in einer Diskussion über mögliche Motive für die Tat.

»Carlton hat nun schon zum zweiten Mal ein Feuer gelegt. Wie es scheint, verwendete er dabei denselben Brandbeschleuniger. Ken, was sagt …«

Kata wechselte den Kanal.

»… verhinderte eine amerikanische Touristin eine Katastrophe. Sie beobachtete einen Verdächtigen, wie er sich auf das Gelände der Werft schlich und durch ein Fenster in die Lagerhalle stieg. Nachdem sie den Einbruch unverzüglich gemeldet hatte, versuchte sie, den Täter zu stellen. Er überwältigte sie und flüchtete mit ihrem Wagen. Die Zeugin wird zurzeit von der Polizei befragt. Ihr ist es zu verdanken, dass nur die Lagerhalle und nicht die ganze Werft abgebrannt ist.«

Auf dem nächsten Kanal war wieder Ayden im Fokus der Berichterstattung. »Was zunächst wie ein Selbstmord aussah, entwickelt sich zu einem Amoklauf. In einer ersten kurzen Stellungnahme spricht die Polizei von einem gezielten Vorgehen. Es besteht kein Zweifel mehr, dass Carlton seine Tat sorgfältig geplant hat. Einige Details wurden heute Morgen bekannt gegeben, andere müssen aus Rücksicht auf die Ermittlungen unter Verschluss bleiben. Fest steht jedoch, dass die Motive im Zusammenhang mit dem schrecklichen Verbrechen stehen, für das Patrick und Laura Carlton eine lebenslange Haftstrafe absitzen. Vieles deutet darauf hin, dass Carlton den Tod seiner Freundin Rose Harris rächen will. Er ist mit großer Wahrscheinlichkeit bewaffnet und gilt als gefährlich. Wenn Sie ihn …«

Ein lautes Klopfen an der Tür übertönte den Sprecher.

»Kata? Mach auf!«

Ronan sah aus, als hätte er kein Auge zugetan. In seiner Hand hielt er ein Bündel Zeitungen. »Kann ich reinkommen?«

Wortlos ließ ihn Kata ins Zimmer.

»Nate! Aufstehen!«, rief Ronan.

Kata wusste, dass Nathan manchmal wie ein Toter schlafen konnte, aber dass ihn weder der Fernseher noch Ronans Klopfen aufgeweckt hatten, schien ihr seltsam. Sie zog das Laken zurück. Nathan lag angezogen auf dem Bett. Kata schüttelte ihn an der Schulter. Er schnellte hoch.

»Was ist?« Verwirrt griff er sich an den Kopf. »Scheiße.«

Ein Schwall Flüssigkeit schoss aus seinem Mund. Er verdrehte die Augen und kippte zur Seite. Kata fing ihn auf. Sie dachte, es liege am Fieber, aber dann roch sie den Alkohol. Die Wut kam schnell und sie war unkontrollierbar. Kata schlug Nathan mit voller Kraft die Hand ins Gesicht.

»Ich bin in deinem Zimmer.« Sie schnappte sich die Zeitungen, die Ronan mitgebracht hatte. »Du kannst mit ihm machen, was du willst.«

Die Buchstaben verschwammen vor Katas Augen. Mit dem Verrauchen der Wut kamen die Enttäuschung und die Bitterkeit. Sie blinzelte die Tränen weg und versuchte, sich auf die Artikel zu konzentrieren. Sie gaben nicht viel her, weil sie schon am Vorabend geschrieben worden waren. Es war ein Foto, das Katas Aufmerksamkeit auf sich zog. Unscharf und ein wenig zu dunkel. *Heldin des Tages*, lautete die Bildunterschrift. Die Frau auf dem Foto war blond. Die auftoupierten Haare zerzaust. Das Gesicht grell geschminkt und verschmiert. Der Mund unter dem knallrosa Lippenstift wie aufgespritzt. Die Kleider viel zu bunt. In ihren Armen hielt sie einen dieser Handtaschenhunde. Und dennoch erkannte Kata sie. Nicht sofort, doch nachdem sie eine Weile auf die Frau gestarrt hatte, weil ihr irgendetwas an ihr bekannt vorkam. »Henriette?«, flüsterte sie.

Sie strich mit dem Finger über das Bild. Henriette hatte nicht nur Ayden zur Flucht verholfen, sondern auch verhindert, dass die ganze Werft abbrannte. Sie hatte ihr Versprechen gehalten.

Kata blätterte durch den Rest der Zeitung, ohne wirklich mitzubekommen, was sie sah. Erst bei den Fotos von ihr und Nathan weiter hinten, auf der Seite mit dem Klatsch über Berühmtheiten, klinkte sich ihre Wahrnehmung wieder ein. Mit seinen vom Fieber glänzenden Augen und der aggressiven Körperhaltung nahm man Nathan den Betrunkenen fraglos ab. Nun, Nathan war betrunken, er musste nichts mehr spielen. Kata legte die Zeitung weg. Sie beschloss, ihre Sachen zu packen und nach Plymouth zu fahren. Joseph war wach. Die Ärzte konnten das Geschehen nicht länger vor ihm geheim halten, denn die Ermittler würden ihm Fragen zum Feuer und zu Ayden stellen. Er musste wissen, dass es einen Grund gab, warum Ayden all diese schrecklichen Dinge tat.

Nachdem Kata das Zimmer verlassen hatte, holte Ronan aus und knallte Nathan die Hand auf die andere Wange. »Tu ihr das nie wieder an«, sagte er drohend.

Das Schlimme war nicht der Schmerz, sondern die Scham. Sie fraß Nathan von innen her auf und brachte sein Gesicht zum Glühen. Ronans starke Hände legten sich auf seine Schultern. Nathan senkte den Blick. Er sah auf seine vollgekotzte Jacke und das verschmierte Laken und wünschte sich, der Boden möge sich öffnen und ihn zusammen mit dem Bett verschlingen.

»Vor allem tu dir das nie wieder an.«

Ronans sanft gewordene Stimme machte Nathan fertig. Er presste seine Zähne zusammen und drückte das Schluchzen zurück. »Lass mich allein.«

»Das wäre keine gute Idee«, meinte Ronan. »Und jetzt steh auf. Wir müssen diese Schweinerei irgendwie sauber kriegen.«

Wenig später saß Nathan in Ronans Jacke auf dem Bett. Durch das offene Fenster strömte frische Luft, das Laken lag ausgewaschen in der Badewanne, Nathans Jacke hing notdürftig gereinigt an einem Kleiderbügel im Bad. Das Atmen fiel ihm schwer, wahrscheinlich, weil sich eine ausgewachsene Erkältung samt Husten und Alkohol schlecht miteinander vertrugen.

»Du solltest die Rolle des Betrunkenen spielen«, erinnerte ihn Ronan. »Deine Aufgabe war es nicht, dich richtig zu besaufen.«

»Es tut mir leid.«

»Sag das zu Kata, nicht zu mir.«

Nathan hatte die Wut in ihren Augen gesehen, bevor sie ihn geschlagen hatte. *Es tut mir leid* würde nicht reichen.

»›Es tut mir leid‹ reicht mir nicht.«

Er war nicht sicher, ob er das gesagt hatte oder Kata.

»Erklär es mir.«

Kata! Sie musste zurückgekommen sein. Mit seinen Gedanken, die sie laut ausgesprochen hatte.

»Ich bin ein Idiot.« Das Sprechen fiel ihm schwer.

»Das weiß ich«, antwortete sie hart. »Hat sich der Idiot auch etwas gedacht, als er das Zimmer verlassen und nach einer Flasche gesucht hat? Ich nehme an, du hast den Whisky in der Hotelbar geklaut.«

Hatte er. »Ich werde ihn beim Auschecken bezahlen.«

Kata griff nach ihrer Tasche. »Ich fahre nach Plymouth.«

Wenn er jetzt nichts sagte, ging für immer etwas kaputt.

»Mir war kalt.«

Ihm war mehr als kalt gewesen. Er war beinahe erfroren. Als wäre er anstelle von Ayden die ganze Strecke ans Ufer geschwommen. Wie eine Eisschicht hatte sich die Schuld um ihn gelegt, war dicker und dicker geworden, bis er sich kaum mehr regen konnte. Neben ihm hatte Kata gelegen. Sie musste furchtbare Träume haben, denn sie schlug um sich. Ihre Wangen waren nass von den Tränen, die sie um Ayden weinte. Es gab nichts, womit er sie trösten konnte. Der Druck auf seine Brust wurde unerträglich. Jeder Atemzug tat unendlich weh. Das war der Moment gewesen, in dem er den Schmerz und die Kälte nicht mehr ausgehalten hatte. Er war nach unten gegangen und hatte nach einer Flasche Whisky gesucht. Nur einen Schluck hatte er trinken wollen. Einen einzigen. Damit ihm warm wurde. Aus einem waren zwei geworden. Drei. Mehr. Seine Speiseröhre und sein Magen hatten geglüht. Sein Körper hatte geschlottert.

»Dir war kalt?«, fragte Kata.

Er nickte.

»Idiot.«

War das gut oder schlecht? Meistens war es gut, auch wenn es schlecht war. Aber jetzt war Nathan nicht sicher.

»Kommst du mit?«

»Wohin?« Sein Mund war trocken, nicht nur vom Alkohol.

»Plymouth.«

Nathan begriff, dass Kata ihn verstanden hatte. Nicht, weil sie seine Gedanken lesen konnte, sondern weil sie die Kälte kannte und genau wusste, wovon er gesprochen hatte. Sie verzieh ihm. Einmal mehr. Darin war sie Ayden ähnlich. Nathan begriff auch, was er ihr zumutete. Es war ihm nicht egal. Während er seine wenigen Sachen zusammensuchte, schwor er, sich zu ändern.

Ronan wollte nicht mit nach Plymouth. Die Stadt sei nichts für ihn, erklärte er. Krankenhäuser auch nicht. Er entschied, nach Quentin Bay zu fahren.

»Kannst meine Jacke behalten«, bot er Nathan an. »Ich bringe euch zum Bahnhof.«

»Ich tu es nie wieder«, flüsterte Nathan. »Versprochen.«

Beim Verlassen des Hotels waren ihre Bewacher verschwunden. Dafür warteten ein paar Fotografen auf sie. Nathan hatte seine Mütze auf und trug eine Sonnenbrille. Er hielt sich an Kata fest, die ihn mit gesenktem Kopf zu Ronans Jeep führte. Ohne auf die Fragen einzugehen, die auf sie niederprasselten, stiegen sie in den Wagen. Nathan war übel, sein Schädel platzte beinahe, sein Atem rasselte.

Während der Bahnfahrt nach Plymouth schloss er seine brennenden Augen und gab sich dem leichten Schaukeln hin. Irgendwann schlief er ein. Kata weckte ihn erst kurz vor ihrer Ankunft in Plymouth und verfrachtete ihn in ein Taxi.

»Wo ist DeeDee?«, fragte er.

»In London«, antwortete Kata. »Schon vergessen?« Nathan steckte die Bemerkung weg. Er behielt seine Brille auch auf dem Weg in die Klinik auf. Wie ein Schatten folgte er Kata zum Empfang, wo sie darauf beharrte, mit Doktor Sanders zu sprechen, bevor sie Joseph besuchte. Den Mann, der kurz danach auf Kata zukam, hatte Nathan noch nie gesehen. Sie schien ihn gut zu kennen, denn sie begrüßte ihn mit seinem Namen, vor allem jedoch mit dem Respekt, den man Menschen gegenüber empfindet, denen man dankbar ist. Nathan erkannte, dass dieser Respekt gegenseitig war.

»Doktor Sanders, ich weiß nicht, ob Sie Nathan MacArran schon kennen.«

»Ich habe von Ihnen gehört.« Sanders reichte Nathan die Hand. Der Blick, mit dem er ihn musterte, sprach Bände. »Ich würde gerne unter vier Augen mit Ihnen sprechen«, sagte er zu Kata.

»Sechs.« Sie setzte ein gezwungenes Lächeln auf. »Mr MacArran ist ein Teil der Familie, genau wie ich.«

Das Lächeln, mit dem der Doktor antwortete, wirkte genauso aufgesetzt wie ihres. »Natürlich.«

In der Enge seines Büros machte Nathans Luftröhre beinahe dicht. Er musste sich zwingen, nicht panisch nach Luft zu schnappen. Was Doktor Sanders ihnen erklärte, trug nichts dazu bei, ihn zu beruhigen.

»Wir haben uns Zeit gelassen für die Aufwachphase. Sie verlief besser, als wir gedacht hatten. Seit gestern ist Joseph wieder ansprechbar, aber jede Aufregung würde seine Heilung gefährden. Es tut mir leid, Miss Steel. Ich kann Sie nicht zu ihm lassen. Er würde sich fragen, warum Sie ihn besuchen und Mr Morgan nicht.«

Kata akzeptierte die Worte des Arztes widerspruchslos. Mit Augen, die nichts verrieten.

Nathan nahm seine Brille ab.

»Mr Cole ist ein intelligenter Mensch, Doktor Sanders.« Seine Stimme krächzte. »Er wird sich fragen, warum die Polizei mit ihm spricht, ihn aber niemand besucht. Lassen Sie Kata zu ihm. Sie wird die richtigen Worte finden.«

»Wie ich bereits sagte, Mr MacArran. Das geht leider nicht.«

»Das reicht mir nicht«, wiederholte Nathan die Worte, die Kata vor wenigen Stunden zu ihm gesagt hatte, nur waren ihre sehr viel deutlicher und bestimmter über die Lippen gekommen.

»Ist schon gut, Nathan. Wir gehen.«

»Nein«, erwiderte er. »Wir gehen nicht! Wir bleiben hier sitzen, bis du die Erlaubnis hast, Joseph zu besuchen.«

»Kann ich Sie allein sprechen, Mr MacArran?«, fragte Sanders.

»Wenn es sein muss.«

Der Arzt führte ihn in eine ruhige Ecke am Ende des Flurs. »Es geht wirklich nicht«, beteuerte er leise. »Ich kann Miss Steel nicht zu ihm lassen.«

Irgendetwas in Nathans Brust klemmte. Er umging den Schmerz, indem er schnell und flach atmete. »Diese Frau in Ihrem Büro bedeutet mir eine Menge. Ich würde alles für sie tun. Alles. Das Haus zusammenschreien, an die Presse gehen, einen Anwalt nehmen. Aber sie würde das nicht wollen. Weil ihr Joseph Cole so viel bedeutet wie sie mir. Sie will das Beste für ihn. Wenn sie Ihnen recht gibt, dann wegen ihm. Lassen Sie sich von dem Stahl in Ihren Augen nicht täuschen. Sie …« Nathan wischte sich über die Augen. »Bitte lassen Sie sie zu ihm!«

Er wollte noch mehr sagen, aber Doktor Sanders nahm ihn am Arm.

»Sie sollten sich behandeln lassen.«

»Ich habe nur einen Kater.«

»Das auch. Und Sie haben Fieber. Seit wann? Haben Sie Schmerzen in der Brust?«

Nathan überging die Fragen. »Was ist mit Kata?«

»Ich kann diesen Entscheid nicht alleine fällen, ich muss mich mit meinen Kollegen besprechen.«

»Wie lange dauert das?«

»Bis Sie Ihre Untersuchung hinter sich haben.«

»Welche Untersuchung?«

»Die Ihres Körpers. Ihr Zustand gefällt mir nicht.«

Abgesehen davon, dass das Doktor Sanders Problem war und nicht seins, klang es nach einer Art Deal. Nathan willigte ein.

Die Untersuchung, von der Sanders gesprochen hatte, zog sich in die Länge. Doktor Claire Gartenberg, eine Ärztin mit kurzen blonden Haaren und einer offenen und klaren Ausdrucksweise, vermutete eine sich anbahnende Lungenentzündung. Sie beharrte darauf, Nathan zu röntgen.

»Wie ich mir dachte«, bestätigte sie ihre geäußerte Vermutung. »Ich werde dafür sorgen, dass beim Empfang Antibiotika für Sie bereitliegen.«

Doktor Gartenberg erklärte Nathan, wie oft er die Medikamente zu sich nehmen musste, und entließ ihn mit dem Rat, sich umgehend bei ihr oder seinem Hausarzt zu melden, wenn sich sein Zustand in den nächsten zwei bis drei Tagen nicht besserte. Als er endlich in Sanders Büro zurückkam, war Kata nicht mehr da. Er ging den Arzt suchen. »Wo ist sie?«, fragte er.

»Bei Joseph.«

Nathans Anspannung löste sich in Erleichterung und Dankbarkeit auf. Zurück blieb ein fiebriger, von Husten geplagter Körper mit einem Kater und Schmerzen beim Atmen, die immer heftiger wurden. Nathan lehnte sich gegen eine Wand, um den Halt nicht zu verlieren.

»Sie treiben Raubbau an Ihrer Gesundheit«, hörte er Sanders von weit her sagen. »Sie sollten besser auf sich achten.«

Nathan begann damit, indem er am Empfang seine Antibiotika abholte und sich mit einem Tee aus der Kantine in einen Sessel setzte. Das Getränk war heiß, aber das war auch das einzig Positive, das Nathan ihm abgewinnen konnte.

»Bist du der Sänger?«

Er schaute hoch. Das Mädchen, das vor ihm stand, war höchstens acht Jahre alt, viel zu jung für seine Musik.

»Kommt darauf an«, antwortete er.

Sie legte den Kopf schief. »Worauf? Entweder ist man Sänger oder man ist es nicht.«

»Dann bin ich es wohl.«

»Also, sicher scheinst du dir nicht zu sein.«

Sie traf mitten auf einen Nerv. Nathan hatte seit Monaten nicht mit den Jungs der Band gesprochen. Nicht einmal mit Grace redete er. Vielleicht war er wirklich kein Sänger mehr.

»Ist es denn wichtig?«, fragte er.

Sie nickte heftig.

»Warum?«

»Weil ich einen Brief für den Sänger habe. Die Frau hat

in deine Richtung gezeigt. Also, bist du jetzt der Sänger oder nicht?«

»Er ist der Sänger«, sagte eine der Frauen, die zwei Stühle von ihm entfernt saß. »Glaub mir!« In ihrem Tonfall lag etwas Verächtliches.

»Bin ich«, bestätigte Nathan.

Er setzte seine Sonnenbrille auf. Der coole Look für die Fans. Wirkte natürlich besser mit der blonden Mähne, dem langen schwarzen Mantel und den schwarzen Stiefeln. Seine Haare lagen zerdrückt unter der Mütze, Ronans Jacke war praktisch, aber weit entfernt von cool, und seine Füße steckten in robusten Schnürschuhen. Trotzdem schien die Brille das Mädchen zu überzeugen. Oder die Frau, die ihn erkannt hatte. Das Mädchen streckte ihm einen Umschlag hin.

Er bedankte sich.

»Die Frau hat gesagt, dass du mir fünf Pfund gibst.«

»Wie hat sie denn ausgesehen?«, fragte er, während er in seinen Hosentaschen nach Kleingeld suchte.

»Schön.«

»Schön?« Er hielt ihr ein paar Münzen hin.

»Ja, wie Schneewittchen. Sind das fünf Pfund?«

»Nicht ganz«, gestand Nathan. »Du meinst, sie hatte Haare wie Schneewittchen? Lang und schwarz?«

»Und einen roten Mund.« Das Mädchen schaute auf die Münzen in seiner Hand. »Sind die aus deinem Hut?«

»Aus welchem Hut?«

Sie verdrehte die Augen. »Na den, den die Sänger vor sich auf die Straße legen.«

Er nickte, weil er sie nicht enttäuschen wollte.

»Dann bist du aber kein sehr guter Sänger.«

Das Mädchen drehte sich um und hüpfte zu einer Frau, die ein Baby im Arm hielt. Sie fragte etwas und das Mädchen zeigte mit dem Finger auf ihn. Auch ohne sich umzusehen, wusste Nathan, dass die Blicke der Menschen um ihn herum auf ihn gerichtet waren. Er faltete den Umschlag zusammen und steckte ihn in die Jackentasche. Er würde die Nachricht lesen, wenn er allein mit Kata war.

Sie kam ein paar Minuten später. Blass. Mit diesen Augen, die verbargen, was in ihr vorging. Ihn konnte sie nicht täuschen. Dazu war sie ihm zu ähnlich.

Sie sah ihn an und fragte: »Was ist passiert?«

Ein knarrendes Geräusch weckte Ayden. Bevor er die Augen öffnen oder einen Gedanken fassen konnte, legte sich eine Hand auf seinen Mund.

»Kein Mucks! Verstanden?«

Ayden nickte. Die Hand verschwand. Ayden öffnete die Augen. Durch einen Spalt in den Vorhängen fielen Sonnenstrahlen auf einen dunkel gemusterten Teppich. Coach 1 zog einen Stuhl an das Bett heran, in dem Ayden geschlafen hatte.

»Aufsetzen!«

Er gehorchte.

»Schaut euch den Typen an!«

Durch die Tür traten Coach 2 und 3. Ein Grinsen zog sich über ihr Gesicht.

»*Mamas Liebling*«, las Coach 3 von seinem Pullover ab.

»Die hier ist auch nicht schlecht.« Coach 2 hielt eine dunkelblaue Mütze in die Höhe. »*Voll rein*! Kein Wunder, läuft der Laden nicht gut.«

Wie eine Faust schlug die Angst in Aydens Magen. Sie wussten vom Laden! Was noch?

»Gab's dort keine Schuhe?«

War das ein Test?

Er schüttelte den Kopf. »Strandlatschen«, antwortete er heiser. »Habe sie bei der Flucht aus der Werft verloren.«

»Ich bleibe bei ihm!«, sagte Coach 1. »Ihr durchsucht den ganzen Schuppen.«

»Woher wisst ihr, wo ich bin?«

Der Coach riss Ayden die Mütze vom Kopf und packte ihn an den Haaren. »Die Fragen stelle ich. Klar?«

»Ja.«

»Wer war die Frau bei der Lagerhalle?«

»Keine Ahnung. Sie war plötzlich da.«

»Sie war einfach plötzlich da?«

»Ja.«

»Zufall?«

»Was weiß ich?«

»Sag du es mir!«

Der Coach zog an Aydens Haaren, bis nur noch wenige Zentimeter ihre Gesichter trennten. Die kalten Augen vor Ayden verloren an Schärfe.

»Vielleicht war sie eine von euch.«

»Eine von uns?« Der Griff lockerte sich. »Wie kommst du darauf?«

»Sie hat die Bullen gerufen. Die hätten mich beinahe erwischt. Das ist genau die Art Spiele, die Owen mag. Und sie kann mich beschreiben. Ist doch viel besser als immer nur diese kindischen Hinweise auf *Red Rage*.«

Der Coach ließ ihn los. Im Nebenraum wurden Schubladen und Türen aufgerissen und zugeknallt.

»Du hast ihr Auto geklaut!«

»Hätte ich mich erwischen lassen sollen?«

»Was ist mit dem Wagen vor der Tür? Das ist nicht ihrer.«

Nachdem Ayden in der Dunkelheit verschwunden war, hatte ein Telefon geklingelt. Das Handy war in der Ritze zwischen Sitz und Rücklehne verborgen gewesen. Er nahm an, für ihn, weshalb er den Anruf entgegengenommen hatte. Die Stimme hatte ihm die Nackenhaare aufgestellt. »Keine Fragen.

Nur zuhören.« Und dann hatte Henry ihm erklärt, wo er hinfahren musste, wie er den Wagen kurzschloss, der für ihn auf einem Parkplatz bereitstand, und wo er sich verstecken sollte.

Keine Fragen. Nur zuhören. Ayden hatte versucht, diese einseitig ausgesprochene Regel zu brechen. »Wo sind Sie, Henry?«, hatte er in eine tote Verbindung gefragt. Er hatte das Handy in einen See geworfen, war zum Parkplatz gefahren, den ihm Henry genannt hatte, hatte zum ersten Mal in seinem Leben einen Wagen kurzgeschlossen und war damit zu dieser Hütte gekommen.

»Gestohlen«, beantwortete er die Frage von Coach 1.

»Und das Handy?«

»Welches Handy?«

Er hatte keine Lichter hinter sich gesehen. Wie konnten sie vom Handy wissen? Die Angst saß längst nicht mehr nur in Aydens Magen. Sie floss durch seine Adern. Er war sicher, dass Coach 1 sie fühlen und riechen konnte.

»Frauen haben immer ein Handy dabei!«, sagte der Coach gefährlich ruhig. »Wo ist es?«

»Wahrscheinlich in ihrer Handtasche. Ich habe sie weggeworfen, bevor ich abgehauen bin.«

»Warum?«

»Weil die Polizei Handys orten kann! Darum.«

»Du hast damit nicht zufällig vorher einen deiner Freunde angerufen?«

»Ich bin doch nicht lebensmüde!«

Die Geräusche der Suchaktion von Coach 2 und 3 kamen jetzt aus dem Bad und der winzig kleinen Küche.

»Woher wusstest du von diesem Haus?«

»Ich wusste nichts von diesem Haus. Musste einfach von der Straße weg und habe eine genommen, die verlassen aussah.«

Coach 1 nickte. Als hätte er für sich eine Entscheidung gefällt. Sein Gesicht verriet nicht, wie sie ausgefallen war.

Es wurde still. Die Suchaktion musste abgeschlossen sein. Coach 3 tauchte unter der Zimmertür auf. »Nichts. Kein Handy, keine Kleider, keine Schuhe, keine Lebensmittel. Hier gibt's kein Festnetztelefon, keinen Fernseher und kein Radio.«

Der Coach fixierte Ayden mit seinem Blick. »Du hast noch einen Tag Zeit. Morgen ist die nächste Aktion fällig. Ich brauche dich nicht daran zu erinnern, was geschieht, wenn du versuchst, mit jemandem Kontakt aufzunehmen.«

»Nein.«

»Gut.«

Die drei Männer verschwanden. Ayden stand erst auf, als sich die Motorengeräusche in der Ferne verloren. Er stellte sich ans Fenster in der kleinen Küche. Die Sonne stand fast senkrecht am Himmel. Er musste stundenlang geschlafen haben. Mittlerweile suchte ihn bestimmt die gesamte Polizei des Landes. Das Haus zu verlassen, bevor es dunkel wurde, war ein zu hohes Risiko. Damit saß er in dieser Hütte fest. Ohne etwas zu essen, ohne zu wissen, ob Nathan und Kata aufgeflogen waren und ob sie noch lebten. Er hätte das Handy nicht in den See werfen, sondern irgendwo verstecken sollen. Zu spät. Ihm blieb das Autoradio. Er war das Hauptthema auf sämtlichen Kanälen. Ein amoklaufender Wahninniger auf einem Rachetrip.

11.

Den größten Teil ihres Lebens hatte Kata in einer Lüge gelebt. Sie hasste es deshalb, angelogen zu werden. Und dennoch log sie selber jeden Tag. Es gab gute Gründe dafür. Man schützte damit sich und andere, und manchmal war die Lüge schlicht einfacher und bequemer als die Wahrheit. Kata hatte Josephs Zimmer mit dem festen Vorsatz betreten, ihn anzulügen. Aber Joseph wollte die Wahrheit. Die ganze. »Lüg mich nicht an«, sagte er. Sie konnte nicht anders. Sie erzählte ihm die Wahrheit. Beinahe die ganze.

Es gab Dinge, die taten so weh, dass man sie am besten tief vor sich wegschloss. Wie ein wildes Tier in einen Käfig, wo es noch eine Weile wütete und sich dann ins Vergessen schickte. Das Gespräch mit Joseph gehörte dazu. Kata weigerte sich, mit Nathan darüber zu reden. Auch er verschwieg ihr etwas. Sie kannte ihn zu gut, um es nicht zu bemerken. Wahrscheinlich hatte es mit seinem plötzlichen Verschwinden in der Klinik zu tun.

»Mir war nach frischer Luft«, begründete er seine Abwesenheit. »Und nach einer Zigarette.«

Sein Atem rasselte mittlerweile so stark, dass an Rauchen nicht zu denken war. Und er roch nach Tee. Den trank er sonst nie. Trotzdem ließ ihn Kata mit seiner Lüge davonkommen, denn er wollte ihr etwas zeigen. Dringend. Nicht in der Klinik und nicht irgendwo auf offener Straße.

»Die Wohnung?«, schlug sie vor.

Er schüttelte den Kopf. »Nicht sicher. DeeDee war nach Derlish nicht mehr dort.«

Sie entschieden sich für ein Hotel im neuen Teil der Stadt. Auf der Fahrt dorthin erzählte ihr Nathan von dem Mädchen und dem Brief.

»Schneewittchen?«

Etwas in Kata begann zu vibrieren. Sie konnte das Gefühl keinem Ereignis zuordnen, doch sie wusste, dass es nur knapp unter der Oberfläche ihrer Erinnerung liegen konnte.

»Du weißt schon.« Nathan hustete. »Schwarze Haare, weiße Haut, roter Mund.«

Schwarze Haare, zu einem straffen Dutt hochgesteckt. Dunkle Augen. Ein voller Mund.

»Im Märchen war Schneewittchen die Gute«, redete Nathan in Katas Gedanken hinein.

Menschen helfen. Ein weißer Kittel.

»Ob unser Schneewittchen allerdings …«

»Die Schwester bei Joseph«, fiel ihm Kata ins Wort.

»Welche Schwester?«

»Die, die mich aus seinem Zimmer zum falschen Beamten geschickt hat. Der Brief ist von ihr. Was steht drin?«

Nathan zog den Umschlag aus der Jackentasche. Ungeduldig schaute Kata zu, wie er ihn aufriss und ein Blatt Papier herauszog. Es war leer.

»Kehren Sie um!«, rief Kata dem Taxifahrer zu. »Sofort!«

»Ich kann hier nicht wenden!«

»Da vorn!«, wies ihn Nathan an. »Fahren Sie auf den Gehsteig.«

»Das ist verboten!«

»Ich bezahle Ihre Buße. Und lege einen Hunderter drauf. Fahren Sie verdammt noch mal auf den Gehsteig und drehen Sie um.«

Es dauerte zu lange! Kata erinnerte sich an Burtons Handy, das gut versteckt in ihrer Tasche verborgen war. Nathans Hand legte sich fest auf ihre. Sie verstand. Kein Anruf. Der Taxifahrer konnte auf Johns Gehaltsliste stehen.

Nathan nahm seine Hand nicht von ihrer, auch nicht, nachdem klar war, dass sie Burtons Handy nicht benutzen würde.

Sie war heiß und nass. Und sein Atem ging viel zu schnell. Kata drehte sich zu ihm um. Sein Gesicht war kreideweiß, über seinen spröden Lippen perlten Schweißtropfen. Die Sonnenbrille verdeckte seine Augen, aber Kata ahnte, was sich dahinter verbarg.

Sie wartete nicht, bis Nathan den Fahrer bezahlt hatte. Ihre Angst drängte sie mit aller Macht zu Joseph. Vor ihr ging ein älteres Paar auf die Eingangstür zu. Sie verlangsamte das Tempo. Im schlimmsten Fall stellte sich ihr jemand in den Weg, wenn sie wie eine Gehetzte durch die Eingangshalle stürmte. Im gemächlichen Rhythmus der beiden Menschen vor ihr betrat sie die Klinik, doch während das Paar den Empfang ansteuerte, beschleunigte sie ihre Schritte und ging auf die Treppe zu. Kurz bevor sie den Eingang aus ihrem Blickfeld verlor, sah sie Nathan durch die Tür kommen und sich suchend nach ihr umdrehen. Sie wagte es nicht, seinen Namen zu rufen. Er wusste, wo er sie finden konnte.

Nathan konnte Kata nirgends entdecken. Im Empfangsbereich herrschte das übliche Kommen und Gehen. Nichts deutete auf eine Notsituation hin. Vielleicht hatte Kata Doktor Sanders gefunden oder sie war direkt zu Joseph hochgegangen. Er entschied sich für den Lift und fuhr nach oben. Im Gang vor Josephs Zimmer saß ein Beamter. Nathans Hoffnung, auf jemanden zu stoßen, den er kannte, erfüllte sich nicht. Das würde es schwieriger machen.

»Ich habe die Erlaubnis, Mr Cole zu besuchen«, log er.

»Davon ist mir nichts bekannt, Mr MacArran.«

»Ist jemand bei ihm?«

»Nein.«

»Ist er überhaupt da drin?«

»Darüber darf ich Ihnen keine Auskunft geben.«

Der Mann war aus Teflon.

»Und wenn ich eine hübsche Krankenschwester wäre?«, versuchte es Nathan.

»Erstens sind Sie das nicht und zweitens spielt es keine Rolle, ob Sie hübsch wären oder nicht. Was zählt, ist der Ausweis.«

Erst jetzt sah Nathan eine Liste mit Namen und Bildern. »Sie kontrollieren jede Person, die hier reingeht?«

Er bekam keine Antwort. Er würde auch keinen Blick auf die Liste werfen können, denn der Beamte hatte bemerkt, wie er sie angestarrt hatte und sie mit der Rückseite nach oben auf sein Klemmbrett gelegt.

»Ist Miss Steel hier?«

»Nein.«

»Danke«, antwortete Nathan höflich.

Er wandte sich ab. Mitten in der Bewegung wirbelte er herum und stürzte sich der Tür entgegen. Der überrumpelte Beamte war zu langsam. Nathan streckte seinen Arm nach der Klinke aus. Dann geschahen zwei Dinge gleichzeitig. Seine feuchte Hand rutschte am Griff ab und er bekam einen gewaltigen Hieb gegen den Kopf. Das Dröhnen in seinem Schädel, das ihn seit dem Aufwachen quälte, verstummte. Einen wunderbaren Augenblick lang war es still. Nathan sah den Boden auf sich zukommen. Der Aufprall brachte das Dröhnen in seinen Kopf zurück, stärker noch als vorher. Er stöhnte. Eine verschwommene Gestalt beugte sich über ihn.

»Ich habe Sie gewarnt.«

»Vielleicht nicht deutlich genug«, murmelte Nathan benommen.

Neben der verschwommenen Gestalt erschien eine zweite.

»Ich werde mich um ihn kümmern«, sagte eine der aufregendsten Stimmen, die Nathan je gehört hatte.

»Das wäre nett. Und sobald der Kerl wieder alleine stehen kann, schicken Sie ihn nach Hause.«

Eine kühle Hand fasste an Nathans Stirn. »Er hat ziemlich hohes Fieber.«

Diese Stimme! Sie zähmte das Dröhnen und rief in Nathan Bilder von Seidenwäsche und zerknüllten Bettlaken hervor.

»Nicht von meinem Schlag«, verteidigte sich der Beamte. »Ich habe ihn kaum getroffen.«

Was für eine dämliche Antwort, dachte Nathan. Als ob man von einem Schlag Fieber bekommen konnte!

Gemeinsam halfen ihm die beiden auf die Beine. Der Griff der Frau war hart und bestimmt. Keine Seidenwäsche! Und die Bettlaken würden zu einem Krankenhausbett gehören, in das sie ihn gleich stecken würde.

Der Beamte setzte sich wieder hin. Die Schwester brachte Nathan in eine kleine Kammer am anderen Ende des Flurs. Ein Putzraum? Nathan stutzte. Also doch Seidenwäsche? Erinnerungen an eine Wäschekammer in einer anderen Klinik lösten ein Kribbeln unter seiner Haut aus. Er drehte sich zu der Schwester um. Eine schöne Frau Mitte dreißig. Schwarze, hochgesteckte Haare. Weiße Haut. Ein großer, verlockender Mund.

»Schneewittchen.«

»Wenn du mich so nennen willst.« Nichts an ihrer Stimme war mehr aufregend. »Du hast meine Nachricht doch noch gelesen.«

Das Kribbeln hatte jetzt einen ganz anderen Grund. Wo war Kata? Was hatte die Frau mit ihr gemacht? Nathan war schlecht. »Es gab nichts zu lesen.«

»Keine Spuren. Die Hinweise des kleinen Mädchens hätten genügen müssen.«

Den Worten folgte ein spöttisches Lächeln. Das Mädchen in der Empfangshalle hatte unrecht gehabt. Diese Frau war nicht Schneewittchen, sie war die böse Königin.

»Du bist eine Enttäuschung«, sagte sie.

»Was hast du denn erwartet?«

»Einen gut aussehenden Rockstar mit einem scharfen Verstand. Du bist weder das eine, noch hast du das andere.«

Nathan zuckte mit den Schultern. »Man kann nicht alles haben.«

»Ich habe deine Reaktionszeit auf fünfzehn Minuten geschätzt, du hast mehr als doppelt so lange gebraucht.«

»Vielleicht, weil mir ein Brief von einem Schneewittchen nicht so wichtig war.«

Der Blick, den sie ihm zuwarf, war so giftig wie der Apfel, den Schneewittchen gegessen hatte.

»Ich könnte um Hilfe schreien«, lotete er seine Chancen aus.

»Tust du aber nicht.« Sie fuhr ihm über die Finger seiner linken Hand. »Denk an deine Freunde.«

»Was ist mit Joseph?«

»Noch geht es ihm gut.«

Die Art, wie sie das Wort *noch* betonte, ließ keine Fragen offen. Schneewittchen stand auf der Liste der zugangsberechtigten Personen zu Josephs Zimmer. Sie konnte jederzeit seine Infusionen stoppen oder manipulieren.

»Was willst du?«, fragte Nathan.

»Wir beide verlassen diesen Raum, ohne dass du eine deiner üblichen Shows abziehst.«

»Sonst?«

»Ich glaube, das weißt du.«

»Einverstanden. Vor dir, nehme ich an.«

»Vor mir.«

Schneewittchen griff nach Nathans rechtem Arm und öffnete gleichzeitig die Tür. Ihre Finger bohrten sich warnend in seine Haut. Er senkte den Kopf. Aus den Augenwinkeln sah er zum Beamten hinüber. Der Mann beobachtete ihn unverhohlen. Nathan musste ihm irgendein Zeichen geben, an das er sich erinnern würde. Er formte mit dem Daumen und dem Zeigefinger seiner linken Hand ein O, das er gleich wieder auflöste, indem er die Finger aneinanderrieb. Nathan hoffte, der Beamte habe die Geste gesehen. Burton würde seine Schlüsse daraus ziehen.

Die Frau dirigierte ihn mit festem Händedruck zum Lift. Während sie warteten, schenkte sie dem Beamten ein warmes Lächeln. Der Blick des Mannes ruhte auf ihr. Es mit einer weiteren Geste zu versuchen, war zwecklos. Der Beamte sah nur, wie diese schöne Frau mit der verführerischen Stimme seinen Befehl ausführte. Sie schickte Nathan nach Hause, jetzt, wo er wieder stehen konnte.

Das typisch metallische Brummen kündigte die Ankunft des Fahrstuhls an, es klingelte leise, die Tür öffnete sich. Nathan betrat den Lift, ohne sich nach dem Beamten umzudrehen. Ein Stockwerk tiefer stieg ein Mann zu. Groß gewachsen, sportlich elegant gekleidet, kurze sandfarbene Haare. Jeder andere hätte in ihm einen Besucher auf dem Weg in die Tiefgarage gesehen. Nicht Nathan. Der Mann stand zu dicht neben ihm und er positionierte sich so, dass die Überwachungskameras sein Gesicht nicht erfassen konnten.

Im Erdgeschoss blieb der Lift mit einem Ruck stehen. Die Tür öffnete sich. Schneewittchen tätschelte Nathan die Wange und verschwand im geschäftigen Treiben.

»Wohin gehen wir?«, fragte Nathan den Mann.

Er bekam keine Antwort. Unwillkürlich ballte er seine linke Hand zur Faust. Seine Schuld war fällig. Diesmal ging es nicht um Finger.

Wenn jemand später die Aufnahmen der Kameras auswerten würde, würde er zwei Männer sehen, die nebeneinander her zu einem dunklen Wagen mit getönten Scheiben gingen. Einen eleganten, gepflegten Mann, vom Anzug bis zum teuren Haarschnitt, Mitte dreißig ohne Waffe, und einen zerknitterten, verkaterten Rockstar, der ihn freiwillig begleitete und freiwillig in den Mercedes mit den getönten Scheiben einstieg. Was sich danach hinter diesen Scheiben abspielte, konnte weder die Überwachungskamera erfassen noch das zufällig anwesende Paar beobachten, das am Wagen vorbeieilte.

»Es ist einfacher für dich, wenn du stillhältst«, sagte der Mann, zog eine Spritze aus seinem Jackett und rammte sie Nathan unter die Haut.

Warten Sie hier!«

Der klinikinterne Sicherheitsbeamte deutete auf einen Stuhl in einem wesentlich imposanteren Büro als jenem von Doktor Sanders.

Kata wollte nicht warten! Sie musste sofort wissen, wie es Joseph ging! Aber der Polizist vor der Tür hatte sie nicht zu ihm gelassen, und als sie laut geworden war, hatte er einen Sicherheitsbeamten gerufen. Den hatten ihre Beteuerungen, ihr Besuch bei Joseph sei von Doktor Sanders bewilligt, nicht beeindruckt. In wessen Büro sie sich befand, wollte er ihr nicht verraten. War Joseph gestorben? War sie schuld? Hatte sie ihn mit Worten getötet? Kata kämpfte gegen die Angst an, die mit jeder Minute unerträglicher wurde.

»Miss Steel!« Eine Frau in einem eleganten Anzug und mit streng nach hinten gekämmten Haaren trat durch die Tür. »Ich bin Jill Lohan, stellvertretende Chefin des Sicherheitsdienstes hier im Krankenhaus. Man hat mich darüber informiert, dass Sie zu Mr Cole wollten.«

Kata stand auf. »Ich wollte nicht. Ich will. Doktor Sanders hat mir die Erlaubnis erteilt. Wo ist er?«

»Auf dem Weg zu einer Operation. Seine Erlaubnis galt für den Besuch, den Sie Mr Cole vor weniger als einer Stunde abgestattet haben. Warum müssen Sie ihn so dringend noch einmal sehen?«

»Ich habe vergessen, ihm etwas Wichtiges zu sagen.«

»Sagen Sie es mir. Ich leite es weiter.«

»Es ist persönlich.«

Jill Lohan verschränkte ihre Arme. »Das ist nicht möglich.«

Kata ließ nicht locker. »Geht es ihm gut?«

»So gut es einem geht, wenn man gerade die volle, schmerzhafte Wahrheit erfahren hat.«

In Lohans Stimme lag ein unüberhörbarer Vorwurf.

»Darf ich deshalb nicht mehr zu ihm?«

»Was denken Sie denn?«

Dass er tot war. Weil ihn eine Schwester mit schwarzen Haaren umgebracht hatte. Kata brauchte weniger als eine Sekunde, um zu entscheiden, Jill Lohan gegenüber das falsche Schneewittchen nicht zu erwähnen. Sie würde ihr nicht glauben.

»Ist er tot?«

»Nein. Warum wollte Mr MacArran zu Mr Cole?«

Joseph lebte! Kata atmete tief durch.

»Miss Steel?«

»Vielleicht aus demselben Grund wie ich«, antwortete sie. »Aber fragen Sie ihn doch selber.«

»Das würde ich gerne, doch im Gegensatz zu Ihnen hat er die Sinnlosigkeit seines Vorhabens eingesehen und die Klinik freiwillig verlassen. Ich fordere Sie auf, ebenfalls zu gehen, bevor die Presse Wind von Ihrer erneuten Anwesenheit bekommt.« Jill Lohan zeigte in Richtung Tür. Ihre energische Geste machte Kata deutlich, dass ihre Geduld weit über ihr Limit strapaziert worden war. »Ich werde in drei Minuten beim Empfang nachfragen, ob Sie meinen Anordnungen Folge geleistet haben.«

Drei Minuten reichten Kata, um in die Eingangshalle zu gelangen und festzustellen, dass Nathan nicht dort war. Sie fand ihn weder auf dem Parkplatz noch im Klinikpark und an sein Handy ging er auch nicht. Irgendetwas musste passiert sein. Nathan würde sie nicht einfach im Krankenhaus zurücklassen. Beunruhigt rief sie DeeDee an. Er hatte nichts von Nathan gehört. Kata nahm ein Taxi zum Hotel, zu dem sie vorher unterwegs gewesen waren. Dort fehlte ebenfalls jede Spur von Nathan. Er war verschwunden.

Gemäß Jill Lohan hatte er die Klinik freiwillig verlassen. Was, wenn sie sich irrte? Wenn Nathan von der Schwester mit den schwarzen Haaren in eine Falle gelockt worden war? Kata hastete durch die Schiebetür des Hotels nach draußen. Vergeblich sah sie sich nach einem Taxi um und machte sich zu Fuß zurück auf den Weg zur Klinik.

Während sie sich durch das Feierabendgewimmel schlängelte, suchte sie in ihrer Tasche nach Burtons Handy. In dem Moment, in dem ihre Finger es ertasteten, kamen zwei dunkel gekleidete Männer direkt auf sie zu. Kata wich ihnen aus und wechselte bei der nächsten Ampel auf die andere Straßenseite. In ihrem Rücken glaubte sie, Blicke zu spüren. Ihr Herz raste. Sie rettete sich in ein Café, das nur zur Hälfte besetzt war. Hier, an einem Tisch an der Wand, fühlte sie sich einigermaßen sicher. Umgeben von Menschen, die sie nicht beachteten, rief sie Burton an.

»Nathan ist weg«, sagte sie leise. »Er hat eine Nachricht bekommen.«

»Miss Steel, was zum …«

»Keine Zeit für eine Moralpredigt, Mr Burton«, unterbrach sie ihn.

»Gut«, antwortete er knapp. »Aber ich werde die Predigt nachholen. Hat Nathan mein Handy bei sich?«

»Es ist kaputt.«

Kata hörte den Ermittler tief Luft holen. »Lange Geschichte«, kam sie ihm zuvor.

»Okay«, gab er sich geschlagen. »Wer hat die Nachricht geschickt? Owen?«

»Die Schwester, die mich aus Josephs Zimmer zum falschen Beamten geschickt hat. Sie arbeitet für John.«

»Was stand in dieser Nachricht?«

»Nichts.«

»Miss Steel!«

»Ich weiß, wie das klingt. Vertrauen Sie mir einfach. Wir haben uns in der Klinik aus den Augen verloren. Die Schwester muss Nathan irgendwie da rausgeschafft haben.«

Eine Frau betrat das Café. Nichts an ihrem Aussehen war außergewöhnlich. Sie trug einen biederen braunen Mantel mit dazu passenden praktischen Schuhen. Ihr Haar war zu einem Pferdeschwanz gebunden und über der Schulter hing eine Tasche, die nicht so recht zur Kleidung passte. Ohne Kata zu beachten, setzte sie sich an einen freien Tisch in der Mitte des Raums. Zwei uniformierte Beamte näherten sich dem Eingang. Das konnte ein Zufall sein. Oder auch nicht.

»Lassen Sie mich beschatten?«, fragte Kata.

»Warum?«

Die Beamten liefen weiter.

»Nicht wichtig. Hat sich erledigt.«

»Bleiben Sie, wo Sie sind!«, befahl Burton. »Ich schicke jemanden vorbei.«

Kata drückte ihn weg. Burton wusste, von wo sie angerufen hatte. Es konnte nicht lange dauern, bis jemand aus seinem Team bei ihr war. Sie schaute aus dem Fenster und behielt gleichzeitig den Eingang und die Frau im Auge. Etwas an ihr stimmte nicht. Was, wenn sie zu John gehörte? Wusste sie, wo Nathan war? Der Gedanke setzte sich in Kata fest. Zusammen mit einem anderen. Wenn Johns Leute sich Nathan geschnappt hatten, würde er eher sterben, als Ayden zu verraten. Das durfte sie nicht zulassen!

Ihr blieb nicht viel Zeit, sich zu entscheiden, was sie tun sollte. Burtons Männer konnten jeden Moment hier sein. Entschlossen stand sie auf und ging zur Toilette. Dort zerstörte sie ihr privates Handy und entsorgte es auf dem Grund des Abfallkübels. Dann wählte sie Burton auf seinem an. »Löschen Sie alles, was zu Ihnen zurückführt«, sagte sie. Ohne ihm eine Chance auf auch nur ein Wort zu geben, brach sie die Verbindung ab.

Auf dem Weg nach draußen wurde sie von der Bedienung aufgehalten. »Sie haben ja noch gar nichts bestellt«, sagte sie.

»Mir ist etwas dazwischengekommen.«

»Schade.« Die Bedienung zog in einer bedauernden Geste die Schultern hoch. »Ein anderes Mal vielleicht.«

Keine halbe Minute nachdem Kata das Café verlassen hatte, hörte sie hinter sich Schritte.

»Miss Steel?«

Sie drehte sich um. Vor ihr standen zwei Polizeibeamte. Dieselben, die vorher am Café vorbeigegangen waren.

»Ja?«

»Ich bin PC Damian Ward und das ist mein Kollege PC Robin Brown. Wir gehen der Aussage eines Taxifahrers nach. Er hat in einer Verbotszone gewendet und gibt an, Sie hätten ihn dazu angestiftet.«

»Ich?«

Kata setzte ein erstaunt-unschuldiges Gesicht auf. Ein Jugendlicher blieb neugierig ein paar Meter entfernt von ihnen stehen.

»Wir müssen Sie bitten mitzukommen«, sagte derjenige, der sich als Ward vorgestellt hatte.

»Können wir das nicht hier klären?«, fragte sie genervt.

»Sie wollen doch keine Aufmerksamkeit erregen, Miss Steel.«

Passanten eilten an ihnen vorbei, der Jugendliche verlor seine Neugier und ging weiter. Ward berührte sie am Ellbogen. »Unser Wagen steht gleich da drüben.«

Er deutete auf einen Streifenwagen. Die beiden gehörten zu Burton. Kata wollte nicht mitgehen. Sie wartete auf die Frau.

»Miss Steel!«

Wards Hand umklammerte ihren Arm.

»Ich möchte Ihre Ausweise sehen.«

Der Druck auf ihren Arm nahm zu. Ward rückte dichter an sie heran. »Wir haben deine beiden Freunde. Wenn du nicht willst, dass sie heute sterben, kommst du jetzt brav mit.«

Die Bedeutung der Worte erreichte Kata mit einer leichten Verzögerung. Sie sprach nicht mit Burtons Leuten, sondern mit Owens. Aus den Augenwinkeln sah sie die Frau. Sie war nichts Besonderes. Einfach nur eine Frau mit einem schlechten Geschmack für Kleidung, die zur selben Zeit wie sie in einem Café etwas getrunken hatte. Egal. Kata hatte erreicht, was sie wollte, wenn auch anders als geplant. Die richtigen Leute hatten sie gefunden und geschnappt. Widerstandslos ließ sie sich von Ward zum Wagen führen. Brown, wenn er denn so hieß, öffnete die hintere Tür, drängte sie auf den Rücksitz und setzte sich zu ihr. Ward nahm am Steuer Platz.

»Das Handy!«, zischte Brown sie an. »Sofort.«

Kata gab es ihm. Brown drückte eine Weile darauf herum. »Nichts«, sagte er zu Ward. »Die ist noch vorsichtiger als der Sänger.« Er öffnete das Fenster und warf das Handy auf die Straße.

Gleißendes Licht blendete Nathan. Er kniff die Augen zusammen, die er eben erst mühsam geöffnet hatte. Ihm war schlecht, sein Schädel dröhnte und sein Oberkörper fühlte sich an, als stecke er in einer Zwangsjacke. Der Schmerz, den das Einatmen verursachte, war so intensiv, dass er aufstöhnte. Trockener Husten schmirgelte seinen Rachen auf. Schweiß rann über seine Schläfen. Sein Kopf sackte zur Seite. Ein Schwall kaltes Wasser klatschte in sein Gesicht. Nathan schnappte nach Luft. Sie schien ihn von innen her zu zerfetzen. Er schrie auf. Tränen rannen aus geschlossenen Lidern über seine Wangen.

Auf die zweite Ladung Wasser war er vorbereitet. Er hechelte wie ein Hund. Um ihn drehte sich alles. Trotzdem fiel er nicht. Weil es unmöglich war. Er saß auf einem Stuhl. Das, was er für eine Zwangsjacke gehalten hatte, waren Fesseln, mit denen er an der Lehne festgezurrt war. Nathan öffnete die Augen erneut, diesmal mit gesenktem Kopf, damit er nicht direkt in das Licht blickte, das ihn aus zwei Richtungen beleuchtete wie auf einer Bühne. Wer immer sich im Raum befand, konnte jede Pore auf seiner Haut sehen, während er allein in seinem Lichtkegel gefangen war und seine Peiniger nicht zu Gesicht bekam.

»Scheißspiel!«, keuchte er.

»Kein Spiel«, antwortete eine Stimme aus dem Dunkel. »Wo warst du gestern Abend?«

»In einem Hotel in St. Ives.«

Eine vermummte Gestalt trat in den Lichtkegel, einen Eimer Wasser in der Hand. Nathan hielt den Atem an. Eiskaltes Wasser rann seinen Rücken hinunter. Er öffnete den Mund und holte reflexartig Luft. Der Schmerz war beinahe unerträglich.

»Lungenentzündung«, sagte die Stimme. »Macht das Atmen zur Hölle.«

Sie wussten von seiner Untersuchung bei Gartenberg. Schneewittchen war gut informiert.

»Joseph Cole könnte längst tot sein«, schnarrte es aus dem Dunkel. »Wir lassen ihn am Leben, weil wir nicht wollen, dass er den schönsten Teil der Show verpasst. Das große Finale seines Schützlings. Wo warst du gestern Abend?«

»Hotel *Starfish*. St. Ives.«

Das Wasser kam von vorn. Es drang durch Nathans Kleider. Was sich nicht in ihnen festsog, tropfte auf den rauen Betonboden.

»Wo warst du gestern Abend?«

»*Starfish*. St. Ives.«

Eine zweite vermummte Gestalt trat in den Lichtkegel. Sie stellte sich hinter Nathan und kippte den Stuhl nach hinten. Wasser füllte seine Nase und seinen Mund. Für ein paar Augenblicke hörte sein Herz auf zu schlagen. Finsterste Dunkelheit griff nach ihm. Er wollte in sie hineingleiten und sich in ihr auflösen. Harte Schläge in sein Gesicht hinderten ihn daran.

»Wo warst du gestern Abend?«

»Was wollt ihr hören?«

»Die Wahrheit.«

»Ich sage die Wahrheit.«

Der nächste Eimer Wasser brachte Nathan weit über den Rand des Erträglichen. Er verlor das Bewusstsein.

»Wo warst du gestern Abend?«, holte ihn eine Stimme zurück.

»*Star…fish*.«

Ein heftiger Stoß traf seine Brust. Wasser schwappte über Nathan. Er ging im Strudel unter. Als er wieder zu sich kam, saß er immer noch auf dem Stuhl.

»Wo warst du gestern Abend?«

Es war sinnlos. Nathan schwieg.

»Was hat er vor?«

»Wer?« Nathan war nicht sicher, ob man ihn verstehen konnte. Das eine Wort kostete ihn unendlich viel Kraft.

»Tyler Carlton.«

»Weiß ... nicht.«

»Wo ist Sam Miller?«

Die Männer kannten die Antwort. Keine Lüge! Die Wahrheit! »Por...tu...gal.«

»Erzähl uns von Portugal. Wie seid ihr darauf gekommen?«

»Kalt.«

»Es wird nicht wärmer. Erzähl uns von Portugal.«

Nathan brauchte eine Ewigkeit, bis er die fünf oder sechs Sätze aus sich herausgepresst hatte. »Film...team«, beendete er sein Gestammel.

»Dann komme ich jetzt zurück zur Frage, wo du gestern Abend gewesen bist.«

»*Starfish*. St. Ives.«

Der Wasservorrat der Männer schien unerschöpflich. Nathans Kraft nicht. Ein eisiger See in der Schweiz hatte ihn nicht umgebracht. Diese Männer würden es schaffen. Es war Zeit zu sterben. Aber Nathan starb nicht. Er glitt von Bewusstlosigkeit zu Bewusstlosigkeit. Dazwischen gab er immer dieselbe Antwort. »*Starfish*.«

Irgendwann hörte es auf.

»Du schuldest mir dein Leben.«

Nathan hatte die Stimme noch nie gehört. Trotzdem wusste er, wem sie gehörte.

»Dann ... nimm ... es ... endlich. Ich erfinde ... nämlich keine ... Wahrheit ... für ... dich ..., Owen.«

Owen lachte. »Du hast tatsächlich den dritten Hinweis übersehen. Aydens Rückkehr nach England.«

Tief in Nathan regte sich eine neue Kraft. Wie eine kleine, schwache Flamme. Er wusste nicht, wo die Kamera stand, die ihn die ganze Zeit über gefilmt hatte, aber sie musste da sein. Owen hatte seinen Männern zugeschaut, wie sie ihn beinahe ersäuft hatten. Nathan hatte ihn überzeugt.

»Man muss ein ziemlicher Idiot sein, um fünf Stunden im

Regen herumzuirren. Was hat dich dazu getrieben? Lass mich raten. Die Liebe! Es ist immer die Liebe, nicht wahr?«

Nathan war nicht sicher, ob er eine leise Traurigkeit in den letzten Worten gehört hatte, oder ob es seine eigene Traurigkeit war, die er in sie hineinlegte.

»Sie scheint auf deine Intelligenz zu schlagen, MacArran. Du hast tatsächlich die Hinweise auf Tag sechzehn übersehen. Aber du weißt bestimmt, was dein Freund an Tag achtzehn tun wird.«

Nathan atmete röchelnd ein. »Er stürmt das Gefängnis, in dem Laura Carlton sitzt, nimmt sich Geiseln und presst beide frei. Sich und Patrick.«

»Nicht schlecht«, meinte Owen. »Das wäre das, was du tun würdest. So bist du. Alles oder nichts. Voll rein.« Er lachte, als hätte jemand einen Witz gemacht. »Doch die Befehle an deinen Freund lauten anders.«

Nathan kannte sie. Sie waren so krank wie der Mann, der zu ihm sprach.

»Kommen wir zu dir«, schallte Owens neue Stimme aus den Lautsprechern. »Du stehst in meiner Schuld.«

»Ich bin hier. Bring es zu Ende. Töte mich.«

»Wieso sollte ich? Du hast es doch auch nicht getan. Was glaubst du, weshalb ich für diesen Anlass Eiswasser gewählt habe.«

Natürlich. Alles hatte seinen Grund. Auch, dass Owen immer noch mit ihm redete. Nathan hegte dieses kleine Feuer der Hoffnung, das in ihm flackerte. Er wäre längst tot, wenn es das wäre, was Owen wollte.

»Das Wasser war nur das Vorspiel. Sprechen wir von der Schuld, die du noch nicht beglichen hast. Du wirst dafür sorgen, dass Burton Ayden nicht die Party verdirbt. Der Typ ist gut. Deshalb wirst du ihn umbringen. Wie du das machst, überlasse ich dir. Ich gebe dir freie Hand. Das ist es, was das

Spiel spannend macht.« Owen legte eine kurze Pause ein. »Die nötigen Informationen erhältst du von meinen Männern. Zusammen mit den Spielregeln.«

Es waren beinahe dieselben wie bei Ayden. Damit Nathan sie auch wirklich verstand, wurde jede einzelne mit einem Schlag in sein Gesicht unterstrichen. Die letzte mit einem Foto von Kata und Ayden.

12.

Unter der Benzinanzeige leuchtete das Licht auf. Ein paar Meilen noch, dann war der Tank leer. So leer wie Aydens Magen. Dass er lange nichts mehr gegessen hatte, spürte er nicht an einem nagenden Hunger, sondern an dem flauen Gefühl im Bauch. Im Radio klang der letzte Song vor den elf Uhr Nachrichten aus. Die vertraut gewordene News-Erkennungsmelodie ertönte und die gehetzte Stimme des Sprechers verkündete die Schlagzeilen. Der Mann hätte es ruhiger angehen können, denn es waren dieselben wie eine Stunde zuvor.

»Die Hinweise verdichten sich, dass Tyler Carlton, der sich seit der Verhaftung seiner Eltern Ayden Morgan nennt, zu einem rücksichtslosen, brutalen Rachefeldzug aufgebrochen ist. Fiona Ibsen fasst für Sie die Ereignisse der letzten Tage zusammen und informiert Sie über den Stand der Ermittlungen.«

Fiona Ibsen war im Verlaufe des Abends zu Aydens ständiger Begleiterin geworden. Mittlerweile schien sie sein Leben besser zu kennen als er. In einer Endlosschleife wiederholte sie immer wieder, was ihm alles angelastet wurde. Ayden hörte ihr nur noch zu, weil sie jeweils am Ende über die neusten Entwicklungen berichtete. Weil es seit den neun Uhr Nachrichten keine gegeben hatte, hängte sie der Zusammenfassung des bereits bekannten Geschehens so etwas wie ein Psychogramm an.

»Die Verhaftung seiner Eltern hat Tyler Carlton völlig aus der Bahn geworfen. Er widersetzte sich sämtlichen Therapien und verließ seine erste Pflegefamilie im Zorn. Nach dem Tod seiner Freundin Rose Harris verlor er vollends den Boden unter den Füßen. Es folgte Absturz auf Absturz. Nachbarn berichten, wie schwer der gewalttätige labile junge Mann Joseph Cole das Leben machte.«

Ayden überlegte, den Kanal zu wechseln, doch auf anderen hätte es auch nicht besser geklungen.

»Wir haben immer gewusst, dass Joe eines Tages dafür büßen würde, diesen Kriminellen bei sich aufgenommen zu haben.«

»Er hat Joseph nur Schwierigkeiten bereitet. Mit seinen Sauftouren, seinen Lügen, seinen Prügeleien, seinen Diebstählen.«

»Okay, er hat gute Fotos gemacht. Und im Laden geholfen. Aber tief innen ist er der gestörte Typ geblieben, der er bei seinem Einzug bei Joseph gewesen ist.«

Fiona Ibsen räusperte sich und übernahm wieder. »Wie wir heute wissen, ermittelte die Polizei von Anfang an in zwei Richtungen. Da sie die Leiche von Tyler Carlton nicht gefunden hat, ging sie schon früh von einem vorgetäuschten Suizid aus. Der Verdacht der Polizei erhärtete sich …«

Die Dramatik in Ibsens Stimme steigerte sich von Satz zu Satz. In dieser Situation war das Aufleuchten einer Warnlampe schon fast eine Verhöhnung von Aydens Lage. Oder ein Wink des Schicksals, das Radio endlich auszuschalten. Ayden drückte den Knopf und fand sich in einer wohltuenden Stille.

Bis Muldon fehlten ihm geschätzte sechzig Meilen. So weit kam der Wagen nicht mehr. Ayden brauchte ein anderes Auto. Ein Hinweisschild kündigte die nächste Ortschaft an. Ungefähr zwei Meilen vor dem Ziel war der Tank leer. Ayden ließ den Wagen ausrollen und ging zu Fuß weiter.

Im ersten Haus, an dem er vorbeikam, waren die Lichter noch an. Das nächste lag umgeben von einer kleinen Steinmauer von der Straße zurückversetzt im Dunkeln. In der Ecke des Grundstücks erkannte Ayden die Umrisse eines Gartenschuppens. Mit ein wenig Glück fand er darin, was er benötigte, denn die meisten Menschen bewahrten in ihren Schuppen nicht nur allerlei Geräte auf, sondern auch Gummistiefel oder Arbeitsschuhe, und manche lagerten dort sogar Äpfel, Kartoffeln und Karotten. Beim Gedanken an etwas Essbares rumorte es in Aydens Magen. Aus dem flauen Gefühl während der Fahrt wurde Schwindel. Er wartete, bis er nachließ. Erst dann drang er über die Mauer auf das Grundstück ein.

Alles blieb ruhig. Auch als Ayden sich geduckt an den Schuppen heranschlich, rührte sich im Inneren des Hauses nichts. Nach einem letzten Kontrollblick drückte er die Klinke und stieß die Tür auf. Es knarrte leise. Der Geruch erinnerte Ayden an den Geruch der Werft und sofort stiegen Bilder einer in Flammen stehenden Lagerhalle in ihm auf. Er machte die Taschenlampe an und vertrieb die Geister der Erinnerung.

In dem Schuppen herrschte eine penible Ordnung. Jedes Gerät hatte seinen Platz. Auf einem Regal reihte sich Kiste an Kiste, gefüllt mit Obst und Gemüse. Ayden griff nach einem Apfel und biss gierig hinein. Während er ihn, ohne richtig zu kauen, verschlang, fiel sein Blick auf ein Paar abgetragene, aus der Form geratene Schnürstiefel. Er legte die Taschenlampe auf ein Regal und schlüpfte in einen von ihnen. Er war zu groß. Aber besser zu groß als zu klein! Ayden zog sich den zweiten Schuh über, zurrte die Schnürsenkel straff an und band sie zu.

»Die gehörten meinem Großvater.«

Ayden hob die Hände und drehte sich langsam um. Vor ihm stand eine junge Frau mit braunen Zöpfen in einem bunten Wollpullover und Jogginghosen. Unbewaffnet, doch mit einem riesigen Hund neben ihr.

»Die kannst du nicht nehmen.«

Wie um ihr recht zu geben, knurrte der Hund und legte dabei beeindruckend scharfe Zähne frei.

»Zieh sie aus!«

Ayden gehorchte. Als er sich bückte, um die Schnürsenkel zu lösen, knurrte der Hund erneut.

»Leise, Hannibal«, mahnte die Frau. »Sonst wecken wir noch jemanden auf.«

Ayden streifte die Schuhe ab und stellte sie zurück neben die Gießkanne. Die Frau musterte ihn von seiner Mütze über sein Gesicht bis hinunter zu den nackten, verdreckten Füßen.

»Ich nehme an, du hast Hunger.«

War es möglich, dass sie ihn nicht erkannt hatte? Lebte sie in einer Art Parallelwelt ohne Nachrichten? Oder wartete sie nur auf eine passende Gelegenheit, die Polizei zu rufen? Angst brauchte sie mit einem Hund wie Hannibal auf jeden Fall keine zu haben. Reglos wartete Ayden darauf, was die Frau tun würde.

»Komm mit«, sagte sie.

Er wagte nicht, ihr zu widersprechen.

Sie führte ihn ins Haus, aus dem nun durch kleine Fenster im Erdgeschoss Licht in den Garten fiel. Hannibal trottete friedlich neben ihnen her, folgte ihnen in eine kleine Küche und legte sich auf die Türschwelle. Die Frau stellte sich als Iris vor. »Und du?«, fragte sie.

»Ich bin Ben.«

»Einfach nur Ben?«

»Einfach nur Ben.«

Iris las die Aufschrift auf seinem Pullover und lachte. »Geklaut, nehme ich an.«

Er nickte verlegen.

»Gab's da keine Schuhe?« Sie zeigte auf seine nackten Füße.

»Nur Strandlatschen.«

Über ihr Gesicht zog sich ein breites Grinsen. »Setz dich!«

Ayden vermied es, den Hund anzusehen, und schaute sich stattdessen um. Auf kleinstem Raum traf Altes auf Neues. Kein Nepp, sondern ausgesuchte Stücke aus Holz, Stein und Keramik. An den Wänden hingen wunderschöne Fotografien, von denen eine große Ruhe und Kraft ausging. Vielleicht lebte Iris wirklich in einer Art Parallelwelt. Sie schien die Stille zu lieben, denn sie redete kaum. Schweigend tischte sie Ayden Brot, Käse und Saft auf.

Als er satt war, bedankte er sich. »Ich denke, es ist besser, wenn ich jetzt weiterziehe.«

»Das ist keine gute Idee, Ben. Du solltest zuerst deinen Bart loswerden und dir dann etwas anderes anziehen.«

Die Art, wie sie es sagte, stellte Ayden die Haare im Nacken auf. »Ich muss los.«

Hannibal knurrte schon wieder. Iris stand auf. »Ich habe keine Ahnung, warum du dir von all den Orten und all den Häusern meinen Schuppen ausgesucht hast, Ayden Morgan. Vielleicht, damit ich dir etwas zurückgeben kann.«

Sie hatte ihn erkannt! Doch keine Parallelwelt. Hatte sie die Polizei verständigt, bevor sie ihn im Gartenhaus gestellt hatte? In einer hektischen Bewegung machte Ayden einen Schritt auf die Tür zu. Hannibal knurrte nicht mehr. Er bellte. Nur kurz, doch es reichte, um Ayden Furcht einzujagen.

»Schon gut, Hannibal«, beruhigte Iris ihren Hund. »Er tut dir nichts«, sagte sie zu Ayden. »Ich meine es ernst mit dem Zurückgeben. Du hast jemandem geholfen, der mir sehr viel bedeutet.«

»Ich werde von der Polizei gesucht.«

»Du wirst deine Gründe haben, warum du tust, was du tust. Die hattest du auch, als du Jesse O'Connell aus diesem Heim geholt hast. Ohne dich wäre er draufgegangen.«

Jesse. Er war einer der Ersten gewesen, dem *Lost Souls Ltd.* geholfen hatte. Ein schmächtiger Junge mit gehetzten Augen, der genau gleich viel Angst vor dem Leben wie vor dem Tod gehabt hatte. Ein anderes Heim, ähnliche Methoden wie die in *Sanborn Heights*.

»Außerdem verlasse ich mich auf mein Gefühl und Hannibal«, schob Iris einen zweiten Grund für ihr Verhalten nach.

Ayden schielte zum Hund hinüber, der genau in dem Moment die Zähne bleckte. »Weil er mich lebendig auffrisst, wenn ich eine falsche Bewegung mache?«

»Wenn er in dir eine Gefahr sehen würde, hätte er sich längst auf dich gestürzt.«

»Er knurrt mich an.«

»Damit zeigt er dir, dass er auch anders könnte. Hannibal ist ein sehr kluger Hund.«

Auf jeden Fall einer, den man sich nicht zum Feind machen wollte! Ayden schob vorsichtig seinen Stuhl zurück. »Mir ist das Benzin ausgegangen. Ich hatte Hunger und ich brauchte Schuhe. Deine Scheune habe ich ausgewählt, weil sie im Dunkeln lag. Ich denke, Jesse hätte eine ganz andere Erklärung dafür.«

»Das hätte er.« Iris lächelte. »Er glaubt daran, dass Menschen, die Gutes tun, es zurückbekommen. Irgendwann. Von irgendwem. Ein schöner Gedanke, findest du nicht?«

Fürs Rasieren blieb keine Zeit. Es war auch nicht nötig. Die Flucht würde in wenigen Stunden zu Ende gehen. Ayden zog den Pullover und die Jacke an, die Iris ihm bereitgelegt hatte. Sie passten. Ihre Schuhe jedoch waren ihm alle zu klein.

»Du wirst doch die von meinem Großvater nehmen müssen«, meinte sie. »Versprichst du mir, dass du sie zurückbringst?«

Ayden versprach es, obwohl er nicht wusste, ob er das Versprechen halten konnte. »Du musst die Polizei rufen. Sag, ich sei bei dir eingedrungen und hätte dich gezwungen, mir etwas zu essen und Kleider zu geben.«

Iris sah ihn an, als hätte er den Verstand verloren. »Dann erwischen sie dich!«

»Werden sie nicht! Du musst anrufen. Sobald du die Tür hinter mir zugemacht hast! Sonst bist du in einer Gefahr, aus der dir selbst Hannibal nicht helfen kann.«

»Diese Gefahr ist der Grund, weshalb du tust, was du tust«, stellte Iris fest. »Verrätst du ihn mir?«

Sie hatte eine Menge für ihn getan. Er schuldete ihr eine Erklärung. »Ich kann dir nicht alles sagen. Und was ich dir anvertraue, muss dein Geheimnis bleiben.«

»Es ist bei mir gut aufgehoben.«

Ayden glaubte ihr. »Ich habe wahrscheinlich einen Chip unter meiner Haut, der meinen Feinden jede Bewegung von mir anzeigt. Sie wissen, dass ich bei dir war, und sie wissen, wie lange. Ruf die Polizei. Bitte! Sonst halten sie dich für eine Komplizin von mir.«

Hannibal gab ein zustimmendes Knurren von sich. Zumindest hörte es sich so an.

»Unter einer Bedingung«, willigte Iris ein. »Du klaust meinen Wagen. Fahr damit, wo immer du hinmusst. Ich kann ihn ein paar Tage entbehren.«

Ihr Angebot auszuschlagen, war unmöglich. Mit ihrem Autoschlüssel in der Hand verließ Ayden das Haus. Hannibal gab die Tür ohne das leiseste Knurren frei.

Ayden dachte an Jesse und glaubte zum ersten Mal seit seiner Entführung daran, dass er diese Geschichte lebend überstehen konnte.

Die beiden Vermummten warfen Nathan am Rande des Industrieviertels bei einem brachen Grundstück aus dem Wagen. Er rappelte sich auf die Beine und taumelte den Lichtern der Straßenlampen entgegen. Autos fuhren um diese Uhrzeit in einer Gegend wie dieser keine. Nirgendwo war eine Telefonzelle in Sicht. Aber irgendwo mussten die Obdachlosen sein. Die Menschen, die sich zum Schlafen an Orte verkrochen, wo man sie in Ruhe ließ.

In einer Seitenstraße fand Nathan ein vollgespraytes Backsteingebäude mit eingeschlagenen Scheiben. Er roch Feuer und folgte dem Geruch bis zu einem alten Fass bei einer Rampe. Die Flammen waren längst erloschen, doch die Asche glimmte noch. Nathan schlug mit einem Stein mehrmals gegen das Blech. Verärgerte Rufe erklangen. Im Gebäude regte sich etwas. Nathans Beine knickten ein.

Eine Hand rüttelte an seiner Schulter. »Was soll der Krach, Mann?«

Ein Schwall übelsten Mundgeruchs drang in Nathans Nase. Er öffnete den Mund. Mehr als ein Stöhnen kam nicht heraus.

»Oh, Scheiße, Alter. Was ist los?«

»Hast … Hast du ein Handy?«

Ein heiseres, bellendes Lachen stieg in den Himmel über Nathan. »Seh ich so aus?«

Nathan schüttelte den Kopf. »Irgendeiner von euch?«

Der Mann hob den Stein auf, mit dem Nathan gegen das Blech geklopft hatte und knallte ihn erneut dagegen.

»Wir brauchen ein Handy!«, brüllte er. »Sonst kratzt der Typ hier ab.«

»Halt die Klappe, du Irrer!«, schrie eine Frau im Innern des Gebäudes.

Auf der Rampe tauchten drei schemenhafte Gestalten auf. Sie kamen neugierig näher und beugten sich über Nathan.

»Ich habe ein Handy«, sagte eine junge Stimme. Sie gehörte zu einem Gesicht, in das das Leben eine dieser Geschichten geschrieben hatte, die zu grässlich sind, sie jemandem zu erzählen.

Ein Display leuchtete auf.

»Notruf«, flüsterte Nathan. »Ich … ich muss ins Krankenhaus.«

Längst standen mehr als nur vier Leute um ihn herum. Hände und Arme griffen nach ihm. Er wurde auf einen Mantel gelegt und mit Jacken und weiteren Mänteln zugedeckt. Eine

Frau summte eine Melodie. Wie ein Schlaflied. Nathan nahm es mit in die Dunkelheit.

Beim Aufwachen war die Melodie weg. Genauso wie das Flüstern und der Geruch von ungewaschenen Kleidern. Die Laken, unter denen Nathan lag, waren frisch, die Beutel und Schläuche über ihm kamen ihm vor wie Lebensadern. Der Schmerz in seiner Brust war noch da, das Atmen tat immer noch weh, aber beides war auszuhalten.

»Legen Sie es eigentlich darauf an zu sterben, MacArran?«

So etwas fragte nur einer.

»Burton«, krächzte Nathan.

»Was haben Sie denn gedacht? Der liebe Gott?«

Der Mann hatte Humor. Aus Nathans Lachen wurde ein Husten. Er brauchte eine Weile, bis er seine Frage stellen konnte. »Wo ist Kata?«

»Das sage ich Ihnen, sobald Sie mir verraten haben, was Sie völlig durchnässt und halb tot in einer Gegend zu suchen hatten, um die Leute mit so viel Geld wie Sie üblicherweise einen Bogen machen.«

»Die Bösen haben mich in die Finger bekommen. Wo ist Kata?«

Burton zögerte. Auf Nathans Brust legte sich eine unsichtbare Eisenplatte mit einem gefühlten Gewicht von zehn Tonnen. Er rang nach Atem. »Scheiße, Burton. Sagen Sie es schon!«

»Ich habe keine Ahnung, wie ich Ihnen das schonend beibringen soll.« Burton seufzte. »Ich fürchte, sie ist den Bösen absichtlich in die Arme gelaufen.«

Die Eisenplatte erdrückte Nathan. Er hörte auf zu atmen. Bis Burton zu schreien begann. Er rief Nathans Namen. Er rief nach einer Schwester. Und, wenn Nathan das richtig mitbekam, auch nach Gott.

Gott erschien nicht. Dafür stand eine Ärztin mit kurzen

blonden Haaren an Nathans Bett, als er wieder zu sich kam. Doktor Claire Gartenberg, die Frau, die ihn untersucht hatte. Er lag in der gleichen Klinik wie Joseph. Wahrscheinlich hatte Burton das veranlasst.

»... eine Lungenentzündung. Nasse Kleider in dieser Kälte helfen da gar nicht!«

Es dauerte einen Augenblick, bis Nathan begriff, dass Doktor Gartenberg Burton die Standpauke hielt, die eigentlich an ihn gehen sollte. »Schon gut«, sagte er heiser. »Der Mann kann nichts für meine Blödheit.«

»Diese Blödheit hätte Sie das Leben kosten können.«

»Tut mir leid«, murmelte Nathan.

Gartenberg gab sich damit nur halbwegs zufrieden. »Die nächsten paar Tage verordne ich Ihnen Bettruhe. Hier. In der Klinik.«

Bevor Nathan etwas dagegen einwenden konnte, war die Ärztin weg. Er war allein mit Burton. Was immer das bedeutete. Schneewittchen arbeitete hier. Möglicherweise war der Raum verwanzt und voller versteckter Kameras.

»Miss Steel hat ...«

Nathan packte Burtons Hand und drückte sie.

»Alles in Ordnung, MacArran?«

»Nicht hier. Überwacht.«

»Keine Sorge«, beruhigte ihn Burton. »Ich weiß Bescheid über die Schwester. Zwei meiner besten Männer haben das Zimmer gründlich gecheckt. Vor Ihrer Tür sitzt ein Beamter. Zu Ihrem Schutz. Das Personal denkt, er sei hier, weil wir Sie verhaftet haben. Sie sind sicher und wir können ungestört reden. Was ist passiert?«

Nathan starrte auf die Beutel, aus denen langsam Flüssigkeit in Schläuche tropfte. »Kein Anpfiff wegen der Sache mit Ayden und Derlish? Oder hat Sam noch nicht mit Ihnen gesprochen?«

»Oh, doch, er hat! Darüber reden wir später. Wenn wir

viel Zeit haben, denn die werden wir brauchen. Ich habe Ihnen eine Menge zu sagen, MacArran, und glauben Sie mir, Sie werden mir zuhören, ob Sie wollen oder nicht. Also: Was zum Henker ist mit Ihnen passiert?«

Nathan begann mit Schneewittchen und endete mit den Obdachlosen. Burton hörte ihm mit zunehmender Bestürzung im Gesicht zu, aber er unterbrach ihn nicht, sondern wartete, bis er fertig war.

»Und Sie haben nicht geredet?«

»Nein.«

Burton presste die Faust gegen seine Stirn. »Verdammt, MacArran!« Er stand auf und begann hin und her zu gehen. »Sie hätten sich eher umbringen lassen, als zuzugeben, wo Sie waren. Warum tun Sie das?«

»Sie sterben alle, wenn …«

»Atmen, MacArran!«

Er atmete ja! Es tat nur so verdammt weh!

Burton setzte sich wieder hin. »Miss Steel rief mich aus einem Café an, um mir mitzuteilen, dass Sie verschwunden sind. Sie fragte, ob ich sie beschatte, und ich befahl ihr, auf meine Männer zu warten. Kurze Zeit später meldete sie sich noch einmal und bat mich, die Spuren auf dem Handy zu löschen. Ohne Erklärung. Meine Männer kamen zu spät. Sie war genauso verschwunden wie Sie, MacArran. Nach übereinstimmenden Zeugenaussagen hat sie das Café alleine und ohne Zwang verlassen.«

»Wohin?«

»Sie stieg zu zwei falschen Beamten in einen Streifenwagen.«

»Gestohlen?«

Burtons Gesicht lief rot an. »Ja.«

»Das Handy?«

»Ist nicht so billig, wie es aussieht. Man kann damit eine

Menge Dinge tun. Keine Angst, Miss Steel ist nicht aufgeflogen. Aber sie hat das Handy nicht mehr. Es lag an einem Straßenrand.«

Sie hatten Kata verloren! Weil er nicht aufgepasst und sich von Schneewittchen übertölpeln lassen hatte.

»Nathan?« Die besorgte Stimme kam von weit her. »Nathan!«

Wieso nannte ihn Burton bei seinem Vornamen? Und wieso tupfte er ihm an der Lippe herum?

»Doktor Gartenberg wird gleich hier sein.«

Nathan wischte sich über das Gesicht und bemerkte, dass es nass war.

»Habe ich gesabbert?«, fragte er undeutlich.

»Du hast dir die Lippe blutig gebissen.«

Burton war nett genug, ihm nicht auch noch zu erklären, dass er geweint hatte. Beinahe verlegen entsorgte er ein rot gefärbtes Papiertaschentuch in seiner Hosentasche. Es war noch nicht ganz darin verschwunden, als sich die Tür öffnete und Doktor Gartenberg den Raum betrat. Sie kam auf Nathan zu und legte ihm die Hand auf die Stirn. »Was haben Sie mit ihm gemacht, Inspektor? Ich habe Ihnen doch gesagt, Sie sollen ihn nicht anstrengen.«

»Er strengt mich nicht an«, widersprach Nathan matt.

Sie hantierte an seinen Schläuchen herum. »Zehn Minuten noch. Höchstens.«

Zehn Minuten. Das war nicht viel.

»Wir hatten einen Deal. Warum hast du mich nicht eingeweiht?«

»Wir haben Sam gebeten, es zu tun.«

»Erst, nachdem ihr Ayden getroffen hattet.«

»Sie hätten ihn rausgeholt oder verhindert, dass er die Werft abfackelt. Wir wissen, was Owen vorhat. Das ist unsere Chance, Burton. Wir können ihn kriegen!«

Burton fischte eine Zigarettenpackung aus der Jackentasche. Gedankenverloren klemmte er sich eine Zigarette zwischen die Lippen. »Ich will alles wissen, bis ins kleinste Detail. Und wenn ich hier die ganze Nacht sitzen muss.«

Für Details fehlte Nathan die Kraft. Er fasste Owens Plan in wenigen Sätzen zusammen.

»Ich sag dir in deinem Zustand besser nicht, was ich von der Sache halte.« Burton steckte die Zigarette ungeraucht zurück in die Packung.

Nathan fuhr sich mit der Zunge über die angeschwollene Lippe. Sein Mund füllte sich mit dem metallischen Geschmack von Blut. »Da ist noch was«, sagte er in die aufgeladene Stille hinein.

Burton entfuhr einer seiner Seufzer.

»Ich muss Sie umbringen.«

Der Ermittler musterte ihn wie einen, der den Verstand verloren hat. »Und da hast du gedacht, du steckst mich mit deiner Lungenentzündung an?«

Die bittere Ironie in Burtons Frage war nicht zu überhören.

»Nein. Ich erschieße Sie. Morgen. Bei Ihrem Einsatz.«

»Das ist dir ernst.«

»Sehr ernst.«

»Seit wann weißt du das?«

»Seit ich beinahe ersäuft wurde.«

»Ich sollte dich verhaften und Sam in Sicherheit bringen.«

Sollte.

»Aber Sie tun es nicht.«

Burton stand auf. »Über die Alternativen muss ich zuerst nachdenken. Ich komme später wieder.«

»Warten Sie«, hielt Nathan ihn zurück. »Ich will Sie nicht umbringen! Wir könnten den Mord an Ihnen vortäuschen.«

»Abgesehen davon, dass es ein Wahnsinn wäre: Wenn du auf mich schießt, werden meine Leute dich töten.«

»Ich weiß«, antwortete Nathan. »Ich schulde Owen ja auch mein Leben.«

Burton setzte zu einer Antwort an. Er kam nicht dazu. Doktor Gartenberg öffnete die Tür. Vorwurfsvoll klopfte sie gegen ihre Armbanduhr. »Die Zeit ist um.«

»Ich lasse mir etwas einfallen.« Burton strich mit der Hand über die Decke. »Du bist der verrückteste Kerl, mit dem ich je zu tun hatte.«

Es hörte sich irgendwie nach einem Kompliment an.

13.

Nachdem er Sam und Sarah fluchtartig verlassen hatte, war Ayden nie nach Muldon zurückgekehrt. Es überraschte ihn, wie fremd und gleichzeitig vertraut ihm die Gegend selbst im Dunkeln war. Die Uhr im Armaturenbrett zeigte 2.47 Uhr an, als er den Vorort der kleinen Stadt erreichte, in die ihn Sam vor etwas weniger als sechs Jahren gebracht hatte. Hier hatte er neu angefangen, hier hatte er Rose kennengelernt, hier lagen Hoffnung und Verzweiflung so eng beisammen, dass sie sich ineinander verzahnt hatten.

Ayden fuhr die menschenleere Strandpromenade entlang. Im Sommer brummte hier das Leben, jetzt wirkten die Stände und die kleinen Geschäfte auf der Meerseite verlassen, die Neonlichter und Glasfronten der Ladenketten und Spielsalons ihnen gegenüber eintönig und abweisend. Am Ende der Promenade bog die Straße landeinwärts. Ayden folgte ihr bis zur Abzweigung zum *R. F. Scott College*, benannt nach dem Polarforscher Robert Falcon Scott. Je näher er dem imposanten grauen Bau mit den hohen Fenstern kam, desto schneller schlug sein Herz.

Ein neues Leben! SEIN neues Leben. Sam und Sarah taten alles, um es ihm leicht zu machen. Trotzdem fürchtete sich Ayden davor. Bis er über den Schulhof ging und Rose sah. Er hatte nur Augen für sie, obwohl die meisten anderen Jungen das Mädchen neben ihr angestarrt hätten. Rose war nicht von jener auffälligen Schönheit wie ihre Freundin Samantha, die sich mit ihren langen blonden Haaren, den blauen Augen, dem vollen Mund und der perfekten Figur ihrer Wirkung sehr bewusst war. Roses dunkles Haar sah aus, als ließe es sich unmöglich bändigen, in ihren Augen lag Verwegenheit und der Rock ihrer Schuluniform wirkte an ihr so deplatziert wie ein Anzug an Ayden. Ein Ball rollte vor ihre Füße. Sie hob ihn auf. In diesem Moment entdeckte sie Ayden, schaute ihn kurz an und blickte wieder weg. Viel später gestand sie ihm, dass er sie verwirrt hatte, so sehr, dass sie vergaß, den Ball den Jungs zurückzuspielen, wie sie das eigentlich gewollt hatte. Ayden konnte die Augen nicht von ihr abwenden. Der Lärm um ihn verstummte. Die Furcht vor seinem neuen Leben verblasste. In ihm keimte die Hoffnung, es zu packen.

Weil es Wochen her war, seit er ein Klassenzimmer von innen gesehen hatte, und seine letzten Schulnoten vom Vorjahr datierten, hatte man ihn provisorisch eingeteilt. Die Klassenlehrerin stellte ihn als Ayden Morgan vor. Mit neuem Namen, neuer Frisur und in der Uniform seiner neuen Schule stand er vor seinen neuen Mitschülern, zu denen auch Rose gehörte, und kam sich vor wie ein Betrüger. Es dauerte genau drei Tage, bis alle wussten, wer er war.

Ayden lenkte den Wagen auf den Parkplatz und stellte den Motor ab. Reglos blieb er sitzen. Altertümliche Laternen beleuchteten das Gebäude vor ihm, doch nicht alles am R. F. Scott College war so alt wie die Lampen. Die Schule wurde mit einem ausgeklügelten Videosystem überwacht. Mindestens zwei Kameras hatten das Auto längst erfasst. Ayden atmete tief durch, griff nach der Spraydose auf dem Beifahrersitz und öffnete die Tür. Von dem Augenblick an, in dem er ausstieg, gab es kein Zurück mehr. Zielstrebig ging er den kürzesten Weg zum Haupteingang. Den Schriftzug anzubringen, kostete ihn höchstens eine Minute.

Red Rage. … der werfe den ersten Stein.

Zum ersten Mal war die Nachricht nicht nur auf Wirkung bedacht, sondern hatte eine persönliche Bedeutung.

Der Stein traf ihn am Hinterkopf. Er spürte einen Schlag, fasste mit seiner Hand mitten in den Schmerz und fühlte Blut, das durch seine Finger sickerte. Links und rechts von ihm gingen Mitschüler an ihm vorbei. Die meisten von ihnen schauten demonstrativ weg. Er drehte sich um. Kein Gesicht, das aus der Menge herausstach, niemand, der sich *als die Person zu erkennen gab, die den Stein geworfen hatte. Er reihte sich wieder ein in den Strom, trieb mit ihm durch das Eingangstor, die Korridore entlang ins Klassenzimmer, wo er sich auf seinen Stuhl setzte. Das Blut an seiner Hand wischte er an der dunklen Hose trocken. Das Blut aus seiner Wunde rann in den Nacken, wurde vom weißen Hemd aufgesogen und versiegte irgendwann. Am Ende der Stunde stand Rose vor ihm. »Bist du in Ordnung?«*

Er brachte keinen Ton hervor. Selbst wenn, hätte er nicht gewusst, was er ihr sagen sollte.

Nach der Schule fing ihn Glenn ab. »Lass die Finger von meiner Schwester«, zischte er.

Getrieben von seinen Erinnerungen, rannte Ayden los. Den Wagen brauchte er nicht mehr. Von jetzt an war er zu Fuß schneller. Er überquerte den Hof und bog vor dem Sportplatz auf den zu dieser Nachtzeit unbeleuchteten Gehweg ab, der ins Zentrum führte. Ayden benötigte kein Licht. Er kannte jeden Meter seines ehemaligen Schulwegs.

Kurz vor der Stelle, an der der Pfad in die Straße mündete, stellte sich ihm unvermittelt eine Gestalt in den Weg. Ayden prallte gegen einen harten, durchtrainierten Körper. Glenn, schoss es ihm durch den Kopf, während ihn ein Schlag gegen seine Niere zu Boden gehen ließ. Ein unsinniger Gedanke. Falls Glenn überhaupt noch in Muldon wohnte, schlief er tief und fest. Keuchend versuchte Ayden aufzustehen. Ein zweiter Schlag fegte ihn endgültig von den Beinen. Die Gestalt kauerte sich neben ihn.

»Nicht so eilig«, sagte Coach 1. »Der Boss hat eine Nachricht für dich, bevor es losgeht.«

Schwerfällig setzte Ayden sich auf. In seinem Mund sammelte sich Blut. Er drehte den Kopf und spuckte es aus. »Der letzte Ort?«

Coach 1 schüttelte den Kopf und hielt ihm ein Handy hin.

Das Foto auf dem Display war ein Standbild aus einem Film, zu unscharf, um etwas zu erkennen.

»Für den Fall, dass du ein linkes Ding versuchst. Könnte ja sein, dass du dich mit deinem Ex-Bullenfreund Miller abgesprochen hast.« Er drückte den Abspielknopf.

Ein Schwall Wasser ergoss sich auf ein Gesicht. Ayden hörte ein panisches Ringen nach Luft, Husten, heisere Schreie voller Schmerz. Er erkannte zuerst die blonden Haare, dann, als kein Wasser mehr floss, auch das Gesicht. Würgend beugte er sich zur Seite. Diesmal spuckte er nicht nur Blut.

»Der Film ist noch nicht fertig«, sagte der Coach. »Ich an deiner Stelle würde ihn mir gut anschauen.«

Ayden wischte sich mit der Hand über den Mund und zwang sich, auf das Display zu schauen.

Kata saß in einem Wagen. Den Mann neben ihr konnte man nicht sehen, nur einen Teil seines Arms und seine Hand. Er hielt ihr ein Messer gegen den Hals und zog damit eine feine Linie. Bluttropfen perlten aus der Wunde. Die Hand mit dem Messer wanderte nach unten. Über Katas Brust, bis zwischen ihre Beine, die sich unter dem Druck der Klinge öffneten.

Es gab nichts mehr, das Ayden ausspucken konnte. »Ich kenne die Regeln«, quetschte er aus sich heraus. »Bis jetzt habe ich keine gebrochen. Wenn du willst, kannst du mitkommen und die Sache mit mir durchziehen.«

Coach 1 lachte. »Kein Bedarf. Es gibt andere Möglichkeiten, dich im Auge zu behalten. Wir haben vorgesorgt und Kameras und Wanzen im Haus von Sam Miller angebracht. Eine falsche Entscheidung von dir und deine Freunde sind tot.«

Als ob es diese Drohung noch gebraucht hätte!

»Was ist mit dem letzten Ort?«, fragte Ayden.

»Wo wir uns zu unserem großen Finale treffen, erfährst du erst, wenn ich sicher bin, dass du meine Aufträge ausgeführt und mich nicht verraten hast«, hatte Owen gesagt.

»Später«, antwortete Coach 1.

»Ich geh da rein und zieh das Ding durch. Es gibt kein Später. Oder willst du mich etwa anrufen?«

»Nicht nötig.« Der Coach ließ das Mobiltelefon in seine Jackentasche gleiten. »Einer unserer Männer wird nach der Sache im Haus sein, um sämtliche Spuren zu vernichten, die zu uns führen. Er gibt dir den Namen des Ortes.«

Keine Spuren. Ayden wusste, was das bedeutete. Was immer er tat: Jemand, den er liebte, würde sterben.

Doktor Gartenberg weckte Nathan. Neben ihr stand Burton, der sein Versprechen gehalten hatte und zurückgekommen war, an seiner Seite ein Mann, auf dessen Anwesenheit Nathan gut hätte verzichten können. Beide wirkten erschüttert.

»Es tut mir leid«, entschuldigte sich Doktor Gartenberg für etwas, das Nathan verpasst zu haben schien. »Ich habe Ihnen gesagt, dass es ein schwer zu ertragender Anblick sein würde.« Sie warf Burton einen strengen Blick zu. »Und ich habe Ihnen davon abgeraten. Bevor Sie also beginnen, möchte ich das Einverständnis von Mr MacArran haben.«

»Nathan MacArran«, begann Burton förmlich. »Wir brauchen Ihr Einverständnis für eine weitere Befragung.«

Schicken Sie den Idioten neben Ihnen zur Hölle und schießen Sie los, bevor wir noch mehr Zeit verschwenden, dachte Nathan. Für so viel Text reichte seine Kraft nicht. »Einverstanden.« Er musste das Wort in seine Silben zerlegen, um es aussprechen zu können. Wie er einen Einsatz schaffen sollte, wusste er nicht. Der Schlaf hatte ihm keine Erholung gebracht, im Gegenteil. Er war in der Hölle gewesen und erleichtert darüber, dass Doktor Gartenberg ihn dort herausgeholt hatte.

Burton versprach der Ärztin, sie sofort zu alarmieren, falls es die Situation erforderte. Sobald sie das Zimmer verlassen hatte, kam er direkt auf den Punkt. »Dass du meinen Kollegen Ingham nicht leiden kannst, weiß ich, MacArran. Das ist einer von zwei Gründen, warum er hier ist. Eure gegenseitige Abneigung ist echt. Genau das, was wir brauchen. Außer ihm habe ich niemanden in das eingeweiht, was du mir verraten hast. Bevor du jetzt deine Klappe aufreißt und mir etwas zu erklären versuchst: Ich vertraue ihm zu hundert Prozent. Und du solltest ihm dankbar sein. Er riskiert seinen Job für das, was wir heute tun werden.«

Nicht nur er. Nathan erinnerte sich an Burtons Bemerkung, verheiratet zu ein. Vielleicht hatte er sogar Kinder. Der Mann hatte sehr viel zu verlieren. Und trotzdem half er ihm.

»Wir unternehmen nichts, bevor Morgan den ersten Schritt getan hat.« Burton redete langsam und deutlich. »Keine Präsenz vor Ort, keine Bewegungen meiner Truppe. Aber wir sind vorbereitet.«

»Ich sagte doch …«

»Wenn ich von vorbereitet spreche, spreche ich von mir, Ingham und einem kleinen Kreis von Männern und Frauen, auf die ich mich verlassen kann.«

Nathan dachte an den falschen Beamten. An die Schwester, die es bis in Josephs Zimmer geschafft hatte. An all die möglichen Lecks. Am Ende blieb ihm dennoch nichts anderes, als Burton zu trauen.

Der Ermittler legte seine Hand auf Nathans Schulter. »Hörst du mir noch zu?«

»Ja.«

»Gut. Dann erkläre ich dir jetzt, wie ich mir die Sache mit meinem Tod vorstelle, und wie wir uns Owen holen.«

Es klang entschlossen. Es klang vor allem verrückt. Und es war verrückt. Nathan glaubte nicht, dass auch nur einer von Burtons Vorgesetzten ihm für dieses Vorhaben die Einwilligung gegeben hätte. Er schaute Ingham an. Der Mann konnte diesem Irrsinn unmöglich zugestimmt haben.

»Sie haben Ihre Gedanken mir gegenüber schon immer schlecht verborgen, MacArran«, sagte Ingham. »Ihre Sorge sollte Ihnen gelten, nicht mir. In Ihrem Zustand sind Sie das größte Risiko im ganzen Ablauf. Wenn Sie versagen, können wir Ihnen nicht helfen.« Er zwinkerte Nathan zu. »Keine Angst, ich bin ein guter Schütze.«

Ohne Gegenwehr bestieg Kata das Kleinflugzeug, mit dem sie durch die Nacht flogen, ohne Widerstand wechselte sie in den Geländewagen, der am Ende des Rollfelds auf sie wartete. Längst war ihr klar geworden, dass sie Nathan nicht sehen würde. Nicht einmal John verschleppte zwei Menschen innerhalb kürzester Zeit getrennt über eine solch riesige Distanz. Er hatte sie auseinandergerissen. Kata war auf sich gestellt.

Eingeklemmt zwischen Ward und Brown saß sie auf dem Rücksitz. John musste beim Planen dieser Fahrt tiefe Genugtuung empfunden haben. Ein *Déjà vu*, würde er es nennen. Er, der Belesene, der immer das richtige Wort kannte, der kultivierte Mann mit den zwei Gesichtern, der so gerne mit hohen Einsätzen spielte. Als Kata das letzte Mal in einem Geländewagen zwischen zwei Männern gefangen gewesen war, hatte John sein Spiel und beinahe auch sein Leben verloren. Sie stellte sich die tiefe Befriedigung vor, mit der er das Geschehen verfolgte. Er brauchte nicht vor Ort zu sein. Seine Männer und die Medien versorgten ihn mit Wort und Bild. In wenigen Stunden würde die nächste Phase seines Plans wie eine Urgewalt über sämtliche Kanäle hereinbrechen.

Kata trotzte der Angst, indem sie sich die Landschaft einprägte, durch die sie fuhren. Zwischen den Vordersitzen hindurch sah sie im Licht der Scheinwerfer eine schmale, asphaltierte Straße. Ab und zu passierten sie kleine Siedlungen, nicht mehr als das gehäufte Auftreten von ein paar Häusern.

Die Art der Gebäude deutete auf Großbritannien oder Irland hin, den Ortsnamen zufolge vermutlich Schottland. Die kleinen Streusiedlungen und die Single Track Roads, diese einspurigen Straßen mit Ausweichbuchten, sprachen für eine abgelegene Gegend. Das karge, steinige Land war entweder ein Zeichen dafür, dass sie sich in der Nähe einer Küste aufhielten, oder in den Highlands von Schottland. Nach dem Queren einer kleinen Hochebene bogen sie auf einen Nebenweg ein. Vor ihnen lag eine mit Schlaglöchern gesäumte Naturstraße, die Kata an den Weg zu Nathans Bucht erinnerte.

Der Fahrer nahm Tempo weg. Trotzdem konnte er heftige Bewegungen nicht verhindern. Während Ward das Rütteln stoisch über sich ergehen ließ, nutzte Brown die Gelegenheit. Er drückte sich absichtlich gegen Kata. Seine Hand tastete sich zwischen ihre Schenkel, rieb über den Stoff ihrer Hose. Kata widerstand dem Impuls, ihm eine zu scheuern. Sie hatte seine Begierde gespürt, als er mit beschleunigtem Atem das Messer über ihren Körper gleiten lassen hatte. In Gegenwart von Ward konnte er ihr nichts tun. Sie jedoch kannte seine schwache Stelle und konnte sie später vielleicht für sich nutzen.

»Lass das!«, sagte Ward nach einer Weile.

»Was?«, fragte Brown unschuldig, aber er zog seine Hand zurück.

Mitten in der Stille, die dem Rüffel von Ward folgte, tauchte aus dem Nichts eine Mauer auf, die ihnen den Weg abzuschneiden schien. Der Geländewagen fuhr direkt auf sie zu. Vor einem riesigen hölzernen Tor bremste der Fahrer ab. Brown stieg aus, schob den Riegel zurück und stieß das Tor auf. Nachdem er wieder eingestiegen war, steuerten sie auf ein u-förmiges Gebäude zu, das sich unter einem sichelförmigen Mond und einem Himmel voller Sterne vor ihnen abzeichnete.

Der Fahrer lenkte den Wagen in einen Innenhof, vorbei an den zwei einstöckigen Längsteilen. Einer davon lag in völligem Dunkel, im anderen erhellte flackerndes Licht die Fenster. Der Verbindungstrakt bestand ebenfalls aus einem Stockwerk, allerdings war er höher als die beiden Gebäudeflügel und von hohen Bogenfenstern gesäumt, durch die Licht in den Hof fiel.

»Endstation«, sagte Ward.

Endstation. Wie sehr der Begriff doch passte! Sie befanden sich an einem Ort am Ende der Welt. Ein Kloster konnte es nicht sein, obwohl vieles daran erinnerte. Die Glockentürme fehlten. Vielleicht eine alte Farm mit umgebauten Stallungen.

Brown öffnete die imposante Eingangstür in der Mitte des Verbindungstrakts. Hinter ihr lauerten die Dämonen. Kata fühlte sie im kalten Luftzug, sah sie im aufsteigenden Rauch der Kerzen in der Eingangshalle, hörte sie im lauten Knarren und dem ihm folgenden Knall, mit dem die Tür hinter ihr zuging. Es war, als hätten sie ein makabres Feriendomizil Satans betreten, und vielleicht stimmte das sogar, denn John Owen mochte nicht der Leibhaftige, aber zumindest in seinen Taten von ihm inspiriert sein.

Seine zwei Helfer nahmen Kata in ihre Mitte. Ein roter Teppich dämpfte ihre Schritte. Zwei kurze Treppen zweigten nach links und rechts weg. Brown und Ward führten Kata über die steinernen Stufen auf der rechten Seite, auch sie in der Mitte mit einem roten Teppich ausgelegt. Vor ihnen lag eine Art Lobby mit hohen Buchregalen, antiken Schränken, wuchtigen Ledersesseln und Beistelltischen. Kata wäre nicht überrascht gewesen, John in einem der Sessel beim Kamin mit dem lodernden Feuer zu entdecken. Beinahe enttäuscht stellte sie sein Fehlen fest.

Sie durchquerten den Raum und bogen in den Gang des beleuchteten Längsteils ein. Auf der linken Seite reihte sich Tür an Tür, jede aus uraltem Holz, alle mit Beschlägen und Riegeln aus einer anderen Zeit. Zwischen ihnen flackerten, wie schon in der Eingangshalle, die Lichter von weißen Kerzen. Es sah aus wie in einem Kloster, in das sich Glaubensbrüder oder Glaubensschwestern vor Jahrhunderten zu einem einsamen Leben mit Gott zurückgezogen hatten. Doch Gott war nicht hier. Das Gemäuer atmete den Tod.

»Hier rein!«, befahl Ward.

Brown entriegelte eine der Türen im hinteren Drittel des Ganges. Die Zelle dahinter war ungefähr einen Meter länger als das Bett an der Wand und höchstens zwei Meter breit. Das vergitterte Fenster hatte keine Scheibe, was die Kälte erklärte, die in dem Raum herrschte. Brown zündete die Kerze in der Wandnische über dem Bett an. Kata fröstelte. »Wo ist die Toilette?«

Ward lachte und zeigte auf eine Keramikschüssel mit einem Henkel.

Nachdem die beiden Männer sie allein gelassen hatten, trat Kata an die Gitter. Mit jeder Minute, die sie in die Nacht schaute, zeichneten sich die Konturen deutlicher ab.

Auf der Wiese vor ihr standen vier alte Bäume. Riesig, noch ohne Laub, mit unförmigen, verzweigten Ästen, die Kata vorkamen wie ausgebreitete Arme von Geisterwesen. Dahinter lag eine Bucht mit silberweißem Sand, eingebettet zwischen felsigen Klippen. Es war etwas vom Schönsten und gleichzeitig etwas vom Unheimlichsten, das Kata je gesehen hatte.

Sie trat einen Schritt zurück. Vor die Landschaft, die eben noch wie ein Wunder vor ihr gelegen hatte, schoben sich Gitterstäbe. Die Tür war verschlossen, das brauchte Kata nicht zu kontrollieren. Sie hatte das Klicken und das Schieben des Riegels gehört. Mit ihren Händen strich sie über die kalten Steine und ertastete Rillen. Bei genauerem Hinsehen entpuppten sie sich als eingeritzte Striche, nicht zu Fünfer-, sondern zu Siebnergruppen gebündelt. Jemand hatte die Wochentage gezählt.

Kata legte sich auf das Bett und wickelte sich in die Decken ein. Sie kratzten. Warm gaben sie auch nicht wirklich. Schlaflos wälzte sie sich auf der harten Matratze. Ihre Gedanken jagten durch die Ereignisse der letzten Tage, blieben an Details hängen und verhedderten sich in ihnen, nur um sich einen Moment zu lösen und sich an völlig anderen Bildern und Eindrücken festzusaugen.

Ich habe Leute, doch die können nicht überall sein, sagte Henriette in Katas Kopf, und plötzlich wusste sie, was sie an der Frau im Café in Plymouth irritiert hatte. Sie erinnerte in ihrer Eleganz und der Selbstverständlichkeit, mit der sie sich bewegte, an Henriette. Das alleine reichte nicht für eine Verbindung zwischen den beiden Frauen. Das Glied, welches sie verband, war Aydens Bild. Er hätte Kata erzählt, dass er es Henriette geschenkt hatte. Es gab nur einen Grund, weshalb er es nicht getan hatte. Er war nicht mehr dazu gekommen. Er musste das Bild also kurz vor dem Brand in Henrys Wohnung gebracht haben. Henriette konnte unmöglich so schnell von einem Arbeitseinsatz an irgendeinem Ende der Welt in Plymouth sein. Sie musste jemanden vor Ort haben, der mit ihr zusammenarbeitete. Ihre Leute. Diese Frau, die Kata ins Café gefolgt war und gesehen hatte, wie sie den falschen Beamten in die Hände gelaufen war, war eine von ihnen. Raix hatte von einem Hoffnungsschimmer gesprochen, als er von der Spur nach Portugal erzählt hatte. Vielleicht glimmte so ein Schimmer irgendwo auch für Kata.

So, wie es einen Horizont hinter den Gitterstäben gab, konnte es eine Zukunft für sie und Ayden geben. Daran wollte sie glauben. Noch war diese Zukunft nicht mehr als eine feine unerreichbare Linie in der Ferne, Katas Spuren vielleicht zu schwach, um ihnen zu folgen. Doch sogar wenn sie jenseits aller Hoffnung und Hilfe war, dann hatte sie immer noch sich.

Sie hatte John einmal umgebracht. Sie konnte es auch ein zweites Mal schaffen.

Sams und Sarahs weiß getünchtes Haus am Ende der Straße leuchtete selbst im Dunkeln, ein gemütliches Heim zweier Menschen, die das Böse kannten, sich jedoch nie von ihm einnehmen lassen hatten. Sam interessierte jedes Detail einer Ermittlung, die Einrichtung des Hauses überließ er Sarah. In den wenigen Monaten, die Ayden bei ihr und Sam gewohnt hatte, hatte sie Möbel frisch gestrichen und umgestellt und die Räume neu dekoriert. Als er in seinem Zorn den Tisch leer gefegt hatte, war weit mehr als nur Geschirr kaputtgegangen. Heute würde er in Sarahs Welt eindringen und sie zerstören.

Er presste sich gegen die Hecke auf der gegenüberliegenden Seite des Hauses. Nichts deutete darauf hin, dass er erwartet wurde, aber vielleicht richtete in diesem Augenblick ein Scharfschütze seine Waffe auf ihn. Reflexartig zog Ayden den Kopf ein und hielt den Atem an. Nichts geschah. Er durfte sich nicht verrückt machen lassen. Langsam atmete er wieder aus und tastete nach dem Spray in der Jackentasche. Bis jetzt hatte er nur ein Ziel gehabt: Es bis zu Sam zu schaffen. Nun schnürte ihm die Angst die Kehle zu. Die Dose in seiner Hand zitterte. Er hob sie an. Der erste Buchstabe kam ihm vor wie eine Entweihung. Grell prangte das R an der weißen Wand. Ihm folgte Buchstabe um Buchstabe.

Red Rage! Sam, du bist schuld!

Eine Lüge, aus der rote Farbe in dünnen Rinnsalen wie Blut über die Mauer lief.

»Rose ist in Gefahr. Bitte hilf mir.«

Es war Aydens erster Anruf bei Sam nach seinem jähen Verschwinden.

»Findest du nicht, du schuldest mir nach all der Zeit zuerst ein paar Erklärungen?«, fragte Sam.

Sie trafen sich in einem Pub eines kleinen Küstenortes zwischen Muldon und Plymouth. Ayden erzählte Sam von seinem neuen Leben mit Joseph und Rose. »Ich hab's hinbekommen, Sam«, sagte er. »Aber da ist etwas, das mir Sorgen macht.«

Er erzählte Sam von einem seltsamen Fremden, der ihm und Rose mit wirren Botschaften nachstellte, sie beobachtete und auch fotografierte. Als Beweis zeigte er ihm Bilder von sich und Rose, die sie per Post erhalten hatten, glückliche gemeinsame Momente, festgehalten in unheimlichem Schwarz-Weiß. Sam versprach, der Sache nachzugehen. Er fand heraus, dass der Mann der Vater von Jamie Hamilton war, und redete mit ihm. Hamilton gab sich vernünftig und einsichtig. Er sei in Therapie und werde mit den Belästigungen aufhören. Obwohl Sam Zweifel hatte, sah er keine unmittelbare Gefahr in dem Mann. Zwei Wochen später fing Hamilton Rose auf dem Weg von der Arbeit ab. Er betäubte und entführte sie und schickte Ayden eine Botschaft mit der Bedingung, keine Polizei einzuschalten.

Ayden informierte Sam und raste mit Josephs Motorrad los. Hamilton ließ ihm und Rose keine Chance. Er schoss auf Ayden und stürzte sich mit Rose über die Klippe. Sam kam einige entscheidende Sekunden zu spät. Er konnte weder den Schuss noch den Sturz verhindern.

Ayden legte die Dose hin und griff in seine Hosentasche. Dort lag kalt und schwer das Messer aus dem Souvenirladen, mit einer Klinge, die töten konnte. Er zog es heraus und klappte es auf. Es klickte leise. Dennoch schien das Geräusch die Nacht zu füllen. Ayden starrte auf die Klinge.

Er konnte das nicht.

Er konnte Sarah nicht wehtun.

Er konnte Sam nicht töten.

Dann stirbt Kata.

Ayden klammerte sich an den Türrahmen. In seinem Kopf schrillte die Klingel, bevor er sie überhaupt gedrückt hatte.

Aus seiner Zeit bei Sam kannte Ayden den Ablauf, den ein

nächtlicher Weckruf zur Folge hatte. Sam schlüpfte in die Hose, die er stets griffbereit neben dem Bett hatte, weil er fand, er verscherze sich jeden Respekt, wenn er sich seinen Besuchern in Boxershorts zeigte. Danach steckte er seine Waffe hinten in den Hosenbund und ging im Dunkeln nach unten, wo er durch den Sucher in der Tür schaute. Genau das würde er auch jetzt tun. Die Frage war nur, ob er die Waffe vor dem Öffnen der Tür zog oder erst einmal abwartete, was Ayden tat. Ayden wusste es nicht, nur, dass er mit einem Messer gegen eine gezückte Pistole keine Chance hatte. Minutenlang verharrte er, ohne sich zu bewegen. Dann fuhr er sich mit der Klinge über den Arm. Während er durch die Haut in sein Fleisch schnitt, dachte er an Kata. Den Schmerz akzeptierte er als Strafe für das, was er gleich tun würde. Blut quoll aus der Wunde. Ayden klappte das Messer zu und steckte es zurück in die Hosentasche. Dort hielt er es fest umklammert und drückte endlich die Klingel. Der Ton war immer noch derselbe.

Im oberen Stockwerk blieb es dunkel. Gefühlte Ewigkeiten später knarrte der Dielenboden im Flur, gefolgt von Stille. Ayden glaubte, Sams Blick durch den Sucher auf sich zu fühlen. Über seinen linken Arm und seine Hand floss Blut, rann durch die Finger und versickerte im Stoff der Jacke. Die Tür wurde aufgerissen. Sam stand vor ihm, keine Überraschung im Gesicht, dafür seine Waffe auf ihn gerichtet.

»Hände aus den Taschen, Ayden.«

»Lass mich rein.«

Es war nicht mehr nur die Angst, die Ayden den Schweiß auf die Stirn trieb. Ihm war schlecht vor Schmerzen.

»Oder?«, fragte Sam.

»Lass mich rein!«

Sam hob die Pistole. »Nein! Ich werde dich erschießen, wenn du nicht aufgibst.«

Es lag echtes Bedauern in seiner Stimme. Hatten ihn Nathan und Kata nicht gewarnt? Oder war er gewarnt und tat das, was er immer tat: Das, was er für richtig hielt?

Ayden wankte und schaute an sich hinunter. Sam folgte seinem Blick. Blut tropfte vom Saum der Jacke auf den Boden.

»Was …«

Bevor Sam seine Frage stellen konnte, kippte Ayden nach vorn. Sam fing ihn auf. Das war der Moment, auf den Ayden gewartet hatte. Noch während Sam seine Arme um ihn schlang, um ihn aufzufangen, zog er das Messer aus der Tasche, ließ es aufschnappen und hielt es an Sams Hals.

»Lass mich los und gib mir deine Waffe.«

»Vergiss es, Ayden! Was immer du vorhast, es ist hier zu Ende.« Sams Mund streifte Aydens Ohr. »Spiel.« Es war kaum mehr als ein Atemzug. Trotzdem begriff Ayden, was Sam ihm mitteilen wollte. Er wusste Bescheid. Vor Erleichterung wurde ihm schwarz vor den Augen. Er musste sich zusammenreißen!

»Halt den Mund!« Ayden drückte Sam die Klinge gegen die Haut und drängte ihn in den Flur. »Ich habe nichts zu verlieren. Tu verdammt noch mal, was ich dir sage!«

Sam gehorchte. Vorsichtig reichte er Ayden seine Pistole. Ayden griff mit seiner blutverschmierten Hand danach und hob sie an. »Ich habe mir den Arm aufgeschnitten, um an diese Waffe zu kommen, Sam. Wenn du nicht tust, was ich sage, werde ich schießen, glaub mir.«

Sam nickte. »Mach keinen Unsinn. Sie ist entsichert.«

Auf der Treppe knarrte es.

»Ich kann dich hören, Sarah«, rief Ayden, ohne sich umzudrehen. »Bleib stehen oder ich schieße auf Sam.«

»Das glaube ich nicht, Ayden. So etwas könntest du nicht tun.«

Ihre Stimme klang wie damals. Weich und trotzdem bestimmt.

»Fordere es nicht heraus!« Das Sprechen fiel Ayden schwer. Der Arm, mit dem er die Waffe hielt, zitterte unkontrolliert. »Ins Wohnzimmer. Beide!«

Er presste sich gegen die Wand, damit Sarah an ihm vorbeikonnte. Sie blieb direkt auf seiner Höhe stehen. Einen Augenblick hatte er Angst, sie würde ihm einfach entgegentreten, obwohl er in beiden Händen eine Waffe hielt, doch sie schaute ihn nur an. »Was ist bloß aus dir geworden?«

Ihre Worte taten beinahe so weh wie der Schnitt mit dem Messer.

»Ins Wohnzimmer!«

Aydens Stimme bebte. Ihm war schwindlig.

Außer dem Grundriss hatte der Raum, den er nach den beiden betrat, nicht viel mit dem gemeinsam, in dem Ayden für eine Weile ein Zuhause gefunden hatte. Wände und Vorhänge hatten die Farbe gewechselt, das Sofa war einer hellen Sitzgruppe mit bunten Kissen gewichen, die massiven Möbel durch leichte ersetzt worden. Nur beim Bücherregal stand immer noch Sams abgewetzter Ledersessel, und auf den breiten Fenstersimsen lagen dekorativ von Sarah gesammelte Steine und Schwemmholzstücke. Es war ein Eindringen in eine Idylle. Instinktiv zog Ayden den verletzten Arm an seinen Körper. Trotzdem konnte er nicht verhindern, dass er eine Blutspur über den Teppich zog.

Sam blieb stehen. »Lass Sarah gehen!«

Ayden schüttelte den Kopf.

»Das ist eine Sache zwischen dir und mir«, drängte Sam. »Ich habe den Mord an Rose nicht verhindern können.« Er trat einen Schritt auf Ayden zu. »Wenn jemand schuld ist, dann ich. Sarah hatte damit nichts zu tun.«

»Stopp!«, befahl Ayden.

»Lass Sarah gehen«, wiederholte Sam eindringlich.

»Das kann ich nicht.«

Sam kam noch einen Schritt näher, obwohl der Lauf der Pistole direkt auf ihn zielte. »Du wirst nicht auf mich schießen. Du kannst gar nicht auf mich schießen. Nicht mit diesem Arm.«

Was sollte das? Sam wusste, dass Ayden nicht auf ihn schießen würde! Warum forderte er es dann heraus? Ayden wich zurück. Sam setzte zu einem weiteren Schritt an. Vor Aydens Augen flimmerte es. Er blinzelte. Sein Finger berührte den Abzug.

Sei vorsichtig. Sie ist entsichert.

Warum hatte Sam das gesagt? Wollte er, dass Ayden schoss?

»Es ist vorbei«, sagte Sam. »Leg die Pistole auf den Tisch.«

»Bleib stehen!«, schrie Ayden.

Sam streckte den Arm aus und tat den nächsten Schritt. In seiner Hand lag das Leben von Kata. Das musste er wissen! Und er tat es dennoch? Warum?

Spiel.

War es das wirklich? Wie weit ging es? Ayden zwang seinen Arm nach links, so weit, dass er Sam verfehlen musste, und drückte ab. Der Rückschlag brachte ihn ins Taumeln, er ließ die Pistole fallen, in seinen Ohren pfiff es.

Sam lag auf dem Boden. Ungläubig legte er seine Hand auf den nassen, roten Fleck auf seinem T-Shirt, der sich schnell ausbreitete.

»Ein Arzt!«, rief Sarah. »Wir brauchen einen Arzt!«

Sie kniete sich neben Sam und hob seinen Kopf an.

»Blutung stoppen«, sagte er heiser.

Ayden klammerte sich an die Lehne eines Stuhls, unfähig, einen Ton von sich zu geben, unfähig sich zu regen, unfähig zu irgendeiner Handlung. Er hatte Sam getroffen!

Sarah stand auf. »Ich gehe jetzt ins Bad und du wirst mich nicht daran hindern, Tyler Carlton.«

Der Tyler Carlton, von dem die Medien redeten, war ein Produkt von John Owen. Den Namen von Sarah ins Gesicht gespuckt zu bekommen, traf Ayden mitten ins Herz. Es löschte die letzten sechs Jahre seines Lebens. Bei Sarah und Sam war er zu Ayden geworden. Sarah machte ihn wieder zu Tyler. Ayden stellte sich ihr nicht in den Weg. Er war zu dem Monster geworden, das die Menschen in ihm sahen.

Wie durch einen trüben Filter beobachtete er Sarah. Sie kam mit Verbandsmaterial und Handtüchern zurück. Ohne Ayden zu beachten, kauerte sie sich neben Sam, schob sein T-Shirt hoch und presste ein Handtuch auf seine Wunde.

»Er braucht einen Arzt«, wiederholte sie ruhig, aber entschieden. Die Art, wie sie ihn dabei anschaute, konnte Ayden nicht deuten. Ihr Blick schweifte ab, hin zu einem Bild auf dem Regal. Es zeigte sie bei einer Aufführung von *Die Katze auf dem heißen Blechdach*. Ayden verstand nicht sofort, was sie ihm damit signalisieren wollte. Bis ihm endlich klar wurde, dass Tyler Carlton für Sarah nichts anderes als ein Gegenspieler in einem Bühnenstück war, das sie für John Owen aufführte, war sie längst dabei, Sam einen Druckverband auf eine Wunde zu legen, die keine war. Falsches Blut und aufgeschminkte Wunden bildeten einen Teil von Sarahs Theaterleben. Sie war ein Profi darin. Das einzig echte Blut in diesem Raum war das, das immer noch aus Aydens Schnitt am Arm rann.

14.

Mit dem ersten Tageslicht löste sich der Horizont hinter den Gittern im Nebel auf. Bei ihrer Ankunft war Kata noch sicher gewesen, das Richtige getan zu haben, und schon bald John zu begegnen. Jetzt schlich sich der Zweifel ein. Was, wenn John ihre Strafe wieder an einen anderen delegierte? So, wie damals an Henry? Hatte ihr John verraten, wer sie aus dem Wagen ihrer Eltern geholt hatte, weil es auch diesmal Henry sein würde, der die Drecksarbeit für ihn erledigte? Oder zeigte ihr John, wie wenig wichtig sie ihm war, indem er Ward oder Brown damit beauftragte, sie am Ende umzubringen? Plante er ein schäbiges, schmutziges Ende ohne große Gesten für die Person, die ihn verraten hatte? Die Unruhe, die mit diesen Gedanken aufkam, trieb Kata aus dem Bett ans Fenster.

Vor der sichelförmigen Bucht kreuzte eine kleine Segeljacht. Das konnte Zufall sein. Vielleicht aber befand sich auf dem Boot eine Frau, die mit dem Leben auf See herzlich wenig anfangen konnte. Und vielleicht hatte sie jemanden dabei, der sich damit auskannte. Richtig gut. Es war mehr ein Traum als eine Hoffnung, doch allein die Vorstellung, Henriette und Ronan in ihrer Nähe zu haben, gab Kata Kraft. Sie stellte sich vor, wie die Jacht noch etwas weiter segelte und dann außer Sichtweite vor Anker ging.

Schritte im Flur lenkten ihre Aufmerksamkeit auf den Eingang der Zelle. Wenig später wurde der Riegel zurückgeschoben.

Ward öffnete die Tür. »Der Boss will dich sehen.«

Katas Herz klopfte schneller. Der Boss? Redete Ward von John? Sie warf einen letzten Blick durch das Gitter und folgte ihrem Bewacher in die Halle. Das Licht der Kerzen war erloschen, im Kamin brannte ein neues Feuer. In einem der Sessel saß ein Mann, dessen Augen Kata an einen Wolf erinnerten. Als er sie kommen sah, stand er auf.

»Kata Steel.« Er deutete eine Verneigung an. »Willkommen in *Tally Cove*. Setz dich.«

»Ich stehe lieber.«

»Wie du willst. Aber du solltest wissen, dass es länger dauern könnte.«

Der Mann griff nach etwas auf dem Kaminsims, das wie eine Fernbedienung aussah und so gar nicht an diesen Ort passen wollte. Er drückte auf einen Knopf und an der Wand gegenüber schob sich wie von Geisterhand ein riesiges Gemälde zur Seite. Zum Vorschein kam ein Flachbildschirm. Nach einem weiteren Knopfdruck blendete sich gestochen scharf ein Nachrichtensender ein.

Die Uhr am rechten oberen Bildrand zeigte 7.24 Uhr an. Auf der linken Seite prangte wie ein Logo der Schriftzug *Live aus Muldon*. Über den unteren Bildrand rollten Schlagzeilen. *Red Rage. Tyler Carltons Amoklauf erreicht einen neuen Höhepunkt. Spektakuläre Geiselnahme. Verletzter Ex-Beamter.* Am Nachrichtenpult interviewte eine der bekanntesten TV-Sprecherinnen des Landes eine Psychologin. Satzfetzen wirbelten durch Katas viel zu vollen Kopf. Sie setzte sich, bevor die Beine unter ihr nachgaben.

» … verlangt die Freilassung seiner Eltern. Julia, es ist in den letzten Tagen viel darüber spekuliert worden, was Carlton zu diesem beinahe beispiellosen Amoklauf getrieben hat. Sie haben Ihre eigene Theorie dazu.«

Die Psychologin, eine schwarz gekleidete Frau mit hochgestecktem braunem Haar, räusperte sich. »Nun, im Gegensatz zu anderen Berufskollegen glaube ich nur bedingt an unverheilte Wunden aus der Vergangenheit. Auf mich wirken Carltons Taten eiskalt und exakt geplant, geradezu so, als ob ihm dieser Rachefeldzug Vergnügen bereiten würde. Ich glaube, es geht ihm gar nicht so sehr um die Freilassung seiner Eltern.«

Der Mann neben Kata lachte. Sie fror. Die Frau hatte soeben, ohne es zu wissen, von John geredet.

Die Moderatorin schaute die Psychologin gespielt verwirrt an. »Worum dann, Julia?«

»Das, Monica, entzieht sich leider meiner Kenntnis. Ich denke aber, dass es wichtig wäre, genau das herauszufinden, wenn wir noch Schlimmeres verhindern wollen.«

»Danke, Julia. Und jetzt weiter zu den neusten Nachrichten aus Muldon, wo sich seit den frühen Morgenstunden zwei Personen in der Geiselhaft von Tyler Carlton befinden. Eine davon, Sam Miller, ist mit ziemlicher Sicherheit von einem Schuss getroffen worden. Carlton verweigert Ärzten den Zutritt zum Haus. Polizeisprecher Benedict Fisher hat auf Anfrage bestätigt, dass die Frau des Verwundeten, Sarah Miller, einen Appell an die Polizei gerichtet hat, auf alle Forderungen einzugehen, damit ihr Mann so schnell wie möglich in ein Krankenhaus überführt werden kann. Für uns live vor Ort ist Kevin Atkins. Kevin, was ist der Stand der Dinge? Wird die Polizei …«

Der Mann neben Kata zappte das Bild weg. »Es gibt Leute, die deinen Freund unterschätzt haben. Ich war immer von seiner Stärke und seinem Mut überzeugt. Er ist hart. Im Nehmen wie im Austeilen.«

Kata schaute ihn von der Seite her an. Das Haar zu einem Pferdeschwanz gebunden, graue Augen. Das musste der Wolf sein, von dem Ayden gesprochen hatte. Der unerbittliche Anführer der Schlägertruppe, die ihn in Josephs Lagerhalle verprügelt hatte. Sie erinnerte sich, wie Ayden danach ausgesehen hatte, und wusste, was der Mann damit meinte, dass Ayden gut einstecken konnte.

Keuchende Geräusche lenkten ihre Aufmerksamkeit wieder auf den Bildschirm. Die grobkörnigen Schwarz-Weiß-Aufnahmen zeigten ein Wohnzimmer schräg von oben. An einem Tisch saß Ayden, den linken Arm notdürftig eingebunden, vor sich ein Messer und eine Pistole. Auf dem Sofa der Sitzgruppe lag Sam. Blutbefleckte Tücher deckten eine Wunde über seiner Hüfte ab. Seine rechte Hand steckte in einer Handschelle. Sarah war mit der zweiten Schelle an ihn gekettet. Sie kniete apathisch vor ihm auf dem Boden, die Haare zerzaust, das XXL-T-Shirt an den Oberschenkeln hochgerutscht.

»Der Hausmeister des *R. F. Scott College* hat den Schriftzug um halb sieben entdeckt. Zwanzig Minuten später tauchte der erste Reporter an Millers Tür auf.« Der Wolf lächelte verächtlich. »Den Rest haben unsere Quellen bei der Polizei erledigt, indem sie Internas durchsickern ließen. Auf die Medien ist eben immer Verlass!«

»Was ist mit Sam?«, fragte Kata tonlos.

»Dein Freund hat auf ihn geschossen. Hat ihn übel erwischt.«

Es war wie im Krankenhaus bei Joseph, als Sam ihr vom Toten erzählt hatte, den Ayden umgebracht haben sollte. Die Worte des Wolfs erreichten Kata, ihr Sinn nicht. Ayden würde nicht auf Sam schießen. Nie.

»Das mit seinem Arm war er selber«, sagte der Wolf. »Hat das Messer angesetzt und ordentlich tief reingeschnitten. Er muss dich wirklich lieben, Kata Steel.«

Unter Kata schaukelte der Boden, der Raum um sie herum begann sich zu drehen.

»Du hättest sehen sollen, was der Kerl in Portugal für dich ausgehalten hat. Und das alles nur, um dich noch einmal zu sehen, bevor ihr beide das Zeitliche segnet.«

Das Schaukeln pendelte sich langsam ein und hörte auf. Ganz anders sah es in Katas Eingeweiden aus. Die schienen sich verknotet zu haben.

»Ich möchte zur Toilette«, bat sie.

Der Wolf hob die altertümliche Glocke, die auf dem Tisch stand, und klingelte zweimal. Kurz darauf betrat Brown den Raum.

»Bring Miss Steel zu den Waschräumen.«

»Gerne.« Brown grinste sie anzüglich an.

Kata verbarg ihren Ekel hinter einer Maske an Gleichgültigkeit. Bei Brown mochte das wirken, der Wolf jedoch, da war sie sicher, durchschaute sie. Sie stand auf und verließ zusammen mit Brown die Halle.

Keine Sekunde nachdem sie außer Sichtweite des Wolfs waren, streifte Brown mit seiner Hand wie beiläufig ihren Hintern, wahrscheinlich, weil ihm bewusst war, dass ihn in diesem Augenblick eine Kamera bei seinem Tun filmte. Im Korridor zu den Waschräumen hielt er sich auffällig zurück. Dieser Bereich war wohl besonders gut überwacht. Kata öffnete die Tür, die von einem uralten Symbol als Damentoilette gekennzeichnet war.

Vor ihr lag ein Raum mit offenen Toilettenabteilen. In den letzten beiden befanden sich Duschen. Rostige Gitter in den grauen Fliesen bildeten die Wasserabläufe. Kata machte kehrt. »Hier gehe ich nicht aufs Klo.«

»Es hat keine anderen Toiletten.« Browns Grinsen reichte von einem Ohr zum anderen.

»Hat es«, antwortete Kata.

John würde sich nie in einer türlosen Kabine vor anderen entblößen.

»Diese oder keine.«

»Die mit geschlossenen Türen und ohne Kamera.«

In Browns Hosentasche summte es. Er fischte ein Handy heraus und meldete sich mit einem zackigen »Hier Brown«.

Nachdem er wortlos zugehört hatte, hielt er Kata das Telefon hin. Sie drückte es ans Ohr, ohne sich zu melden.

»Man hat mir gesagt, Sie können ähnlich mutig und zäh sein wie Ihr Freund.«

Kata schwieg weiterhin.

Der Wolf lachte heiser. »Geben Sie mir Brown zurück.«

Wortlos reichte Kata Brown sein Handy und ließ ihn stehen. Sie kannte den Weg.

Er rannte ihr hinterher und packte sie am Arm. »Hier lang.« Mit sanftem Druck führte er sie in einen mit Teppichen ausgelegten Nebenkorridor. Die Tür, vor der er diesmal stehen blieb, hatte kein Schild. Brown deutete Kata mit einem Kopfnicken, sie zu öffnen. Sie betrat ein Badezimmer, das in jedes Luxushotel gepasst hätte, und schloss die Tür hinter sich. Als sie wieder zu Brown in den Flur trat, prickelte ihr Gesicht vom Wasser, mit dem sie es gewaschen hatte. Auf dem Weg durch die Gänge versuchte Brown noch einige Male, Kata zu berühren, doch sie wich seinen Händen so geschickt aus, dass er sein Scheitern dem Pech zuschob und nicht ihr.

Der Wolf empfing sie mit einer undurchdringlichen Miene. Mit keinem Wort ging er darauf ein, was soeben geschehen war.

»Du kommst gerade rechtzeitig«, sagte er. »Dein Freund telefoniert mit dem Chefermittler.«

Kata sah zu, wie Ayden müde, aber entschlossen, mit Burton redete.

»... vier Stunden. Der Helikopter landet direkt vor dem Haus. Keine Verhandlungen, keine Deals.«

»Wie geht es Sam?«

»Kann die Sache überleben, wenn ihr euch an die Vorgaben haltet.«

»Ich will ihn sprechen.«

»Und ich sagte kein Deal.«

»Er ist mein Freund, Mr Morgan.«

Eine Weile hörte man nur das Atmen der beiden Männer.

»Und ich dachte, er sei auch Ihrer«, fügte Burton an.

»Das war er.«

»Warum denken Sie, dass er es nicht mehr ist?«

»Vier Stunden, Burton«, antwortete Ayden. »Um genau zehn vor zwölf sind meine Eltern hier.«

»Lassen Sie wenigstens …«

Ayden unterbrach die Verbindung. Sein Blick ging zu Sam. »Wenn du vorher stirbst, muss ich Sarah umbringen.«

Sam murmelte etwas, das Kata nicht verstand. Sarah brach in Tränen aus.

Sam war gewarnt gewesen und hätte vorsichtig sein sollen. Es musste einen Grund geben, weshalb Ayden auf ihn geschossen hatte, doch er erschloss sich Kata nicht. So wenig, wie sie das Spiel in Aydens Verhalten finden konnte. Es sah alles echt aus. Hatte Ayden auf Sam geschossen, weil er sich zwischen ihr und Sam entscheiden musste?

»Ich will ihn sprechen«, sagte sie zum Wolf.

»Um ihm anzubieten, an Sams Stelle zu sterben?«

»Wir sterben sowieso«, antwortete sie hart.

»Nun, dein Freund scheint sich an die sinnlose Hoffnung zu klammern, dich retten zu können.«

»Sie irren sich.«

Der Wolf hob seine rechte Augenbraue. »Tue ich das?«

Kata ließ die Frage stehen. Das war stärker als jede Antwort, fand sie und setzte noch einen drauf. »Wo ist John?«

Sie hatte im Bad den Geruch seines Aftershaves wahrgenommen. Er musste hier sein oder zumindest hier gewesen sein.

»Geduld ist etwas, das du noch lernen musst, Kata Steel«, belehrte sie der Wolf. »Ich habe Tee für dich bestellt.«

Er schaltete zurück auf den Nachrichtenkanal. Ein junger Reporter mit Dreitagebart und Hornbrille stand vor einem kargen Bau aus Beton, das Haar vom Wind zerzaust, das Mikrofon dicht am Mund. »… das Gefängnis, in dem Laura Carlton ihre lebenslange Haftstrafe absitzt«, verkündete er mit jener Aufgeregtheit, die die meisten der Berichterstatter angenommen hatten. »Heute könnte sie von ihrem Sohn freigepresst werden, aber nur, um einer weit schlimmeren Bestrafung ins Auge sehen zu müssen. Weiter zu …«

»Geier.« In der Stimme des Wolfs lag eine Menge Verachtung. »Live dabei bis in den Tod.«

»Ich nehme an, von der letzten Etappe dieser tödlichen Reise wird die Presse ausgeschlossen sein«, ging Kata auf seine Andeutung ein.

Sie hatte in Lyon mit einem Bandenchef gesprochen. Die Begegnung mit Jamiro war nichts gewesen im Vergleich zu dieser Begegnung, und dennoch hatte sie Kata geholfen, sich auf einen Moment wie diesen vorzubereiten. Einen wie den Wolf beeindruckte man weder durch Weinen noch durch Flehen.

Er verzog die Mundwinkel zu einer Art Lächeln. »Du gibst dich gerne kaltblütig. Das gefällt mir.«

»Ihrem Boss hat es nicht gefallen.«

Ward erschien mit zwei Tassen. Er stellte beide auf den Tisch. Tee und Kaffee. Ein Anblick, der in Kata Erinnerungen auslöste. Sie sah Ayden vor sich. Wie er am Morgen mit zerzaustem Haar vor seinem Kaffee saß. Dunkle Augen unter langen Wimpern. Wenn ihn die Gefühle überrollten, wurden sie noch dunkler. Aber diese Augen konnten auch funkeln und leuchten. Manchmal, wenn Kata neben ihm lag, versank sie in ihnen. Selbst tief in diesen Augen hatte sie nie etwas Böses gefunden. Und nun zog Ayden eine Spur der Gewalt hinter sich her wie einen Feuerschweif, der alles verbrannte.

»Das Badezimmer hat ein großes Fenster«, holte sie der Wolf aus ihren Gedanken. »Warum hast du nicht versucht zu entkommen?«

»Ich warte auf John«, antwortete sie. »Wir beide haben eine Rechnung offen.«

Sie machen es sich zu einfach.« Doktor Gartenberg schaute Nathan missbilligend an. »Nur weil Sie und die Herren von Scotland Yard einen Stapel Papiere unterschrieben haben, entlässt mich das nicht aus der Verantwortung. Meine Arbeit ist es, Leben zu retten.«

»Das tun Sie ja«, erwiderte er matt.

»Nicht Ihres.«

»In ungefähr fünf Stunden schon.«

Es war eine Lüge, aber das durfte sie nicht wissen. Ihr war zugesichert worden, dass er direkt nach seinem Einsatz in ein Krankenhaus gebracht wurde. Nur unter dieser Bedingung hatte sie der geplanten Aktion überhaupt zugestimmt.

»Fünf Stunden. Mehr nicht.«

»Bekommen Sie mich für diese Zeit hin?«

»Ich hoffe es.«

»Danach?«

»Wird Ihr Körper kollabieren und Sie brauchen wesentlich länger als fünf Stunden, um sich davon zu erholen«, konfrontierte sie ihn schonungslos mit den unverrückbaren Tatsachen.

»Ich brauche ein paar Stunden mehr«, sagte er. »Für den Notfall. Sie wissen ja, wie das bei Geiselnahmen läuft.«

»Nein, das weiß ich nicht.« Mit einer Spritze in der Hand trat sie an sein Bett. »Und jetzt halten Sie still.«

Eine knappe Stunde später war Nathans Fieber gesunken. Das Atmen fiel ihm leichter. Der Schmerz ließ sich aushalten. Seine ersten Gehversuche waren dennoch eine Katastrophe. Er kippte Gartenberg direkt in die Arme. Ihr Blick sprach Bände, doch sie schwieg.

Nach ein paar weiteren Anläufen konnte er sich auf den Beinen halten. »Ich bin so weit«, erklärte er. »Stellen Sie den Fernseher an.«

Obwohl Nathan wusste, was Aydens Auftrag war, fiel es ihm schwer, die Nachrichten auszuhalten. Aus Ayden wurde in der Berichterstattung wahlweise ein irregeleiteter, psychopathischer Kleinkrimineller oder ein eiskaltes, rachegetriebenes Ungeheuer. Nathan hatte genug gesehen und gehört. »Sind Sie bereit?«, fragte er.

»Tun Sie es nicht«, bat die Ärztin. »Was Sie vorhaben, ist Wahnsinn.«

Anstelle einer Antwort fegte Nathan die Teekanne vom Tisch neben seinem Bett und warf den Besucherstuhl um. Der Lärm war laut genug, um auch im Gang gehört zu werden. »Bereit?«, keuchte er. Ohne Gartenbergs Antwort abzuwarten, schnappte er sich eine der Spritzen, die sie ihm verabreicht hatte, und legte den Arm um ihre Schulter. Die Nadel an ihren Hals gepresst, schob er sie durch die Tür.

»Keine Bewegung«, befahl er dem Polizisten vor dem Zimmer. »Ich verlasse jetzt das Gebäude. Eine Bewegung und die Frau stirbt.«

Der Beamte zögerte. Seine Gedanken standen ihm ins Gesicht geschrieben. Er schätzte ab, wie weit Nathan in seinem Zustand kommen würde.

»Zum Zustechen reicht meine Kraft«, drohte Nathan.

»Geben Sie auf«, versuchte es der Mann. »Sie schaffen es nicht einmal bis zum Lift.«

»Mein Problem.«

»Sie können Ihrem Freund nicht helfen.«

Aus den Augenwinkeln beobachtete Nathan, wie sich ihnen eine Schwester und ein Pfleger näherten.

»Keinen Schritt weiter!«

»Tun Sie, was er verlangt«, befahl Doktor Gartenberg. »Er steht unter starken Medikamenten und könnte überreagieren.«

Die beiden Klinikangestellten blieben stehen. Der Polizeibeamte hob seine Hände, um zu signalisieren, dass er nicht eingreifen würde.

Langsam zog sich Nathan mit Doktor Gartenberg zum Lift

zurück. Weder dort noch in der Tiefgarage ließ er sie los. Erst im Wagen begnügte er sich damit, der Ärztin die Spritze gegen die Haut zu drücken.

Gartenberg startete den Motor. Problemlos fuhren sie aus beiden Ausfahrten, der aus der Tiefgarage und der durch das Kliniktor, vorbei an Wachposten, die bei dem Anblick der Spritze an Gartenbergs Hals nichts unternahmen.

DeeDee erwartete sie am vereinbarten Treffpunkt.

»Oh, Heiliger!«, flüsterte er bei Nathans Anblick voller Entsetzen.

»Seh ich so scheiße aus?«

»Na ja, das blühende Leben stelle ich mir anders vor.« DeeDee schüttelte den Kopf. »Die Bullen haben mir gesagt, was ich tun muss. Aber echt, Mann, in diesem Zustand fahre ich dich nirgends hin.«

»Es geht nicht anders«, sagte Nathan.

»Sie sind die Ärztin«, sprach DeeDee Gartenberg an. »Schafft er das?«

»Nur wenn er sich genau an die Anweisungen hält.«

DeeDee seufzte. »Alles klar, ich pass auf ihn auf.« Er half Nathan in seinen alten Toyota. »Sie muss ich leider festbinden, Doc.«

Sie legte ihre Hände auf das Steuerrad. Sichtbar unwohl erledigte DeeDee seinen Job. »Tut mir leid«, entschuldigte er sich.

Nachdem er zu Nathan eingestiegen war, blieb er erst einmal still. Konzentriert wich er den Hauptverkehrsadern aus, wählte kaum befahrene Straßen und schaute immer wieder in den Rückspiegel.

»Und?«, brach Nathan das Schweigen.

»Da draußen ist die Hölle los, Nate.«

»Hab's im Fernsehen gesehen. Genau der richtige Ort für mich.«

Der Scherz kam nicht bei DeeDee an. Er verzog nicht einmal die Mundwinkel.

An der nächsten Abzweigung bog er in einen Feldweg ein. Im Schutz einer Hecke hielt er an und fischte eine Sporttasche vom Rücksitz. »Ich will nicht, dass du vor allen Leuten in einem Krankenhaushemd stirbst.«

»Die Ärztin meint, ich werde es überleben.«

»Weil du ihr nicht alles gesagt hast.«

Nathan hangelte nach der Tasche und stieg aus.

»Du wirst dich nicht in einen Ambulanzwagen verfrachten und ins Krankenhaus fahren lassen«, hörte er DeeDee in seinem Rücken.

»Nein.«

»Und ich nehme an, du wirst mich brauchen.«

»Das werde ich«, antwortete Nathan, ohne sich zu seinem Freund umzudrehen. Er wollte DeeDee nicht dazu zwingen, ihm in die Augen zu sehen, wenn er ihm eine Absage erteilte. »Bist du dabei?«

»Du kennst mich. Ich bin immer dabei.«

Nathan zerrte am Reißverschluss der Tasche, bekam ihn jedoch nicht auf, weil er klemmte. DeeDee gelang es, ihn zu öffnen. »Hab dir anständige Klamotten besorgt«, murmelte er. »Schließlich wird das Ganze live im Fernsehen übertragen.«

Die schwarze Kleidung brachte Nathan trotz der Schmerzen und ihrer aussichtslosen Lage zum Grinsen. »Mein Bühnenoutfit. Wie stilvoll.«

»Idiot.«

»So nennt mich Kata auch immer.«

»Ich weiß.« DeeDee räusperte sich. »Ich nehme nicht an, dass du einen Plan hast.«

Nathan grinste. »Doch. Ich verrate ihn dir unterwegs.«

15.

Sie waren früh gekommen. Zuerst einer allein. Wahrscheinlich der von der Lokalpresse. Nicht lange danach immer mehr. Mittlerweile war nicht nur der ganze Medienzirkus da, sondern ein Menschenauflauf, wie Ayden ihn zuletzt nach den Morden an den jungen Frauen vor dem Haus gesehen hatte, in dem *Black Rain* für die Tour probten. Eine sich schiebende Menge, die von einem Großaufgebot von Polizeikräften hinter eine Absperrung zurückgedrängt worden war.

Auf den Bildern, die über jeden einzelnen TV-Kanal flimmerten, war die blockierte Einfahrt zur Heather Lane zu sehen, in der Sams und Sarahs Haus stand. Reporter bedrängten die Polizeibeamten, die dafür sorgten, dass niemand diese Sperren durchbrach. Trotzdem gab es Aufnahmen vom Haus, gefilmt von etwas weiter entfernten Grundstücken und aus der Luft. Zwischen die Livebilder schalteten die Sender die gesprayten Botschaften und Interviews mit Nachbarn und ehemaligen Mitschülern von Ayden.

»Er war seltsam«, sagte gerade eine junge Frau hinter der Theke eines Ladens in eine Kamera. »Ich meine, er sah gut aus, aber er redete beinahe nichts.«

Die Frau gluckste verlegen. Ayden erinnerte sich an sie. Debbie, die Kichererbse. Sie hatte ihren Spitznamen wie eine Auszeichnung getragen und war ihm bei jeder Gelegenheit gerecht geworden.

»Es war nicht zu übersehen, wie gut ihm Rose gefiel, aber ich meine, einer wie er …« Debbie strich kokett eine lose Haarsträhne aus ihrem Gesicht. »Rose hat ihn im Unterricht verteidigt, wenn ein Lehrer oder einer von uns was sagte, das sie nicht gut fand.«

»Geschah das häufiger?«

Debbie kicherte. »Ziemlich oft. Eigentlich nie wirklich was Schlimmes. Bis zu diesem Tag mit dem Vortrag. Das … Das war schon … also, das war schon …« Sie suchte nach den passenden Worten und wurde schließlich fündig. »Also das war schon krass unheimlich.«

Der Reporter forderte Debbie auf, die Geschichte den Zuschauern zu erzählen.

»Hast du alles?«, fragte Sarah.

Ayden nickte.

»Viel Glück!«

Sarah wünschte es ihm für den Vortrag, doch er wusste, dass sie viel mehr damit meinte, und genau dafür mochte er sie. Nur lag das mit dem Glück nicht in ihrer Hand. Sonst hätte der Tag nicht mit Spencer begonnen, der ihn auf dem Schulhof anrempelte.

»Kannst du nicht aufpassen?«

Ayden senkte den Kopf und wollte an ihm vorbei, aber Spencer grinste frech und versetzte ihm einen weiteren Stoß. Ayden geriet ins Taumeln. Beinahe wäre ihm dabei die Schultasche von den Schultern gerutscht, in der sich seltene gebundene Ausgaben aus Sarahs Büchersammlung befanden, Anschauungsmaterial für sein Referat im Literaturunterricht. Er drückte sie an sich.

»Was ist denn da so Wertvolles drin?«, fragte Spencer laut.

Die ersten Gaffer näherten sich, dankbar für ein bisschen Abwechslung an diesem öden Morgen.

»Ich hab dich was gefragt!«

»Seine Hausaufgaben!«, rief jemand.

»Hausaufgaben?« Glenn stellte sich ihm in den Weg. »Sieh an. Bist du etwa ein kleiner Streber?«

»Bei den Eltern?« Spencers Lachen hallte über den Schulhof. Er griff nach der Tasche.

Ayden wehrte sich. Aber es waren zu viele. Spencer, Glenn, andere Jungs. Sie rissen ihm die Tasche weg, rannten damit über den Hof, warfen sie sich einander zu. Bis Spencer sie wieder erwischte. Er schleuderte sie in hohem Bogen in den Brunnen in der Mitte des Platzes.

Ayden spurtete los. Unter lautem Gelächter fischte er die Tasche aus dem Wasser. Er wollte sie öffnen, um die Bücher vielleicht doch noch retten zu können. Ein heftiger Schlag fegte ihn über den Rand in den Brunnen.

»Ich meine, es war einfach nur ein Spaß!« Debbie kicherte nervös. »Ein blöder Streich. Keine Ahnung, warum Tyler so ein Drama draus gemacht hat.«

Ayden musste nicht nachsehen, um zu wissen, dass Sarahs wertvolle Bücher zerstört waren. Reeves, der Physiklehrer, kam auf ihn zu. Viel zu spät, um einzugreifen.

»Was ist passiert, Morgan?«, fragte er.

»Nichts.«

»Gehen Sie nach Hause. So, wie Sie aussehen.«

Nach Hause? Zu Sarah? Um ihr zu sagen, dass das mit dem Glück nicht geklappt hatte? Ihr zu gestehen, dass alles kaputt war?

Ohne Reeves zu beachten, folgte Ayden den anderen ins Gebäude. Er betrat das Klassenzimmer als Letzter. Mrs Preston, seine Englischlehrerin, schaute ihn entgeistert an. Er ging nach vorn und stellte die Tasche neben sich auf den Boden.

»Tyler stand da. Mit diesen dunklen, unheimlichen Augen. Mrs Preston schickte ihn zum Schulleiter. Er weigerte sich.« Debbie kicherte nicht mehr. »Ich meine, er stand einfach so da. Ohne was zu sagen. Nur mit diesem Blick. Bis Mrs Preston aufgab. Dann begann er zu reden.«

»Meine Eltern haben ein Kind entführt und sterben lassen. Sie sitzen für den Rest ihres Lebens im Gefängnis. Ich war in der Klapse und ich war in Heimen. Man hat mir gesagt, dass Kinder nach ihren Eltern kommen. Vielleicht stimmt das. Ich weiß es nicht. Seit ich bei Sam und Sarah bin, habe ich gehofft, dass es nicht so ist.« Er sagte all diese Dinge zur ganzen Klasse, aber eigentlich richtete er seine Worte an eine einzige Person. Rose. Bis jetzt hatte er es vermieden, sie anzusehen. Nun schaute *er sie direkt an. »Dein Bruder hat gesagt, ich soll die Finger von dir lassen. Ich habe dich nie angerührt. Nicht einmal angesprochen. Es war vieles schwierig für mich an dieser Schule. Das war das Schwierigste. Ich wünschte, ich hätte mich wenigstens für deine Hilfe bedankt.«*

»Und dann ist er gegangen.« Debbies Augen waren kreisrund. »Mitten aus dem Unterricht. Es wurde ganz still. Alle starrten Rose an. Sie war kreidebleich.«

»Und Sie?«, fragte der Reporter.

»Ich hoffte, dass er endlich abhaut und nicht mehr wiederkommt.«

Das hatte Ayden auch vorgehabt.

Schüler, die nicht im Unterricht waren, wurden gemeldet. Es würde nicht lange dauern und Sam wusste, was passiert war. Also vermied Ayden die Straßen und folgte einem Wanderweg, der hinter dem Sportplatz der Schule begann. Er hatte keine Ahnung, wo er hinsollte. Einfach weg. Weit weg. Es fühlte sich an wie ein Verrat an Sam und Sarah. Mit jedem Schritt mehr. Bei einer Bank blieb er stehen und setzte sich hin. In ihm war alles leer und gleichzeitig viel zu voll. Er schloss die Augen.

Als er merkte, wie sich jemand neben ihn setzte, wäre er am liebsten hochgesprungen und weggerannt, doch dann sah er, wer es war, und blieb sitzen.

»Er ist nicht abgehauen«, warf der Reporter Debbie den nächsten Ball zu.

Sie schüttelte den Kopf. »Rose ist ihm nachgegangen. Niemand hat die beiden gefunden. Wir bekamen es mit der Angst zu tun, aber am Abend hat Rose Tyler zu Sam und Sarah zurückgebracht.« Debbies Blick ging ins Leere. »Er kam auch wieder zur Schule. Es gab einige, denen die Sache leidtat. Die meisten ließen ihn danach in Ruhe.«

»Und Sie?«

»Mir war er unheimlich. Ich … Ich wünsche, er wäre nie nach Muldon gekommen. Dann wäre das mit Rose nicht geschehen und das hier würde auch nicht passieren.«

Debbie schaute in die Kamera. Ayden kam es vor, als würde sie einzig und allein ihn ansehen. Sie hatte recht. All das würde nicht passieren, wenn er Tyler Carlton geblieben wäre. Vor ihm auf dem Tisch lag Sams Waffe. Er griff danach. Mit einem Schuss könnte er beide auslöschen. Tyler und Ayden. Aber damit wäre es nicht zu Ende. So, wie er Rose in seine Geschichte gezogen hatte, hatte er Kata in sie hineingezogen. Rose hatte mit ihrem Leben dafür bezahlt. Kata durfte nicht sterben!

Die Art, wie Ayden nach dem Interview mit dieser Debbie die Waffe in seinen Händen hielt, jagte Kata Angst ein. Irgendwo klingelte es. Sie schreckte zusammen, doch außer ihr und dem Wolf war niemand da. Erst als Ayden zum Telefon auf dem Tisch griff, wurde ihr bewusst, woher der Ton kam.

Ayden meldete sich nicht. Er wartete, bis der Anrufer etwas sagte.

»Wir brauchen mehr Zeit, Morgan.«

»Kein Deal, Burton. Keine Verlängerung. 11.50 Uhr und dabei bleibt es.«

Burton hätte sich den Anruf sparen können. Kata kannte ihn mittlerweile gut genug, um zu wissen, dass auch er die Nachrichten verfolgte, und ahnte, was sie in Ayden auslösten. Mit diesem Verhandlungsversuch holte er ihn aus seinen Schuldgefühlen heraus.

»Wie geht es den Geiseln?«

»Sam wird sterben, wenn Sie nicht tun, was ich verlange.«

»Ayden, denken Sie an …«

Ayden unterbrach die Verbindung. Er legte seine Hand auf den Verband am verletzten Arm und schloss die Augen. Kata schaute auf die Uhr am oberen Rand des Bildschirms.

09.15 Uhr. Noch etwas mehr als zweieinhalb Stunden. »Ich nehme an, es ist sinnlos, Sie zu bitten, mich auf einen Spaziergang rauszulassen«, sagte sie zum Wolf.

»Kommt darauf an.«

»Worauf?«

»Ob du bereit bist, mich in dein Innerstes vorzulassen.«

»Also ob ich mit Ihnen schlafe?«

Der Wolf lachte. »Ich bin nicht Brown. Ich will in deinen Kopf.«

Es war ihm ernst. Darüber konnte auch sein Lachen nicht hinwegtäuschen. Kata war nicht entgangen, wie er sie heimlich musterte, wenn er dachte, sie bemerke es nicht.

»In meinen Kopf«, wiederholte sie, um Zeit zu gewinnen.

Er antwortete mit Schweigen.

In Katas Kopf befand sich eine ganze Menge, von dem der Wolf nichts wissen durfte. Andererseits kannte sein Kopf die Antworten auf das, was geschehen würde. Sich auf sein Angebot einzulassen, war ein Risiko. Dieser abgebrühte Mann verfügte über die Erfahrung von Jahren. Kata konnte das wenige, das sie noch hatte, verlieren. Oder etwas gewinnen. »Einverstanden«, willigte sie ein. »Sind Sie sicher, dass ihr Boss nichts dagegen hat?«

Erneut bestand die Antwort des Wolfs aus Schweigen.

Kata erhob sich aus dem Sessel, in dem sie viel zu lange ausgeharrt hatte.

Der Wolf führte sie aus dem Hauptausgang in den Innenhof. Kata hatte auf die Klippen gehofft, um auf dem Meer nach Booten Ausschau halten zu können, besonders nach einer etwas älteren Segeljacht. Sie durfte sich ihre Enttäuschung nicht anmerken lassen.

»Wo warst du in der Nacht, in der die Lagerhalle in Derlish abgebrannt ist?«, fragte der Wolf.

»Das ist privat«, entgegnete sie. »Es hat nichts mit meinem Kopf zu tun.«

»Ich entscheide, was mit deinem Kopf zu tun hat. Wo warst du?«

»Das ist privat«, beharrte sie.

»Ein Anruf, und deine Freunde sind tot.«

»Ich war in St. Ives. In einem schäbigen, kleinen Hotel«, sagte sie bitter.

»Allein?«

»Mit Nathan MacArran.«

»Warum ist das privat?«

»Weil es Sie nichts angeht. Mein Kopf, mein Entscheid.«

Sie verließen den Schutz des Innenhofs. Ein kalter Wind erfasste sie.

»Wo warst du in der Nacht, in der die Lagerhalle in Flammen aufging?«

»Nicht dort.«

»Das glaube ich dir nicht. Ihr habt tagelang nach Hinweisen gesucht. Ihr hattet sie. Sie hingen an der Wand in Quentin Bay.«

»Wir fanden die Verbindung nicht. Nicht zu Tag sechzehn. Wir konzentrierten uns auf Tag achtzehn. Heute.«

»Aber die Verbindung nach Portugal habt ihr aufgedeckt, obwohl wir gar keine Spur dorthin gelegt hatten. Verkauf mich nicht für dumm!«

»Wir suchen Owen seit Monaten. Portugal war ein Tipp eines unserer Informanten. Jemand auf Ihrer Seite hat zu wenig dichtgehalten.«

Die Antwort schien dem Wolf zu genügen. Er hakte nicht weiter nach, sondern kam auf den Abend des Brandes zurück.

»Noch einmal von vorn«, sagte er, wie einer, der alle Zeit dieser Welt hatte. »Warum seid ihr nach St. Ives gefahren?«

»Weil wir keine Lust auf einen zweiten Besuch Ihrer Männer hatten.«

Kata erwähnte Nathans Trinken absichtlich nicht. Der Wolf wusste Bescheid. Er wollte in ihren Kopf. Durch ihre Weigerung, über Privates zu sprechen, gab sie ihm etwas zum Nachdenken.

»Du lügst.« Der Wolf blieb stehen und drehte sich zu ihr um. »Wie hat Carlton es an Land geschafft?«

Kata schaute in die eiskalten Augen des Mannes. »Wovon sprechen Sie?«

»Fünf Finger.«

»Was?«, fragte sie verwirrt.

Unendliche Sekunden lang verkeilten sich ihre Blicke ineinander. Der Wolf war in ihrem Kopf, aber Kata hatte gelernt, Türen zu schließen, Gedanken und Gefühle zu verbergen, Wahrheiten herbeizulügen. Nie hatte sie diese Fähigkeiten mehr benötigt als jetzt. Eine falsche Regung, ein verräterisches Flackern in ihren Augen, und der Wolf durchschaute sie.

»Er hat es dir nicht gesagt?«, fragte er.

»Wer hat mir was nicht gesagt?«

»MacArran.«

»Was?«

»Fünfhundert Meter bis zum Ufer.«

»Wovon reden Sie?«

»Wo warst du am Abend, an dem dein Freund die Lagerhalle angezündet hat?«

Kata wandte sich demonstrativ vom Wolf ab. »Offensichtlich am falschen Ort. Ich hätte nicht zugelassen, dass Ayden eine Werft in Brand setzt.«

»Und Nathan?«

»Auch nicht.«

»Er behauptet dasselbe wie du.«

Kata war froh, dem Wolf in diesem Moment nicht in die Augen sehen zu müssen. Sie hätte sich verraten. Für das, was sie antwortete, musste sie sich ihm wieder zeigen. »Vielleicht, weil es wahr ist?«

»Meine Leute haben ihn ziemlich hart rangenommen. Er war einen Augenblick lang tot.«

Katas Herzschlag setzte aus. Der Wolf war in ihrem Kopf gewesen. Er hatte die Wahrheit nicht gesehen. Nach seiner letzten Bemerkung ließen sich die weggesperrten Gefühle nicht länger verbergen. Kata wusste, dass sie ihr ins Gesicht geschrieben waren, und konnte nichts dagegen tun.

»Wir haben ihn einer Art Lügentest unterzogen.«

Lügentest. Kata starrte am Wolf vorbei über die raue Landschaft. »Wo ist er?« Es war nicht viel mehr als ein stummes Bewegen ihrer Lippen. Ihr Kopf war dicht. Ihr Herz stand weit offen.

»Unterwegs nach Muldon. Seine Schuld bezahlen.«

Kata stolperte los, einem Kreuz entgegen, das einem Mahnmal gleich in den Himmel ragte. Errichtet aus unzähligen einzelnen Steinen, verwittert und teilweise zerfallend, wirkte es mehr Furcht einflößend als tröstend. Trotzdem legte sie ihre Hand gegen dieses Bauwerk, das seit Jahrhunderten hier stehen musste. Wenn nicht Trost, so gab es ihr doch Halt.

»Dein Kopf ist ein spannender Ort.« Der Wolf hatte zu ihr aufgeschlossen. »Dein Herz und deine Seele auch«, fügte er an. »Ich verrate dir, was MacArrans Auftrag ist. Er muss Burton umbringen.«

Die erbarmungslose Kälte, die von dem Mann ausging, war schier unerträglich. Es gab keine Vergebung, keine Gnade. Nicht, solange Owen lebte. In diesem Augenblick der Hoffnungslosigkeit entdeckte Kata das zweite Kreuz. Es stand oben, auf der Klippe, die sich über der silbernen Bucht erhob, ein Ebenbild des Kreuzes vor ihr. Sie nahm es als ein Zeichen. Keiner war allein, auch sie nicht. Das gab ihr Kraft und Zuversicht.

»Den Ermittler?«, fragte sie.

»Den Chefermittler.«

»Ist das die Schuld, die Owen von Nathan einfordert?«

Der Wolf streckte seine Hand nach ihr aus. Kata wich nicht zurück. Sie ließ es zu, dass er ihr mit den Fingern über die Wange strich.

»Das war ein Fehler, Kata Steel«, sagte er leise.

»War es«, antwortete sie mit Stahl in der Stimme. »Die Frage ist nur, ob meiner oder Ihrer.«

Seiner, entschied sie.

Sam hatte aufgehört zu stöhnen. Die Blutflecke auf den Tüchern wurden größer.

»Ruf einen Arzt!«, flehte Sarah.

»Sei still!«, herrschte Ayden sie an.

Owens Kameras und Mikrofone waren überall. Ayden konnte nichts erklären. Nicht um Verzeihung bitten. Nichts von all dem sagen, was er Sam und Sarah so gerne noch gesagt hätte, bevor er endgültig ging. Er drehte den Ton des Fernsehers wieder auf.

»... Hektik vor den beiden Gefängnissen, in denen Patrick und Laura Carlton ihre Strafe verbüßen. Eine offizielle Stellungnahme gibt es nicht, doch es gibt Gerüchte, wonach die Carltons in einem Hubschrauber nach Muldon geflogen werden. Ich gebe zurück ins Studio.«

»Danke, Justin.« Der Nachrichtensprecher legte den Zeigefinger gegen sein Ohr, lauschte der Stimme, die nur er hören konnte, und nickte. »Wie man mir soeben mitgeteilt hat, gibt es in Muldon Neuigkeiten. Kevin, Sie sind vor Ort. Was tut sich da?«

In der Berichterstattung lag etwas Atemloses, als würden die Neuigkeiten mit dem Sekundenzeiger um die Wette rasen, während Aydens Zeit zähflüssig, aber unaufhaltsam zerrann. Neben dem Reporter stand Glenn.

»Mach den Fernseher aus«, bat Sarah.

Ayden konnte nicht. Bei der Beerdigung von Rose hatte er im Krankenhaus gelegen. Zu einer Aussöhnung mit Glenn war es nie gekommen. Sie hatten beide um Rose getrauert, jeder für sich, auf seine Weise. Ayden sah Glenn zum ersten Mal seit jenem Nachmittag in der Bucht.

»Nach der Schule. Saints Bay.«

Der Zettel steckte in Aydens Jackentasche. Ohne Unterschrift. Es war nicht nötig. Ayden erkannte die Schrift von Rose sofort. Sein Herz schlug schneller. Hatte Glenn herausgefunden, dass sie sich regelmäßig bei der Bank trafen, auf der ihn Rose gefunden und vom Weglaufen abgehalten hatte? Wollte sie deshalb an einem Ort mit ihm reden, an dem sie bestimmt niemand finden würde?

Er hatte Sarah versprochen, ihr im Garten zu helfen. Aber in der Saints Bay wartete Rose. Ayden schickte Sarah eine SMS. »Muss noch etwas erledigen. Komme später.«

Die Aussicht, Rose zu treffen, trieb ihn voran. Er ging den vertrauten Pfad bis zur Bank und von dort weiter bis zur Weggabelung, wo er die Abzweigung zum Küstenpfad nahm. Nachdem er die Hauptstraße überquert hatte, rannte er das letzte Wegstück. Weit unter ihm, in der wilden Bucht am Fuß der senkrecht abfallenden Felsen, entdeckte er Rose. Sie lehnte sitzend an einem riesigen Gesteinsbrocken, die Kapuze ihrer Jacke über den Kopf gezogen, in einem Buch lesend. Er schlitterte den steilen Pfad zum Strand der Nebenbucht hinunter und kletterte über schroffe Steinplatten um eine Felsnase herum in die Saints Bay. Rose war nicht mehr da.

»Rose?«, rief er.

»Ist nicht hier.«

Ayden wirbelte herum. Vor ihm standen Glenn und ein Mädchen aus seiner Klasse. Es trug die Jacke von Rose. Hinter dem Stein kamen Spencer und ein paar der Typen hervor, mit denen er und Glenn abhingen. »Rose will nichts mit dir zu tun haben«, sagte Glenn.

»Ich habe ihm gesagt, dass Rose nichts mit ihm zu tun haben will«, wiederholte Glenn die Worte, die er in der Bucht zu Ayden gesagt hatte. »Er war der Falsche für sie, doch er kapierte das einfach nicht. Er hat das Leben meiner Schwester auf dem Gewissen.«

Ayden schaute in Glenns hasserfüllte Augen. Genauso hatte er ihn in der Bucht angeschaut. Voller unbändiger Wut.

Aydens Hand tastete nach dem Zettel in seiner Hosentasche. Eine Flucht war unmöglich. Glenn schlug als Erster zu. Ayden wich der Faust aus. Sie streifte seine Wange. Der Ring an Glenns Mittelfinger riss ihm die Haut auf. An das, was folgte, war Aydens Erinnerung nur schwach. Er lag auf den Steinen. Schläge und Fußtritte prasselten auf ihn ein. Sie trafen ihn überall, nur nicht in sein Gesicht. Irgendwann verlor er das Bewusstsein.

Er kam zu sich, weil ihn eiskaltes Wasser umspülte. Auf Knien kroch er ihm davon und fand sich gefangen in der Bucht. Wellen umspülten die Felsnase, die ihn vom Strand auf der anderen Seite trennte. Eine bis zwei Stunden noch, dann erreichte das Wasser die senkrechten Felsen der Bucht. Er musste raus, solange er noch konnte.

Mit der Verzweiflung eines Ertrinkenden kämpfte sich Ayden gegen das anrollende Wasser an den schroffen Steinbrocken entlang. Sein Körper prallte gegen das scharfkantige Gestein. Es zerriss seine Kleider und zerschnitt seine Hände. Er fühlte es nicht. Erst als er den Strand auf der anderen Seite der Felsnase erreichte, setzte der Schmerz mit voller Wucht ein. Er war nichts im Vergleich zu dem Schmerz, der in Aydens Innern wütete. Warum hatte Rose ihn mit diesem Zettel in die Bucht gelockt? Warum?

Er schaffte es bis zur Bushaltestelle. Dort saß er auf einer Bank. Jemand musste ihn gesehen und Sam angerufen haben, denn er kam ihn abholen. Ayden erzählte Sam und Sarah nicht, was passiert war. Zwei Tage später verließ er das Haus. In die Schule ging er nicht. Er wartete auf der Bank auf Rose. Sie kam nicht. Er zerknüllte den gewellten Zettel mit den verschwommenen Buchstaben, stand auf und legte sich mit Sarah an, die ihn bereits erwartete, weil die Schule sie über sein Fehlen informiert hatte. Sie stritten sich. Bis Ayden das Geschirr vom gedeckten Tisch fegte, die Tür hinter sich zuknallte und verschwand, um nicht mehr zurückzukommen.

»Carlton hat Muldon vor Jahren verlassen«, sagte der Reporter zu Glenn. »Haben Sie ihn eingeschüchtert? Es gibt Gerüchte, wonach Sie und Ihre Freunde ihm heftig zugesetzt haben.«

»Da sind Sie Fehlinformationen aufgesessen. Tyler ist abgehauen, weil er ein kaputter Typ war.«

Damit hatte Glenn nicht einmal unrecht. Ayden war nach seiner Flucht aus Muldon abgestürzt. Der Verrat von Rose hatte ihm den letzten Boden unter den Füßen entzogen. Erst viel später fand er heraus, dass Glenn ihn mit einer alten Notiz von Rose in die Bucht gelockt hatte. Sie hatte keine Ahnung gehabt, was an jenem Nachmittag geschehen war, und gedacht, Ayden hätte sie im Stich gelassen.

All das spielte keine Rolle mehr. Glenn war der Bruder von Rose. Er hatte sie genauso verloren wie Ayden. Die Wut und der Zorn waren geblieben. Ayden schaltete den Ton aus. Zum unzähligsten Mal wünschte er sich, er hätte einen Bogen um Muldon gemacht und wäre nie bei Sam auf der Wache gelandet. Doch so war es, das Leben. Man trampelte im falschen Moment in die falsche Situation und löste eine Kettenreaktion aus. Vielleicht hörte all das erst mit seinem Tod auf. Er hätte damals in der Saints Bay ertrinken sollen. Dann wäre die Kette gerissen. Wie Debbie gesagt hatte: Nichts von alledem, was danach geschehen war, wäre passiert.

Rose wäre zwei Jahre später in Josephs Fotoladen gestanden, hätte ein paar Postkarten gekauft, wäre wieder gegangen und hätte ein langes, glückliches Leben geführt. Aber Ayden war nicht ertrunken. Er war auch nicht irgendwo anders gewesen an dem Tag, an dem Rose in den Laden gekommen war. Er war dort. Mit einem Herz, das immer noch für sie schlug. Das Schicksal nahm seinen Lauf bis hin zum tödlichen Ende. Ayden hatte es nicht verhindern können. Diesmal musste er es schaffen. Er blickte auf die Uhr auf dem Bildschirm. 11.10 Uhr. Nicht einmal mehr eine Stunde bis zum Ablauf seines Ultimatums.

16.

Nathan fühlte, wie die Wirkung der Medikamente nachließ. Ingham hatte recht. Er war das größte Risiko in diesem Plan, denn ihm fehlten die Kraft und die Konzentration, die es für sein Vorhaben brauchte.

»Lass mich für dich einspringen«, schlug DeeDee vor.

»Geht nicht.«

»Nate, du packst das nicht!«

Es war nicht so, dass er eine Wahl hatte. »Schalt das Radio ein.«

»Die Polizei hat ihr Aufgebot verstärken müssen, um die wachsende Menschenmenge in Schranken halten zu können. Wie wir aus sicherer Quelle erfahren haben, ist Chefermittler Dean Burton vor Ort eingetroffen und wird einen letzten, persönlichen Versuch unternehmen, mit Carlton zu verhandeln.«

Nathan grinste. Die sichere Quelle war Ingham gewesen.

»Ein paar Meilen noch«, sagte DeeDee. »Bist du ...«

»Alles klar«, fiel ihm Nathan ins Wort. »Fahr mich so dicht ran, wie du kannst.« Er tastete nach der Waffe in der Tasche seines schwarzen Mantels. Von DeeDee am frühen Morgen mit Wissen von Burton bei einem Hehler in Plymouth gekauft. Samt Munition.

Kurz nach dem ersten Ortsschild bog DeeDee ins Industrieviertel von Muldon ab. Zielstrebig steuerte er seinen Toyota durch ein schnittmusterartiges Gewirr von Straßen, vorbei an heruntergekommenen Hallen, Bürogebäuden mit Glasfassaden, Handwerksbetrieben und Arealen, auf denen neuste Baumaschinen standen. Hinter einem Stück Brachland begannen die Wohnsiedlungen mit endlos langen Reihen von Häusern, deren ehemals heller Verputz sich im Laufe der Zeit dunkel gefärbt hatte.

Bei einem kleinen Park, der genauso düster wirkte wie die Umgebung, brachte DeeDee den Wagen zum Stehen. Er zog den Schlüssel aus dem Zündschloss. »Ich komme mit.«

»Nein.«

»Zeig mir deinen Sender!«

Nathan zog das winzig kleine Gerät, das ihm DeeDee gegeben hatte, aus seiner Hosentasche. »Ist an.«

Beim Aussteigen wurde ihm schwindlig. Er musste sich an der Autotür festhalten. Wie aus einer Nebelbank tauchte DeeDee neben ihm auf und bevor Nathan wusste, wie ihm geschah, drückte er ihn an sich. Es war ein Abschied. Vielleicht für immer.

»Danke«, flüsterte Nathan.

»Verdammt«, krächzte DeeDee. »Stirb mir nicht.«

»Ich versuch's.« Nathan löste sich von ihm. »Pass auf Kata und Ayden auf. Und grüß Raix von mir.«

»Du hast jemanden vergessen.«

Gemma. Nathan hatte sie nicht vergessen! Sie war der warme Ort in seinem Herz, das Gute, nach dem er sich so sehr sehnte. »Nein«, antwortete er leise. Er wollte Gemma weder mit seinen Gefühlen noch mit einem schlechten Gewissen belasten.

Er ließ DeeDee stehen. Ohne sich noch einmal nach ihm umzuschauen, ging er durch das rostige Drehkreuz in den Park. In einem kleinen Waldstück fand er den schmalen Trampelpfad zur Heather Lane, an deren Ende Sams Haus lag. Diese Straße musste Burton entlangfahren, um mit Ayden zu verhandeln.

Im Schutz der Holzzäune, die die Grundstücke eingrenzten, schlich sich Nathan an sein Ziel heran. Dabei fragte er sich, wo sich all die Leute mit den Kameras und den Mikrofonen versteckt hielten, die Bilder und Statements im Sekundentakt an ihre Redaktionen lieferten. Aber nur, bis er die Bed-&-Breakfast-Schilder in den Vorgärten entdeckte. Der Begriff *Zimmer mit Ausblick* erhielt eine neue Bedeutung.

Die unsichtbaren Augen hinter den Fenstern machten Nathans Vorhaben noch schwieriger. Näher als er jetzt war, kam er Sams Einfahrt nicht, ohne gesehen zu werden. Ein kalter Wind drang unbarmherzig durch den Mantel. Ihn fror nicht alleine deshalb. Etwas mehr als einen Steinwurf von ihm entfernt verschanzte sich Ayden und wartete auf die Menschen, die er nie wieder hatte sehen wollen.

Burtons Ankunft ging ein tumultartiges Chaos voraus. Minuten bevor sein Wagen in die Heather Lane einbog, drängten sich Schaulustige und Medienleute dicht an die Absperrungen. Einzelne Fotografen versuchten, sie zu durchbrechen. Ein hochgewachsener Beamter griff zu einem Megafon und klärte die Menge darüber auf, dass es um Menschenleben ging, und wenn sich noch irgendjemand in den gesperrten Bereich vorwagte, würde man ihn verhaften. Im schlimmsten Fall würde man nicht zögern, von der Schusswaffe Gebrauch zu machen. Dieser Satz wirkte. Es kehrte Ruhe ein, doch nicht für lange. Als Burtons Wagen unter einem Blitzlichtgewitter die Straße herunterrollte, kam nervöse Hektik auf. Sie erfasste auch die Polizeibeamten, die die Strecke sicherten.

Nathan drückte sich tiefer in die Hecke. Er sah zu, wie Burton ausstieg und sein Handy hervorzog. Während er redete, näherte er sich dem Haus vorsichtig Schritt für Schritt.

Es fehlte nicht mehr viel zur Tür. Burton blieb die Ruhe selbst. Seine Lippen bewegten sich. Nur ab und zu hörte er auf zu sprechen, um sich Aydens Antwort anzuhören. Die ganze Aufmerksamkeit richtete sich auf ihn. Nathan nutzte den Moment, hob die Hände und trat hinter seiner Hecke hervor.

»Stopp!«, rief er heiser.

Augenblicklich richteten sich sämtliche Waffen auf ihn.

»Nicht schießen!«, schrie Burton. »Nicht schießen!«

Nathan bewegte sich langsam vom Rasen auf den Kiesplatz zu. Der Abstand zu Burton verringerte sich.

»Was soll das, MacArran?«

»Lassen Sie ihn abziehen. Samt den Geiseln.«

»Das kann ich nicht und das wissen Sie.«

Burton hob die Hände. Noch immer hielt er das Mobiltelefon fest. »Mr Morgan will mit Ihnen sprechen.«

»Hauen Sie ab, Burton, und erfüllen Sie seine Bedingungen!«

»Und Sie?«

»Ich werde ihm helfen.«

»Sie gehen da nicht rein.«

Burtons Stimme wurde nicht lauter, aber schärfer.

»Doch! Er ist mein Freund.«

Es waren Zeilen, die sie geübt hatten. Dennoch kamen sie Nathan kaum über die Lippen. Burton verschwamm vor seinen Augen. Er taumelte weiter.

»Bleib stehen!«

Nathan hatte die Straße beinahe erreicht. Er wusste um die Waffen, die auf ihn gerichtet waren. Vielleicht war Burton der letzte Mensch, den er in seinem Leben sehen würde. Ausgerechnet dieser hartnäckige Bulle.

»Nicht schießen!«, wiederholte Burton seinen Befehl. »Der Mann ist krank.«

Mit *krank* meinte er nicht die Lungenentzündung.

Ein bewaffneter Polizist in Schutzuniform schob sich in Nathans Blickfeld. Zwei Schritte näher und er stand zwischen ihm und Burton. Eine Sekunde höchstens. Eher weniger.

Nathan umklammerte die Waffe in seiner Manteltasche. Er gab vor zu stolpern und nahm die Arme herunter, um seinen Fall aufzufangen. Der Polizist begann zu rennen. Seitlich auf ihn zu. Nathan riss die Waffe aus der Tasche, warf sich nach links und schoss. Noch bevor er den Knall seines Schusses hören konnte, traf ihn die Kugel, die Ingham auf ihn abgefeuert hatte. Ein Körper warf sich auf ihn. Anders als in der Kirche auf der Insel verlor Nathan das Bewusstsein nicht. Er lag unter dem schweren Körper. Ohne Luft zu bekommen. Aus einer Wunde an seinem Arm floss Blut. Eine Hand klatschte in sein Gesicht.

»Atme!«, schrie Ingham. »Und Sie, gehen Sie runter von ihm. Der verdammte Scheißkerl stirbt uns sonst unter den Händen weg.« Er zerrte Nathan hoch. »Du bleibst am Leben, MacArran. Damit ich dich richtig fertigmachen kann, wenn mein Partner nicht überlebt.«

Seine Wut klang so echt, dass Nathan fürchtete, er habe Burton tatsächlich getroffen. Er drehte sich zu ihm um, konnte ihn jedoch nicht sehen, weil sich drei seiner Kollegen über ihn beugten. Ganz in der Nähe heulten Sirenen.

Zwei beinahe gleichzeitig abgefeuerte Schüsse brachten die Fensterscheiben zum Klirren. Burton brach zusammen. Ungläubig beobachtete Ayden, wie der Ermittler auf dem Boden aufschlug. Um seinen Kopf bildete sich rasend schnell eine rote Pfütze. Nach einem Augenblick völliger Stille brüllten seine Männer los. Erst jetzt wurde sich Ayden bewusst, dass er immer noch gut sichtbar am Fenster stand, wo er mit Burton verhandelt hatte. Er warf sich in Deckung. Auf allen vieren kroch er zum Fernseher und drehte den Ton, den er vorhin abgestellt hatte, wieder auf. »Nate?«, flüsterte er.

Eine schwarz gekleidete Gestalt mit hellen, beinahe weißen Haaren, lag auf dem Kiesplatz eines Nachbarhauses auf der gegenüberliegenden Seite. Aus den aufgerissenen Fenstern zweier Bed & Breakfast wurde gefilmt und fotografiert. Hinter den Absperrungen herrschte ein riesiger Tumult, weil Medienleute versuchten, sie zu durchbrechen. Ein Reporter schob sich ins Bild.

»Die Geschehnisse in der Heather Lane in Muldon überschlagen sich. Vor weniger als zwei Minuten ist auf den leitenden Ermittler DCI Dean Burton geschossen worden. Über seinen Zustand gibt es keine bestätigten Informationen. Sicher scheint, dass der Schuss von Nathan MacArran abgegeben worden ist. Der Sänger, der zuletzt durch seine Verbindungen zu Tyler Carlton Schlagzeilen gemacht hat, ist aus dem Nichts aufgetaucht und hat nach einem kurzen Wortwechsel mit Burton zur Waffe gegriffen. Über die Motive und Hintergründe ist nichts bekannt.«

Ayden starrte auf die Bilder und hörte die Worte. Nichts von dem, was gerade geschah, ergab für ihn einen Sinn. Nathan musste einen Grund haben, warum er das getan hatte, nur fiel Ayden keiner ein.

»… erfahren haben, wurde MacArran gestern am späten Abend in dieselbe Klinik eingeliefert, in der auch Joseph Cole behandelt wird. Gerüchten zufolge hat er sie heute Morgen unter mysteriösen Umständen verlassen. Warum er behandelt werden musste, und auf welchem Weg er aus der Klinik gelangt ist, darüber möchte die Klinikleitung unter Berufung auf die Schweigepflicht keine Auskunft geben. Von dem, was trotzdem durchsickert, weiß man, dass MacArran zweimal von DCI Burton verhört worden ist. Vielleicht liegt darin ein Motiv für seine Tat.«

Sirenen ertönten. Ayden hörte sie doppelt. Einmal draußen vor dem Fenster und einmal aus der Live-Übertragung. Das Klingeln von Sams Telefon ging im Lärm beinahe unter.

Der Mann, mit dem Ayden die letzten paarmal verbunden gewesen war, war entweder schwer verletzt oder tot. Und den Mann, der jetzt an seiner Stelle vor dem Fenster stand, konnten weder er noch Nathan leiden.

Mit einem knappen »Ja?« nahm Ayden Inghams Anruf entgegen.

»Hier ist DI Lloyd Ingham«, meldete sich eine zornige Stimme. »Haben Sie Ihren Freund MacArran auf meinen Chef angesetzt?«

»Was soll das?«, fragte Ayden.

»Haben Sie?«

»Nein!«

Es war ein kurzer, aggressiver Wortwechsel, dem ein längeres Schweigen folgte, als drei Ambulanzwagen in Sams Einfahrt fuhren.

»Ich rufe Sie gleich wieder an.« Inghams Ton hatte sich geändert. »Bewahren Sie Ruhe und machen Sie keinen Blödsinn.«

Sanitäter sprangen aus ihren Wagen und eilten zu Burton und Nathan. Ayden sah auf dem Bildschirm, wie zwei von ihnen mit den Beamten redeten, die Nathan festhielten. Gleichzeitig wurde Burtons lebloser Körper auf eine Trage gelegt.

Sams Telefon klingelte erneut.

»Ich glaube Ihnen nicht«, kam Ingham direkt auf den Punkt. »Es wird keine Geiselübergabe stattfinden.«

Kalte Angst fuhr Ayden unter die Haut.

»Hören Sie mich, Morgan?«

»Laut und deutlich.«

»Ergeben Sie sich.«

Er konnte nicht, obwohl ihn jede Faser seines Körpers nach draußen drängte, zu Nathan.

»Nein«, antwortete er. »Sam hat viel Blut verloren. Sein Puls ist kaum mehr spürbar. Seine Zeit läuft ab. Ich will die Geiseln oder Sam stirbt.«

»Ich kann das Haus stürmen lassen.«

»Dann sterben auch Sarah und ich. Ziemlich viele Tote, nicht wahr?«

»Zu viele«, stimmte ihm Ingham grimmig zu.

»Ich will mit Nathan MacArran sprechen.«

»Sie sind nicht in der Position …«

»Doch, das bin ich.«

»MacArran ist verletzt.«

»Eine Minute«, insistierte Ayden.

Ingham brach das Gespräch ab und redete mit jemanden außerhalb von Aydens Blickfeld. Er musste wieder auf die Fernsehbilder zurückgreifen. Noch immer kümmerten sich die zwei Sanitäter um Nathan. Neben ihnen standen mittlerweile mehrere bewaffnete Beamte in voller Kampfmontur. Nach einem kurzen Austausch mit ihnen rief Ingham zurück.

»Eine Minute.«

»In Ordnung.«

Auf dem Bildschirm beobachtete Ayden, wie Nathan von den Beamten hochgezerrt wurde. Er hing kraftlos zwischen ihnen, schien jedoch bei Bewusstsein zu sein. Ingham winkte sie zu sich heran.

»Morgan will mit Ihnen reden.«

Nathan hob den Kopf und schaute in Richtung Fenster. Er konnte Ayden nicht sehen, aber Ayden ihn. Hätte er nicht gewusst, dass Nathan keine Drogen nahm, hätte er ihn auf einem sehr schlechten Trip gewähnt.

»Nate?«

»Ayden!« Es klang wie ein heiserer Seufzer. »Zieh das Ding durch.«

»Und du?«

»Ich wollte an deiner Seite kämpfen, mein Freund.« Nathan redete keuchend und mit Pausen, in denen er nach Atem rang. »Aber … ich schaff's nicht. Viel Glück. Idiot. Warum … Scheiße. Was …« Lautlos sackte er in sich zusammen. Das Ringen nach Luft, das Rasseln und Keuchen, alles war weg. Es wurde unheimlich still.

Bis Ingham »Herzstillstand!« rief.

Kata sah Nathan sterben. Die Kameras hielten drauf. Keiner wandte sich ab. Niemand rief »Cut«. Es wurde nicht ins Studio zurückgeschaltet. Millionen Menschen konnten sehen, wie er zusammenbrach. Was er zu Ayden gesagt hatte, hatten nur sie und der Wolf gehört.

Idiot.

Eine letzte Liebeserklärung an den besten Freund. Kata stand auf. Der Wolf hielt sie nicht zurück, als sie über den Teppich wankte, die Treppenstufen zur Eingangshalle hinunterstrauchelte und auf die Tür zuging. Zum zweiten Mal an diesem Morgen. Das letzte Mal war sie nicht verschlossen gewesen. Auch jetzt reichte das Drücken der Klinke. Kata trat hinaus in die Kälte.

Sam starb. Burton vielleicht auch. Nathan war tot. *Der Idiot.*

Kata rannte los. Nicht über den Hof, über den sie mit dem Wolf gegangen war, sondern zu einem Durchgang, der zum Meer führte. Das Gitter stand offen, als hätte jemand es für sie aufgestoßen. Sie rannte über matschig nasses Gras. Über weißen Sand. Bis eisig kalte Gischt sie stoppte. Erst jetzt begann sie zu schreien. Sie schrie und schrie und schrie, bis sie begriff, dass sie den Schmerz niemals aus sich hinausschreien konnte. Da wurde sie ganz still. Suchte nach einer dunklen Ecke in sich, die groß genug und tief genug unten war für die Gefühle, die sie zu zerreißen drohten. Sie fand keine.

»Damit bleiben du und Ayden«, hörte sie eine Stimme neben sich. Nicht die des Wolfs. Eine, die sie noch nie gehört hatte. Sie drehte sich um. Auch den Mann neben sich hatte sie noch nie gesehen. Dennoch wusste sie, wer er war, bevor er den Arm hob und den eleganten ledernen Handschuh auszog.

»Hallo, Kata«, sagte John. »Willkommen in *Tally Cove*.«

»Fick dich«, antwortete sie.

Er lachte. »Das hat Ayden auch gesagt. Ihr passt gut zusammen. Aber du weißt ja, was mit den Rosen passiert ist.«

Ayden klammerte sich an die Strebe des Bücherregals. Aus dem Telefon auf dem Boden rief Ingham seinen Namen. Im Fernsehen schoss Nathan auf Burton und starb. Im Zeitraffer. Geschnitten. Analysiert von einem Experten. Weil er die Fernbedienung nicht fand, warf Ayden einen Stuhl. Er verfehlte das Gerät. Sarah schrie. Sam blieb still. Ingham rief immer noch.

»Gehen Sie ran, Morgan, verflucht, gehen Sie ran!«

Ayden hob das Telefon auf. »Bringt Laura und Patrick oder es gibt noch mehr Tote.« Die Trauer erstickte seine Stimme beinahe. »Ich will, dass ihr einen Kameramann in den Helikopter schickt. Übertragt die Bilder im Fernsehen. Ich muss alles sehen können. Alles.«

»Drehen Sie jetzt nicht durch, Morgan«, beschwor ihn Ingham.

»Laura und Patrick Carlton. Dann bleibe ich die Ruhe selbst.«

»Lassen Sie mich mit Sarah sprechen.«

Ayden stellte das Gespräch auf Lautsprecher und reichte es an Sarah weiter.

»Hier ist Sarah Miller.«

»Wie geht es Ihnen?«

»Mir fehlt nichts. Aber Sam braucht dringend einen Arzt.«

»Kann er reden?«

»Nein.«

Sarah schluchzte auf. Ayden war nicht sicher, ob sie spielte, oder ob sie die Situation ans Ende ihrer Kräfte getrieben hatte.

»Ich gebe Ihnen Ayden.«

Ihre Hände berührten sich. Dabei streiften Sarahs Finger wie beiläufig über seine. Es war eine Geste voller Trost.

»Der Helikopter wird in drei Minuten da sein.«

Inghams mitleidloser Ton bewahrte Ayden davor, in Hoffnungslosigkeit verloren zu gehen.

»Sie können immer noch aufgeben.«

»Nein.«

»Sie kommen nicht weit, Morgan.«

»Das ist mein Problem.«

»Und meins«, antwortete Ingham verbissen.

»Die Gefangenen«, drängte Ayden.

»Es gibt keinen Ort, an den Sie fliehen können.«

Das war auch nicht nötig. Es gab nur einen Ort, an dem alles zu Ende ging.

Mit heulenden Sirenen fuhren zwei der drei Ambulanzwagen davon, einer mit Burton, einer mit Nathan. Der dritte war für Sam.

Ingham drückte die Finger gegen sein rechtes Ohr. »Der Helikopter landet in wenigen Sekunden«, berichtete er, was ihm einer seiner Einsatzleute per Knopf im Ohr mitgeteilt hatte.

Zum ratternden Geräusch des Helikopters, der über Muldon kreiste, gesellte sich der Lärm einer weiteren Maschine. Sie flog auf das abgesperrte Gebiet zu und setzte punktgenau vor Sams und Sarahs Haus auf der Heather Lane auf. Ein Kameramann rannte los. Der Luftdruck der Rotoren blähte seine Kleider auf. Seine langen Haare flatterten im Wind. Als er in die Maschine kletterte, schaltete die Regie auf seine Kamera um.

Ayden blickte direkt in die Augen seiner Mutter. Er zwang sich, die Gefühle auszuhalten, die ihn wie eine riesige Welle zu überrollen drohten. Es war kälteste Kälte und heißeste Hitze zugleich. Er wusste nicht, ob das Hass in seiner Reinform war, oder sonst etwas, das er nicht benennen konnte.

Die Kamera schwenkte zu seinem Vater. Er starrte aus dem Fenster. Sein Profil war das eines Boxers. Eine schlecht verheilte gebrochene Nase in einem vernarbten Gesicht, ein energisch nach vorne geschobenes Kinn, zusammengepresste Lippen. Seine Hände steckten in Handschellen und waren an Ketten um die Hüfte befestigt. Die Füße waren ebenfalls zusammengebunden, genau wie Ayden es verlangt hatte.

Der Pilot trug einen Kampfanzug. Es war unmöglich zu sagen, ob er trotz gegenteiliger Anweisungen nicht doch eine Waffe bei sich trug. Ayden musste das Risiko eingehen.

»Ziehen Sie sich zu den anderen hinter die Absperrung zurück«, befahl Ayden Ingham. »Ich komme jetzt mit Sarah raus.«

Aus den Augenwinkeln bemerkte er, wie sich auf dem Bildschirm etwas bewegte. Zwei Gruppen schwer bewaffneter Uniformierter setzten sich in Gang.

»Pfeifen Sie Ihre Leute zurück, Ingham!«

Er hörte den Ermittler leise fluchen. »Kein Zugriff!«, rief er. »Kein Zugriff!«

Der Helikopter, der die Bilder aus der Luft geliefert hatte, drehte ab. Zu spät. Das erste Mal an diesem Tag war Ayden froh um die Live-Übertragung. Unter der permanenten Überwachung der Kameras war ein unbemerktes Stürmen des Hauses unmöglich. Dennoch rumpelte es in der kleinen Waschküche mit den Putzschränken hinter der Küche. Ayden fuhr herum, warf das Telefon auf den Tisch und griff nach der Waffe. Mit ihr im Anschlag huschte er durch den Flur und stieß die Tür zum Waschraum auf. Es schepperte. Unter gurgelnden Geräuschen lief eine Flüssigkeit aus. Beißender Geruch stieg in Aydens Nase. Ein Mann in voller Einsatzuniform trat aus dem Raum und drückte Ayden gegen die Wand. Der Spurenvernichter, von dem Coach 1 gesprochen hatte, der Übermittler der Botschaft mit dem Namen des letzten Ortes.

Er raunte Ayden Instruktionen ins Ohr. Zusammen mit einer deutlichen Warnung, wer alles sterben würde, wenn sich Ayden nicht genau daran hielt.

Der Mann ließ Ayden los. Ein Streichholz flammte auf.

»Nein!«, flehte Ayden. »Bitte nicht!«

»Raus!«

Das Streichholz war schon fast bis zur Hälfte abgebrannt. Die Flüssigkeit rann in den Flur. Ayden rettete sich mit einem riesigen Sprung. Eine Flamme schoss hoch. Im Wohnzimmer begann Sarah zu schreien.

Ayden öffnete ihr die Handschelle und schob sie vor sich her zur Tür. »Es brennt!«, rief er, während er sie aufriss.

Hinter Sarah geduckt, den Lauf der Mündung an ihre Schläfe gedrückt, zwang er sie Schritt für Schritt in Richtung Helikopter. Der Pilot wartete mit offener Tür auf ihn. Ayden stieß Sarah von sich weg und schwang sich in die Maschine.

»Flieg!«

Er zerrte die Tür zu. Der Helikopter hob ab.

»Ich will ein Headset.«

Schweigend hielt ihm der Pilot den Helm mit den Kopfhörern hin. Aydens Hand zitterte unkontrolliert, als er danach griff. Das Adrenalin hatte den Schmerz in seinem verletzten Arm unterdrückt, jetzt brach er voll durch.

»Wohin?«, wollte der Pilot wissen.

»Das verrate ich Ihnen, wenn wir aus Muldon raus sind.«

»Kurs?«

»Norden.«

Unter ihnen wurde Sams Haus kleiner. Rauch stieg aus einem Fenster, aber keine Flammen. Männer in Kampfmontur trugen Sam zu einem Rettungswagen. Ayden richtete seine Waffe auf den Piloten.

»Cardiff«, wiederholte der den ersten von sechs Orten, den ihm der Mann in Sams Haus genannt hatte. »Kein Funkkontakt zum Boden.«

»Schon gut, du bist der Boss«, beschwichtigte ihn der Pilot. Er drehte in einer Linkskurve ab. Muldon verschwand aus ihrem Blickfeld.

»Was hast du vor?«, fragte Laura.

Die ersten Worte seiner Mutter seit Jahren. Sie brannten auf Aydens Rücken. Die Hitze kroch unter seine Haut und fraß sich in sein Herz.

»Hast du das immer noch nicht kapiert?«, fuhr Patrick sie an. »Er wird uns umbringen.«

In Ayden explodierte etwas. »Haltet den Mund und seid still.«

»Du hast mir gar nichts zu sagen!«

Ayden drehte sich um und richtete die Waffe auf Patrick. »Da hast du vollkommen recht. Aber ich kann jederzeit den Abzug drücken. Und glaub mir, ich werde es tun.«

In Patricks Augen schlich sich die Angst. Er wandte sich ab und schaute aus dem Fenster. Laura wimmerte. Aydens Zeigefinger verharrte dicht am Abzug. Zu dicht. Sein Atem ging flach, jeder Muskel in seinem Körper war schmerzhaft angespannt. Er schluckte. Holte Luft. Zwang den Finger weg vom Abzug. Drehte sich wieder um und senkte die Waffe. Aus seinem Headset drang das Geräusch eines langen, erleichterten Atemzugs des Piloten.

Cardiff. Die Stadt in Wales war ein Ablenkungsmanöver. Der Helikopter, in dem Ayden saß, erschien auf Radarbildern, wurde vom Boden aus beobachtet, wahrscheinlich sogar in sicherem Abstand verfolgt. Es ging darum, die Verfolger zu verwirren, sie in Alarmbereitschaft zu versetzen, Polizeiaktionen auszulösen, um dann doch nicht zu landen. Das Endziel befand sich weit oben im Norden. Irgendwo im Nichts. Dort würden sie verschwinden, bevor die ersten Spezialeinheiten eintrafen.

Nathan lag mit geschlossenen Augen unter einer Sauerstoffmaske, mit der linken Hand an die Trage gekettet. Trotz einer Schusswunde am rechten Arm und einer Lunge kurz vor dem Kollabieren traute man ihm offenbar zu, sich auf einen der beiden Notärzte oder den Polizeibeamten zu stürzen, die sich mit ihm im Ambulanzwagen befanden.

»Herzstillstand«, hatte Ingham gerufen. Das stimmte zwar nicht ganz, aber beinahe. Nathan hatte sekundenlang keine Luft mehr bekommen. Doch sein Herz hatte nicht aufgehört zu schlagen, sondern von innen gegen die Brust getrommelt. So hart und schnell, dass Nathan befürchtet hatte, es werde das Tempo nicht mithalten können und einfach aussteigen und tatsächlich stillstehen. Die Notärzte hatten dafür gesorgt, dass es sich beruhigte. Sie nahmen Kontakt mit Doktor Gartenberg auf, deren Stimme klare Informationen darüber durchgab, womit sie Nathan behandelt hatte. Sie fragte nach seiner Wunde am Arm.

»Eine ziemlich hässliche Fleischwunde«, antwortete der ältere der beiden. »Aber nichts Ernstes. Der Schuss sollte ihn außer Gefecht setzen, nicht umbringen. Wir haben ihm Schmerzmittel gespritzt.«

»Ist er stabil genug, um nach Plymouth gebracht zu werden?«

Bevor der Notarzt antworten konnte, geriet der Wagen ins Schlingern. Nathan war froh um die Gurte, mit denen er auf der Trage festgezurrt war, denn die Fliehkräfte zogen ihn zuerst heftig nach links, dann nach rechts und schließlich wurde sein Körper nach vorn gedrückt. Mit einem Ruck kam das Gefährt zu stehen.

»Was ist los?«, erkundigte sich der Beamte bei der Fahrerin.

»Riskantes Überholmanöver eines Idioten«, hallte ihre Stimme durch die Gegensprechanlage.

»Journalistenpack«, murmelte er genervt.

»Ganz ruhig«, sagte die Fahrerin, und es war klar, dass diese Worte keinem von ihnen galten. »Was willst du?«

»Miss?«, rief der Beamte.

Eine Tür knallte.

»Endstation«, verkündete DeeDees Stimme. »Ihr habt eine Minute, den Wagen zu verlassen oder ich muss unhöflich zu eurer netten Fahrerin werden und das möchte ich nicht.«

Der Polizeibeamte griff nach seiner Pistole.

»Tun Sie, was er sagt«, drängte die Fahrerin. »Er ist bewaffnet.«

»Der Verletzte stirbt, wenn er nicht ins Krankenhaus gebracht wird«, sagte der jüngere der beiden Notärzte. »Das wollen Sie doch nicht, oder?«

»Der da vorne bestimmt nicht«, keuchte Nathan. »Mir ist es egal.« Er suchte den Blick des Beamten. »Machen Sie mich los und verschwinden Sie.«

Der Mann zögerte. Der Notarzt schüttelte den Kopf.

»Eine halbe Minute noch«, zählte DeeDee die Zeit rückwärts.

Der Polizeibeamte öffnete die Handschelle, mit der er Nathan festgebunden hatte. »Der Typ ist keinen weiteren Toten wert«, begründete er sein Tun.

»Er könnte der nächste sein«, wehrte sich der junge Notarzt.

»Sie haben es gehört: MacArran will es so«, antwortete der Polizist hart. Er öffnete die Tür und schickte die beiden Notärzte nach draußen. »Ich muss sehen, dass es der Frau gut geht«, gab er seine Bedingung durch. »Dann steige auch ich aus.«

Wieder knallte vorne eine Tür. Nathan hob den Kopf und sah, wie die Fahrerin sich zu den zwei Notärzten stellte. Sekunden später war er allein.

Unter Sirenengeheul raste der Wagen los. Nach einer Weile verlangsamte DeeDee die Fahrt. Der Lärm verstummte. Das Gefährt wurde zu einer Ambulanz mehr, die an diesem Tag unterwegs war.

»Nate!«

Verwirrt öffnete er die Augen und blickte direkt in DeeDees Gesicht.

»Wir sind da.«

Wo immer *da* war.

»Ziemlich überzeugende Show«, sagte jemand.

Nathan drehte seinen Kopf.

»Hallo, Peter.«

»Zum Glück hat mich DeeDee vorgewarnt. Hast mir trotzdem einen Schrecken eingejagt.«

»Ging nicht anders«, entschuldigte sich Nathan.

Er wusste nicht, wie lange sie unterwegs gewesen waren, doch die Wirkung von Gartenbergs Behandlung war kaum mehr spürbar. Das Atmen tat höllisch weh. Nathan versuchte, den Kopf anzuheben. Ein Hustenanfall bremste ihn.

»Bist du sicher, dass du das tun willst?«, fragte Peter. »Ich kann dich auch in ein Krankenhaus fliegen.«

»Nach all der Mühe, die ich auf mich genommen habe?«, mischte sich DeeDee ein.

»Was ist mit Burton?«, wollte Nathan wissen.

»Wurde für tot erklärt.«

»Sam und Sarah?«

»Sind beide aus dem Haus raus und in Sicherheit.«

DeeDee begann, die Gurte zu lösen. Peter half ihm.

Als sie fertig waren, hoben sie Nathan von der Trage. Er stöhnte auf. Hätten ihn die beiden nicht festgehalten, wäre er zusammengebrochen.

»Die Maschine steht mehr oder weniger vor deiner Nase.«

Peter schlang seinen Arm um Nathans Hüfte. Gemeinsam mit DeeDee führte er ihn zum Helikopter, der tatsächlich nur einen Steinwurf vom Ambulanzwagen entfernt stand.

»Nate …«

»Vergiss es, DeeDee!« Er presste seine Hand gegen die Brust. »Wir fliegen!«

»Das ist es nicht.«

DeeDee zeigte mit dem Finger auf den Feldweg, über den

sie gekommen sein mussten. Ein Auto näherte sich. Nathan konnte es nicht hören. In seinen Ohren rauschte und pochte es.

»Weg hier!«, rief Peter.

Sie schafften es, in den Helikopter einzusteigen, bevor das Auto auf ihrer Höhe angekommen war. Peter startete die Maschine. Ein Mann stieg aus. Seine Jacke war voller Blut, seine Haare sahen aus, als hätte er den Kopf in einen roten Farbtopf gehalten. Langsam hob er seine Waffe und zielte auf den Tank des Helikopters.

»Meint er das ernst?«, fragte Peter. »Wird er schießen?«

»Darauf kannst du dich verlassen«, antwortete DeeDee.

Der Lärm der Rotoren nahm ab und verstummte wieder.

Burton kam auf sie zu, die Waffe immer noch auf den Tank gerichtet. Schweigend stieß Peter die Tür auf.

Burton kletterte zu ihnen in die Maschine und setzte sich auf den Platz neben Peter.

»Ich bin Dean Burton.« Er hielt dem Piloten die Hand hin.

»Habe von Ihnen gehört.« Peter ergriff die Hand. »Peter. Ohne Nachnamen.«

Burton drehte sich zu Nathan um. »Ich sollte dich auf die Trage binden und im Ambulanzwagen einschließen. Und dich …« Er wandte sich an DeeDee. »Dich müsste ich wegen deiner Aktion von vorhin verhaften.«

»Ich ahnte doch, dass es zu einfach ging«, sagte DeeDee unbeeindruckt. »Der Bulle gab zu schnell und zu widerstandslos auf. Sie wussten, was wir tun würden, nicht wahr?«

»Nun.« Burton seufzte. »Ich hatte da so ein Gefühl.«

»Woher kannten Sie unseren Standort?«

»Ingham hat Nathan bei seinem vorgetäuschten Zusammenbruch einen Sender in die Hosentasche gesteckt. Direkt neben deinen.«

»Und jetzt?«, erkundigte sich DeeDee nach einer kleinen Pause, in der ihm die Sprache weggeblieben war.

»Fliegen wir los.« Burton setzte sein Headset auf. »Unsere Leute konnten übrigens das Feuer löschen, bevor es zu großen Schaden angerichtet hat«, drang es klar und deutlich in Nathans Ohr.

In seiner Brust wurde es noch enger, als es ohnehin schon war. »Welches Feuer?«

Burton drehte sich zu ihnen um. »Das Feuer, das einer von Owens Leuten gelegt hat, um zu vertuschen, dass das ganze Haus verwanzt und mit Kameras überwacht war.« Ein breites Grinsen zog sich über sein Gesicht. »Beweise, Leute. Wir haben erste Beweise.«

»Aber keine Ahnung, wo Ayden ist«, stellte DeeDee grimmig fest.

Peter lachte. »Frag doch einfach den Piloten. Der weiß, wo es hingeht.«

»Unmöglich«, entfuhr es Burton.

»Schon mal was von *Tally Cove* gehört?«

In Nathans fiebrigem Kopf stiegen Bilder auf.

»*Tally Cove?*«, flüsterte er.

»Ein Ort im Nichts. Kennst du ihn?

»Hab darüber gelesen.«

In einem Buch von Jenkinson. Dem Mann mit dem kranken Kopf, dem messerscharfen Verstand und der skrupellosen Rücksichtslosigkeit des gewissenlosen Mörders. Dem Mann, den Nathan umgebracht hatte.

Die Geschichte der strenggläubigen Gemeinschaft, die sich mitten im Nichts niedergelassen und dort eine Art Festung aufgebaut und ein eigenes Strafsystem für Abtrünnige entwickelt hatte, war genau das, was einen wie ihn fasziniert hatte. In seinem Buch beschrieb er die unsäglichen Gräueltaten, zu denen Menschen fähig waren, wenn sie ihr sorgsam konstruiertes Wertesystem verraten oder bedroht glaubten. Nicht minder fasziniert hatte Jenkinson, was das Militär viel später aus *Tally*

Cove machte. Es baute die Anlage in den Sechzigerjahren aus und nutzte sie für die Vorbereitung geheimer Missionen. Es gab Gerüchte von Kerkern und von Folter. Die Regierung hatte das Gelände, das offiziell nie in ihrem Besitz gewesen war, in den Neunzigerjahren in eine Stiftung überführt. Sie hatte einen wohlklingenden Namen und einen edlen Zweck, blieb jedoch gegen außen inaktiv. Um das, was sich im Innern des Gebäudes immer noch abspielte, rankten sich Legenden, von denen keine je nachgewiesen werden konnte.

»Der perfekte Ort für einen wie Owen«, flüsterte Nathan. Dank Headset hatten ihn trotzdem alle verstanden. »Wie bist du darauf gekommen?«

»Durch eine gemeinsame Bekannte, die ich in der Schweiz kennengelernt habe«, erklärte Peter. »Und mithilfe eines grünen Frosches.«

»Ein grüner Frosch als Quelle«, meinte Burton trocken. »Klingt äußerst zuverlässig.«

»Na ja, Kermit kann ein bisschen mehr als quaken. Vor allem, wenn man ihn mit den richtigen Informationen füttert, und genau das hat die gemeinsame Bekannte getan.«

Nathan hatte eine ziemlich deutliche Vorstellung davon, wer die Bekannte war, von der Peter sprach.

»Henriette?«

»Henriette«, bestätigte Peter.

In Nathan öffnete sich etwas. Das Atmen fiel ihm leichter.

»Wer zum Teufel ist Henriette?«, fragte Burton.

»Jemand, der auf unserer Seite steht. Ist sie in *Tally Cove*?« Peter zwinkerte Nathan verschwörerisch zu. »Zusammen mit Ronan.«

»Das hat mir gerade noch gefehlt.« Burton schüttelte den Kopf. »Wo liegt denn dieses *Tally Cove*, Peter?«

»An einem der wildesten und schwer zugänglichsten Streifen der schottischen Westküste. Ich hätte dann auch eine Frage an Sie, Dean. Was tun Sie eigentlich hier? Müssten Sie nicht einen Einsatz leiten?«

»Das macht Ingham«, antwortete Burton. »Ich bin offiziell tot, im Augenblick sogar für meine Vorgesetzten.«

Der Seufzer, der diesem Satz folgte, klang abgrundtief. Nathan hatte eine Ahnung, dass Sam bei seiner Arbeit als Privatdetektiv bald einen Partner an seiner Seite haben würde.

»Ich passe auf, dass diese beiden Jungs den Einsatz nicht gefährden.«

»Da müssten Sie sie schon verhaften.«

Ein schwaches Grinsen legte sich um Burtons Mund. »Ist ein bisschen schwierig, wenn man tot ist.«

17.

Kata und John standen nebeneinander, so wie sie unzählige Male im Garten bei den Rosen nebeneinandergestanden hatten. Die Wellen rollten an den Strand, Möwen kreischten, die Gischt roch nach Algen.

John steckte seine Hände in die Hosentaschen. Es war die vertraute, entspannte Geste eines Mannes, von dem Kata wusste, wer er war, der jedoch sein Äußeres so extrem verändert hatte, dass man ihn nicht mehr erkannte. Seinen Hass auf sie wusste er gut zu verbergen. Sogar wenn er redete, kaschierte er ihn mit einer sonoren Stimme und sorgsam gewählten Worten, die sich wie Widerhaken in Katas Herz bohrten. Sie ließ sich nichts anmerken.

»Nathan hat seine Schuld bezahlt«, sagte er. »Eigentlich müsste er mir dankbar sein. Ich habe seine Seele erlöst.«

»Was für ein Schwachsinn«, antwortete Kata.

»Zugegeben, die Wortwahl war etwas pathetisch«, gestand John. »Aber du weißt, dass es stimmt.«

Menschen wie John erlösten keine Seelen. Kata schwieg.

»Eigentlich schade um ihn«, meinte John. »MacArran war ein guter Spieler. Er hätte zu dir gepasst. So, wie deine Mutter zu mir gepasst hätte.«

Sie mochten nebeneinanderstehen, wie sie schon oft nebeneinandergestanden hatten, doch Kata sah John als den Manipulator, der er war. Mit keiner Silbe ging sie auf seine Anspielungen ein. »Du bist ein Feigling, John«, sagte sie stattdessen. »Du hast sie nicht einmal selber umgebracht.«

»Eines der wenigen Dinge, die ich bereue.«

»Dann bekommst du ja heute eine zweite Chance. Du kannst ihre Tochter töten.«

Er lächelte. »Ich verstehe, wieso Vigo in deinen Kopf wollte. War er drin?«

»Frag ihn, nicht mich.«

»Hast du dir je überlegt, warum du zu den Gedanken fähig bist, die du hast, und warum du die Dinge tun kannst, die du tust?«

Das hatte sie.

»Du bist nicht mein Vater«, wies sie seine Andeutung von sich.

»Bist du sicher?«

»Ja.«

Sie hatte Fotos ihres Vaters angeschaut. Es gab Gemeinsamkeiten.

»Du nennst dich Steel, nicht Hendriksen.«

Weil sie Stahl in sich trug, dort, wo andere eine Seele hatten.

»Du zweifelst.«

»Nein.«

»Vielleicht solltest du.«

Es war einer seiner Spielzüge. Mehr nicht.

»Das denke ich nicht.«

Die Flut trieb die Wellen den Strand hoch. Ihre Gischt leckte an Katas Schuhen.

»Lass uns ins Haus zurückgehen und etwas essen«, schlug John vor, als wäre sie sein Gast.

Der selbstgefällige Mann widerte Kata an.

»Ich ziehe meine Zelle deiner Gesellschaft vor.«

»Keine letzte Mahlzeit?«

»Iss du sie.«

»Wie du willst.« Ohne sichtbare Gefühlsregung winkte John den Wolf heran, der bei einem der Bäume Position bezogen hatte. »Ich nehme an, man hat dir meine Grüße in der Klinik ausgerichtet.«

Er sprach von Henry. Ein Köder, um sie zum Reden zu bringen. Kata tat ihm den Gefallen nicht.

»Miss Steel möchte in ihre Zelle«, beschied John dem Wolf, der sich ihnen lautlos genähert hatte.

»Ich muss vorher noch zur Toilette«, sagte Kata, sobald sie außer Johns Hörweite waren. »Nachttöpfe sind nicht so meins.«

»Die mit dem Fenster?«

Kata hätte schwören können, dass der Wolf ihr zugezwinkert hatte.

»Ja.«

»Dann sollte ich wohl gut auf dich aufpassen, Kata Steel.«

Das tat er. Er folgte ihr in den Raum und kam ihr dabei viel zu nahe. »Dein Kopf ist noch interessanter, als ich dachte«, flüsterte er ihr kaum hörbar ins Ohr. »Nimm den Seifenspender.«

Kata verstand nicht, was er meinte, bis er sich demonstrativ mit dem Rücken zu ihr ans Fenster stellte. Wollte er, dass sie ihn niederschlug und floh? War das ein Trick? Ein Befehl von John? Oder hatte es etwas mit dem Zwinkern von vorhin zu tun? Warum sollte er ihr die Chance auf eine Flucht geben? Selbst wenn es eine war: Kata ließ sie verstreichen. »Ich bin so weit«, erklärte sie, nachdem sie ihr Gesicht erfrischt und die Hände gewaschen hatte.

Der Wolf drehte sich zu ihr um. »Du liebst ihn genauso sehr wie er dich.«

Das waren seltsame Worte aus dem Mund eines Mannes, der für Geld tötete. Kata konnte sie nicht einordnen, wusste nicht, was er damit bezweckte. Sie redete nicht über die Liebe, schon gar nicht mit einem wie ihm.

»Ich warte auf ihn«, antwortete sie und merkte zu spät, dass sie gerade genau das getan hatte.

Er nickte. »Du weißt, dass ich dich einsperren muss.«

»Gehen wir?«

»Du bist die mutigste Frau, die ich je getroffen habe«, sagte er ernst.

Die Tür fiel ins Schloss, der Riegel quietschte. Kata war allein in ihrer Zelle. Sie stellte sich ans Gitter und hielt nach einer alten Segeljacht Ausschau. Gedankenverloren fuhr sie mit den Fingern über die eingeritzten Striche. Nathan würde wahrscheinlich die Seelen der hier Verstorbenen fühlen. Sie fröstelte. Nicht wegen der Geister, die vielleicht da waren, sondern wegen der Kälte in der Zelle. Und weil sie Johns Angebot hätte annehmen sollen, egal, wie sehr ihr die Gesellschaft dieses Mannes zuwider war. Sie hatte sich selbst die Möglichkeit genommen, ihn in einem passenden Augenblick anzugreifen.

Der Riegel quietschte erneut. Zu früh für einen Kontrollbesuch. Die Haare auf Katas Armen stellten sich auf. Sie spannte sämtliche Muskeln an.

Brown betrat die Zelle mit einem Teller in der Hand. »Deine Henkersmahlzeit.«

Die Art, wie er sie anschaute, bestätigte Kata darin, in ihrer Anspannung zu verharren. Sie ging zum Fenster und hoffte darauf, dass Brown ihr nachkam und damit den Weg zwischen ihr und der Tür freigab.

Er grinste schmierig. »Für wie blöd hältst du mich?«

Während er sie unverwandt anschaute, gab er der Tür einen Stoß mit dem Fuß. Knarrend ging sie zu, fiel jedoch nicht ins Schloss.

»Heute ist dein letzter Tag.« Brown stellte den Teller achtlos auf den Boden und kam einen Schritt auf Kata zu. »Wäre doch schade, wenn du diese Welt verlassen müsstest, ohne vorher noch einmal das Leben gespürt zu haben.«

»Du meinst das, was du in deiner Hose hast.«

Brown schnalzte leise mit der Zunge. »Ich sehe, wir verstehen uns.«

Er hätte sich nicht mehr irren können. In seiner Selbstüberschätzung stolperte er über seine Schwachstelle und Kata half ihm tatkräftig dabei.

»Was ist mit den Überwachungskameras?«, fragte sie.

»Funktionieren prima.« Er setzte eine verschwörerische Miene auf. »Es laufen die Bilder der letzten zwanzig Minuten. Niemand kann sehen, was wir gerade tun.«

»Mikrofone?«

Brown schüttelte den Kopf. »Zieh den Pullover aus.«

In seinen Augen funkelte die Begierde.

Kata hob den Pullover an und streifte ihn aufreizend langsam über den Kopf.

»Und jetzt das T-Shirt.«

Sie erfüllte Brown den Wunsch. Seine Blicke klebten an ihrem BH.

»Warte. Den Rest mache ich.«

Brown fuhr mit der Hand über den verkrusteten Schnitt an ihrem Hals, den er ihr mit dem Messer zugefügt hatte. Die Hand glitt weiter nach unten, zwischen Katas Brüste. Das war der Moment, auf den sie gewartet hatte. Wie man mit dem Kopf eine Nase brach, hatte sie auf der *Rockfield Airbase* gelernt. Sie schnellte nach vorn, doch Browns Reflexe funktionierten trotz allem. Er wich ihr aus und stieß sie gleichzeitig nach hinten.

Kata schlug mit dem Kopf gegen die Wand. Verschwommen sah sie, wie Brown sich gegen sie warf, fühlte sein Gewicht, seine Hände, die sich in ihre Oberarme gruben und sie gegen die Mauer pressten.

Unfähig, sich zu bewegen, spuckte sie ihn an und fixierte ihn mit ihrem Blick ohne Furcht in den Augen. Auch das hatte sie gelernt. Nicht auf der *Rockfield Airbase*, sondern in einer der schlimmsten Gegenden von Lyon. »Und jetzt?«, fragte sie kalt.

»Wird es wehtun.«

»Wird es.«

Die eisige Stimme kam von draußen. Durch das Gitter erkannte Kata das Gesicht des Wolfs. Zumindest den Teil, der nicht von der Waffe verdeckt wurde, die er auf Brown richtete.

»Geh zur Seite, Kata Steel«, befahl er.

Sie gehorchte.

»Du kannst nicht auf mich schießen!«, schrie Brown.

»Ach ja?«

Kata drückte ihre Hände gegen die Ohren. Ein Schuss zerfetzte die Stille. Brown schrie auf und ging zu Boden. Dort schrie er weiter, die Hand gegen sein Bein gepresst.

Kata schielte zur Tür. Nicht verriegelt. Nur angelehnt. Sie drehte ihren Kopf zum Fenster. Der Wolf war verschwunden. Jeder im Gebäude hatte den Schuss gehört. Sie waren unterwegs zu ihr. Aber noch blieb ihr ein wenig Zeit.

»Wenn du jetzt gehst, ist dein Freund tot.« Keuchend schaute Brown zu ihr hoch.

»Wer sagt denn, dass ich gehe?«

Kata kniete sich neben ihn. Sie griff nach seiner Hand, durch deren Finger das Blut rann, drückte sie gegen ihren Hals und lenkte sie über ihre Brüste und den Bauch bis zu ihrem Hosenbund. Als Ward in den Raum stürmte, saß sie mit vor der Brust gekreuzten Armen und gespreizten Beinen an der Wand gegenüber von Brown.

»Wieso ist die Tür offen und wer hat geschossen?«, fragte Ward.

»Dein Kumpel hat sie nicht zugemacht«, antwortete Kata. »Weil er mit dem falschen Körperteil gedacht hat.«

Der Wolf betrat die Zelle. »Geschossen habe ich. Brown hat den Gast unseres Chefs belästigt.«

Wards Blick wanderte vom Wolf zu Brown. »Hast du?«

Kata senkte ihre Arme. »Hat er.«

Entgeistert starrte Ward auf die verschmierten Blutspuren auf Katas Körper, die eine deutliche Sprache redeten.

»Was machen wir mit ihm?«, fragte er.

»Ich bringe ihn zum Chef. Soll er entscheiden, was mit ihm passiert. Du sorgst dafür, dass die Frau sich anzieht und die Zelle ordentlich verriegelt wird.«

Der Wolf zerrte Brown hoch und schaffte ihn weg.

Kata spielte für Ward die tapfere Leidende. Mit zusammengepressten Lippen und unter gezielt eingesetzten Stöhnlauten zog sie ihr T-Shirt über.

»Alles in Ordnung?«, fragte Ward.

Sie nickte.

Er verließ den Raum sichtbar betroffen. Kata war wieder allein. Dennoch hatte sich ihre Situation gerade geändert. Sie rieb sich mit der kratzigen Decke das verkrustete Blut vom Oberkörper, bis er wie Feuer brannte. Danach stand sie nachdenklich am Fenster.

Ein weiterer Schuss hallte durch die Bucht. Kata zuckte zusammen und ging in Deckung, doch es blieb bei diesem einen Schuss. Sie fand nur eine Erklärung. Brown hatte für seine Schwäche bezahlt.

Fünf Meilen vor Cardiff nannte Ayden dem Piloten den nächsten Ort. Liverpool. Er stellte sich vor, wie in den angeflogenen Städten Hektik ausbrach, sich Polizeitruppen bereit machten, die dann doch nicht zum Einsatz kamen, weil der Helikopter abdrehte und in der Luft blieb.

»Wir müssen auftanken«, informierte ihn der Pilot, nachdem sie Liverpool hinter sich gelassen hatten.

»Machen wir am Ende dieser Etappe«, antwortete Ayden, so, wie es der Mann in Sams Haus ihm aufgetragen hatte.

Nach einem kurzen Stopp auf einem schwer zugänglichen

Kleinflughafen am Rande des Lake Districts, hielten sie auf Glasgow zu. Es war die letzte Stadt, die sie überflogen. Gairloch war Ayden nur vom Namen her vertraut, der Endort war ihm unbekannt. »Keeling«, kündigte er dem Piloten das Ziel nach mehr als drei Stunden Flug schließlich an.

»Keeling?«, fragte der Pilot. »Du weißt, dass da nichts ist? Gar nichts.«

Das passte zu Owen. Er hatte sein großes Finale bestens geplant. Sogar wenn kurz nach ihrer Ankunft in Keeling feststand, wo sie sich befanden, konnte niemand Ayden helfen. Einsatzwagen waren am Ende der Welt nicht zu organisieren, und bis die ersten Hubschrauber mit Spezialtruppen eintrafen, waren Ayden und seine Geiseln längst verschwunden, auf dem Weg zur allerletzten Destination.

Der Pilot ging in den Sinkflug. Unter ihnen tauchte in einer kargen, unwirtlichen Landschaft eine Ansammlung von drei Gebäuden auf, zwei Häuser und ein halb zerfallenes Stallgebäude. Sie landeten bei einem von allerlei schrottreifen Fahrzeugen belegten Parkplatz. Nachdem die Rotoren verstummt waren, blieb nur das Geräusch des Windes, der an allem rüttelte, was nicht niet- und nagelfest war. Weit und breit war keine Menschenseele zu sehen.

»Und jetzt?«, fragte der Pilot. »Bringst du mich um?«

»Nein. Du hilfst mir, die beiden von Bord zu bringen und fliegst weiter. Richtung Durness, ganz in den Norden. Ohne Funkkontakt. Wenn du verrätst, dass du allein in der Maschine sitzt, und die Bullen mich finden, töte ich meine Geiseln.«

Der Pilot nickte. Ayden wusste, dass er sich nicht an den Befehl halten würde, aber er würde sich außer Sichtweite entfernen. Das musste reichen.

Gemeinsam zerrten sie Patrick und Laura aus dem Helikopter. Keiner von ihnen verlor ein Wort. Der Pilot stieg wieder ein und hob ab. Ayden blieb alleine mit seinen Eltern zurück.

Der Lärm der Rotoren verhallte über der Landschaft. Erschöpft lehnte sich Ayden gegen einen von Rost zerfressenen Pick-up, dem alle vier Räder fehlten. Patrick nutzte den Augenblick und unternahm trotz seiner Fußfesseln einen sinnlosen Fluchtversuch. Ayden riss die Pistole hoch und schoss in die Luft. Augenblicklich bremste Patrick ab. Während er langsam in kleinen Schritten zurückkam, fuhren wie aus dem Nichts drei Geländewagen vor.

Aus einem von ihnen stieg Coach 1, eine Waffe im Anschlag, die auf Aydens Kopf zielte. »Gib mir Millers Pistole.«

Vorsichtig legte Ayden Sams Waffe auf den Boden und gab ihr einen Stoß mit dem Fuß. Der Coach hob sie auf. »In den Wagen mit ihnen.«

»Welchen?«

»Meinen.«

Das Klirren der Fußfesseln zerrte an Aydens Nerven, das weinerliche Jammern seiner Mutter nahm ihm die Luft zum Atmen. Jede körperliche Berührung fühlte sich an wie ein Stromstoß. Bis die beiden endlich hinten im Auto saßen, war ihm so übel, dass er sich beinahe übergeben musste.

»Du fährst!«, befahl der Coach. Er nahm auf dem Beifahrersitz Platz und wies Ayden die Richtung an, in die er fahren musste. Gleichzeitig mit ihnen setzten sich die anderen beiden Wagen in Bewegung.

»Kleine Knacknuss für die Bullen.« Der Coach lachte. »Ist wie beim Hütchenspiel. Die müssen erst mal rausfinden, wo du drin steckst. Dann wollen wir unsere Verfolger mal ein bisschen in die Irre führen.«

»Gehört der Witzbold zu dir?« Unter der Aggression in Patricks Stimme lag schlecht verborgen die Angst. »Wo bringst du uns verdammt noch mal hin?«

»Schnauze!«, knurrte der Coach.

Laura schluchzte auf. »Ich bin deine Mutter, Ayden!«

Der Coach drehte sich zu den beiden um. »Wenn es mir zu bunt wird, drücke ich ab.«

Schlagartig wurde es still.

»Bist ein verdammt harter Hund«, sagte der Coach, nachdem sie eine Weile unterwegs waren. »Nicht einmal ich hätte eine Wette darauf abgeschlossen, dass du es bis hierher schaffst.«

Ayden auch nicht. Doch er war hier. Und hinten im Wagen befanden sich die Menschen, die seine Eltern waren. Mit fahler Haut und Falten, die die Bitterkeit in ihre Gesichter geschrieben hatte, aber mit derselben Selbstgerechtigkeit wie früher.

Er hatte diese Menschen einmal geliebt. Obwohl seine Mutter immer viel gesprochen hatte, erinnerte er sich vor allem an ihren Geruch. Sie hatte süße Blumenparfums gemocht. Manchmal, wenn Patrick ihr etwas geschenkt hatte, sang sie. Sie kaufte Ayden verrückte Spielsachen, und sie und Patrick unternahmen mit ihm Dinge, die andere Familien nicht taten. Wie Picknicken mitten im Winter. Mit dem Auto einfach losfahren, bis das Benzin ausging. Im Kino dreimal hintereinander den gleichen Film anschauen. Fehlte das Geld, stritten sich die beiden. Eine Weile lang fehlte es immer öfter. Irgendwann konnten sie sich plötzlich ziemlich viel leisten. Ayden erklärten sie, das liege daran, dass Patrick befördert worden war und Laura einen Job angenommen hatte. Sie liebten teure Dinge und wollten stets mehr haben als andere. Als Ayden älter wurde, fand er die beiden zunehmend kindisch und peinlich. Nie jedoch hätte er sich vorstellen können, dass sie begonnen hatten, sich das Geld für ihren aufwendigen Lebensstil zu erschleichen und später auch zu ergaunern.

Am Tag ihrer Verhaftung brach die Brutalität ihrer Tat wie eine Urgewalt über Ayden herein. Er hasste die beiden jenseits aller beschreibbaren Gefühle, so sehr, dass er seine Stimme und seine Worte verlor. Beides fand er im Lauf der Zeit wieder, doch der Hass blieb. Daran änderten selbst die unzähligen Therapiestunden nichts, in denen man ihm das Verhalten seiner Eltern erklärte. Es gab ein Verstehen und ein Verzeihen. Sein Kopf verstand, sein Herz verzieh nicht. Nachdem Jamie Hamiltons Vater den Tod seines Sohnes auf furchtbare Art gerächt hatte, machte Ayden nicht alleine diesen verlorenen, einsamen Mann dafür verantwortlich, sondern vor allem Patrick und Laura. Manchmal träumte er davon, sie zu töten.

»Wirst du uns umbringen?«, brach Laura das Schweigen.

Er wusste es nicht. Das war das Schlimmste.

»Willst du ihr nicht antworten?«, fragte der Coach.

»Ja.«

»Ja, was?«, hakte der Coach nach.

»Ja, ihr werdet sterben.«

Ayden mochte weder lügen noch beschönigen noch etwas erklären. Wenn er Laura und Patrick nicht tötete, würden es Owens Leute tun.

»Hab's von Anfang an gewusst«, zischte Patrick. »Du hättest mich schon damals umgebracht, wenn die Bullen dich nicht daran gehindert hätten.«

»Was für eine kranke Familie«, murmelte der Coach. »Achtung, da vorne musst du rechts weg.«

Ayden bog in eine schmale Naturstraße ein. Hinter ihm begannen Laura und Patrick zu streiten. Es war, als hätten die beiden nur eine kurze Pause eingelegt, dabei hatten sie sich seit Jahren nicht gesehen. Nur ging es jetzt nicht mehr um irgendwelche elektronischen Geräte, um einen Blick zu lange, den einer von beiden jemand anderem zugeworfen hatte, um Kleider, Geld oder um die Erziehung ihres Sohnes. Es ging um das nackte Überleben.

»Aufhören!«, rief der Coach.

Es wurde ruhig. In Ayden lärmte es weiter.

Verstanden«, beendete Burton vierzig Meilen vor dem Ziel den Funkkontakt mit Ingham.

Seine Worte holten Nathan aus einem unruhigen Schlaf. Er hatte nicht viel vom Flug mitbekommen, auch nicht vom Informationsaustausch zwischen Burton und Ingham, der mit einem kleinen, persönlich zusammengestellten Einsatzteam unterwegs war. Das Letzte, woran er sich deutlich erinnerte, war Sams Stimme. Kraftvoll und entschlossen. Bei der Vorstellung, wie der hartnäckige Sam den starrköpfigen Ingham dazu gebracht hatte, ihn in seiner Maschine mitfliegen zu lassen, zog sich trotz seiner Erschöpfung und der Schmerzen ein Grinsen über Nathans Gesicht.

»Wo sind sie?«, fragte er.

»Ungefähr eine Flugstunde hinter uns.«

Burton hatte Ingham Owens wahrscheinlichen Aufenthaltsort durchgegeben. Ingham hatte daraufhin unverzüglich und an sämtlichen Dienstwegen vorbei gehandelt. Dass er mit seinen Leuten nicht weiter zurücklag, war eine bemerkenswerte Leistung. Trotzdem war eine Stunde angesichts der Situation viel zu viel.

Peter schien Nathans Gedanken zu erraten. »Sie holen auf«, beruhigte er ihn.

Zehn Meilen vor *Tally Cove* verringerte er die Flughöhe und folgte der Küstenlinie. Unter ihnen lag eine zerklüftete, wilde Landschaft. Hohe Klippen wechselten sich mit sandigen Buchten ab, dazwischen gruben sich Fjorde ins Landesinnere. Was Nathan sah, erinnerte ihn an die *Rockfield Airbase.* Eine virtuelle Karte im Armaturenbrett zeigte ihnen die Topografie an. Am oberen Rand tauchte ein u-förmiges Gebäude auf.

»*Tally Cove?*«, fragte Burton.

»Ja.« Peter ging noch tiefer runter. Er flog jetzt wenige Meter über dem Meeresspiegel. »Da!« Sein Finger zeigte auf eine Ebene etwas oberhalb einer Bucht.

Burton hob den Daumen. »Wie weit entfernt vom Ziel?«

»Ich schätze, zwei Meilen.«

Zwei Meilen. Nathan glaubte nicht, dass er das schaffen konnte. »Geht's nicht näher?«

»Nur wenn du riskieren willst, bemerkt zu werden.«

Nathan schüttelte den Kopf.

Peter steuerte die Ebene an und setzte den Helikopter auf.

»Sie bleiben hier!«, befahl Burton. »Wenn wir Hilfe brauchen, muss es schnell gehen.« Er zog ein Handy aus der Hosentasche. »Kein Empfang«, brummte er und steckte es wieder ein.

»Funk nur im Notfall!«, instruierte er Peter. »Owen könnte die Signale abfangen.«

»Wir sind also auf uns gestellt«, fasste DeeDee ihre Lage zusammen.

»Nun, wir haben dicht hinter uns hervorragende Leute«, korrigierte ihn Burton.

»Aber?«, fragte Nathan, dem der grimmige Unterton in Burtons Stimme nicht entgangen war.

»Zwei Sondereinheiten unserer schottischen Kollegen sind ebenfalls unterwegs. Der Helikopter, der Morgan an Bord hatte, ist in Keeling gelandet und kurz danach weitergeflogen. Ohne ihn und die Geiseln an Bord. Morgan ist in einen von drei Wagen umgestiegen. Wenn die Kollegen ihn lokalisieren, könnte es heikel werden.«

Gegen eine Horde Einsatzkräfte, die in Ayden einen eiskalten Killer sahen, hatte er keine Chance. Die würden erst schießen und dann Fragen stellen. Nathans ohnehin weit überstrapazierte Atemorgane zogen sich noch enger zusammen. »Haben Sie mit Ihren schottischen Kollegen Kontakt aufgenommen?«

»Ich bin tot, schon vergessen?« Burton atmete hörbar ein. »Ingham hat sie angewiesen, mit dem Zugriff zu warten.

Ohne ihnen Details bekannt zu geben, für den Fall, dass Owen Maulwürfe eingeschleust hat. Wir bewegen uns auf einem sehr schmalen Grat, MacArran. Ich hoffe immer noch, dass wir zuerst da sind und Ihren Freund raushauen können.«

Das hoffte Nathan auch. »Was ist mit Henriette und Ronan?«

»Wir haben nichts von ihnen gehört, gehen aber davon aus, dass sie in Position sind und im Notfall eingreifen.«

Henriette und Ronan konnten das Schlimmste verhindern, falls die Dinge schiefgingen. Das war viel, doch es reichte nicht. Owen musste auf frischer Tat von einer Polizeitruppe gestellt werden. Nur so hatten sie eindeutige Beweise für Aydens Unschuld. Nathan ging alles zu langsam. Am liebsten wäre er direkt nach *Tally Cove* geflogen! Aber wenn sie zu früh kamen, gefährdeten sie nicht nur Aydens und Katas Leben, sondern ihren ganzen Plan.

»Du kennst Henriette«, sagte Burton zu Nathan. »Beschreib sie mir. Ich will nicht aus Versehen auf jemanden schießen, der zu uns gehört.«

Henriette zu beschreiben war einfach. Schwieriger war es, Burton zu erklären, dass es diese Frau offiziell nicht gab und auch nie geben durfte. Am schwersten fiel Nathan das, was er als Nächstes sagen musste. »Wenn ich euch zu einem Klotz am Bein werde, könnt ihr mich zurücklassen.«

»Werden wir«, antwortete Burton ungerührt. »Wie geht's deinem Arm?«

Da war ein dumpfer, von starken Medikamenten gedämpfter Schmerz. Eine bleierne Schwere. Nichts im Vergleich zu Nathans inneren Organen, die kurz davor waren, ihren Dienst einzustellen.

»Kannst du ihn bewegen?«

Nathan schüttelte den Kopf. Selbst wenn er es nach *Tally Cove* schaffte, würde er keine Hilfe sein.

DeeDee schwieg, doch sein Gesicht verriet Nathan, was er dachte. *Du solltest hierbleiben*. DeeDee sprach es nicht aus. Nathan war ihm dankbar dafür, aber ihm war klar, dass es auch für DeeDee einen Punkt gab, an dem er nicht mehr auf ihn warten konnte.

Nathan hatte von Anfang an keine Chance, das Tempo von Burton und DeeDee mitzuhalten. Schon nach wenigen Minuten verlor er die beiden aus den Augen. Schritt für Schritt kämpfte er sich allein vorwärts. Er kroch Hänge hoch und hielt sich dabei mit der linken Hand an Grasbüscheln fest. Abwärts rutschte er auf dem Hintern oder rollte sich hinunter. Es war ein langsames, schmerzhaftes Vorankommen und dennoch gab Nathan nicht auf.

Der Wind blies ihm die Haare ins Gesicht. Irgendwann waren es nicht mehr seine, sondern die von Gemma. Er fühlte eine tiefe Trauer darüber, dass er sie nicht zurückgerufen hatte. Am Ende seiner Kräfte angelangt, legte er sich auf den Rücken und sah zum Himmel auf. Weiße Wolken zogen in einem atemberaubenden Tempo vorbei.

Schau, ein Wolkenengel, sagte Gemma.

Du und deine Schafe, zog ihn Caleb auf.

Du hast noch etwas zu erledigen, erinnerte ihn Zoe.

Idiot!, schrie Kata. Sie zerrte an seinem Pullover und zog ihn hoch. *Idiot!*

Nathan blinzelte. Er war allein. Seine Hand lag auf seiner Brust und krallte sich in seinen Pullover. Er ließ los und drehte sich auf den Bauch. Stemmte sich auf die Ellbogen. Zwang sich auf die Knie. Von dort auf die Beine. Als er die nächste Anhöhe erreichte, konnte er die Umrisse von Gebäuden entdecken. *Tally Cove*. Er konnte es schaffen!

18.

Es war der Wolf, der Kata abholte, als es so weit war.

»Dein Freund wird gleich hier sein«, sagte er. »Bist du bereit, Kata Steel?«

Dein Freund. Ayden.

»Ja.«

Kata schaute dem Wolf in die Augen, ohne den geringsten Versuch, irgendetwas vor ihm zu verstecken. Sie traf auf eisige, professionelle Kälte, doch unter dem Eis entdeckte sie wie eine warme Strömung so etwas wie Zärtlichkeit. Zuerst glaubte sie, sich zu irren, aber dann erinnerte sie sich an die Finger auf ihrer Wange und die seltsame Bemerkung über Ayden und die Liebe.

»Brown ist tot«, informierte er sie.

Sie hatte es vermutet. »Warst du es?«

»Ja.«

Kata fragte sich, ob er auch sie umbringen würde. Er war in ihrem Kopf oder erahnte zumindest ihre Gedanken, denn sein Blick verschloss sich ihr.

»Ich muss dich nach Waffen durchsuchen.«

Sie war mit Brown und Ward allein gewesen. Beide hatten Waffen mit sich getragen. Kata stellte sich gegen die Wand, hob die Arme und spreizte die Beine. Der Wolf tastete ihren Körper ab. Seine Berührungen waren professionell und frei von jeder Intimität. Es gab kein absichtliches Gleiten über die Haut, kein Verweilen an bestimmten Stellen. Kata begriff, dass er ihr gerade tiefen Respekt bezeugte. Zum einen, weil er ihr zutraute, einem der Männer eine Waffe abgenommen zu haben, zum anderen, indem er ihr bei der Durchsuchung ihre Würde ließ.

»Ich nehme nicht an, dass ich dich mit Gewalt zwingen muss, mit mir mitzukommen.«

»Nein.«

Unaufgefordert ging Kata zur Tür. Der Wolf folgte ihr. Gemeinsam liefen sie den Flur entlang, beide ohne ein weiteres Wort zu verlieren.

John wartete in einem prunkvollen Raum an einem langen Tisch auf sie. Das Essen war abgeräumt, nur der Geruch hing noch in der Luft und reizte Katas Magennerven. Sie unterdrückte den Impuls, den Atem anzuhalten. Als John sie sah, stand er auf.

»Der Mann, der dich belästigt hat, ist tot.«

»Du erwartest hoffentlich keinen Dank dafür.«

»An deine Undankbarkeit habe ich mich gewöhnt.« Er schüttelte bedauernd den Kopf. »Ein Verlust. Der Mann konnte kochen.«

»Komm zur Sache, John.«

»Du und ich, wir gehen spazieren.«

Er rief nach Ward, der Sekunden später mit einem beigen Mantel in der Hand erschien.

»Es ist dieselbe Farbe wie bei Hamilton«, sagte John, während er in einer eleganten Bewegung in den Mantel schlüpfte. »Selbstverständlich ein wesentlich edleres Material.«

»Du willst tatsächlich eine derart billige Show abziehen?«, fragte Kata.

»Nun, für deinen Freund wird das keine billige Show, sondern ein wahr gewordener Albtraum.«

John hielt ihr den Arm hin. Kata ignorierte ihn.

»Muss ich dir erklären, was passiert, wenn du nicht mitkommst?«

»Nein«, entgegnete sie mit fester Stimme. »Aber ich kann selber gehen. Ich werde dir nicht wegrennen.«

»Das möchte ich dir auch nicht geraten haben.« Er beugte sich leicht zu ihr vor. »Ward behält uns im Auge. Sobald du dich mehr als drei Schritte von mir entfernst, schießt er.«

So, wie der Mann Kata in der Zelle angeschaut hatte, bezweifelte sie das.

»Er weiß, was ihn erwartet, wenn er den Befehl nicht ausführt«, erklärte ihr John mit einem Seitenblick auf den Wolf.

Der verzog keine Miene. Reglos stand er bei der Tür.

»Es wird Zeit, sich um unseren ankommenden Gast zu kümmern, Vigo«, raunte ihm John beim Hinausgehen zu.

Kata blieb stehen. Mein Kopf, dachte sie, sieh in meinen Kopf, Vigo! Tu Ayden nichts!

Nichts deutete darauf hin, dass der Wolf ihre Gedanken gelesen hatte. Ausdruckslos schaute er sie an. Der Augenblick verstrich, John legte ihr die Hand auf den Rücken und lenkte sie mit sanftem Druck nach draußen.

Er ging mit ihr durch den Durchgang, der zur Bucht hinunterführte. Wenige Meter bevor der Strand begann, bog er in einen Pfad ein, der sich wie ein schmales Band über den sanft ansteigenden Rücken der Klippe auf der südlichen Seite der Bucht erhob. Bevor die Felsen ins Meer abfielen, wurde der Rücken flacher und erinnerte an die Klippe, auf der Aydens Honda gestanden hatte. Ein steinernes Kreuz nahm seinen Platz ein. Das Ebenbild des Kreuzes, das Kata wenige Stunden zuvor Halt und Hoffnung gegeben hatte. Am Himmel zogen Wolkenfetzen vorbei und verdeckten die tiefstehende Sonne. Ihre Ränder färbten sich rot. Unter ihnen lag still und endlos das Meer. Keine Segeljacht weit und breit.

Der Anblick trieb Kata die Tränen in die Augen. Energisch blinzelte sie sie weg. Sie drehte sich um und schaute über das Land hinter *Tally Cove*. Von der Mauer mit dem riesigen hölzernen Tor näherte sich ein Wagen.

Ayden.

Er war hier. Zu spät. Alles endete, wie es für ihn schon einmal geendet hatte. Mit einem Mann in einem beigen Mantel und einer jungen Frau auf einer Klippe.

Das war er also, der Ort, an dem es zu Ende ging. Ein grauer Steinbau in einer kargen Landschaft am Ende der Welt.

»Wo sind wir?«, fragte Ayden.

»*Tally Cove.*«

Tally wie Abzählen und Aufrechnen. Ayden sah karge Räume mit steinernen Wänden vor sich, in die er die einzelnen Tage geritzt hatte. Jeder Tag ein Strich. Und vielleicht nicht einmal das. Denn in die Kellergeschosse von *Sanborn Heights* war kein Licht gedrungen. Ayden hatte die Mahlzeiten gezählt. Jeden Tag eine. Manchmal waren ihm diese Tage wie Ewigkeiten vorgekommen. Warum das so war, verstand er, als er zum ersten Mal ein Datum sah, nachdem er wieder in sein Zimmer durfte. Es waren mehr Tage vergangen, als es Mahlzeiten gegeben hatte.

Cove wie Bucht. Umgeben von Klippen. Noch bevor Ayden Owen und Kata entdeckte, wusste er, was geschehen würde.

Seine Füße flogen über den Boden, rasend schnell und doch zu langsam. In seinen Ohren rauschte das Blut, in der Lunge stach der Atem, in der Brust hämmerte die Panik. »Nimm mich!«, schrie Ayden. »Nimm mich, nicht sie.«

Überwältigt von seinen Gefühlen, schloss Ayden die Augen. In diesem Moment bremste der Wagen ab, die Fliehkräfte zogen ihn nach vorn, nur um ihn Sekundenbruchteile danach nach hinten zu drücken. Er riss die Augen auf. Vor ihnen stand der Wolf. Neben einem wuchtigen Kreuz. Hinter ihm kreischte seine Mutter.

»Aussteigen!«, befahl Coach 1. »Und du halt die Klappe.«

Das Kreischen ging in ein unterdrücktes Schluchzen über.

Ayden öffnete die Wagentür. Er sog die frische Luft in seine Lungen und atmete den Geruch seiner Eltern aus sich heraus. Dann stellte er sich dem Mann, der ihm mit verschränkten Armen gegenüberstand und ihn mit der gewohnten Kälte musterte. Doch diesmal lag hinter dieser Kälte etwas, das Ayden irritierte. Es erinnerte ihn an den Riss in Katas Eis. Der Riss schloss sich, als der Wolf mit einer weitläufigen Geste über die Landschaft zeigte.

»Ich bin sicher, du erinnerst dich.«

Ja, Ayden erinnerte sich. John hatte den Ort sorgfältig gewählt. Es war nicht derselbe, an dem Rose gestorben war, aber er sah ihm auf unheimliche Weise ähnlich. Aydens Augen suchten die karge, von Steinen durchzogene Umgebung ab. Sie blieben an zwei Gestalten hängen, die sich auf dem Grat der Klippe einem Kreuz näherten. Es sah genauso aus wie das, vor dem er stand. Er rannte los.

»Stopp!«, hielt ihn die scharfe Stimme des Wolfs zurück. »So einfach ist es nicht.«

Ayden drehte sich um.

»Es gibt eine Bedingung. Du musst deine Gefangenen töten. Erst danach kann ich dich gehen lassen.«

»Nein«, flüsterte Ayden.

»Du hasst die beiden. Du liebst die Frau. Wo ist das Problem?«

Ein paar Stunden früher hatte er den Finger am Abzug gehabt, in sich eine unbändige Wut, die ihn beinahe abdrücken ließ. Er hatte es nicht getan, weil er damit eine Linie überschritten hätte, hinter der er mit sich nicht mehr hätte leben können. Ayden richtete seinen Blick auf das Kreuz. »Ich töte nicht.«

»Dann wird John Owen deine Freundin umbringen.«

Zwischen Himmel und Erde hing ein rotes Wolkenband. Darunter gingen zwei Gestalten ihren Weg. Eine davon trug einen beigen Mantel. Für die andere schlug Aydens Herz.

»Nein!«, schrie er.

Seine Stimme verlor sich im Wind. Dennoch musste Kata ihn gehört haben. Sie drehte sich zu ihm um. Ihr Gesicht war ein heller Fleck vor einem Himmel, der in Flammen zu stehen schien. Der Mann im beigen Mantel trat dicht an sie heran. Es sah aus, als lege er den Arm um ihre Schulter.

»Patrick und Laura sind Abschaum«, sagte der Wolf. »Kindsmörder. Beeil dich oder du kommst zu spät.«

Zu spät.

Es gab nichts zu verhandeln. Ayden hatte die Wahl zwischen dem Leben seiner Eltern oder jenem von Kata.

»Ich will eine Waffe.« Seine eigene Stimme war ihm fremd.

»Zuerst die Nachricht.«

Natürlich. Ayden wankte zum Kreuz. Die Spraydose lag davor wie eine Opfergabe. Ayden hob sie auf.

Red Rage.

Seine letzte Botschaft. Nur diese zwei Wörter.

Die Einsatztruppen würden seine Eltern finden. Tot. An einem Ort, der an die Kliniken erinnerte, in denen Ayden durch die Hölle gegangen war. Was ihn und Kata anging, war er nicht sicher. Vielleicht blieben sie für immer verschollen, begraben in irgendeiner Senke in diesem endlosen Nichts. Oder sie trieben tot im Meer und im Kreuz auf der Klippe steckte ein Booklet zu einer CD, aufgeschlagen bei *Suicide Embrace.*

»Dir bleibt nicht viel Zeit.« Der Wolf hielt Ayden die Waffe hin. »Ist entsichert. Musst nur abdrücken.«

Das Metall lag kühl in Aydens Hand. Er umklammerte den Lauf. Legte den Finger an den Abzug. Trat auf den Wagen zu. Sah diese beiden Menschen. Monster. Und trotz allem Menschen.

Angstvolle Augen starrten ihn an. Auch ohne diese Blicke hätte Ayden gewusst, dass er es nicht tun konnte. Ein Beben ging durch seinen Körper. Er legte den Kopf in den Nacken und schrie seine Ohnmacht aus sich raus.

Der Schrei zerfetzte ihr Herz. Es tat so weh wie in der Küche ihrer Großmutter, als Kata begriff, was ihr und ihrer Familie angetan worden war. Der Mann, der die Schuld daran trug, war dicht hinter ihr. Und auch diesmal trug er die Schuld. Kata stolperte auf das Kreuz zu. Ihre Hände fanden Halt an der kühlen Fläche.

»Er lässt dich im Stich«, sagte John. »Niemand wird dir helfen.«

Kata hob den Kopf. Keine Sonne leuchtete mehr durch das Wolkenband. Der Horizont hatte sich grau gefärbt.

»Sieh ihn dir an!« Spott und Häme troffen aus Johns Worten. »Dein Freund kommt nicht.«

Kata wusste, warum. Ayden musste eine Entscheidung über Leben und Tod treffen, die er nicht treffen konnte. Niemand, der Mensch war und Mensch bleiben wollte, konnte das. Sie war allein mit Owen.

»gc_1411.« Es hatte keine Bedeutung mehr, jetzt, wo Nathan nicht mehr lebte. Es war der Versuch, ein paar Minuten zu gewinnen, in denen sie sich sammeln konnte. »Du hast das Datum erfunden. Du weißt nicht, wer Zoe umgebracht hat.«

John durchschaute sie. »Du willst Zeit schinden? Jetzt? Findest du nicht, dass es dazu etwas zu spät ist? Wenn du Antworten willst, hättest du mit mir essen sollen.«

Er griff in seine Manteltasche. Es gab keinen Aufschub. Aber einen Weg, John vom Schießen abzuhalten. Bevor er die Waffe ziehen konnte, ging Kata los, weg von dem Kreuz, weg von dem Abgrund, zu dem John sie bringen wollte, Ayden entgegen. Damit raubte sie John das letzte Bild, das er für sie und Ayden geplant hatte. Sie gab seinen beigen Mantel der Lächerlichkeit preis und machte seine geplante letzte große Geste zunichte. Wenn er sie töten wollte, musste er es wie ein Feigling von hinten tun, denn Ward würde ihm die Arbeit nicht abnehmen. Längst waren es mehr als drei Schritte, die Kata von John trennten, und nichts war passiert. Entweder hatte John mit seiner Drohung geblufft, oder Ward weigerte sich, auf sie zu schießen.

Und dann gab es noch eine dritte Möglichkeit. Das Versprechen von Henriette. Sie war da, irgendwo in *Tally Cove*, gut verborgen, und schaltete einen Feind nach dem anderen aus. Ohne ihren Kopf zu drehen, schaute Kata zum Gebäude hinüber, in dem sich Ward befand. Nichts rührte sich.

Kata ging weiter.

»Ein Zeichen von mir und Vigo wird deinen Freund töten.«

Sie blieb stehen.

»Komm zurück!«

Langsam wandte sich Kata John zu. Seine rechte Hand steckte nicht mehr in der Manteltasche. Sie richtete eine Pistole auf Kata.

»Wir bringen das zu Ende. Jetzt.«

Der Schrei verlor sich in der Bucht. Mit dem Verklingen legte sich eine ungeheure Ruhe über Ayden. Er prägte sich die Positionen der beiden Männer ein. Der Wolf stand keine zwei Meter von ihm entfernt beim Kreuz, Coach 1 lehnte sich gegen den Wagen. In Gedanken spielte Ayden durch, was er gleich tun würde, nahm in glasklaren Bildern seine Bewegungen vorweg. Dann riss er die Waffe hoch und schoss auf den Coach. Blitzschnell warf er sich zu Boden und zielte auf den Wolf. Doch der stand nicht mehr da, wo er soeben noch gestanden hatte. Dafür brach die Hölle los. Es knallte von allen Seiten. Ayden schnellte hoch und spurtete los. Mitten durch ein

Feuergefecht. In seinen Ohren rauschte das Blut, in der Lunge stach der Atem, doch in seiner Brust hämmerte nicht die Panik, sondern der Wille, es lebend zu Kata zu schaffen.

Ein Stakkato an Schüssen fegte über ihn hinweg. Sie schienen von überall her zu kommen. Als hätte er mit seinem Angriff auf den Coach und den Wolf einen Krieg ausgelöst. Er wusste, dass er in Deckung gehen sollte, aber er hatte nur ein Ziel. Kata. Er war nicht der Einzige. Vom u-förmigen Gebäude her rannte noch jemand ungeschützt durch den Kugelhagel. Ein kräftiger Mann, den Ayden zuletzt in einer Taucherausrüstung gesehen hatte. Wie durch ein Wunder fielen sie beide nicht.

Ein harter Schlag entzog Kata den Boden unter den Füßen. Sie fühlte den Aufprall und fühlte ihn doch nicht. Genauso, wie sie alles um sich herum deutlich sah, und dennoch nicht wirklich wahrnahm. Die Bildfetzen fügten sich nicht zu einem Ganzen. Sie blieben Puzzleteile, die sich übereinander-, aber nicht ineinanderschoben. Ihre Ohren blockten die Geräusche ab. Hände rollten sie auf den Rücken. Sie blickte in ein Gesicht, aus dem Blut auf sie tropfte. Aber da waren keine Rastalocken. Keine Augen voller Anteilnahme oder Sorge, sondern kalte Augen voller Zorn.

»Du hast mich verraten.«

Die Hände packten sie. Zerrten sie über Gras und Steine. Nicht, wollte Kata sagen, doch sie konnte nicht sprechen. Das wuchtige Kreuz schob sich zwischen sie und den Himmel. Hilf mir, flehte sie.

Sie sah Striche, Zahlen und Buchstaben auf grau-schwarzem Stein. 14.11.73. Das bedeutete etwas. Kata hatte vergessen, was.

Die Zahl verblasste. Die Waffen schwiegen. Stimmen riefen Katas Namen. Sie verloren sich in einem Rattern, das lauter wurde. Das Land vor ihr endete an einer Kante, die unaufhaltsam näher kam. Bis Kata direkt in den Abgrund blickte. Weit unter ihr erstreckte sich das Wasser. Dazwischen war ein großes Nichts. Neben ihr kauerte John in einem Mantel, der einmal beige gewesen war. Blut hatte ihn rot eingefärbt.

»Wir gehen zusammen, Eileen«, sagte er.

Es war seltsam, wie gut sie ihn mitten in diesem tosenden Lärm hören konnte. Vielleicht, weil sie schon irgendwo zwischen Leben und Tod schwebten. Und dann erhob sich aus diesem Nichts vor ihnen wie ein riesiger schwarzer Vogel eine dröhnende Maschine.

John lachte. Ein irres, krächzendes Lachen. Der schwarze Vogel schwebte vor ihnen. Es knallte und gleichzeitig wurde John nach hinten geschleudert. Eine Hand riss Kata weg vom Abgrund. Ayden schrie ihren Namen. Puzzleteile sirrten durch ihren Kopf. Ein Flashback, der erst viel später einen Sinn ergab.

Ayden rannte durch einen Kugelhagel, aber der Wolf schoss nicht auf ihn, sondern zielte auf John. Burton war da, ein Racheengel vor einem grauen Himmel. Auf dem Dach von Tally Cove stand Henriette mit einem riesigen Gewehr, aus dem Funken sprühten. Aus dem Helikopter über dem Nichts hing Sam. Eine Marionette ohne Fäden. Burton flog mit ausgebreiteten Armen davon. Ronan griff nach ihrer Hand.

Warme Tränen fielen auf Katas Gesicht. Ayden rief ihren Namen. Immer und immer wieder. Jedes Mal von weiter weg, obwohl seine Tränen immer noch auf ihr Gesicht fielen. Die Puzzleteile lösten sich auf. Kata war müde. Sie schloss die Augen.

Schüsse fielen. Eine ganze Kaskade. Nathan sah, wie Burton getroffen wurde. Der Schlag fegte ihn rückwärts in die Tiefe. Wehrlos wie eine Stoffpuppe kullerte sein Körper über den steilen Hang, den er zuvor mit DeeDee hochgeklettert war. Ein kleiner Vorsprung etwas schräg oberhalb von Nathan bremste ihn. Reglos blieb er liegen.

Sofort begann DeeDee, zu ihm hinunterzusteigen.

»Nicht!«, schrie Nathan, der erkannte, wie sich sein Freund direkt über einer glatten Felsplatte bewegte. Ein paar Schritte tiefer, und er würde ausgleiten und abstürzen. »Hol Hilfe!«

DeeDee kraxelte zurück nach oben. Das peitschende Knallen der Schüsse wurde von Rotorenlärm abgelöst, der unmöglich allein von Peters Helikopter stammen konnte. Die Spezialeinheiten waren eingetroffen! Hilfe für Burton war unterwegs. Erschöpft lehnte sich Nathan gegen einen Felsblock. Auf dem Vorsprung begann sich Burton zu regen.

»Nicht … bewegen!«, rief Nathan.

Burton hörte ihn nicht. Zwischen ihnen lagen gute hundert Meter. Hundert Meter, die es in sich hatten. Steiler und ausgesetzter als der untere Teil des Aufstiegs, den Nathan nur unter Aufbietung sämtlicher Kräfte geschafft hatte. Was blieb, war einzig sein Wille. Quälend langsam, laut keuchend und nach Luft schnappend arbeitete er sich Meter um Meter zu Burton hoch. Die Kleider klebten ihm trotz des kalten Windes schweißnass auf der Haut. Sein rechter Arm hing nutzlos an ihm herunter. Burton, der immer noch benommen war und nicht realisierte, wo er war, rollte sich zur Seite und geriet ins Rutschen.

»Stillhalten!«

Die Angst um den Ermittler trieb Nathan an. Keinen Augenblick zu früh erreichte er Burton. Wenn er ihn festhalten und gleichzeitig selber Halt finden wollte, brauchte er beide Hände! Er zwang seine ganze Konzentration auf den tauben Arm. Gab den Fingern den Befehl, sich an einem der struppigen Büsche festzuhalten. Krallte sich darin fest, sah, wie Burton den Halt verlor und packte ihn mit aller Kraft mit der freien Hand am Gürtel seiner Hose.

Der Schmerz zerriss ihn beinahe. Seine aufeinandergepressten Zähne knirschten. Um ihn drehte sich alles, doch er ließ nicht los. Weder den Busch noch Burton.

»MacArran?«

»Nicht bewegen, Burton. Die holen uns gleich raus.«

Nathans rechter Arm zitterte unkontrolliert. Er merkte, wie seine Hand abrutschte.

»Können Sie sich festhalten?«

Burton bewegte sich vorsichtig. Trotzdem glitt er näher an den Rand des Vorsprungs.

Nathans Hand rutschte weiter ab.

»Lass los«, keuchte Burton. »Sonst fallen wir beide.«

»Wir fallen nicht!«

Burton klammerte seine Hände ins Gras. Seine Füße suchten nach Halt und fanden ihn. Sein Gewicht hing nicht mehr an Nathan. Das Rutschen hörte auf. Der Wind blies Nathan Gemmas Haare ins Gesicht. Er fühlte ihre Hand auf seinen Wangen.

»MacArran?« In Burtons Stimme lag etwas Drängendes. »Gib jetzt verflucht noch mal nicht auf!«

Nathans Organe hatten durchgehalten. Er hatte gegeben, was er konnte. Kata und Ayden lebten, das fühlte er. Wären sie tot, hätte er ihre Seelen gespürt. Aber ihm blieb keine Zeit mehr. Auch nicht die, der Mensch zu werden, der er für Gemma gerne gewesen wäre.

»Nathan!«, schrie Burton.

»Gemma«, flüsterte er.

Sie lag neben ihm. Rote Haare auf einem weißen Kissen. Augen, in denen er das Gute und Trost fand. Es wurde still und friedlich.

Ich liebe dich.

Es waren stumme Worte. Nur seine Lippen bewegten sich. Nathan hatte keine Angst vor dem Dunkel, das nach ihm griff und ihn einhüllte. Mittendrin leuchtete ein Stern, der immer heller wurde.

Er ließ den Busch los.

Eine Hand grub sich tief in seinen Arm.

»Oh, nein, MacArran! Du stirbst mir nicht. Nicht hier. Nicht jetzt.«

Burton hielt ihn am Leben. Bis Ronan kam. Er band Nathan ein Seil um und brachte ihn zusammen mit DeeDee hoch zu Ayden und Kata. Auch sie lebten. Auch wenn Kata nicht so aussah. Die Klippe füllte sich mit schwer bewaffneten Männern in Uniform. Es sah aus wie an einem Kriegsschauplatz.

19.

Nathan fuhr mit der Hand über den Stein.

14.11.73. gc_1411

»Er konnte irgendwer sein«, sagte Kata.

»Ja.«

Irgendwer. Oder Zoes Mörder. Der Boden von *Tally Cove* war getränkt mit dem Blut und den Tränen jener, die hier verzweifelt und gescheitert waren. In ihm ruhten die verscharrten Gebeine namenloser gefolterter Verbrecher, Soldaten und Spione. Am Ende hatte das Gelände einer Stiftung gehört. Ingham hatte herausgefunden, was Nathan längst geahnt hatte. Hinter der Stiftung steckte John Owen. *Tally Cove* war der perfekte Ort für einen wie ihn, um Informationen aus Menschen herauszupressen oder um unangenehme Gegner verschwinden zu lassen.

»John hätte Ayden von Anfang an hierher bringen können.«

Nathan folgte Katas Blick und schaute zum Steinbau hinunter, der selbst unter der hellen Frühsommersonne abweisend und unheimlich wirkte.

»Es hätte gepasst«, stimmte er ihr zu.

Warum Owen sich für Portugal entschieden hatte, hatten sie nicht herausgefunden. Ingham arbeitete daran. Owen war sein Fall. Vor wenigen Tagen erst hatte er Olaf Nordström aufgespürt, den Mann, der Owen aus dem Fjord gerettet hatte. Nordström schwieg selbst nach dem Tod seines ehemaligen Arbeitgebers wie ein Grab. Ein Spurensicherungsteam hatte die Gebäude in Portugal auf den Kopf gestellt und war mit sehr viel Material zurückgekommen. Nathan glaubte nicht daran, dass sie etwas finden würden.

Burton auch nicht. Nur lag das nicht mehr in seiner Hand. Der Ermittler hatte die volle Verantwortung für den Einsatz in

Muldon und *Tally Cove* übernommen, Ingham entlastet und noch von seinem Krankenhausbett aus gekündigt. Nach seiner Entlassung war er zusammen mit seiner Frau zu einem Urlaub aufgebrochen. Einem langen, wie er Nathan grinsend erklärt hatte.

Vor seiner Abreise erledigte er jedoch noch ein paar Dinge. Er sprach mit Gemma. Über den Menschen, der Nathan war. Was er ihr genau sagte, blieb ihr Geheimnis, aber es musste etwas Nettes gewesen sein. Dann besuchte er Nathan in der Klinik, in der er sich von seiner Lungenentzündung erholte. Beim Abschied zog er fünf Zigaretten aus einer zerknitterten Packung. »Sind meine letzten. Danach höre ich auf.« Er hielt sie Nathan hin. »Für deine Blechdose, MacArran. Kata hat mir verraten, wie du die Kippen jeweils wählst. Es wäre mir lieb, wenn du eine von meinen rauchen würdest, bevor du irgendetwas Verrücktes durchziehen willst.«

Nathan wollte nichts Verrücktes mehr durchziehen, denn eine von den ersten, die ihn im Krankenhaus besucht hatte, war Gemma gewesen. Seither kam sie jeden Tag. Er wurde ein anderer. Jeden Tag ein wenig mehr. Dort, wo ein riesiges Loch gewesen war, war jetzt Platz für Liebe und Hoffnung. Und für eine Seele.

»Gehen wir zurück zu Ayden?«, fragte Kata.

»Ich bleibe noch einen Moment.«

»Wir warten unten auf dich.«

Das Schöne war, dass er Kata nichts erklären musste. Sie verstand ihn, denn sie waren sich ähnlich. Immer noch. Weil sich beide von den Dämonen ihrer Vergangenheit befreiten.

Nathan stand vor dem Kreuz, das unzähligen Jahren und unzähligen Stürmen getrotzt hatte. Um sich herum fühlte er die Geister der Verstorbenen. Gut möglich, dass auch John Owen unter ihnen war. Es wäre der richtige Ort für ihn.

Er hatte das Geheimnis um gc_1411 mit ins Grab genommen. Vielleicht hatte einer dieser verrückten Zufälle oder das Schicksal Zoes Mörder hierher gebracht. Vielleicht hatten sich die Wege von ihm und Owen tatsächlich gekreuzt. Und vielleicht hatte Owen einfach nur mit dem Datum auf diesem Stein gespielt. Was immer es gewesen war, es war nicht mehr wichtig. Ingham kannte das Datum. Vielleicht führte es ihn zum Mörder. Und vielleicht musste Nathan für den Rest seines Lebens mit der Ungewissheit leben. Er war sicher, mit all diesen unzähligen *Vielleicht* klarzukommen. Und er war sicher, dass Zoe seine Entscheidung verstand.

Ayden und Kata warteten im Innenhof auf ihn. Alles in Ordnung?, fragte Aydens Blick.

Alles in Ordnung, antwortete Nathan wortlos.

»Ich habe mir die Zellen angesehen und dabei das da gefunden.« Ayden zog einen Umschlag aus seiner Hosentasche. »Er lag auf dem Bett in Katas Zelle.«

Die Spurensicherung war hier gewesen. Sie hätte den Umschlag gefunden. Wer immer ihn hinterlegt hatte, hatte das später getan und wusste, dass sie zurückkommen würden. Owen konnte das vor seinem Tod organisiert haben. Als letzte Hinterlassenschaft.

»Wenn er von John ist, will ich ihn nicht öffnen«, sprach Kata aus, was Nathan gedacht hatte.

»Ich denke nicht, dass er von John ist«, sagte Ayden. »Aber wenn du willst, lese ich die Nachricht für dich.«

»Wir lesen sie gemeinsam«, entschied Kata.

Sie riss das Papier auf und zog eine weiße Karte heraus. Die Botschaft bestand aus wenigen Buchstaben.

Viel Glück, Kata Steel und Ayden Morgan.

Sie fuhr mit dem Finger über die Buchstaben, wie man jemandem über die Wange fährt. »Er hat nicht auf uns geschossen.«

Sie sprach vom Wolf. Dem Mann, dessen Gewehrkugel im Körper von John Owen gesteckt hatte, zusammen mit einer Kugel aus Henriettes Waffe. Dem Mann, der Aydens Eltern unverletzt im Nirgendwo zwischen *Tally Cove* und Keeling an den Straßenrand gestellt hatte und seitdem verschwunden war. Dem Mann, der die Seite gewechselt hatte. Nathan wusste, warum. Er schaute Kata an. Irgendwo auf der dunklen Seite der Welt war einer, der seine schützende Hand über sie halten würde.

»Er ermüdet schnell«, warnte Henriette.

Ayden griff nach Katas Hand. »Bist du bereit?«

Sie nickte.

Er klopfte an die Tür und drückte die Klinke. Der Raum, den er und Kata betraten, war hell und sonnendurchflutet. In einem Bett lag ein Mann, von dem nicht viel mehr als Haut und Knochen übrig waren. Bei ihm saß eine Frau in schrecklich bunten Kleidern, das ungebändigte Haar ein Vogelnest.

»Moira«, flüsterte Ayden.

»Ayden!« Ihr Blick ging von ihm zu Kata. »Und du bist Kata. Er hat auf dich gewartet.« Sie strich liebevoll über die Hand, die leblos auf dem Bettlaken lag. »Henry, sie sind da.«

Der Mann im Bett hob seine Lider. Unter ihnen kamen tiefdunkle Augen zum Vorschein.

»Ich lasse euch allein mit ihm«, sagte Moira. »Wenn etwas ist, findet ihr mich mit Charlotte in der Küche.«

Ayden brauchte eine Weile, bis er begriff, dass das Henriettes Name war, wahrscheinlich sogar ihr richtiger. »Soll ich wirklich dableiben?«, fragte er Kata.

Sie hatte es sich gewünscht, aber vielleicht hatte sie ihre Meinung geändert, jetzt, wo sie hier war und Henry in seiner ganzen Zerbrechlichkeit sah.

»Ja.«

Kata ließ seine Hand los und setzte sich auf den breiten Fenstersims. Hinter ihr blühte ein prächtiger Frühlingsgarten. Der Kontrast zu dem Mann im Bett hätte nicht größer sein können. Er starb. Jeden Tag ein bisschen schneller, wie Henriette ihnen auf der Fahrt zum ihm erzählt hatte.

Ayden zog sich in eine Ecke des Zimmers zurück. Dieser Augenblick gehörte Kata, auch wenn sie ihn dabeihaben wollte.

»John Owen ist tot«, sagte sie. »Aber das wissen Sie sicher.«

»Ich habe es zur Kenntnis genommen«, antwortete er mit einer Stimme, die klarer und fester war, als sein Aussehen es befürchten ließ. »Um ihn soll es bei unserem Gespräch nicht gehen. Er ist die Zeit nicht wert. Und deshalb bist du nicht hier.«

»Ich erinnere mich an Sie. Sie haben mich aus dem Wagen gezerrt und meine Eltern in den Tod getrieben.«

»Das habe ich.«

»Ich hasse Sie«, brach es aus Kata heraus.

»Etwas anderes hätte ich nicht verdient.«

Sie presste ihre Lippen zusammen.

»Ich habe versucht, es wiedergutzumachen. Aber das geht nicht.«

»Nein«, erwiderte Kata. »Das geht nicht. Meine Eltern sind tot. Mein Bruder hatte nie ein Leben.«

»Das tut mir sehr leid, Caitlin Steel.« Henrys Blick suchte den von Kata. »Glaub mir, es tut mir aufrichtig und unendlich leid.«

»Ja.« Sie stand auf.

»Wenn ich sterbe, möchte ich deinen Hass mitnehmen. Versprich mir, dass du ihn loslässt, und ihn mir in mein Grab mitgibst.«

Kata brauchte sehr lange, bis sie antwortete.

»Ich verspreche es, Henry.«

Aus ihrem Körper wich alle Anspannung. Es war, als wäre eine Last von ihr gewichen. Sie ging zur Tür und verließ den Raum, ohne sich noch einmal umzudrehen.

Ayden trat an Henrys Bett. »Sie wird ihr Versprechen halten.«

»Ich weiß.« Henry deutete mit dem Kopf auf den Stuhl, auf dem Moira gesessen hatte. »Bleib noch.«

Ayden folgte der Aufforderung und setzte sich.

»Der Tod muss mich am Fenster stehen gesehen haben.«

»Waren Sie deshalb plötzlich weg?«

»Es ging nicht anders.« Henry fuhr mit der Zunge über seine spröden Lippen. »Ich habe es mit einer Operation versucht. Und danach Chemotherapie. Es hat alles nichts geholfen.«

»Das Foto auf dem Stick, das war Absicht.«

»Es war der Grund, weshalb ich den Stick auf dem Boot versteckt habe. Ich hätte ihn dir auch einfach schicken können, aber dann hättet ihr die Daten nicht halb so intensiv durchforscht. Seien wir ehrlich: Die meisten anderen Informationen hättet ihr auch selber gefunden.«

»Nun, die über die toten jungen Frauen haben uns geholfen.«

»Dann ist ja gut«, meinte Henry.

Die Dinge sind nicht immer, wie sie scheinen.

Im Falle der toten jungen Frauen schon. Doch da war noch etwas anderes, das Ayden keine Ruhe ließ. »Was wollte der Mann, der mich auf dem Boot angegriffen hat?«

Ein Kichern stieg aus Henrys Kehle. »Er machte den Stick für euch noch wertvoller.«

»Sie haben ihn mir auf den Hals geschickt?«, fragte Ayden überrascht.

»Hat doch funktioniert, oder nicht?«

»Ja«, gestand Ayden.

»Macht ihr weiter?«

Henry sprach von *Lost Souls Ltd*. Ayden dachte an Iris. Er hatte ihr die Schuhe zurückgebracht und sie hatte dasselbe gefragt. Ayden hatte gezögert. Sie alle bezahlten einen hohen Preis, für das, was sie taten. Kata wäre beinahe gestorben. Einen Zentimeter weiter links, und die Kugel aus Owens Waffe hätte sie getötet. Sie trug eine Narbe, beinahe am gleichen Ort wie Ayden.

»Leute wie Jesse O'Connell brauchen euch«, hatte Iris gesagt.

»Wir denken noch darüber nach.«

»Tut das. Es gibt eine Menge verlorene Seelen.« Henry atmete tief aus. »Und jetzt geh.«

Die Gitarren heulten, das Schlagzeug kesselte, Lukes Stimme hallte durch den Saal. Noch bevor der letzte Ton des Songs gespielt war, ging ein Aufschrei durch die Konzertbesucher. Applaus und begeisterte Rufe brandeten auf. Kata umschloss Gemmas Hand.

Luke trat ans Mikrofon. »Danke, Leute! Ich bin überwältigt. Ähm … Wir sind überwältigt. Und ich glaube, unsere Managerin ist auch überwältigt.« Er zeigte mit dem Finger auf eine Gestalt beim Mischpult. Ein Scheinwerfer folgte dem Fingerzeig und tauchte Grace in gleißendes Licht. Ihre Haare hatten sich selbstständig gemacht und waren zur zerzausten Mähne geworden. Feuchte Strähnen klebten an ihrer Stirn.

»Diese Managerin wird sich gleich noch viel mehr freuen.« Luke grinste. »Wir haben es nämlich geschafft, ihren Star zurück auf die Bühne zu locken.«

Kata beobachtete, wie sich der Mund von Grace öffnete und sich auf ihrem Gesicht innerhalb weniger Sekunden eine ganze Bandbreite von Gefühlen spiegelte. Von erstaunter, fassungsloser Überraschung über grenzenlose Freude bis hin zu stiller Ergriffenheit, etwas, das so gar nicht zu ihr passte.

»Wie ihr vielleicht gehört habt, hat der bescheuerte Typ sich in seinen Arm schießen lassen. Wenn er also aus dem Takt fallen sollte, habt Nachsicht mit ihm.« Luke legte eine kleine Pause ein, in der das Gelächter über seine Bemerkung verhallte und sich dann gespannte Erwartung aufbaute. »Liebe Freunde des guten alten Rock'n'Roll, begrüßt bitte meinen Freund Nathan MacArran.«

Ein Scheinwerfer erfasste Nathan, wie er unter lautem Applaus in verblichenen Jeans und einem schwarzen T-Shirt auf die Bühne trat. Seine blonden Haare steckten unter einer Mütze. Er hängte sich eine Gitarre um und schaute Luke an. Du bist der Chef, sagte sein Gesicht.

Luke nickte mit dem Kopf, hob die Hand und legte los. Nathan hielt mit. Konzentriert und mit einer Spielfreude im Gesicht, wie Kata sie an ihm noch nie gesehen hatte. Neben ihr stand Gemma, genauso konzentriert wie Nathan. Als sie merkte, dass er die Sache im Griff hatte, entspannte sie sich. Ihr Gesicht strahlte, ihre Augen leuchteten.

»*'cause it's burning in our hearts.*«

Kata schloss die Augen. In ihrem Herz brannte das Feuer der Liebe, der Hoffnung und der Zuversicht. Und in diesem Moment das Feuer der Begeisterung. Sie hob die Arme und stimmte in Lukes Gesang ein.

Das ist …« Nathan drückte vorsichtig den winzig kleinen Daumen. »Der dicke Bassist.« Er ließ den Daumen los und hüpfte zum Zeigefinger. »Der Rhythmusgitarrist, der schrammt mal wieder Mist.« Als Nächstes folgte der Mittelfinger. »Der Protztyp in der Mitte, sollte singen können, bitte.« Beim Ringfinger zuckte Nathan mit den Schultern und schnitt eine entschuldigende Grimasse. »Wäre noch der mit den Solos – aber leider ohne Reim. Und der dünne Drummer hier …« Er schüttelte sachte den letzten Finger. »Und der kleine Drummer hier, säuft wie immer zu viel Bier. Na, Frau Strickspringerstieflerin, wie hat dir das gefallen?«

Das kleine Mädchen in Nathans Armen sah ihn aus großen, runden Augen an. Der zahnlose Mund verzog sich.

»Es gefällt ihr!«, rief Nathan aufgeregt. »Habt ihr gesehen? Sie hat gelächelt.«

Das Mädchen holte Luft. Sein Kopf lief rot an. Es kniff die Augen zusammen. Dann brüllte es los. Nathan hatte keine Ahnung, wieso. Hilflos hob er die Kleine an und hielt sie Chesil hin. Wie auf Knopfdruck hörte das Weinen auf. Am Tisch setzte Gelächter ein.

»Was?«, fragte Nathan.

»Du solltest dein Gesicht sehen!« Raix pustete seiner Tochter eine Ladung Luftküsse zu.

»So affig wie deins kann meins gar nicht werden«, zog Nathan seinen Freund auf.

»Die Glückshormone sind schuld«, meinte DeeDee. »Ich bin dafür, dass man Väter für nicht zurechnungsfähig erklärt.«

»Oder sie für eine Weile in den englischen Regen stellt«, sagte Ayden. »Zur Abkühlung des Gemüts.«

»Zusammen mit einer Packung *After Eight*«, ergänzte Nathan.

Raix schüttelte sich wie ein nasser Hund. »Schokolade mit Zahnpasta. Ich weiß schon, weshalb mir eine sonnige Insel im Süden lieber ist.«

»Wie lange bleibt ihr denn in der Schweiz?«, fragte Kata.

»Wahrscheinlich den ganzen Sommer«, antwortete Chesil.

Der Prozess gegen Raix war vorbei. Seine Strafe war sehr mild ausgefallen, so mild, dass sie mit den Tagen, die Raix in Untersuchungshaft verbracht hatte, abgegolten war. Das Verfahren gegen Kendelbach lief noch. Deshalb musste Raix' Insel im Süden warten. Unglücklich schien er darüber nicht zu sein. Er lebte mit Chesil in einer Wohnung im Haus seiner Eltern, mitten in den Bergen.

»Das ist für ein Kind etwas ganz Tolles«, hatte er Nathan erklärt. »All diese Tiere. Die Natur. Echt, Nate, wenn es hier ein Meer gäbe, müsste man sich das mit dem Bleiben schon fast überlegen.«

Nathan legte seinen Arm um Gemma und schaute in die Runde. DeeDee hantierte am Grill herum. Wenn er so weitermachte, würden sie eine Fertigpizza bestellen müssen. Kata lehnte sich gegen Ayden. Chesil schaukelte ihre Tochter im Arm und Raix lächelte wie einer, der das große Glück gefunden hatte. »So eine Familie habe ich mir immer gewünscht«, sagte er.

Es war klar, dass er damit weit mehr als seine eigene kleine Familie meinte.

»Willst du Zoe noch einmal halten?«, fragte Chesil.

Nathan hätte schwören können, dass ihm die Kleine zuzwinkerte. »Gerne.« Er streckte seine Hände nach ihr aus und drückte sie vorsichtig gegen seinen Oberkörper. »Ich werde dir zeigen, wie man Engel in den Schnee malt«, flüsterte er.

Zoe gluckste.

DeeDee stieß einen begeisterten Schrei aus. »Leute, bringt eure Grillwaren! Es kann losgehen.«

Familie, dachte Nathan.

Ayden parkte direkt vor dem Haus und half Joseph beim Aussteigen. »Willkommen zu Hause, Joseph.«

Noch sah das Haus im Hafenviertel nicht wirklich wiederhergestellt aus, und noch fehlte eine ganze Menge Arbeit, die sie hineinstecken mussten. Aber es war bewohnbar. Zumindest zwei der Schlafzimmer, das Wohnzimmer, das Bad und die

Küche. Für den Laden würden sie viel länger brauchen. Bis auf den neuen Dielenboden war er leer. Genauso hatte es sich Joseph gewünscht. Er wollte dabei sein, wenn sie das Geschäft wieder aufbauten und einrichteten.

Heute jedoch standen Tische im Raum. Es roch nach Gemüselasagne, Josephs Lieblingsessen. Und nach frischer Farbe. Kata und Ronan hatten bis zum letzten Augenblick Wände gestrichen, um danach gemeinsam zu kochen. Die Dekoration auf den Tischen stammte von Sarah. Sam hatte die Getränke organisiert.

Ayden hatte ein wenig Angst gehabt, Joseph könnten die vielen Leute zu sehr anstrengen, doch seine Befürchtungen waren umsonst gewesen. Es wurde ein gemütlicher Nachmittag, der sich weit in den Abend hineinzog. Irgendwann waren sie nur noch eine kleine Runde. Sam, Ronan, Joseph und Nathan spielten Karten. Sarah und Gemma hatten ihre gemeinsame Liebe zu Büchern entdeckt und waren in ein Gespräch über englische Literatur vertieft.

Ayden saß auf dem Sofa im Wohnzimmer, Kata hatte sich hingelegt, ihren Kopf auf seinem Schoß, die Beine angewinkelt. Er spielte mit ihren Haaren und fühlte eine tiefe Ruhe in sich. Der tödliche Kreislauf war durchbrochen. Es lag nichts Dunkles über ihnen. Hier fing alles neu an. Sie hatten Freunde. Sie hatten Familie. Sie hatten eine Zukunft.